REVANCHE CONTRE LES SANG-BLEU

L'ENFER DE BURBERRY PREP #2

C.M. STUNICH

GREY EAGLE PUBLICATIONS

Titre original : *Bad, Bad Bluebloods*

Pour la présente édition :

greyeaglepublications.com

Couverture : The Book Brander
thebookbrander.com

Traduction : Esther Dujolier

ISBN: 978-1-64366-347-0
Print ISBN: 978-1-64366-348-7

PROLOGUE

DES FLAMMES DANSENT sur l'eau.

Je ne sais pas comment tout cela a pu arriver. Je serre ma main contre ma poitrine pour tenter, en vain, de contenir mon cœur qui bat à toute vitesse.

Je ne sais pas si je pourrai rejouer de la harpe un jour...

Ce que m'ont fait les filles est bien plus qu'un simple acte de harcèlement. Tout ce qui concerne le Club Infinity est tellement plus sombre et compliqué que je ne le pensais au départ...

La mâchoire et les poings serrés, Tristan regarde Harper du Pont d'un air terrifiant. Si j'étais elle, je partirais. Tout de suite. Mais elle reste, allant même jusqu'à tourner la tête pour s'assurer que toute sa garde rapprochée est derrière elle avant qu'elle ne lance une nouvelle attaque.

—— Je ne sais pas ce que tu as en tête, mais à ta place, je ne le ferais pas, la prévient Tristan.

Sa voix est douce comme de la soie, mais son ton dur trahit la rage qu'il contient.

Ils m'ont sauvée, pensé-je en regardant Tristan, Zayd – dont la lèvre saigne – et Creed, qui a son bras autour de Miranda. Zack se tient de l'autre côté du bateau, derrière Harper et ses nouveaux amis.

—— Si vous faites ça, réplique Harper en faisant un pas en avant, alors vous abandonnez le contrôle de l'école. Vous redeviendrez tous des plébs !

Ses courts cheveux bruns flottent dans la brise. Ça me fait du bien de la voir avec les cheveux coupés. *Ne fais pas aux autres ce que tu ne voudrais pas qu'on te fasse...*

Je fais un pas en arrière et suis arrêtée par Zayd qui passe son bras autour de moi. En étant contre lui, je suis envahie par une foule de sentiments étranges. À chaque battement de mon cœur, j'ai l'impression de changer d'avis. *S'il te plaît, ne me touche pas ; serre-moi plus près de toi ! ; éloigne-toi de moi ; embrasse-moi jusqu'à me faire tout oublier...*

Abigail Fanning et Valentina Pitt se tiennent d'un côté et de l'autre de Harper et avancent en même temps qu'elle. Seule la chaise sur laquelle elles m'avaient attachée est entre nous, à présent. Je jette un coup d'œil à Zack, derrière elles, et je remarque qu'il saigne aussi – beaucoup plus que Zayd.

—— Si vous pensez que nous allons nous coucher aussi facilement, commence Creed de son ton lancinant, c'est que vous n'avez vraiment rien compris. On va vous détruire...

Ses yeux bleus rencontrent les miens et quelque

chose d'étrange passe entre nous. Il tremble aussi, mais il essaye de le cacher en repoussant une mèche de cheveux blond platine de son visage.

Harper arbore un sourire sardonique, et la haine brille dans ses yeux. La plupart des membres du Cercle fermé se tiennent près d'elle : ses nouvelles amies et les trois garçons qu'elle a choisis pour prendre les places de Tristan, de Zayd et de Creed en tant qu'Idoles.

—— Vous êtes prêts à briser le plus beau clan de Sang-bleu de toute l'histoire de *Burberry Prep* pour une roturière ? s'exclame Harper. Nous sommes les futurs dirigeants du *monde*, je vous rappelle ! Les gens vivent et meurent en fonction des décisions que prennent nos familles. Tristan, je suis ta *fiancée*, ajoute-t-elle en commençant à s'avancer, interrompue par l'échelle à sa droite qui craque et menace de tomber.

La tête de Windsor York, mon arme secrète, apparaît, la bouche tordue en un petit sourire ironique.

—— Ouh là là ! lance-t-il en se hissant sur le pont, avant de passer ses paumes sur son uniforme blanc pour le remettre en place. J'ai l'impression que j'ai raté le début de la fête… ricane-t-il tandis que ses yeux noisette passent de Harper à la chaise, puis à moi.

Il s'approche de Zayd et me tend la main. Les flammes éclairent ses cheveux roux, les baignant d'une lumière orange. Je tends la main vers lui, mais Zayd me tire en arrière. Windsor lève un sourcil et soupire.

—— En effet, tu as tout raté, lâche Zayd.

Je me dégage de lui en lui donnant un coup de coude et enroule mes bras autour de moi comme un bouclier. J'ai besoin d'être seule ; je ne peux faire confiance à personne. Plus maintenant.

—— Si nous n'étions pas arrivés à temps… reprend Zayd sans terminer sa phrase.

Il sait que Windsor est de mon côté. Il l'a toujours été.

Le prince se retourne et jette à Harper et à son groupe un regard sceptique.

—— J'ai désactivé le moteur du bateau de vos amis, leur indique-t-il, son accent anglais ajoutant à son charme. Je ne pense pas qu'ils vous rejoignent ce soir.

Le visage de Harper, déjà coloré par les flammes, devient écarlate. Elle est furieuse. Amusé, Windsor m'adresse un clin d'œil et un sourire. J'essaye de lui sourire en retour, mais j'y parviens à peine. Je suis trop perdue pour sourire.

—— Et je ne suis pas en retard, reprend Windsor. J'ai vu Zack venir jusqu'ici, suivi par tous ces idiots, mais j'avais mieux à faire.

Tandis que les Idoles le fusillent du regard, Tristan lâchant même un grognement presque inaudible, Windsor soulève le bas de sa chemise, découvrant fièrement un tout nouveau tatouage : le signe de l'infini. Tout le monde garde les yeux rivés sur lui, d'un air médusé, tandis qu'il laisse retomber son haut, soupirant nonchalamment.

—— Je refuse d'être membre du Club depuis très, très longtemps, mais Marnye a besoin de quelqu'un pour la défendre, alors… j'ai finalement changé d'avis !

lance-t-il en levant les bras. En revanche, je suis navré, fait-il mine de s'excuser, je ne suis pas un petit branleur. Mes parents ne m'ont pas créé de trust ni ne contrôlent les cordons de ma bourse : j'ai des actifs personnels d'une valeur de *neuf milliards*.

Il s'interrompt pour réfléchir un instant de manière ostentatoire, un bras croisé sur sa poitrine et l'autre soutenant son menton.

—— Enfin… *douze* milliards, en dollars américains…

—— Tu crois que tu m'impressionnes ? pouffe Harper. Tu n'es que dixième dans l'ordre de succession à la couronne d'un pays que personne ne connaît…

—— L'Angleterre ? lui demande Windsor d'un ton ironique et moqueur. Rassure-moi : tu sais quand même d'où les pèlerins venaient, n'est-ce pas ?

Sans répondre à la question – que je la soupçonne de ne pas avoir comprise –, Harper se tourne vers Tristan. Clairement, elle sait qu'elle ne peut pas lutter contre Windsor York : il fait ce dont il a envie, sans se soucier du reste du monde.

—— Dernière chance, Tristan, reprend-elle.

En voyant le sourire narquois sur les lèvres de ce dernier, je sais qu'il ne retournera pas vers elle.

—— Tu vas regretter de m'avoir rencontré, répond-il d'une voix glaciale, sans émotions.

Puis il regarde Zack quitter la meute de Sang-bleu pour venir près de moi. Il a du sang sur le visage, et je décide que, dès que nous sortirons d'ici, je l'emmènerai voir un médecin. Ses yeux sombres croisent les miens et je frissonne. Il s'est battu avec Greg et John pour moi…

—— C'est déjà le cas ! hurle Harper, arrachant la bague de son doigt et la lançant sur Tristan.

Il l'attrape au vol d'une seule main. Je retiens mon souffle alors qu'il se tourne vers moi, plantant son regard argenté dans le mien.

—— Allons-y ! lance-t-il. Prenons l'un des yachts de mon père.

Il s'avance vers moi, saisit mon visage entre ses mains et passe son pouce sur ma lèvre inférieure. Zayd, Creed et Zack se raidissent, tandis que Windsor éclate de rire, sa voix légère et joyeuse résonnant au loin, sur le lac. Tristan se tourne vers lui, et j'en profite pour me reculer et mettre de la distance entre les gars et moi.

Miranda croise mon regard, et je vois dans le sien une sorte de dichotomie : moitié peur, moitié envie. Elle quitte le bras de Creed, qui se crispe aussitôt, et s'approche de moi.

—— Lequel ? chuchote-t-elle à mon oreille, avant de s'écarter et de se tourner vers les cinq garçons sur le bateau.

Harper et ses acolytes partent, lentement, mais la haine est palpable des deux côtés. L'année prochaine, ce sera la guerre. C'est sûr.

Avant que je ne puisse lui répondre, Tristan se place face à Windsor.

—— Toi, rentre en Angleterre et va te faire foutre ! lui lance-t-il. Nous n'avons pas besoin de toi ici.

—— Tu entends qui, exactement, par « nous » ?

demande Windsor en souriant et en arquant un sourcil. Autant que je sache, Marnye a vraiment besoin de moi… ajoute-t-il en posant sur moi ses yeux noisette dans lesquels se reflètent les flammes.

Tristan nous dévisage tour à tour d'un air renfrogné.

—— Vraiment ? ricane Tristan en remontant le col de son manteau en laine. Et pourquoi ?

Malgré la guerre que se livrent les Idoles pour l'accès au trône, je continue de penser que Tristan Vanderbilt est le véritable roi. Il est à la fois un ennemi puissant et un allié potentiel. Mais puis-je vraiment lui faire confiance ? Je n'en suis pas certaine.

—— Parce que Marnye et moi sortons ensemble… répond Windsor d'un air innocent en battant des cils.

Zayd jure dans sa barbe, Creed ricane, et Zack fronce les sourcils. Tristan garde le silence, se contentant de me fixer avec des yeux gris orage avant de se retourner et de marcher jusqu'à l'échelle du bateau, où se tient toujours Harper du Pont, laquelle me toise d'un air satisfait.

—— Profite bien de l'été, Marnye. Ce sera ton dernier, me lance-t-elle froidement avant de quitter le yacht et de rejoindre le petit bateau à moteur qui l'attend et qui démarre aussitôt.

—— Est-ce qu'elle vient de menacer de me tuer ? demandé-je à voix haute.

Personne ne me répond. L'école est terminée, et l'été a commencé. Nous allons tous rentrer chez nous. Je vais retrouver Cruz Bay et mon père, tandis que les garçons iront… Je ne sais pas où ils iront, et je m'en fiche.

Ce qui est sûr, c'est que les vacances ne sont qu'une trêve : en septembre, le combat reprendra.

Durant l'été, je serai enfin tranquille.

— Viens, Marnye, me glisse Miranda en me prenant par la main. J'ai un bateau aussi.

Je la suis, prenant soin de ne regarder aucun des garçons tandis que nous nous éloignons d'eux. Je ne tourne même pas la tête vers Tristan en passant devant lui.

La deuxième année à la *Burberry Preparatory Academy* a été difficile.

La troisième année va être un cauchemar.

CHAPITRE UN

LA DERNIÈRE PERSONNE que je m'attends à trouver en ouvrant la porte est Zack Brooks.

En le découvrant, j'écarquille les yeux et tente immédiatement de refermer la porte, mais il m'en empêche et réussit à entrer à l'intérieur de mon appartement. Sous le choc, je recule jusqu'au coin cuisine, me sentant menacée par le regard sombre qu'il me lance.

—— Zack… murmuré-je, le cœur battant.

Je ne l'ai pas revu depuis ce jour fatidique, au lodge. Nous ne nous sommes même pas envoyé de SMS. En fait, peut-être que lui m'en a envoyé, mais je ne les ai pas reçus, car cela fait maintenant un mois que je l'ai bloqué sur mon téléphone.

—— Marnye… expire-t-il en s'approchant de moi. Je suis désolé, mais je n'ai pas eu d'autre choix que de venir ; tu ne me répondais pas…

Il porte un jean et une veste *letterman*. Ses cheveux

noirs sont plus longs que la dernière fois que je l'ai vu ; ils assombrissent son visage et lui donnent un air terrifiant.

—— Pas d'autre choix que de me forcer à te laisser entrer ? lui fais-je remarquer d'un air sarcastique. Je pensais que tu aurais compris que je ne voulais *pas* te parler.

Le wagon est tellement petit que j'ai l'impression qu'il occupe tout l'espace. J'ai du mal à respirer. Je détourne le regard pour essayer de me calmer. En réalité, j'ai envie de lui parler, mais je m'y refuse.

—— Mais moi j'ai envie de te parler, plaide-t-il. J'ai le droit de t'expliquer sans *qu'ils* en fassent un drame !

Il fait un pas vers moi, mais je garde le visage détourné. Je ne veux pas le regarder, pas maintenant. Ces derniers mois ont été agréables. J'ai passé mon temps à la plage, profitant du soleil, à relire l'intégrale des aventures de Harry Potter pour la dixième ou onzième fois. Revoir Zack est la dernière chose dont j'ai besoin. Je n'ai qu'une envie : profiter pleinement de cette dernière semaine de vacances.

—— Tu sais, j'ai entendu parler de ce qui s'est passé le dernier jour de…

—— Tais-toi ! l'interromps-je.

Je ne veux pas non plus repenser à cet épisode. À la peinture coulant sur mon visage, à ma lèvre fendue, et au regard de Zayd…

Il n'y avait rien d'autre en jeu que ce trophée. Nous avons fait ce pari pour le plaisir. Uniquement pour le plaisir...

Les mots de Tristan résonnent en moi avec toujours la même violence. Je m'éloigne de la cuisine et me dirige dans le couloir, en direction de ma chambre.

Zack me suit et je me retrouve coincée sur mon lit, son énorme corps remplissant l'embrasure de ma porte. Je le regarde avec de la haine dans les yeux, les poings serrés, et me promets que je me vengerai. Il le mérite. Après tout, il a tenté de me détruire lorsque nous étions au collège. Et tout ça pour quoi ? Pour un *pari* ! Un pari qui lui permettait de rentrer dans ce club stupide !

Le Club Infinity est vraiment ouvert à n'importe qui ! pensé-je en laissant tomber ma main sur ma hanche droite.

Il y a un tatoueur que certains des élèves de ma classe, à Lower Banks, ont soudoyé pour se faire faire des tatouages bien qu'ils n'aient pas l'âge légal pour cela. Je prendrai mille dollars sur l'argent que j'ai gagné et j'irai là-bas demain, pour me faire tatouer, moi aussi.

—— Écoute-moi ! s'agace Zack en faisant un pas dans ma chambre.

Afin de garder une certaine distance entre nous, je m'assois au bord de mon lit. J'aimerais lui faire autant de mal qu'il m'en a fait. Durant l'été, j'ai écrit dans mon journal toutes les manières dont je pourrais le blesser à mon tour. Cependant, devant lui, tout s'évanouit. Je suis incapable de le faire souffrir…

Je lève les yeux vers lui et ne vois que des excuses et de la tristesse dans son regard. Pas comme Creed, Zayd ou Tristan. Eux n'étaient absolument pas désolés de ce qu'ils m'avaient fait.

Je serre le couvre-lit dans mes poings pour m'empêcher de toucher le collier autour de mon cou. J'ai essayé de le vendre durant l'été – deux fois –, mais, chaque fois, j'ai renoncé au dernier moment. Vendre ce collier aurait signifié admettre que Tristan avait gagné. Je ne veux pas de son argent. Je n'en ai pas besoin. Je lui rendrai dès le jour de la rentrée.

—— Tu n'as pas fait assez de dégâts ? murmuré-je.

Soudain, nous entendons la porte d'entrée s'ouvrir et nous figeons tous les deux.

—— Chérie, c'est moi ! lance mon père.

Puis nous entendons ses pas dans le couloir qui relie les deux wagons qui nous servent de maison. Dans le premier se trouvent le salon, la cuisine et la salle de bain, et dans le deuxième, nos chambres.

—— Zack ! Ça fait longtemps qu'on ne t'a pas vu ! Tu restes dîner avec nous ?

—— Je ne peux pas, j'ai promis à ma mère de rester avec elle, ce soir, s'excuse Zack, appuyant son épaule contre le mur, les yeux toujours rivés sur moi.

Son regard est si pressant que je me sens clouée sur le lit. J'ai l'impression que je ne vais plus jamais pouvoir me relever.

—— Peut-être vendredi, dans ce cas ? propose mon père. C'est l'anniversaire de Marnye, Je suis sûre qu'elle serait contente d'avoir l'un de ses amis pour l'occasion.

Je serre les dents. Je ne sais pas si mon père réalise à

quel point ce qu'il vient de dire me fait de la peine. Car cela me rappelle que j'*ai eu* des amis. J'en ai même eu beaucoup : Miranda, Andrew, Zack, Lizzie et… les Idoles. Pendant un temps, j'ai vraiment cru que tous étaient mes amis. Vraiment… Malheureusement, ces amitiés m'ont glissé entre les doigts. Comme du sable.

Je baisse les yeux et repense au dernier jour d'école. Je regrette que mon père ait vu toutes ces choses. Un père ne devrait pas jamais assister à la souffrance de sa fille. J'ai tellement honte qu'il m'ait vue embrasser Creed à moitié nu, embrasser Zayd sur mon lit, et me faire caresser les fesses par Tristan dans la bibliothèque alors que je ne portais même pas de culotte… Malgré les deux mois qui viennent de passer, l'humiliation est toujours aussi vive.

Je regarde mon cartable. À l'intérieur se trouve mon journal, sur lequel j'ai dressé la liste de toutes les manières dont je prévois de me venger. J'ai tellement d'idées… Je les ai détaillées de manière très précise, avec des règles pour chacune d'elle. Je tiens à être parfaitement préparée, pour ne pas faire échouer mes plans.

—— Vendredi… soupire Zack en mettant les mains dans ses poches. Je serai là.

—— Fantastique ! s'exclame mon père. Nous partons à huit heures précises, pas plus tard. À chacun de ses anniversaires, nous allons manger à la crêperie de la gare. C'est une tradition ! lui révèle-t-il avec un clin d'œil.

Puis il quitte ma chambre, laissant la porte claquer

derrière lui, et retourne dans la cuisine où je l'entends mettre le grill en place.

—— Je ne m'attends pas à ce que tu me pardonnes, mais je voulais au moins que tu saches que j'avais prévu d'avoir une conversation avec toi ce soir-là.

—— Bien sûr ! lancé-je, sarcastique, évaluant mes chances de quitter la chambre sans que Zack m'en empêche. Écoute, est-ce que nous pouvons faire comme si nous ne nous étions jamais rencontrés ?

—— Débloque au moins Lizzie et parle-lui. Laisse-lui une chance de s'expliquer ! m'implore-t-il.

Je ne réponds rien. Même si j'étais disposée à reparler à Lizzie, elle est trop liée à Tristan.

—— Toute cette histoire l'a rendue malade… Elle est furieuse contre les Sang-bleu de *Burberry*. Tu sais qu'elle a même demandé aux élites de *Coventry Prep* de se battre contre eux, cet été ? Les Hamptons se sont transformés en un véritable champ de bataille.

Cette histoire suscite mon intérêt, mais je me retiens de lui poser des questions. Et je n'en poserai pas non plus à Lizzie. Je ne veux plus ni de l'un ni de l'autre dans ma vie, même si je suis surtout en colère contre les Idoles. Je sais que je dois rester sur mes gardes et montrer à tous qu'ils ne peuvent plus m'atteindre. C'est mon seul moyen de réussir ma scolarité à *Burberry Prep*.

—— Je m'en fiche, rétorqué-je sèchement.

Zack s'avance vers moi. L'espace entre nous est maintenant si mince que nos pieds se touchent presque.

—— Je sais que ce n'est pas vrai, grogne-t-il. Lizzie

est ton alliée, et tu ne devrais pas lui tourner le dos. Tristan Vanderbilt est amoureux d'elle, mais cela ne l'a pas empêchée de le mettre à rude épreuve, cet été, à cause de ce qu'il t'a fait.

—— À quoi peut bien me servir une alliée qui n'est pas dans la même école que moi ? lancé-je. Je suis seule contre tous à *Burberry Prep* ; il faut que je l'accepte.

Je me sens envahie par la colère et la haine, et je sais que ça va être la partie la plus difficile, pour moi, à partir de la rentrée : réussir à canaliser ma violence pour l'utiliser à bon escient.

—— Tu te trompes ! renchérit Zack.

Il me fixe et son regard brûle ma peau jusqu'à ce qu'il se retourne et ouvre la porte de ma chambre donnant sur le couloir.

—— À vendredi ! lance-t-il en se retournant une dernière fois.

—— Ne compte pas là-dessus ! murmuré-je après son départ.

Puis je me lève et prends mon journal dans mon sac. Sur la couverture, j'ai gribouillé en rouge un signe de l'infini géant sur lequel j'ai tracé une croix. Le Club Infinity… Peut-être que leurs parents sont milliardaires, qu'ils contrôlent le monde, comme l'a dit Lizzie, mais eux ne sont rien du tout…

Il n'est jamais trop tôt pour apprendre l'humilité.

LE LENDEMAIN, je me glisse hors de la maison après que mon père est parti au travail et marche jusqu'au salon de tatouage, le *Shade's Dungeon,* qui se trouve à six pâtés de maisons de chez nous. Le gars qui le dirige est assez bizarre, mais c'est aussi la seule personne en ville qui, à ma connaissance, acceptera de tatouer une fille d'à peine seize ans, fera du bon travail, utilisera une aiguille propre *et* évitera tout risque d'infection.

—— Tu t'es finalement décidée à venir, me lance-t-il lorsque je pousse la porte de sa boutique, tandis qu'il est en train de nettoyer la chaise avec un antiseptique puissant. Tu as de l'argent ?

Je sors la liasse de billets que j'ai retirés au guichet automatique et la lui remets. Il compte – deux fois – puis la glisse dans sa poche arrière.

—— OK. Assieds-toi !

J'hésite un instant. Je suis toujours près de la porte ; je pourrais encore faire demi-tour et rentrer. Une partie de moi se demande si je ne ferais pas mieux d'abandonner mon désir de vengeance et de quitter *Burberry Prep,* tout simplement. Après tout, *Grenadine Heights* est une bonne école, et j'irais quand même dans une grande université après l'obtention de mon diplôme…

Mais non. Hors de question.

Les Idoles… Ils doivent savoir que leur argent ne fait pas d'eux des dieux. Ils n'ont pas le droit de jouer avec la vie des gens comme ils ont joué avec la mienne. Je ferme les yeux inondés de larmes. Je me suis tellement interdite de pleurer pendant ces vacances que je n'ai aucun mal à me retenir cette fois encore.

—— Écoute, gamine, si tu ne veux pas te faire tatouer…

—— Si, si ! m'exclamé-je en rouvrant les yeux.

Je me déplace jusqu'au siège en cuir et m'installe. Le tatoueur m'observe en secouant légèrement la tête. Il marmonne quelque chose que je ne comprends pas, peut-être « imbéciles de gosses », ou quelque chose dans le genre. Je ne sais pas. Mais je l'ignore. Ce tatouage est important pour moi – c'est la trace physique de toute la douleur que j'ai subie ce jour-là, cette *année-là.*

Tristan, Zayd et Creed ont profité de ma vulnérabilité et m'ont fait croire qu'ils m'offraient la chose que je voulais le plus : leur amitié.

Ma gorge se noue et mes mains tremblent, mais je remonte mon débardeur pour exposer mon ventre, puis je descends la ceinture de mon legging. Le tatoueur – il me semble qu'il s'appelle Sybil – me montre un dessin.

—— Qu'est-ce que tu en penses ?

Le symbole de l'infini est barré par une ligne horizontale, exactement comme celle qui a été tatouée à Derrick Barr lorsqu'il a été viré du Club.

—— C'est parfait !

Puis je regarde droit devant moi tandis que Sybil transfère le dessin sur ma peau et prend la machine à tatouer.

—— Tu es prête ? me demande-t-il, l'air ennuyé.

J'inspire profondément et hoche la tête. Lorsque l'aiguille touche ma peau, la douleur se fait immédiatement sentir. Je serre les dents. Ce n'est rien comparé à ce que j'ai ressenti ce dernier jour d'école, avec de la peinture qui coulait sur ma chemise, entre mes seins, sur mes côtes et sur mon visage tuméfié. Ce jour-là, mon cœur s'est brisé.

Le lendemain, je suis allée chez le médecin : j'avais une dent fêlée et une côte cassée. J'ai dit à mon père que j'étais tombée dans les escaliers – évidemment, il ne m'a pas crue. Néanmoins, nous n'avons presque pas parlé de ce qui s'est passé : ni de la vidéo de moi avec les garçons, ni de la culotte, ni de quoi que ce soit d'autre. Pourtant, je sais que mon père a voulu me soutenir, à sa façon. Au lieu d'être en colère, il a été d'une humeur exceptionnelle pendant toutes les vacances. Il n'a pas bu un seul verre d'alcool, d'ailleurs.

—— Et voilà ! Tu peux regarder ! me lance Sybil en reculant puis en attrapant un miroir, qu'il me tend.

Exactement ce que je voulais : une marque noire indélébile sur ma peau. Un rappel permanent.

Marnye, tu es trop gentille. Tu pardonnes trop facilement ! me répète souvent mon père en souriant.

Peut-être avant, mais plus maintenant. Tout cela est derrière moi, désormais.

—— C'est parfait ! déclaré-je en continuant d'admirer son œuvre dans le miroir.

Sans rien dire, il nettoie ma peau, pose un pansement, et je pars.

Avant la rentrée scolaire, la semaine prochaine, j'ai

quelques courses à faire. Je dois acheter des choses importantes.

GRENADINE HEIGHTS EST l'endroit où se trouvent toutes les boutiques de créateurs, les salons de coiffure les plus huppés de la ville et tous les snobs qui me regardent comme si j'étais une merde. Sauf que, cette fois, tous me dévisagent comme si je les impressionnais.

Au risque de le salir, j'ai mis mon uniforme de deuxième année pour aller faire les boutiques dans le centre de *Grenadine Heights*. L'uniforme est presque le même qu'en première année, mais la jupe est blanche – et non rouge comme l'année dernière –, la cravate est rouge, et il y a une seule bande rouge et une seule bande noire au niveau des coudes, sur le blazer, lequel a toujours l'écusson rouge et noir de *Burberry Prep* sur la poche, représentant une paire de griffons. Pour l'occasion, j'ai même mis des chaussettes hautes avec une rayure assortie en haut.

Tous les élèves de *Grenadine Heights* savent où se trouve *Burberry Prep* et qui y est inscrit. Tous les ans, leur équipe de football bat celle de *Burberry Prep*, mais cela n'a pas d'importance : ils savent que l'herbe est plus verte du côté de *Burberry*...

Aussi, lorsque j'entre dans le salon de coiffure, la tête haute, vêtue de mon uniforme, les femmes me traitent comme si j'avais de l'argent. C'est un peu...

triste, en fait. Mon père m'a souvent raconté qu'un jour ma mère était venue se faire coiffer ici. Elle avait économisé pendant des mois pour cela. Cependant, elle avait été traitée comme une moins-que-rien et était rentrée à la maison en pleurant.

Ce n'est donc pas un hasard si je suis venue ici.

—— J'ai un rendez-vous, annoncé-je à la fille qui me reçoit.

Elle porte l'écusson de l'école de *Grenadine Heights* sur sa chemise. Ce doit être une étudiante embauchée pour l'été. Elle me regarde comme si j'étais une déesse. J'essaye de me convaincre que c'est une bonne chose, que je dois avoir confiance en moi, mais je n'aime pas ça. Je déteste utiliser mon uniforme pour intimider les gens. Cela me donne l'impression d'être… *comme eux*.

Je me force à arborer un immense sourire.

La fille rougit en vérifiant mon nom sur son registre, puis m'indique une chaise juste devant. La coiffeuse me rejoint. En découvrant mes racines, ma coupe de cheveux jolie, mais imparfaite que Miranda m'a faite, et ma coloration rose-gold qui s'estompe, je la vois grimacer.

—— Je veux la même chose, lui annoncé-je en désignant mes cheveux. Mais rafraîchi.

Elle n'a pas l'air de trouver l'idée formidable. *Mais ils aimeront, quand ils me verront.* En tout cas, je pense qu'ils aimeront. Pour autant que je sache, tout ce que j'ai vécu avec les Idoles n'était pas feint. Je me souviens de Zayd me regardant dans le clair de lune, ses cheveux mouillés collés à son visage, les yeux brillants. *Non,* c'était peut-être un pari, mais tout n'était pas feint. C'est d'ailleurs ce qui rend les choses si douloureuses…

La coiffeuse se met au travail et, deux heures plus tard, je suis une autre personne dans le miroir. La couleur est exactement celle que je voulais : un mélange parfait de rose poussiéreux et d'or scintillant, et la coupe est passée de passable à carrément audacieuse. Je ne peux m'empêcher de sourire, satisfaite.

—— C'est très bien !

La coiffeuse semble soupirer de soulagement alors que je me lève et me dirige vers la caisse pour payer, laissant un généreux pourboire. Mes yeux croisent ceux de la jeune réceptionniste alors qu'elle me passe un sac contenant le shampoing et le masque que j'ai achetés. Elle est trop jeune pour avoir été ici le jour où Jennifer a été si mal traitée. La coiffeuse aussi, d'ailleurs. Même si j'avais voulu venger ma mère, je ne le peux pas – elles n'y sont pour rien.

Lorsque je me retourne pour sortir, deux personnes entrent dans le salon.

Mon cœur s'arrête de battre.

—— Miranda ! murmuré-je, tandis que celle que je considérais comme mon amie me regarde, ses grands yeux bleus écarquillés plongés dans les miens.

Marnye, s'il te plaît, ouvre la porte !

Je revois Miranda debout devant la voiture de l'école, essayant de l'ouvrir avec la poignée. Les autres Sang-bleu restent en retrait alors que l'amphithéâtre se vide dans la cour. Miranda tourbillonne autour de la voiture. Creed essaye de la retenir, mais elle se dégage de lui et tape sur la voiture, me suppliant de lui ouvrir. Cependant, je n'ouvre pas avant que Charlie n'apparaisse. Jennifer… elle reste derrière sans rien dire.

—— Qu'est-ce que tu fais ici ? me demande-t-elle.

Ses yeux passent de mon uniforme à mes cheveux. Creed, complètement figé derrière elle, arbore son air de prince désabusé habituel – comme un masque. Malgré tout, je remarque qu'il est crispé, mais je ne le regarde pas. Je ne peux pas.

Je serre les poings.

—— Je…

C'est tout ce que je parviens à dire. Les mots restent coincés dans ma gorge tandis que je soutiens le regard de Miranda. Je me demande si elle m'a trahie, elle aussi. Si elle savait ce qui allait arriver…

—— Je suis désolée, finis-je par lâcher.

Les mots sortent de ma bouche avant que je puisse les arrêter. Je suis vraiment désolée. Désolée d'avoir fait ce pari avec Creed, désolée de l'avoir laissée tomber de la même manière que les Idoles m'ont laissée tomber. Je me précipite pour sortir du salon, mais Creed me retient par le bras.

—— Tu n'es pas sérieuse ? me lance-t-il d'une voix glaciale. Tu sais très bien que tu ne survivras pas une semaine à *Burberry Prep* !

Nos regards se croisent. Une étincelle passe entre nous, et mon cœur se met à battre la chamade.

—— Lâche-moi, sifflé-je en retirant mon bras.

Miranda retient son frère.

—— Laisse-la tranquille, Creed, lui dit-elle d'un ton sévère. Marnye…

Je n'écoute pas ce qu'elle a à me dire et sors du salon. Je marche tellement vite que je cours presque. Ce n'est que lorsque j'ai le sentiment d'être suffisamment en sécurité que je ralentis, haletante et tremblante. *Comment vais-je faire pour tenir ?* me demandé-je en m'appuyant contre le mur de briques d'une épicerie fine. Ça sent le pain fraîchement sorti du four. *Si je peux à peine les regarder, comment vais-je faire pour faire face à toute l'école et mettre mon plan à exécution ?*

Pendant une seconde, j'ai du mal à respirer.

Tu sais très bien que tu ne survivras pas une semaine à Burberry Prep !

J'ai déjà entendu ça. Pourtant, je leur ai prouvé qu'ils avaient tort. Tous.

Je peux le refaire.

Je me force à reprendre mon souffle. J'ai encore beaucoup de choses à faire : acheter de nouveaux vêtements, des accessoires assortis, et quelques produits de beauté divers et variés. La meilleure façon de se venger est de se placer au-dessus des autres, et non de les rabaisser. Je n'ai pas besoin de toutes ces choses superficielles, mais elles m'aideront à me sentir mieux. Je veux être habillée comme eux. Je veux entrer dans cette école avec la tête haute. Ma nouvelle coupe de cheveux et mon maquillage seront comme un bouclier pour me protéger de leurs regards.

Je me remets en route. Je n'ai pas de temps à perdre.

LE MATIN de mon seizième anniversaire, je me réveille avec du café au lait frais et un paquet soigneusement emballé dans du papier kraft. Mon père a même ajouté un ruban rose au sommet. Il me sourit alors que je m'assois sur le canapé avec ma tasse. Je bois une gorgée de la boisson délicieusement sucrée, puis pose la tasse sur la table basse pour ouvrir le cadeau.

—— Il ne fallait pas… fais-je mine de le réprimander, me sentant coupable de ne pas lui avoir parlé de l'argent que j'ai gagné.

Parfois, je me dis que je devrais tout lui donner ; il le mérite. Cependant, je décide finalement de le garder pour moi. En cas d'urgence. C'est tellement triste que j'aie à prévoir des « urgences » alors que je ne devrais penser qu'à étudier, à faire de la musique et à me faire des *amis.* Au lieu de cela, je prévois de bouleverser l'ancienne hiérarchie sociale. De renverser le système de classes…

Je sais que cela ne sera pas facile. Mais je suis déterminée à tout faire pour y parvenir.

—— Mais si, voyons… commence-t-il en passant une main dans ses cheveux bruns hirsutes. J'espère que ça va te plaire, ajoute-t-il d'une voix étonnamment douce, désignant de la tête le paquet.

—— Je suis sûre que oui ! le rassuré-je.

Je commence à défaire le papier et repense à ce que m'a dit Zack, le jour où mon père s'est saoulé, lors de la semaine des parents. *Ton père a eu des nouvelles hier soir.* Je ne sais toujours pas de quoi il parlait…

Une fois le papier retiré, une boîte apparaît.

J'aimerais que ce soit une urne contenant les cendres des Sang bleu et les larmes des Idoles !

À l'intérieur se trouvent plusieurs feuilles de papier de soie protégeant une autre petite boîte en velours bleue. Je l'ouvre doucement et découvre le bracelet que portait toujours ma grand-mère June. Je suis tellement heureuse ! J'ai toujours adoré ce bracelet. Après le décès de ma grand-mère, mon père le gardait accroché sur le côté de son lit. Lorsque je rentrais dans sa chambre et qu'il dormait encore, je le trouvais souvent tenant entre ses doigts les breloques en cuivre du bracelet. Il y en a quatre : un petit train à vapeur, une miche de pain, une robe et un bébé. À l'origine, il devait y en avoir cinq, mais la cinquième – celle du milieu – a toujours manqué ; il ne reste que le petit anneau auquel elle était attachée. Aujourd'hui, mon père a remplacé la breloque manquante par son alliance.

—— Mais…

Je n'arrive pas à dire quoi que ce soit d'autre. Je lève le bracelet et l'observe attentivement, folle de joie et tellement émue… De toute évidence, il a été poli : la patine a disparu et le cuivre brille, reflétant la lumière.

—— Pourquoi est-ce que tu me donnes ça ?

Je lève les yeux vers ceux de mon père, mais son regard est complètement indéchiffrable. Il glisse ses mains dans les poches de son jean et se force à sourire.

—— Je voulais que tu aies un morceau de notre

histoire familiale toujours avec toi. Quelque chose qui t'accompagne et te donne de la force…

Ma bouche s'ouvre, mais aucun mot ne sort. Que puis-je répondre à cela ?

—— Tu es sûre de vouloir retourner dans cette foutue école ? me demande mon père.

Je serre les dents et détourne le regard, serrant le bracelet dans ma main.

—— Je le dois. C'est le seul moyen de m'assurer le meilleur avenir possible…

Toutefois, mon père m'interrompt en venant s'agenouiller à côté de moi. Il pose sa main sur mes jambes et je lève le visage vers lui.

— Ne retourne pas dans cette école, Marnye, dit-il d'une voix rauque – on dirait presque qu'il me supplie, ce qui me fait mal au cœur. Je t'en prie. Tu n'as rien à prouver, tu sais…

—— Je…

En fait, je ne sais pas quoi répondre. Et s'il avait raison ? Si je m'obstinais pour ne pas le décevoir ? Ne pas me décevoir moi-même ? À moins que ce soit pour me venger ? Tout à coup, je ne suis plus sûre de vouloir retourner à *Burberry Prep* pour les bonnes raisons. Je suis perdue. Je ne connais pas la vérité moi-même, alors comment pourrais-je la dire à mon père ?

—— Tu pourrais vivre chez ta mère et aller au lycée de *Grenadine Heights*…

À mon tour de l'interrompre :

—— Vivre chez *Jennifer* ? m'étouffé-je, m'écartant de lui et m'affalant dans les coussins usés du canapé, comme si mettre de la distance entre lui et moi pouvait suffire à faire tomber dans l'oubli les mots qu'il vient de prononcer. Je la connais à peine !

—— Marnye, murmure-t-il en dépliant ma paume pour prendre le bracelet et l'attacher autour de mon poignet sous mon regard ahuri. Je ne dis pas que ta mère n'a pas fait d'erreurs dans le passé, mais elle essaye vraiment de se rattraper. Elle veut apprendre à te connaître.

—— L'envie n'est pas réciproque, sifflé-je en ramenant mon bras vers ma poitrine et en jouant avec le bracelet. Et puis, il est hors de question que j'abandonne ma bourse à cause de quelques idiots qui cherchent à m'intimider.

—— C'était plus que de l'intimidation, Marnye. Ces garçons…

Je ferme les yeux et mon père arrête de parler, conscient que la simple évocation de ce dernier jour suffit à me faire souffrir.

—— Écoute, reprend-il. Tu es une fille intelligente. Tu es plus motivée que je ne l'ai jamais été, plus douée aussi. Si tu tiens à y retourner, je ne m'y opposerai pas. Mais je veux simplement que tu saches que tu as d'autres options, m'explique-t-il en soupirant.

Alors qu'il est sur le point de reprendre son argumentaire, on frappe à la porte.

—— Ça doit être Zack, murmure-t-il en se relevant et en se dirigeant vers la porte.

Je me lève du canapé, mais je ne suis pas assez rapide pour disparaître du salon avant que

Zack Brooks n'entre, vêtu d'un tee-shirt noir moulant ses muscles, d'un jean bleu foncé et de bottes marron. Immédiatement, il pose son regard brun sur moi, détaillant mon legging noir, mon débardeur en coton sous lequel il est clair que je ne porte pas de soutien-gorge, avant de revenir à mon visage.

—— Joyeux anniversaire ! me lance-t-il avec un sourire timide.

J'ai du mal à le prendre au sérieux alors qu'il s'est donné pour mission de faire en sorte que je n'aie plus jamais un autre anniversaire. Je décide de faire comme si je n'avais rien entendu.

—— Excuse-moi, dis-je sèchement en passant devant mon père et lui, prenant soin de ne pas même l'effleurer.

Je me réfugie dans la salle de bain, puis dans ma chambre où j'enfile l'une des nouvelles tenues que j'ai achetées hier. Autant la tester sur lui avant de retourner dans cette tanière de loups.

Lorsque je retourne dans le salon, je vois au regard de mon père qu'il remarque que je porte une nouvelle combinaison rose et des chaussures compensées noires neuves. Mais il ne dit rien. S'il m'avait posé des questions, je lui aurais révélé la vérité, mais il ne le fait pas.

De son côté, Zack m'observe avec attention. Je sens son regard sur ma nouvelle coiffure, mon maquillage léger que j'ai appris à faire avec un tuto YouTube, et mes extensions de cils – un accessoire dont je ne soupçonnais même pas l'existence jusqu'à récemment.

—— Tu es magnifique, me complimente-t-il en me tendant un paquet enveloppé dans du papier opalescent.

C'est très joli, mais j'ai du mal à le prendre. En fait, Zack et son cadeau me font horreur et je reste figée. Mon père me lance un regard étonné et je me décide à accepter le paquet. Je ne veux pas qu'il sache quoi que ce soit de ce qui se passe entre Zack et moi ; cela le stresserait par-dessus tout, et je vois qu'il est déjà extrêmement inquiet pour moi. Il a maigri, son teint est plus pâle, et il dort beaucoup plus que d'habitude. Je me fais du souci pour lui et je tiens par-dessus tout à préserver l'amitié qu'il a pour Zack.

—— Ce n'est pas grand-chose. Tu peux l'ouvrir plus tard, si tu veux.

—— Tu as raison, m'empressé-je de répondre en posant le paquet sur la cuisinière.

Zack a l'air gêné, mais garde le silence. Il se recule pour nous laisser passer, mon père et moi, alors que nous sortons du wagon. Le ciel est gris, mais la pluie n'a pas encore commencé à tomber. La McLaren orange de Zack est garée dans le jardin, mais ce n'est qu'une biplace, alors nous prenons la Ford de mon père.

Durant le trajet, Charlie fait de son mieux pour engager la conversation, mais la tension palpable entre Zack et moi rend les choses difficiles.

Lorsque nous arrivons au restaurant de la gare – un petit restaurant ouvert vingt-quatre heures sur vingt-quatre que j'adore depuis toujours –, mon père s'excuse pour aller aux toilettes, me laissant seule avec Zack.

—— Ça ne te gêne pas de gâcher le peu de temps que j'ai avec mon père ? lancé-je d'un ton agressif, le regardant en plissant les yeux.

—— Tu veux que je parte ?

J'acquiesce et un long silence s'ensuit.

—— Mais, évidemment, tu ne le feras pas. Tes désirs et tes besoins sont tellement plus importants que les miens !

Zack se raidit, comme si je venais de le gifler.

—— Marnye, je veux t'aider…

—— Tu m'as déjà suffisamment aidée, Zack, le coupé-je d'un ton sarcastique.

Je le regarde droit dans les yeux et je revois les images de ce qui s'est passé, ce jour-là, au collège : la porte des toilettes s'ouvre, Zack me tire dans ses bras et met ses doigts dans ma gorge. Il m'a sauvée, c'est vrai, mais c'est aussi lui qui m'a poussée à commettre ce geste. Pour un pari. Comment pourrais-je jamais lui pardonner ? Un jour, il s'est planté devant moi alors que je sortais du cours de mathématiques et m'a dit qu'il savait tout sur ma mère : qu'elle ne m'aimait pas, qu'elle préférait son autre fille. En repensant à cet épisode, je sens la haine m'envahir.

——Je ne sais pas ce que tu attends de moi, mais si c'est le pardon, je ne suis pas encore prête.

Zack se crispe et détourne le regard un instant avant de se lever. Je le regarde, les bras croisés sur ma poitrine, et j'attends – sans rien faire pour le retenir.

En réalité, je ne m'attends pas vraiment à ce qu'il parte. Pourtant, il pousse la chaise, jette une liasse de billets sur la table, puis lève la main lorsque j'essaye de la lui rendre.

—— Profite de ton petit déjeuner avec ton père. C'est pour moi, dit-il simplement avant de quitter la table.

Mais il s'arrête derrière ma chaise et se penche sur moi. Il est si près que je sens sa barbe caresser ma joue. De sa main droite, il serre mon épaule, faisant apparaître une nuée de papillons dans le bas de mon ventre.

—— En tout cas, même si tu ne veux plus me parler, je t'assure que je vais détruire ces connards de gosses de riches et leur faire payer ce qu'ils t'ont fait.

—— Hypocrite ! marmonné-je. Tu es comme eux ; peut-être même pire. N'essaye pas de me faire croire le contraire.

—— Je n'oserais pas, me répond-il en serrant mon épaule davantage. Joyeux anniversaire, Marnye, ajoute-t-il en déposant un baiser sur ma joue.

Je ne sais pas si je suis troublée ou horrifiée. Le contact de ses lèvres sur ma peau me réchauffe et me glace à la fois.

Il se redresse juste au moment où mon père revient à la table. Zack lui fait un petit signe de la main puis quitte le restaurant, me laissant seule pour répondre aux questions gênantes de mon père.

—— Qu'est-ce qu'il lui arrive ? me demande Charlie en s'asseyant.

Puis il s'immobilise en découvrant la liasse de billets au milieu de la table. Il siffle d'un air étonné.

—— Il a dû se tromper, déclare-t-il. Avec tout ça, on a de quoi venir déjeuner ici tous les jours pendant un mois !

Je souris, mais je ne pense pas que Zack se soit trompé. Pourtant, ce qu'il ne comprend pas – pas plus que Tristan, Creed ou Zayd –, c'est que l'argent n'a pas vraiment d'importance pour moi. J'ai conscience qu'il faut être privilégié pour dire que l'argent ne compte pas, mais je le pense. La nourriture, les vêtements, le logement, la sécurité et la santé sont autant d'aspects du quotidien qui nécessitent de l'argent, mais je ne cours pas après la richesse. L'argent ne m'impressionne pas. Ce n'est en tout cas pas ce qui fait que j'accorde mon amitié ou mon amour.

—— Il avait oublié qu'il avait un rendez-vous, prétexté-je, la gorge nouée.

Mon père me lance un regard suspicieux, arquant un sourcil, mais il ne dit rien. Lorsque nos commandes arrivent, je jette un coup d'œil à l'assiette de pancakes de Zack, à sa chaise vide, et je repense à ce qu'il m'a dit avant de partir. *Je vais détruire ces connards de gosses de riches et leur faire payer ce qu'ils t'ont fait.*

Sauf que ce n'est pas à lui de le faire, mais à moi.

C'est à moi de détruire les Sang-bleu de *Burberry Prep*.

CHAPITRE DEUX

LA DERNIÈRE JOURNÉE d'humiliation qui m'a été infligée à *Burberry Prep* n'a, semble-t-il, pas laissé indifférente la direction de l'école. Tandis que mon père est allé acheter quelques petites choses à grignoter pour le trajet jusqu'au campus, je consulte mes e-mails sur mon ordinateur. Ma boîte est remplie de messages du lycée concernant les cours, le règlement et… la nouvelle politique sur le harcèlement scolaire.

Burberry Prep *pratique désormais la tolérance zéro. Tout élève impliqué dans une affaire de harcèlement sera suspendu ou expulsé, selon la gravité des faits qui lui seront reprochés. Le respect envers les autres élèves et le personnel n'est pas seulement encouragé, il est obligatoire. Pour toute question relative à la présente politique, veuillez vous adresser à madame Felton ou au proviseur, monsieur Collins, pendant leurs heures de bureau.*

Mes lèvres deviennent sèches. Je me lève et vais chercher mon emploi du temps à l'imprimante.

L'interdiction d'utiliser tout appareil électronique entrera en vigueur dès que je mettrai un pied sur le campus. Avant, même, car ce sont les chauffeurs des voitures de l'école – qui conduisent les élèves du parking visiteurs aux grilles de l'établissement – qui sont chargés de prendre les téléphones portables.

—— Ils auraient tout aussi bien pu écrire mon nom en gros sur la première page pour que tout le monde puisse le voir, marmonné-je en saisissant la page à peine sortie de l'imprimante.

Je retourne m'asseoir, sors mon baume à lèvres du tiroir de la table et prends connaissance de mon emploi du temps.

Mes valises sont bouclées. Je suis nerveuse, mais je suis prête.

Je vais y arriver.

Je peux le faire !

Mon téléphone bipe. C'est un SMS de Miranda.

Pouvons-nous nous voir aujourd'hui ?

Mes paumes deviennent moites et je range mon téléphone dans la poche avant de mon sac en cuir.

Miranda a passé presque tout l'été à l'étranger, mais ce n'est pas le premier message que je reçois d'elle. En fait, elle m'en a envoyé beaucoup. J'ai répondu parfois, mais à peine. Je ne veux pas qu'elle pense que nous sommes redevenues amies. Je ne suis même pas certaine que nous le serons un jour à nouveau.

Saisissant mon cartable dans une main et mon sac de sport dans l'autre, je quitte la maison. Je commence à me diriger vers la voiture de mon père, mais suis arrêtée net par une limousine blanche apparaissant sur le chemin en gravier, devant notre maison. Mon père est aussi médusé que moi.

Le chauffeur se gare et descend en retirant son chapeau.

—— Marnye Reed ?

—— C'est moi, confirmé-je, complètement abasourdie, priant pour que ce ne soit pas un « cadeau » de l'un des garçons.

De toute façon, si c'est le cas, je refuserai de monter. Mais ça ne doit pas être eux ; pourquoi feraient-ils une chose aussi gentille ? À moins que ce ne soit pour m'enfermer à l'intérieur et la faire tomber dans l'océan ?

—— Salut !

J'écarquille les yeux en découvrant Andrew qui baisse la vitre et m'adresse un demi-sourire. Il a l'air gêné, comme s'il n'était pas certain de ma réaction.

—— Comme nous allons au même endroit, je me suis dit que…

Le chauffeur s'interpose entre nous pour ouvrir la portière arrière, et Andrew en descend, vêtu d'un jean et d'un tee-shirt. Moi non plus, je n'ai pas mis mon uniforme ; j'ai opté pour un legging noir et un débardeur – une tenue que j'ai jugée plus confortable pour la route –, décidant que je pourrai ensuite me changer dans les toilettes des visiteurs, avant d'entrer dans l'enceinte de l'école, comme je l'avais fait l'année dernière.

—— Je me suis dit que tu accepterais peut-être de faire le trajet avec moi ?

Mal à l'aise, il glisse ses mains dans ses poches. Le soleil fait briller ses cheveux châtains tandis qu'il regarde le wagon, puis mon père et moi, avec une lueur que je n'arrive pas à interpréter tout à fait. Peut-être est-ce de la pitié ? Oui… peut-être de la pitié.

Je soupire.

—— Papa, je te présente Andrew Payson. Andrew, je te présente mon père, Charlie Reed.

Andrew et mon père se serrent la main, mais je vois une certaine réticence sur le visage de mon père.

—— Il n'a pas participé à ce qui s'est passé, murmuré-je à l'attention de mon père.

—— Je vois… fait mon père, étudiant attentivement Andrew, comme s'il n'était pas sûr de me croire.

Comment le blâmer ? Il y avait des dizaines de garçons en uniforme brandissant mes sous-vêtements dans la foule, ce jour-là. Andrew aurait pu être l'un d'eux. Mais il se trouve que ce n'était pas le cas.

—— Vous voulez faire la route jusqu'au campus avec Marnye ? demande mon père.

—— Je passais de toute façon devant chez vous, se justifie Andrew en nous regardant, mon père et moi, d'un air timide. Je sais que Kathleen Cabot a proposé d'envoyer une voiture, et que tu as refusé, Marnye. Mais j'ai pensé que nous pourrions peut-être en profiter pour parler ?

Je repense à ma liste de vengeance pliée

précieusement dans ma poche. Le nom d'Andrew est inscrit dessus. Il y a une raison à cela, et j'espère que c'est la raison pour laquelle il souhaite me parler.

—— J'espérais passer du temps avec mon père... commencé-je, mais Charlie sourit déjà et me fait signe de partir.

—— Ne t'inquiète pas, ma chérie. Pars avec ton ami. De toute façon, je craignais que la Ford ne tienne pas tout le trajet.

Après avoir passé mes sacs au chauffeur de la limousine, mon père me serre dans ses bras.

—— Nous nous reverrons bientôt, je te le promets, murmure-t-il.

Je sais qu'il fait référence à la semaine des parents, comme si rien ne s'était passé la dernière fois. Je ne sais toujours pas pourquoi il s'est mis dans un état pareil, et je commence à me demander si je le saurai un jour...

—— Je suis content que tu aies des amis, ajoute-t-il en m'embrassant sur la joue avant de reculer.

—— Je t'aime, lui dis-je avec un large sourire, émue.

—— Je t'aime aussi, ma chérie, rétorque-t-il avec le même sourire et la même émotion.

Et tu es la seule personne qui m'aime réellement, pensé-je, luttant pour ne pas laisser ce sentiment de vide dans ma poitrine prendre le dessus. Depuis que j'ai dressé la liste de toutes les personnes dont je souhaite me venger, je suis déterminée et attends avec impatience le jour de mon retour à *Burberry Prep*. Cependant, alors que je suis en train de dire au revoir à mon père, le départ me semble plus difficile que je ne l'avais imaginé.

Je prends une dernière fois mon père dans mes bras et rejoins Andrew dans la limousine. À l'intérieur, il fait frais, grâce à la climatisation. Les sièges en cuir marron sont somptueux, et il y a même une télévision, un mini-réfrigérateur et un plaid plié dans un coin. Andrew me laisse la plus grande banquette, celle qui est perpendiculaire à la sienne.

Le chauffeur ferme la porte puis, quelques secondes plus tard, la voiture démarre, faisant lentement le tour du parc de caravanes de Cruz Bay, avant de rejoindre la rue principale. Andrew est le premier à briser le silence.

—— J'aurais voulu t'envoyer un SMS pour te prévenir, mais mes parents m'ont interdit d'utiliser mon téléphone pendant tout l'été. Je ne pouvais ni téléphoner, ni envoyer de SMS, ni utiliser les réseaux sociaux.

Il marque une pause et soupire, regardant à travers la vitre arrière teintée.

—— Ils ont découvert pour…

Il s'interrompt à nouveau, mais il n'a pas besoin de terminer sa phrase. Je sais ce qu'il va dire : ses parents ont découvert qu'il sortait avec un garçon.

Nous échangeons un long regard et je me sens rougir. Je suis gênée de ce que j'ai fait à Miranda et à Andrew, mais… je ne suis pas la seule à avoir commis des erreurs. Je suis prête à l'entendre, mais pour l'instant, son nom est toujours sur ma liste. Miranda…

Je ne pense pas que je serais capable de lui faire quoi que ce soit, même si je le voulais. Et puis, contrairement à tous les autres Sang-bleu de *Burberry Prep,* elle n'est *pas* membre du tristement célèbre Club Infinity.

—— Ils l'ont mal pris ? demandé-je.

J'essaye de comprendre ce qu'ils ont pu ressentir, mais cela est difficile pour moi. En fait, je ne conçois pas que des parents puissent en vouloir à leur enfant d'être homosexuel... Mon père est peut-être très pauvre, mais je sais qu'il m'aime, et qu'il m'aimera toujours, quoi qu'il arrive. Jamais il ne me reprocherait ma préférence sexuelle.

—— Je suis...

Il soupire et s'affale sur le siège, fermant les yeux. Je me souviens de ce qu'il m'a dit, l'année dernière, alors que je venais de le rencontrer. *Dommage, je ne suis même pas gay. De toute façon, entre nous, la plupart des filles ici sont déjà fiancées.* Je réalise maintenant qu'il était déjà dans la dissimulation....

—— Je suis fiancé, m'annonce-t-il finalement.

—— Tu es quoi ? m'exclamé-je.

Le choc me fait tousser si fort qu'Andrew finit par me sortir une canette de soda froide du réfrigérateur. Je m'empresse de l'ouvrir et d'en boire une longue gorgée, sous l'œil amusé d'Andrew.

—— Mes parents m'ont choisi une fiancée. Soit je l'épouse, soit ils ne veulent plus me voir et me déshéritent.

Assis face à moi, il me regarde comme s'il venait de

m'annoncer la chose la plus naturelle qui soit. Comme s'il était normal que des parents menacent de renier leur enfant.

Je prends une profonde inspiration pour encaisser la nouvelle et pose ma canette à côté de moi.

—— Je suis vraiment désolée.

Andrew hausse les épaules comme si ce n'était pas grave, mais je vois bien que cela lui pèse.

—— Est-ce si terrible d'être…

Il s'interrompt et ses yeux s'écarquillent légèrement, comme s'il craignait d'avoir été maladroit.

—— D'être pauvre ? demandé-je à sa place.

Il hausse les épaules en signe d'acquiescement. Peut-être pense-t-il suivre son cœur et dire à ses parents d'aller se faire voir ? Je ne sais pas… De toute façon, après être allé à *Burberry Prep*, il pourra intégrer n'importe quelle université, faire une belle carrière et gagner suffisamment d'argent pour s'assumer seul.

—— Ça dépend, murmuré-je de manière laconique.

Puis nous nous regardons un instant sans rien dire. Quelque chose passe entre nous, comme un règlement de compte silencieux.

—— Tu m'as droguée, ce jour-là ?

Il ouvre la bouche pour répondre, mais se tait finalement et détourne brusquement le regard.

Lorsque j'ai dressé la liste des personnes dont je voulais me venger, je n'ai pas tout de suite inscrit le nom d'Andrew. Puis j'ai réfléchi à ce jour où mes cheveux ont été coupés pendant mon sommeil. Mes souvenirs sont flous, surtout parce que, chaque fois que j'essaye d'analyser ce qui s'est passé, je revois Tristan en train de coucher avec Kiara Xiao dans les toilettes des filles.

—— Nous avons pris le petit déjeuner ensemble ce matin-là… commencé-je, avant de fermer les yeux, comme si j'avais peur d'aller au bout de ma phrase ; d'entendre la vérité. Et je ne pense pas que ce soit Miranda, conclus-je en rouvrant les yeux.

Andrew m'observe fixement un long moment.

—— Je suis vraiment désolé, murmure-t-il finalement.

Aussitôt, je ressens une colère sombre à l'intérieur de moi, comme si de la lave coulait dans mes veines, comme si tout mon corps était un volcan en pleine éruption.

—— Je sais que cela ne change pas grand-chose, reprend-il, mais je suis resté avec toi pour m'assurer qu'elles ne s'en prendraient qu'à tes cheveux…

—— En effet, ça ne change pas grand-chose ! lancé-je d'une voix glaciale.

Me confronter à Andrew est un bon entraînement. Comparé aux Idoles, c'est un chaton.

—— J'avais laissé pousser mes cheveux toute ma vie. *J'adorais* mes cheveux ! Ce n'est pas parce que j'ai fini par m'habituer que cela change quoi que ce soit à la douleur que j'ai ressentie ! déclaré-je en touchant mes cheveux courts.

Je le regarde avec de la haine dans les yeux, le souffle court et le cœur battant.

—— C'était un pari ?

—— À ton avis ? rétorque-t-il en soutenant mon regard. Tu sais comment fonctionne le Club Infinity maintenant…

Je serre les dents pour ne pas hurler et tourne la tête pour ne plus le voir. J'ai besoin de retrouver mon calme et me concentre sur l'herbe jaunie par le soleil au bord de la route. L'été a été particulièrement chaud cette année.

—— C'était qui ? murmuré-je sans le regarder, curieuse de savoir si l'un des gars était dans le coup.

—— Becky, Harper, Abigail et Valentina, m'apprend Andrew.

Puis il soupire, comme si ça lui faisait du bien de se débarrasser de ce secret.

—— Tout le monde les appelle le « quatuor infernal »… ajoute-t-il.

Je le regarde. Il est affalé, comme vaincu. Malgré son tee-shirt blanc et son jean hors de prix, il a l'air d'un perdant. Je ne vois ni victoire ni justice dans son regard vide.

—— Tu savais que…

Je n'arrive même pas à terminer ma phrase. *Tu savais qu'elles allaient me tabasser dans les coulisses ? Qu'une vidéo allait être diffusée ? Que j'allais recevoir un pot de peinture ? Que mes culottes allaient être lancées sur scène ?* Je n'arrive pas à lui demander s'il savait pour tout ce qui m'est arrivé, car si c'était le cas…

—— Miranda et moi ne savions rien, répond-il en

soupirant à nouveau. Je ne fais plus partie du Cercle fermé.

Je le regarde bouche bée et les yeux écarquillés.

—— Comment le sais-tu ? Les Idoles te l'ont annoncé par e-mail ?

—— Quand tu n'es plus un Sang-bleu, tu ne fais plus partie du club. C'est automatique.

Il se redresse et me regarde droit dans les yeux, passant une main dans ses cheveux. Je déteste les stéréotypes, mais ce n'est pas étonnant qu'il sente si bon – la noix de coco et le soleil ; j'aurais dû me douter qu'il était gay. Ses gestes, ses regards… ce n'étaient pas ceux d'un ami, ni d'un amoureux.

—— Je savais à propos du… euh… pour te faire tomber amoureuse, le…

—— Le pari, terminé-je à sa place, voyant qu'il a du mal à prononcer le mot. Continue.

—— C'est tout. C'est pour ça que je voulais t'emmener au bal d'hiver, que je t'ai encouragée à t'éloigner d'eux.

Il se penche en avant et enfouit son visage dans ses mains. Se venger d'Andrew serait comme donner un coup de pied à un chiot blessé. Je ne peux pas faire ça. Parce que quoi qu'il arrive, je ne suis pas comme eux. Je ne veux pas être comme eux. Avant, je pensais que devenir comme ma mère était la pire chose qui pouvait m'arriver. Maintenant, je sais que le pire qu'il puisse m'arriver serait de devenir comme les Idoles. Ce serait pire que la mort.

Je veux me venger, mais je veux pour cela respecter certaines règles.

Je sors le journal de mon sac et l'ouvre à la première page pour y ajouter une ligne.

Règles de vengeance de Marnye :

1. *Pas de violence physique.*
2. *Pas de vengeance contre les amis.*
3. *Pas de spectateurs innocents.*
4. *Pas de sexisme, de racisme, d'homophobie, ni toute autre forme de discrimination.*
5. *Les faire se pendre avec leur propre corde.*
6. ***M'arrêter à temps.***

Andrew pose sur moi un regard empli de regret et de frustration.

—— Quoi d'autre ? lancé-je en prenant une gorgée de soda. Est-ce que tu as fait autre chose ? Parce que c'est ta dernière chance d'être honnête.

—— Qu'est-ce que tu vas faire ? me demande-t-il, inquiet.

J'ouvre le journal à la dernière page, celle où j'ai inscrit la liste de tous ceux dont je veux me venger, et la lui montre. Il prend connaissance de la liste et je le vois écarquiller les yeux en découvrant son nom sur la liste.

—— Fais attention, Marnye, me conseille-t-il. Si tu crois que l'année dernière a été difficile, je t'assure que celle-ci va être pire. Ils vont littéralement te tirer dessus.

—— Réponds à la question ! insisté-je comme si je n'avais pas entendu ce qu'il vient de me dire, gardant mon stylo sur la page.

Il expire longuement.

—— Rien d'autre, je te le promets. Quant à Miranda…

Je lève la main pour l'empêcher de continuer. Miranda et moi devons parler. Mais je ne veux aucune information d'une tierce personne ; je veux qu'elle me donne elle-même sa version.

—— Rien d'autre, répète-t-il alors. Je suis vraiment désolé, Marnye.

—— Moi aussi, je suis désolée, lâché-je, sentant un certain soulagement m'envahir, car j'aurais détesté faire du mal à Andrew. Écoute : accorde-moi une petite faveur, et nous serons quittes, d'accord ?

Il hoche la tête et je décapsule mon feutre rouge – j'en ai cinq dans mon sac, spécialement prévus pour mon journal de revanche. Je corrige ma liste, sous le regard perplexe d'Andrew.

Revanche contre *les Sang-bleu de Burberry Prep*
Liste de ~~Miranda Cabot~~ Marnye Reed

Les Idoles (garçons) : Tristan Vanderbilt (~~première~~ ***deuxième*** *année), Zayd Kaiser (~~première~~* ***deuxième*** *année) et Creed Cabot (~~première~~* ***deuxième*** *année)*
Les Idoles (filles) : Harper du Pont (~~première~~ ***deuxième*** *année), Becky Platter (~~première~~* ***deuxième*** *année) ~~et Gena Whitley (année quatre)~~* ***(diplômée)***

Le Cercle fermé : ***~~Andrew Payson~~****, Anna Kirkpatrick,*
Myron Talbot, Ebony Peterson, Gregory Van Horn,
Abigail Fanning, John Hannibal, Valentina Pitt, Sai Patel,
Mayleen Zhang, Jalen Donner... ~~et, je suppose, moi !~~
La plèbe : tous les autres~~, désolée !~~
~~Bisouuuuus !~~
Zack Brooks

L'odeur de l'encre se répand dans la limousine alors que je rebouche mon feutre et le range dans mon sac, avec mon journal.

—— Tu étais en vacances dans les Hamptons, c'est ça ?

Andrew hausse les sourcils, ne voyant pas où je veux en venir, mais acquiesce d'un hochement de tête.

—— J'ai entendu dire qu'il s'était passé plein de choses… Raconte-moi !

Un sourire se dessine sur ses lèvres et, pendant une fraction de seconde, je vois le vrai Andrew – celui qu'il s'efforce de cacher par sa gentillesse.

—— Tu ne vas pas en croire tes oreilles ! jubile-t-il.

Il m'explique toutes les histoires de l'été dans les moindres détails, et je n'en perds pas une miette. Le moins que l'on puisse dire, c'est que c'est intéressant !

Je vais avoir davantage de pain sur la planche que ce à quoi je m'attendais…

ANDREW et moi enfilons notre uniforme à tour de rôle, en utilisant l'arrière de la limousine et ses vitres teintées comme vestiaire, puis nous nous glissons sur la banquette arrière de la Cadillac noire et brillante portant le logo du lycée sur le côté. Mon cœur bat la chamade et mes mains sont moites. J'ai l'impression que je ne peux plus respirer.

Pourtant, je dois me calmer. Si j'arrive dans cet état, ils en profiteront. Ce sont des prédateurs, tous ; ils sentent la peur.

—— Est-ce qu'une partie de toi est toujours amoureuse d'eux ? me demande Andrew alors que nous roulons sur le chemin en gravier qui mène à l'entrée.

Je le regarde d'un air horrifié et il baisse instantanément les yeux. Lorsque nous arrivons dans la cour avec sa fontaine surplombée d'une statue représentant un cerf, je suis accueillie par madame Felton, toujours habillée de la même manière.

—— Mademoiselle Reed ! Quel plaisir de vous revoir ! me lance-t-elle avec un sourire embarrassé.

Il y a tellement de pitié dans ses yeux que j'ai du mal à soutenir son regard.

Elle hoche la tête en direction d'Andrew puis attend poliment jusqu'à ce qu'il comprenne le message et parte, me laissant seule avec elle. Derrière sa silhouette fine et élancée se trouve un grand homme en costume qui me rend immédiatement un peu nerveuse. Il est très grand, avec les cheveux noirs et un visage méchant. Intimidée, je le regarde avec méfiance.

—— Avez-vous déjà parlé à Kathleen Cabot aujourd'hui ?

Je hoche la tête sans rien dire. En effet, Kathleen m'a appelée avant mon départ pour me proposer de m'envoyer une limousine afin de me rendre jusqu'à *Burberry Prep*. Hier, elle m'a même proposé de m'acheter une voiture. Et le dernier jour d'école, elle s'est confondue en excuses pour ce que m'avait fait son fils.

Ma mâchoire se serre légèrement en pensant à Creed Cabot et à ses cheveux blond platine qui lui donnent un air angélique, à ses yeux bleu de glace, et à son attitude nonchalante et insouciante. Je l'ai surnommé le *Prince des trous du cul,* tandis que Tristan Vanderbilt n'est plus que pour moi le *Roi des têtes de bite*. J'ai épargné Zayd...

—— Eh bien, je vous présente Kyle Carlin, ajoute madame Felton en désignant l'homme derrière elle. Le proviseur, monsieur Collins, madame Cabot et moi-même nous sommes entretenus avec votre père au cours des dernières semaines, et nous avons pensé qu'il serait préférable que vous soyez accompagnée d'un garde du corps sur le campus. Au moins jusqu'à ce que vous soyez dans le bain, s'empresse-t-elle d'ajouter face à la sidération qui doit se lire sur mon visage.

—— Un garde du corps ? répété-je machinalement en posant mes yeux sur la silhouette imposante et les muscles énormes de Kyle. Mais je n'en ai pas besoin ! plaidé-je.

Je n'ai absolument aucune envie d'être suivie par un

géant dans mes moindres faits et gestes ! Autant crier à toute l'école que je suis faible et sans défense… Mon quotidien deviendrait infernal !

Madame Felton pince les lèvres et échange un regard avec Kyle.

—— Je comprends que ce ne soit pas idéal, commence-t-elle, mais…

—— Non. Je ne veux pas de garde du corps ! m'exclamé-je.

Surtout, si je suis suivie toute la journée, je ne pourrai jamais me venger de tous ceux qui m'ont fait du mal. Je plante mon regard dans celui de madame Felton. Elle me paraît plus petite que l'année dernière ; à moins que ce ne soit moi qui aie grandi pendant l'été.

—— Est-ce obligatoire ?

Ma voix est calme, même si madame Felton me dévisage comme si j'avais perdu la tête.

—— Non, bien sûr que non…

—— Dans ce cas, je n'en veux pas ! tranché-je.

Car peut-être que le garde du corps éloignerait de moi les Sang-bleu, mais c'est tout ce qu'il ferait. Il ne m'épargnerait pas le regard méprisant de Tristan, ni le rire rauque de Zayd, ni les numéros de Creed pour amuser la galerie à mes dépens.

—— Eh bien, si vous changez d'avis, Kyle sera là pour vous. Nous prenons cette affaire de harcèlement très au sérieux, vous savez…

J'acquiesce avec un sourire poli et me tourne pour partir, mais madame Felton pose une main sur mon bras.

—— Si vous souhaitez prendre vos repas dans votre appartement, c'est également possible. Nous avons prévenu la cuisine.

Je réitère mon sourire crispé et m'éloigne.

Je sens leurs regards sur moi alors que je monte les marches, ma jupe blanche de deuxième année gonflée par le vent. Malgré tout, je marche d'un pas décidé, jusqu'à ce que j'atteigne les portes vitrées au bout du couloir extérieur. Là, je commence à vaciller.

Tu peux le faire, me dis-je en prenant une profonde inspiration pour tenter de calmer mon cœur qui s'emballe. *Ton uniforme est propre et repassé, tu as un porte-jarretelles et des chaussettes montantes, ce que tu n'avais pas l'année dernière. Tu es coiffée et maquillée, avec des extensions de cils. Tes sourcils sont épilés...* Je reprends peu à peu mes esprits. Afin de me donner davantage d'assurance, je sors un tube de rouge à lèvres rouge vif et en applique sur mes lèvres, puis je vérifie mes dents dans un petit miroir compact. C'est bon : je peux entrer. Je fais un pas, les portes s'ouvrent, et je marque une pause, arborant un sourire en roulant la ceinture de ma jupe pour la raccourcir.

Quand il faut y aller, il faut y aller !

Je me dirige vers la chapelle où les discours de rentrée doivent avoir lieu. Dès que je pénètre à l'intérieur du bâtiment, tout le monde se tait. Un silence de mort s'installe. Tous les élèves qui sont là ont les yeux rivés sur moi. Le seul bruit est celui de mes chaussures neuves, noires et brillantes, qui claquent contre le sol en pierre alors que j'avance dans le couloir, les épaules redressées, la tête haute et le dos bien droit.

Je suis parée pour affronter cette journée : je sais déjà que mon casier est le même que l'année dernière, et les clés de mon logement sont dans mon sac. Je regrette de ne pas être avec Miranda. Je lui ai répondu ce matin, avant de donner mon téléphone au chauffeur. Un message aussi succinct que sec : *Retrouve-moi à la cafétéria à l'heure du déjeuner.* Je me dis que j'aurais peut-être dû lui proposer de me retrouver ce matin, mais je n'ai plus aucun moyen de la contacter. Dommage, car cela m'a fait du bien de parler et de me réconcilier avec Andrew, et je réalise que j'aimerais faire la même chose avec Miranda. J'ai besoin d'elle. C'est la seule amie que j'aie jamais eue. Ma *meilleure* amie.

Au premier tournant, je tombe dans une embuscade : Tristan Vanderbilt m'attend, les bras croisés sur son uniforme de deuxième année : pantalon blanc, chemise blanche et cravate rouge. Il est beau, je dois le reconnaître. Mais il est aussi encore plus terrifiant que dans mon souvenir. Ses yeux gris me transpercent, et je sens ma gorge se nouer.

Derrière lui se tient toute la meute de Sang-bleu. *Pars !* hurle mon cerveau. Mais mon cœur endurci m'oblige à rester et à les affronter.

—— Tiens, tiens… La michetonneuse est revenue ! On dirait qu'une année ne lui a pas suffi…

Sa voix est sombre, menaçante, et son sourire est diabolique. De toute évidence, il apprécie ce moment ; il se délecte, comme un loup face à sa proie. Je m'y attendais. En revanche, ce que je n'avais pas prévu, ce sont la douleur et la fureur qui m'envahissent – à tel point que j'ai l'impression de déborder. Mes mains tremblent.

— Je t'avais dit que je serais là, grommelé-je, retirant le collier de l'intérieur de ma chemise.

Aussitôt, le regard argenté de Tristan devient triomphant. Pourtant, je n'arrive pas à comprendre pourquoi. Est-ce qu'il pense que je suis toujours amoureuse de lui ? S'attend-il à ce que je rampe devant lui et que je le supplie d'être gentil avec moi ? Quelle que soit la raison, même lui ne parvient pas à cacher sa surprise lorsque j'arrache le collier de mon cou et le lui jette à la figure.

Il l'attrape au vol alors que Harper fend la foule, se dirigeant droit sur nous.

—— Je ne veux pas de ton argent. Je n'en ai pas besoin ! Garde-le, tu en as plus besoin que moi.

Puis je passe devant lui et continue mon chemin. Cependant, à peine ai-je fait quelques pas que je sens quelque chose frapper le dos de ma tête. Je me retourne et découvre Harper se tenir fièrement aux côtés de Tristan, les yeux brillant d'une joie cruelle.

Je repense à la soirée du bal d'hiver de l'année dernière. Je revois Harper dans la limousine, contrariée par Tristan qui la traitait comme une *merde*. Or, j'ai beau me repasser la scène encore et encore, je crois qu'il ne faisait pas semblant, ce soir-là. Il la détestait vraiment. C'est là-dessus que j'ai élaboré mon plan : utiliser Tristan contre son propre clan. Je n'aurai pas à détruire Harper du Pont : Tristan va le faire pour moi, et il le fera très bien...

—— Ma pauvre Harper... déclaré-je d'un ton calme. La violence physique est l'apanage des faibles. Ce n'est pas comme ça que je compte gagner la partie...

Je la regarde droit dans les yeux, avec assurance. Elle n'a pas beaucoup changé au cours de l'été, à part quelques mèches plus claires dans ses cheveux bruns. Elle est toujours riche, populaire, jolie. Néanmoins, son point faible est d'être trop dépendante de l'approbation de ses pairs. Elle sera une cible facile.

—— Profite de ton premier jour d'école, ajouté-je avec un sourire presque imperceptible. Aujourd'hui, je m'installe, mais demain, je m'occupe de toi...

—— Si tu crois que j'ai peur d'une roturière ! ricane-t-elle.

Je m'en vais avant qu'elle ait terminé sa phrase, l'ignorant ostensiblement. Me lancer dans une joute verbale avec elle ne servirait à rien. Surtout, je ne dois pas prendre le risque que la situation dégénère : je suis seule contre tous et, s'ils se mettaient à m'attaquer physiquement, je serais fichue.

Alors que je tourne, au bout du couloir, je rentre dans Zayd Kaiser. Son odeur est familière, à la fois douce et angoissante. Le même mélange de géranium et de sauge que l'année dernière.

—— Eh ! Doucement ! s'exclame-t-il en posant ses mains sur mes épaules pour me repousser.

Lorsqu'il réalise qu'il s'agit de moi, il recule comme si je l'avais brûlé, ce qui me fait presque plaisir.

—— Toi… murmure-t-il comme s'il voyait un fantôme.

Visiblement, il ne s'attendait pas à ce que je revienne, et la stupeur se lit sur son visage.

—— Où est ton trophée ? lui demandé-je d'une voix glaciale, soutenant son regard vert émeraude. Tu l'as mis en bonne place dans ta chambre, j'imagine ? Pour pouvoir le regarder tous les jours et te féliciter d'avoir fait de moi ce que je suis ? Quelle drôle de récompense… lâché-je avec un petit rire. Se mettre avec une fille jusqu'à la rendre vulnérable pour mieux la briser…

—— Nous t'avions prévenue, rétorque Zayd.

Il tente de rester froid, mais je vois bien qu'il est déstabilisé et que je l'ai pris au dépourvu. Car, au fond, je sais que tout ce que nous avons vécu ensemble n'était pas feint. J'en suis sûre, même. Je prends le temps de l'observer pour le confronter à ce qu'il m'a fait. Je remarque quelques nouveaux tatouages, mais, surtout, je le trouve beau : sa peau est ensoleillée, et ses cheveux – qu'il avait teints en rouge pour le bal de fin d'année – ont retrouvé leur couleur argentée.

Tous les moments que nous avons passés ensemble me reviennent en mémoire. Zayd est de loin celui qui a été le plus gentil avec moi ; celui à qui j'ai le moins de choses à reprocher. Alors que Creed a lu mon essai devant tout le monde, et que Tristan a brûlé l'un des exemplaires originaux de mon livre préféré, Zayd n'a finalement rien fait de particulier. Il s'est comporté comme un connard, ce qui est assez facilement pardonnable… Mais je n'oublie pas que je l'ai choisi et qu'il m'a détruite – tout ça pour gagner un pari stupide.

—— Qu'est-ce que tu fais ici ? me demande-t-il, comme s'il était exaspéré par ma présence. Tu n'en as pas eu assez l'année dernière ?

Mes yeux me brûlent, mais pleurer devant ces monstres ne m'avancera à rien. Ils me filmeraient probablement et ne se gêneraient pas pour diffuser la vidéo devant tout le monde avant de la publier sur YouTube – comme ils l'ont fait avec les images de moi, dans des postures compromettantes, qu'ils ont fait défiler le dernier jour de l'année dernière. La vidéo n'est restée que deux jours sur YouTube, mais cela ne l'a pas empêchée d'accumuler plus de dix mille vues.

— Laisse-moi passer ! lui ordonné-je en le poussant.

Il s'écarte, mais seulement parce qu'il le veut bien, et je sens ses yeux sur moi alors que je me dirige vers la chapelle. Tout le monde s'écarte de mon chemin. Même les plébs se dispersent pour ne pas toucher la michetonneuse. Je prends sur moi pour ne pas y prêter attention alors que j'entre dans la chapelle et remonte l'allée centrale. Je vais m'installer sur le premier banc. Les autres s'installent à leur tour, mais un vide se crée autour de moi : personne ne s'assoit près de moi.

Peu importe. Je m'y attendais. Et je m'y suis préparée.

Rapidement, les bavardages et les rires reprennent. J'entends très clairement les propos tenus intentionnellement pour moi. Ou plutôt *contre* moi. Mais je les ignore. Je sais que, bientôt, je serai vengée.

Ce n'est qu'une question de temps. J'inspire et expire profondément et jette un œil en direction de la galerie, où je repère quelques visages familiers : John Hannibal, Gregory Van Horn, Ebony Peterson. Et Creed Cabot.

Il regarde dans ma direction. Lorsqu'il m'aperçoit, je remarque le bref écarquillement de ses yeux avant qu'il ne se reprenne et adopte son air de prince blasé. Je ne détourne pas le regard ; lui non plus. C'est comme un défi, et je refuse de céder.

Premier jour, première phase de mon plan : rappeler aux Idoles que je ne suis pas des leurs.

Creed plisse de plus en plus les yeux tandis que, autour de nous, tous s'arrêtent de parler et observent l'échange silencieux qui est en train d'avoir lieu entre lui et moi. Ils ont presque de la bave qui leur coule sur le menton, comme des hyènes affamées, trépignant d'impatience devant une prochaine mise à mort.

Le silence se rompt lorsque les derniers élèves entrent dans la chapelle, suivis par les membres du personnel de l'école, et que les portes se referment. Alors, un rugissement sourd émane du fond de la salle, se propageant vers l'avant comme une traînée de poudre. Creed pivote et semble stupéfait. Puisqu'il a brisé notre regard en premier, je me retourne à mon tour pour voir ce qu'il se passe.

J'ai le souffle coupé. J'ai la tête qui tourne. Je sens mon estomac se retourner en découvrant Zack – *Zack Brooks !* – remonter l'allée, vêtu de l'uniforme de deuxième année de *Burberry Prep* : pantalon blanc, cravate rouge et blazer blanc avec, par-dessus, une veste *letterman* aux couleurs de l'école.

Ce n'est pas vrai ?!

Il s'arrête à côté du banc sur lequel je suis assise.

—— Ça te dérange si je m'assois ici ? me demande-t-il.

Son regard me brûle. Je lève les yeux vers la galerie et aperçois Tristan, Creed et Zayd en train de m'observer attentivement. Je sais qu'ils n'aiment pas Zack. L'année dernière, ils ont prétendu qu'ils m'avaient courtisée uniquement pour gagner un pari qu'ils avaient fait avec Lizzie ; à voir leurs visages furieux, je comprends maintenant que ce n'est pas tout à fait vrai... De toute évidence, la présence de Zack auprès de moi les dérange. C'est donc que je ne les laisse pas aussi indifférents qu'ils le prétendent.

—— Si tu veux...

Je n'ai fait que murmurer, mais la pièce est maintenant si calme que ma voix résonne dans la chapelle.

Zack s'assoit à côté de moi. Sa cuisse touche la mienne et je fais de mon mieux pour ne pas prêter attention à la chaleur que ce contact provoque en moi. Car si l'année dernière j'avais désespérément besoin d'amitié, de compagnie et de... *romance,* je suis déterminée à ne pas reproduire les mêmes erreurs cette année. Je ne céderai pas au trouble que je ressens en présence des garçons, pas plus que je ne laisserai ma solitude me conduire à m'accrocher à des rochers tranchants.

—— Pourquoi es-tu ici ? Comment as-tu obtenu cette veste ?

Je ne devrais même pas prendre la peine de le lui demander, mais ma curiosité est plus forte.

—— L'entraîneur m'a vu jouer lors du match qui a opposé *Burberry Prep* à *Coventry Prep*, me répond Zack en haussant ses larges épaules.

Je tourne la tête vers lui. Ses cheveux noirs sont rasés. Il regarde droit devant lui, les mains à plat sur ses cuisses, faisant comme s'il ne remarquait pas que tout le monde est en train de nous dévisager.

—— Il en avait marre de perdre contre les écoles publiques et a convaincu les administrateurs de me laisser intégrer l'école, m'explique-t-il en me lançant un regard indéchiffrable. Je suis une légende, tu sais ! ajoute-t-il avec un sourire. Je suis le seul de l'équipe à être en deuxième année, et…

Il est interrompu par Miranda qui apparaît devant nous.

Nous nous regardons, et je crois pouvoir affirmer que je n'ai jamais été aussi nerveuse de ma vie.

Madame Felton monte sur scène derrière elle, ne laissant d'autre choix à Miranda que de s'asseoir là où elle se trouve, c'est-à-dire à côté de moi, en prenant soin toutefois de laisser un espace entre nous. Je n'ai aucune idée de ce que cela signifie, mais, en hasardant un dernier coup d'œil aux Sang-bleu, je vois la tension sur le visage de Creed.

Je me souviens alors de la liste que j'ai faite à son sujet, dans mon journal.

Les faiblesses de Creed Cabot

1. *Miranda Cabot*
2. *Kathleen Cabot*
3. *Sa jalousie envers Tristan*
4. *La honte qu'il ressent d'appartenir à une famille de « nouveaux riches »*
5. *Le fait qu'il ait été harcelé lorsqu'il était dans une école publique*

Me réconcilier avec Miranda est primordial. Pour moi-même, mais aussi pour… tout le reste. J'ai besoin d'elle à mes côtés.

Le proviseur Collins se place à côté de madame Felton et s'éclaircit la gorge. La pièce est déjà calme, à l'exception de quelques chuchotements, mais elle tombe dans un silence de mort dès qu'il prend la parole.

—— Bienvenue à tous ! commence-t-il, balayant la foule de ses yeux gris.

Lorsqu'il pose son regard sur moi, je remarque une pointe de sympathie et de compassion. La même expression qu'arborent tous les adultes qui me croisent depuis ce dernier jour d'école, l'année dernière. Je n'en peux plus…. Je porte mon attention sur Zack et repense à l'échange que nous avons eu le jour de mon anniversaire. Ses paroles prennent soudain un tout autre sens…

« Je suis seule contre tous à Burberry Prep ; il faut que je l'accepte. »

« Tu te trompes ! »

Je me demande depuis combien de temps il planifie sa surprise.

—— Comme je suis sûr que la plupart d'entre vous le savent déjà, poursuit le proviseur Collins d'un ton sévère et en faisant quelques pas lents sur la scène, l'année dernière s'est terminée sur un épisode qui entache gravement la réputation de *Burberry Prep*. Ce fut non seulement une honte, mais également une atteinte à nos traditions, ainsi qu'un triste exemple de ce à quoi peuvent conduire certains privilèges.

Il s'arrête sur le bord de la scène, les mains dans le dos, et lève la tête en direction de la galerie et des Sang-bleu qui y sont rassemblés. Je jubile. Je sens que monsieur Collins sera mon allié. Je vais devoir soigner cette relation…

—— Cette année, je souhaite que ces erreurs ne soient pas reproduites. Je vous encourage donc tous à prendre connaissance du règlement de l'école, chacun de vous devant être au courant de tous les changements qui y ont été apportés. Toute violation du règlement sera sanctionnée par une suspension ou une expulsion. Et ce sans exception !

Il marque une nouvelle pause et regarde la foule d'un air autoritaire. Puis il reprend et procède aux annonces habituelles du premier jour.

Toutefois, bien qu'il ait changé de sujet, je sens tous les regards braqués sur moi.

J'essaye de me calmer.

Laisse-les te regarder. Bientôt, ce sera ton tour !

CHAPITRE TROIS

À LA FIN de cette première journée, je me sens épuisée. Je ne cesse de réfléchir pour tenter de trouver comment mettre en œuvre ma vengeance. J'ai déjà de la chance : les événements de la journée ont joué en ma faveur, mais ce n'est que le début…

Je me dirige vers le restaurant et m'installe près de la fenêtre, à la table que j'avais l'habitude de partager avec Miranda. Elle et moi avons des emplois du temps assez différents cette année il me semble ; si elle veut me voir, les heures de repas sont donc idéales et je m'attends à ce qu'elle me rejoigne. Cependant, je n'irai pas la chercher ; c'est à elle de venir, lorsqu'elle se sentira prête.

J'ignore les regards et les chuchotements dirigés contre moi. Notamment, je vois bien que la table des Idoles est silencieuse et qu'ils sont tous tournés vers moi. Néanmoins, je ne prête pas attention à eux et sors un journal (pas celui de ma vengeance, un autre) que je pose à côté de moi, sur la table, pendant que je prends connaissance du menu. Après avoir passé commande, j'ouvre mon journal et commence à écrire.

Il ne faut que deux minutes à Tristan Vanderbilt pour me rejoindre.

—— Tu n'es pas autorisée à entrer ici, cette année, m'annonce-t-il.

Sa voix, douce comme de la soie, semble glisser sur moi comme une caresse et me fait frissonner, malgré moi. Je me concentre pour ne pas me laisser troubler. Je refuse de céder à mon attirance pour lui, pour les autres. Une attirance que je ne devrais pas éprouver…

Alors que je ne réponds rien et continue d'écrire, faisant comme si je ne l'avais pas entendu, il se penche vers moi, ses deux coudes posés sur la table, et plante son regard gris sur moi.

—— Charité ! Tu m'as entendu ? Je sais que tu as été autorisée à prendre les repas dans ta chambre. Alors lève ton gros cul et épargne-nous ta sale gueule…

Ses mots me piquent, comme si j'étais tombée dans un champ d'orties. J'écarte la douleur en fermant mon journal d'un coup sec, fermant le verrou sur le côté. Tristan regarde mon journal attentivement, puis se recentre sur moi.

—— Tu sais qu'elles m'ont cassé les côtes ? lui demandé-je froidement, en le regardant droit dans les yeux.

Il soutient mon regard avec une impassibilité effrayante. Il n'y a en lui pas une once d'émotion humaine. On dirait qu'il n'est fait que d'acier et de glace.

—— Je ne sais pas de quoi tu parles, et je m'en fiche. Lève-toi et retourne dans ta chambre avant que je ne t'oblige à le faire.

Je lui souris. Je n'ai pas peur. Pas du tout.

—— Harper, Becky, les autres filles… expliqué-je en les désignant d'un signe de la main. Est-ce que tu savais qu'elles iraient aussi loin ?

Tristan semble vaciller légèrement. Je lis un peu d'émotion sur son visage.

—— De quoi est-ce que tu parles ? rétorque-t-il.

Clairement, j'ai touché une corde sensible. Il semble perdre son calme… et ça ne fait que commencer.

—— Le jour où les filles se sont acharnées sur moi dans les coulisses avant mon solo de harpe, est-ce que tu savais qu'elles allaient me frapper si violemment, allant jusqu'à me casser les côtes et une dent ?

Il écarquille les yeux. Ça ne dure qu'une fraction de seconde, mais je l'ai vu. Pour cacher son trouble, il se redresse et passe sa paume sur sa cravate rouge, mais c'est trop tard. J'ai l'information que je voulais : il ne savait pas. Tristan, l'auto-proclamé roi de *Burberry Prep*, ignorait ce que prévoyaient de faire les filles.

J'ai réussi à ouvrir la première brèche…

—— Je te le dis pour la dernière fois : prends ton repas et retourne dans ta chambre.

—— Ou quoi, Vanderbilt ? lui répond une voix sombre et inquiétante derrière lui.

Tristan et moi nous tournons en même temps et

découvrons Zack, appuyé contre le mur, les yeux mi-clos et l'air renfrogné.

—— Tu vas la tabasser comme ta copine l'a fait ? Tu veux la couvrir de bleus et de sang, c'est ça ?

Tristan se raidit. Il semble si contracté que je me dis que ses muscles doivent lui faire mal. Il lance à Zack un regard noir puis s'approche de lui. Les deux se font face et, pour être honnête, j'aimerais qu'ils se battent. Ils commenceraient l'année en étant suspendus…

—— Tu penses que tu es différent ? éructe Tristan, passant une main dans ses cheveux noir corbeau. Tu crois que parce que tu es *désolé,* tu es meilleur que nous ?

Les mains de Zack se recroquevillent en poings.

—— Je n'ai jamais dit que j'étais meilleur ; j'ai simplement dit que j'étais du côté de Marnye. C'est tout, déclare-t-il en me regardant rapidement. Je suis déjà un connard. Je suis déjà corrompu. Mais je ne la laisserai pas se salir pour essayer de te combattre. Je vais m'en charger à sa place…

Tristan se retourne vers moi et me sourit en arquant les sourcils.

—— Ah parce que tu voulais essayer de me combattre ?

Il éclate de rire – d'un rire qui me déchire le cœur. Je réalise alors qu'il n'en a jamais rien eu à faire de moi. Pas même lorsqu'il m'a embrassée sur le bateau à vapeur, ni lorsqu'il m'a offert le collier, ni quand il m'a défendue dans le bureau du proviseur adjoint. Chaque seconde que nous avons passée ensemble était feinte... C'est ce que je comprends à présent.

—— Mais comment ? Avec quoi ? Avec les quelques pièces que j'ai jetées dans ta tirelire ?

—— Je vais te faire regretter ce que tu m'as fait, grogné-je entre mes dents.

Tristan rit de plus belle, se moquant littéralement de moi.

—— Pauvre Charité... Mais tu es toute seule ! ricane-t-il.

—— Elle n'est pas seule ! lâche Miranda.

Je me tourne vers elle en sursautant, surprise de la trouver là. La mâchoire contractée, elle défie Tristan du regard. Creed se tient derrière elle, figé dans l'embrasure de la porte. Il assiste à la scène d'un air sérieux, sans y prendre part.

—— Ma famille a plus d'argent que la tienne, Tristan, reprend Miranda, laissant tomber son sac au sol avant de s'approcher de lui, avec l'assurance d'une Sang-bleu. Et si je dois donner chaque *centime* que nous avons à Marnye pour te faire tomber, je le ferai, conclut-elle, les yeux emplis de rage.

—— Creed, tu devrais veiller à tenir ta sœur en laisse, lance Tristan d'une voix nonchalante. Si tu ne le fais pas, elle risque fort d'être évincée du Cercle fermé...

Creed se crispe, luttant pour ne pas laisser exploser sa colère.

— Tu ne touches pas à Miranda, Tristan, siffle-t-il. Je ne te le dirai pas une deuxième fois...

Creed contre Tristan. Un autre point faible à exploiter...

—— Vire-moi, si tu veux. Je m'en fiche ! renchérit Miranda en passant la main sous sa chemise et en sortant un jeu de clés.

Je me demande ce qu'elles peuvent bien ouvrir, puis je me souviens de la galerie et de la porte verrouillée. Un jeu de clés spécial, réservé à l'élite de l'école.

—— Bon débarras ! s'exclame-t-elle en lui jetant les clés à la figure, qu'il attrape au vol, comme il l'a fait avec le collier.

Alors, Miranda se dirige vers ma table, force Tristan à la laisser passer en le poussant d'un geste dédaigneux de la main, puis s'installe en face de moi. Tous les Idoles – en particulier les filles – regardent la scène d'un air outré, mais elle semble s'en moquer totalement. Elle prend le menu et l'ouvre en se penchant vers moi.

—— J'ai *tellement* de potins à te raconter ! me lance-t-elle avec un large sourire.

Je sais, à ce moment-là, que les choses vont s'arranger entre nous. Peut-être allons-nous devoir avoir une conversation difficile, mais nous y arriverons.

Tandis que je lui lance un sourire reconnaissant, Andrew nous rejoint et s'installe à la troisième place. Zack s'avance pour prendre la quatrième et dernière chaise de la table, mais je l'en empêche en plaçant ma main sur l'assise.

—— Je ne suis pas prête, m'excusé-je.

Il acquiesce d'un signe de tête et se dirige vers la

table juste à côté de la nôtre, s'arrêtant devant Tristan et Creed au passage.

—— Elle mange ici, leur rappelle-t-il.

Puis Zayd arrive un instant plus tard, avec Becky accrochée à son bras comme une sangsue. En les voyant, mon sang se glace, et j'ouvre de nouveau mon journal, griffonnant nerveusement à l'intérieur. Lorsque je relève la tête, je surprends le regard sombre de Tristan sur moi. Il fronce les sourcils et tourne les talons, quittant le restaurant en trombe et claquant la porte derrière lui.

Zayd et Creed ne disent rien, se contentant de passer devant moi pour s'asseoir à la table des Sang-bleu, dans le coin.

Je jette un coup d'œil à Zack et il me fait un petit sourire que Miranda remarque.

—— Tu as tellement de choses à me dire ! murmure-t-elle.

Je ris. Je suis tellement heureuse de la retrouver… même si je ne lui refais pas encore totalement confiance.

MON STUDIO EST EXACTEMENT le même que l'année dernière, à l'exception des serrures qui ont été changées. Je ne suis pas certaine que cela suffise à dissuader les Sang-bleu de s'introduire chez moi, mais cela devrait me faire gagner du temps…

Miranda prend place au pied de mon lit, et un

silence pénible s'installe entre nous. Appuyée contre la porte, je mords ma lèvre en cherchant mes mots.

—— J'ai tellement de choses à te dire, commence-t-elle, m'évitant de devoir entamer la conversation que nous devons inévitablement avoir.

Ses yeux bleus me rappellent ceux de son frère, et je réprime un frisson. Je ne veux pas penser à Creed, sauf pour décider de la manière dont je vais le détruire.

—— Avant tout, est-ce que tu as entendu parler de Windsor York ?

Je n'ai jamais entendu ce nom… Je hausse les sourcils en faisant non de la tête et me dirige vers le réfrigérateur duquel je sors deux canettes de soda, une pour Miranda et une pour moi.

—— Il est dixième dans l'ordre de succession à la couronne, m'apprend-elle en ouvrant sa canette dont elle boit une gorgée.

—— La couronne… Quelle couronne ?

Miranda éclate de rire.

—— Tu ne regardes jamais les informations ? s'amuse-t-elle. La couronne d'Angleterre, idiote ! lance-t-elle en souriant. Rassure-moi, tu as déjà entendu parler de William et Kate ?

Je la fixe d'un air perdu.

—— Le prince et sa femme, Kate Middleton ! Tu sais… Ceux dont *tout le monde* parle ! Tu connais au moins le prince Harry et Meghan Markle ?

Je fais non de la tête.

—— Non ?!

Miranda expire et se lève d'un bond, comme si le sujet était trop important pour me laisser dans l'ignorance. En réalité, je la soupçonne de prendre ce prétexte pour éviter d'aborder le cœur du problème, mais je la laisse faire...

—— Techniquement, Windsor est un *prince*. C'est l'arrière-petit-fils de la reine. Eh bien figure-toi que, pendant l'été, il a volé le yacht de ses parents et s'est écrasé sur un quai. Il a envoyé dix personnes à l'hôpital ! Heureusement, personne n'a été tué.

—— Pourquoi est-ce que tu me racontes tout ça ? demandé-je en ouvrant ma canette et en buvant une gorgée.

Les bulles éclatent sur ma langue tandis que je regarde Miranda dans les yeux, faisant de mon mieux pour faire comme si rien ne s'était passé entre nous et que tout allait bien. Pourtant, tellement de choses se sont passées. Tellement... Mais comment aborder le sujet ?

—— Miranda, je suis...

Elle m'interrompt alors que j'étais sur le point de m'excuser à nouveau. Peut-être ne veut-elle pas évoquer le passé ?

—— Il a été expulsé de plein d'écoles dans toute l'Europe, reprend-elle. Ses parents veulent vraiment qu'il se ressaisisse, alors ils ont décidé de l'envoyer à *l'étranger*.

Elle me regarde d'un air entendu, mais je ne suis pas du tout intéressée par l'histoire de ce Windsor... Au lieu de cela, je me demande si elle voit toujours cette fille, Jessie Maker. Toutefois, je ne suis pas sûre d'avoir le droit de le lui demander…

—— Plus précisément, ils l'envoient aux *États-Unis*.

Elle marque une pause pour ménager le suspense.

—— En *Californie...*

—— Et alors ? demandé-je de nouveau, ne comprenant pas où elle veut en venir.

Miranda s'approche de moi.

—— En Californie, il n'y a que trois lycées dignes d'un prince : *Coventry Prep, Beverly Hills Prep,* et *Burberry Prep* ! Marnye, je suis presque sûre qu'il va venir ici.

Je ne sais pas vraiment ce que cette conversation a à voir avec notre situation, mais je vois bien qu'elle essaye de faire preuve de bonne volonté, alors je souris.

—— C'est incroyable ! fais-je mine de m'extasier.

Cependant, le ton n'y est pas. Miranda le remarque et s'arrête de parler. Elle me regarde un instant sérieusement et détourne les yeux, comme pour fuir encore quelques instants la conversation qu'elle sent arriver.

Je fais une dernière tentative.

—— Miranda, je…

—— Marnye ! lâche-t-elle en levant les yeux vers moi. Tu sais que j'ai essayé de t'envoyer un message pendant l'été ?

Je hoche la tête et retiens mes larmes. Je ne veux pas pleurer. Je ne veux pas être faible. Je veux me venger et montrer aux Sang-Bleu que je suis plus forte qu'eux… Mais, avec Miranda, c'est différent. Elle est mon amie.

—— Quand j'ai vu que tu ne me répondais pas, j'ai compris que nous avions toutes les deux besoin de temps, ajoute-t-elle. Et Creed…

Elle s'interrompt, gênée, et baisse les yeux.

—— Ce que mon frère t'a fait est impardonnable. Je lui ai à peine parlé depuis et, si ça peut te rassurer, ça le tue intérieurement.

Elle me sourit, mais je vois qu'elle est triste en évoquant le mal qu'elle fait à son jumeau.

Pourtant, c'est exactement ce que je vais faire.

—— Je vais le faire souffrir, murmuré-je.

Elle me regarde d'un air terrifié en se mordant la lèvre un instant, puis finit par acquiescer.

—— Je m'en doutais…

Son sourire s'agrandit et elle retrouve son expression joyeuse.

—— Je n'attendrais rien de moins de ta part ! me lance-t-elle en riant presque. De toute façon, si tu ne les attaques pas, ils vont te crucifier. Bats-toi, Marnye ! Et montre-leur ce que je sais déjà : que tu mérites d'être ici encore plus qu'eux.

Puis elle sort quelque chose de sa poche qu'elle me fourre dans la main.

—— Qu'est-ce que c'est ?

Je la regarde d'un air intrigué alors que sa main est toujours dans la mienne, dissimulant l'objet qu'elle vient de me donner. Son sourire s'agrandit encore.

—— Tristan l'a mis dans sa poche tout à l'heure, et

Harper lui a fait une scène, dans le hall. Tout le monde les a entendus se disputer. Vraiment *tout le monde* ! Harper a fini par le prendre et le jeter à la poubelle, mais je l'ai récupéré.

Elle retire sa main et je découvre le collier que Tristan m'avait offert et que je lui ai rendu.

—— Garde-le. Il pourra toujours te servir… me conseille-t-elle avant de m'embrasser sur la joue et de se diriger vers la porte.

J'observe le collier et le serre fortement dans ma main.

—— Retrouve-moi pour le petit déjeuner demain matin ! Et fais attention à toi, Marnye. Ils t'en veulent… Cette année va être bien pire que l'année dernière.

CHAPITRE QUATRE

CETTE ANNÉE, je me suis équipée de caméras que j'ai achetées sur Internet. Je peux les relier à distance à mon téléphone, ce qui me permet de regarder les images à tout moment. Alors que je les positionne dans mon studio, je sens un sourire narquois se former sur mon visage, car le meilleur moyen de faire tomber les Sang-bleu est de les laisser se noyer. S'ils s'introduisent de nouveau chez moi, j'aurai une preuve.

Une fois les caméras installées, j'enfile mon uniforme, puis me maquille et me coiffe du mieux que je peux. Mon carré court n'est pas aussi parfait que lorsque je suis sortie de chez le coiffeur, mais ça reste original et joli, avec des boucles qui encadrent joliment mon visage au niveau des oreilles. Satisfaite, je prends mon emploi du temps et quitte mon studio.

À peine ai-je fermé la porte que je tombe sur Zack. Je l'observe d'un air renfrogné.

—— Qu'est-ce que tu fais ici ? Nous ne sommes plus vraiment amis, je te rappelle…

—— C'est à cause de toi, me répond-il avec son air habituel, à la fois sombre et impassible.

Malgré moi, mes yeux tombent sur sa bouche et je me souviens des baisers que nous échangions lorsque nous étions ensemble et de la manière dont sa langue caressait ma lèvre inférieure. Je frissonne. Pourtant, je ne suis pas plus intéressée par Zack que par Creed, Tristan ou Zayd. Plus maintenant. J'aimerais qu'ils aillent tous au diable ! Même si Zack a tenté de se faire pardonner, ce qu'il m'a fait est presque pire que ce que m'ont fait les autres. Avec Lizzie, il m'a donné envie de me suicider !

Je soupire.

La seule raison pour laquelle Lizzie n'est pas sur ma liste, c'est parce qu'elle n'est pas à *Burberry Prep* et que je n'ai aucun moyen de me venger d'elle. J'ai mis Zack sur ma liste, en revanche, parce que j'avais l'occasion de le voir en raison de son amitié avec mon père. Maintenant, c'est encore mieux : il est face à moi.

—— Bouge ! grogné-je en plaquant mon sac contre ma poitrine.

Zack me dévisage un instant, et je me laisse enivrer par son parfum, à la fois sportif, frais et sensuel. Ça me donne des papillons dans le ventre et cela m'énerve encore plus.

—— Bouge ! répété-je.

—— Tu n'es pas obligée de vouloir être mon amie, mais cela ne m'empêche pas d'être de ton côté.

Je ne veux plus écouter ce qu'il a à me dire. Je passe devant lui et m'éloigne sans me retourner, disparaissant au premier virage.

Au petit déjeuner, je sors mon journal et me mets à écrire avec fougue, d'une écriture saccadée. Il y a tellement de choses que j'ai envie de coucher sur le papier ! Aucun des garçons n'est présent, mais les filles sont là et me regardent manger. J'entends leurs voix étouffées et chargées de haine envers moi.

Avec la sécurité mise en place par l'école pour me protéger, nous allons tous devoir faire attention. Je prévois donc de ne rien faire avant vendredi, lors de la première soirée de l'année.

La porte du restaurant s'ouvre. C'est Zack. Il s'arrête brièvement en posant les yeux sur moi, puis se dirige vers sa table. Quelques minutes plus tard, Miranda et Andrew apparaissent et s'installent en face de moi.

—— Qu'est-ce que tu comptes faire ? me demande Miranda en chuchotant.

Elle est penchée vers moi, et ses cheveux blonds, presque blancs, lui tombent sur le visage, effleurant la table. Sa couleur de cheveux me rappelle Creed, mais je le chasse de mon esprit et la regarde en souriant, d'un air faussement naïf.

—— Qu'est-ce que tu veux dire ?

Je ferme mon journal en le claquant et veille à le fermer correctement à clé avant de le glisser dans mon sac.

—— En fait, intervient Andrew, Miranda pense

que la vengeance est un plat qui se mange chaud, mais je pense au contraire qu'elle est meilleure froide.

En le voyant me sourire, je comprends pourquoi j'ai longtemps cru qu'il me draguait. Andrew est quelqu'un d'ouvert, qui dégage une sympathie naturelle. Il a un véritable charisme. Je n'avais simplement pas vu qu'il était gay.

—— Mais je sais que tu prévois de faire quelque chose aux Sang-bleu ! ajoute-t-il en posant ses avant-bras sur la table et en élargissant son sourire. Laisse-moi t'aider, s'il te plaît. Je ne fais plus partie de leur groupe de toute façon, ils m'ont viré… soupire-t-il, comme si cette éviction lui était encore douloureuse. Je veux t'aider, Marnye, conclut-il d'un air sérieux cette fois.

—— Tu sais que nous allons t'aider, que tu le veuilles ou non, renchérit Miranda en se penchant en arrière et en mettant ses cheveux derrière son oreille. Alors autant nous dire ce que tu as prévu maintenant.

Elle tente de jeter ses cheveux sur le côté, mais échoue lamentablement, ce qui me fait sourire. Malgré tout, je ne lui dirai rien. Ni à Andrew, d'ailleurs. Je ne fais confiance à personne cette année. J'ai déjà tellement de mal à me faire confiance à moi-même… Je veux réagir, me venger, faire payer aux Sang-bleu ce qu'ils m'ont fait et imposer ma place au sein de l'école. Cependant, en faisant cela, je m'engage sur une pente glissante, et je ne veux pas finir comme *eux*. Il m'a fallu beaucoup de temps pour savoir qui je suis, et encore plus de temps pour commencer à aimer la personne que je suis en train de devenir ; il est donc hors de question que je laisse cela tout remettre en question. Je sais que ce sera difficile, et je préfère, pour le moment, ne pas parler de mon projet de vengeance.

—— Si je prévois quelque chose, vous le saurez bien assez tôt…

Vendredi… C'est vendredi qu'ils verront ce que j'ai sous le coude.

LA PREMIÈRE SEMAINE se termine sans événements majeurs. Il y a trop de membres du personnel dans les couloirs, et même si j'ai refusé l'aide du garde du corps qui a été embauché pour me protéger – Kyle ou Keith, je ne sais plus comment il s'appelle –, il est toujours là, comme s'il était le flic de *Burberry Prep*. Néanmoins, sa présence n'empêche pas les filles de m'insulter en douce dans les couloirs, mais je ne leur réponds pas et garde le sourire. J'attends mon heure…

Quant aux Idoles, ils restent à l'écart de mon chemin. Je ne sais pas si c'est parce qu'ils redoutent d'affronter ce qu'ils m'ont fait (j'en doute) ou qu'ils me détestent tellement qu'ils craignent de ne pas pouvoir se contrôler en ma présence ; en tout cas, je ne vois quasiment aucun des trois garçons dont j'étais presque tombée amoureuse l'année dernière.

Zack, c'est différent. Il s'assoit à côté de moi aux annonces du matin, ainsi que dans chacun des cours que nous avons en commun. Vendredi, alors que je me prépare pour la fête, il sonne à nouveau à ma porte.

Je regarde dans le judas et soupire en découvrant que c'est lui. Malgré tout, j'ouvre la porte et recule pour le laisser entrer. Il est tellement grand et massif que j'ai l'impression qu'il occupe tout l'espace. Mon cœur se met à battre rapidement, mais je parviens à me ressaisir – notamment grâce à la présence d'Andrew, allongé sur mon lit, et de Miranda en train de boucler ses cheveux dans la salle de bain. Quant à moi, j'ai fini de me préparer : mes cheveux rose-gold ondulés entourent mon visage, figés par la laque et recouverts de paillettes.

Zack me détaille de la tête aux pieds avec ses yeux sombres, d'un air parfaitement impassible. Il montre rarement ses émotions. Il a le même visage maintenant que celui qu'il avait lorsqu'il me harcelait à *Lower Banks*. C'était aussi cette même expression qu'il avait quand il m'embrassait, prenant mon visage dans ses grandes mains. Mon premier baiser. Et notre dernier baiser. J'en ai froid dans le dos…

Je croise les bras sur ma poitrine, consciente que je ne porte rien d'autre qu'une robe avec de la lingerie chic en dessous. Ne vous méprenez pas : la lingerie, c'est pour moi – ça m'aide à avoir confiance en moi.

—— Tu es très belle, Reed, me dit-il.

Il porte sa veste *letterman* par-dessus un tee-shirt noir moulant, un jean foncé et de nouvelles baskets brillantes. Il a l'air d'un gros riche : même si sa tenue est simple, elle coûte une petite fortune.

—— Tu vas à la fête, je suppose ?

—— Qu'est-ce que tu veux, Zack ?

Je le regarde droit dans les yeux, essayant de déterminer s'il est là parce qu'il se sent coupable, inquiet, ou qu'il est curieux. À moins que ça ne soit les trois à la fois ? Je n'ai pas besoin qu'il veille sur moi uniquement parce qu'il se sent obligé de le faire. Tout comme je n'avais pas besoin qu'il s'inscrive dans cette école par devoir envers moi, ou je ne sais quoi d'autre. Il peut être aussi gentil qu'il le veut avec moi, ça ne change rien. Son nom est toujours sur ma liste.

—— Laisse-moi être ton garde du corps, s'il te plaît. Le personnel n'est pas au courant de la fête de ce soir. Ça risque d'être difficile pour toi… m'implore-t-il.

Mon regard tombe sur sa poitrine musclée et moulée dans son tee-shirt noir. Pas étonnant que l'entraîneur ait accepté de l'intégrer dans l'équipe, bien qu'il soit en deuxième année… Zack est sans aucun doute le plus grand et le plus costaud de toute l'école. Même les quatrièmes années ne lui arrivent pas à la cheville. Sur le terrain, il doit écraser tout le monde !

Je souris. *C'est exactement ce que j'espérais,* pensé-je. *Personne pour nous surveiller…*

Miranda sort de la salle de bain et s'arrête devant Zack, l'observant attentivement. Elle n'a pas encore pris sa décision à son sujet, dans le sens où elle ne sait toujours pas si elle voudrait le voir se noyer dans un lac glacé ou brûler vif dans un incendie.

—— Qu'est-ce que tu veux, bordel ? lui demande-t-elle avec dédain, se détournant de lui pour venir à côté de moi.

Elle est si royale, si audacieuse. Sa remplaçante dans le Cercle fermé est une certaine Ileana Taittinger, une première année que j'ai tout de suite détestée lorsque, dès le deuxième jour de classe, elle m'a dit que j'étais trop moche pour être une michetonneuse. J'ai aussitôt ajouté son nom à ma liste ! Quant au remplaçant d'Andrew, il n'a pas encore été choisi, mais je suis sûre que son nom sera aussi rapidement sur ma liste.

—— Laisse-moi t'accompagner à la fête ce soir, insiste Zack. Je te promets que je te laisserai tranquille, mais je veux être là pour cette première soirée. Tu sais que ces gars me détestent ? Ils vont détester nous voir ensemble !

Je ricane et détourne les yeux vers Andrew, toujours sur le lit. Il est beau, vêtu de son uniforme. Il ne nous a rien dit, mais je crois qu'il est heureux de voir Gary Jacobs à la fête.

—— Pourquoi te détestent-ils autant ? demandé-je finalement en le regardant à nouveau, la tête penchée sur le côté. Ils m'ont mise en garde contre toi avant même de faire leur pari stupide. De toute évidence, ce n'était pas par affection pour moi. Qu'est-ce qui les dérange autant chez toi ?

—— Mon frère est peut-être un abruti cruel, mais il n'irait jamais aussi loin que toi. Tu as failli tuer Marnye ! Tu es irrécupérable, Zack. Laisse-la tranquille et va te faire foutre ! lui lance Miranda en secouant ses cheveux qui me frappent le visage.

J'écarte des mèches de mes lèvres pleines de gloss tandis qu'elle tourne les talons et se rend de nouveau dans la salle de bain.

—— Parce que tu crois vraiment que ton frère est récupérable ? lui rétorque Zack, en frottant sa lèvre inférieure avec son pouce. Tu penses réellement que ce pari est le pire que le Club Infinity ait fait ? Si c'est le cas, permets-moi de te dire que tu es sacrément naïve lorsqu'il s'agit de ton frère jumeau…

J'écarquille les yeux alors que Miranda se retourne et revient dans la pièce, fusillant Zack du regard, les yeux plissés. Elle ressemble tellement à Creed quand elle fait ça ! Un frisson m'envahit et je croise les bras autour de moi, comme pour me protéger.

—— Qu'est-ce que tu veux dire exactement ?

Ses mots résonnent dans la pièce comme un fouet. Instinctivement, je recule d'un pas, mais Zack ne bronche pas et nous observe toutes les deux.

—— Si je pouvais te le dire, je le ferais.

Je pouffe avec mépris et il jette son regard sur moi.

—— Quoi ? Tu ne me crois pas ? C'est pourtant la vérité ! Le jour où ils t'ont dit ce que Lizzie et moi avions fait, j'avais déjà trouvé un plan. J'allais…

—— … tout me dire parce que tu avais pitié et que tu te sentais coupable ? l'interromps-je. Ça ne suffit pas, Zack ! Si Lizzie n'avait pas décidé de modifier les conditions du pari, qu'est-ce que tu aurais fait ?

Le souffle court, je le regarde avec un air de défi, le menton relevé. Il soutient mon regard quelques instants, et un petit frisson me traverse. Il a l'air désolé.

Vraiment désolé. Je ressens presque la tristesse qu'il porte en lui. Mais je refuse de lui montrer quoi que ce soit. Après tout, il a raison d'être désolé pour ce qu'il a fait.

—— Marnye, commence-t-il, sa voix sombre se brisant légèrement. Je…

Il s'interrompt, soupire, puis ferme les yeux. Lorsqu'il les rouvre, son regard est de nouveau impassible. Comme s'il se coupait de ses émotions pour mieux se protéger…

—— Rien de ce que je pourrais dire ne réparera ce que j'ai fait, reprend-il en passant sa main dans ses cheveux courts et noirs. Rien. Je ferais mieux de partir…

—— Parfait ! s'exclame Miranda, le poussant vers la porte.

Zack se laisse faire, y compris lorsqu'elle ouvre la porte et le pousse dans le couloir. Avant qu'elle ne referme la porte sur lui, il se retourne et je vois son visage triste, ses yeux brillant d'une lueur lugubre.

—— Quel connard ! soupire Miranda en revenant dans le salon. Et dire que je t'ai poussée à sortir avec lui !

—— Tu crois que Creed est récupérable ? lui demandé-je.

D'un coup, elle se fige et se détourne, comme pour me dissimuler son visage. Cependant, lorsqu'elle finit par me regarder par-dessus son épaule, je vois que c'est vrai : elle le pense vraiment. En même temps, c'est son frère. À quoi m'attendais-je ?

—— Ce que je veux dire, c'est qu'il n'est pas aussi mauvais que Zack... commence-t-elle avant de se tourner vers moi. Il m'a vraiment soutenue dans mon homosexualité, tu sais. Il a même interdit aux Sang-bleu de faire des commentaires homophobes !

—— Waouh ! C'est un vrai héros ! soupire Andrew en levant les yeux au ciel.

Il se redresse et lance à Miranda un regard acerbe.

—— Ne lui trouve pas d'excuses. Je ne dis pas que Zack est un bon gars, mais au moins il essaye de se rattraper. Creed se fout complètement d'avoir fait du mal à Marnye.

Miranda soupire et hoche la tête.

Je déteste l'idée de la séparer de son frère, mais si elle décide d'être de mon côté, cela devra de toute façon arriver. D'ailleurs, je n'aurais rien à faire : Creed s'éloignerait d'elle de lui-même. Je ferme les yeux et me souviens de la règle numéro cinq de ma liste : *les faire se pendre avec leur propre corde.*

—— Je ne lui trouverai pas d'excuses, dit-elle en me regardant dans les yeux.

J'acquiesce avec un léger sourire, puis attrape ma nouvelle veste sur la chaise, dans le coin.

—— J'enfile ça et on y va ! J'ai hâte de faire mon entrée !

Le spectacle va commencer...

LA FAVEUR que j'ai demandée à Andrew est simple : me permettre d'emprunter sa voiture durant toute l'année. Techniquement, aucun élève n'est autorisé à avoir une voiture dans l'enceinte de l'école sans autorisation spéciale. Toutefois, en réalité, tous les élèves en ont une. L'année dernière, certains élèves se permettaient même de se garer dans l'un des parkings normalement réservés au personnel. Cette année, avec toutes les nouvelles mesures de sécurité et de contrôle, ils ont tous payé pour que leurs voitures puissent être garées sur un parking juste à côté du campus. Pour y accéder, il faut marcher dans les bois, ce qui n'est pas le plus pratique quand on est en robe de soirée scintillante et en talons hauts. Or, ce soir, tout le monde semble s'être mis sur son trente-et-un, ne lésinant pas sur les détails... Il règne une odeur tellement forte de parfum et de spray pour le corps dans ce bois que j'ai même du mal à respirer.

—— Ce n'est pas possible, tous les élèves de l'école sont ici ! se plaint Miranda en se bouchant le nez.

Nous marchons sur l'herbe mouillée pieds nus, nos talons à la main et nos sacs en bandoulière. J'ai adopté le style *Burberry Prep* : une robe trop chère, et les talons que Creed m'avait offerts l'année dernière. Si on compte les bijoux que j'ai empruntés à Miranda, je porte sur moi plus de *cinq mille dollars* en vêtements et accessoires ! Cette simple idée me donne le vertige, surtout si l'on considère que je suis certainement la moins bien habillée de la soirée et que les tenues des autres doivent atteindre des sommes astronomiques...

—— On dirait un exode massif, murmure Andrew en me passant ses clés.

Le bois semble briller de mille feux, entre écrans de téléphone portable, bijoux et robes à paillettes. Je ne sais pas comment le personnel peut ne pas nous voir ! Ils savent certainement ce que nous faisons, mais choisissent de fermer les yeux : comment pourraient-ils virer tous les élèves de l'école ? Soudain, je repense à Kyle et regarde autour de moi, craignant de le voir surgir quelque part dans l'ombre.

—— On ne *dirait* pas, le reprend Miranda. *C'est* un exode massif !

Enfin nous arrivons sur le parking – sans avoir croisé aucun des Sang-bleu – et je ne peux m'empêcher de siffler devant la beauté incroyable de la voiture rouge d'Andrew.

— Putain de merde, Andrew ! murmuré-je en passant ma main sur le capot. Rappelle-moi ce que font tes parents ?

Je n'avais jamais vu une Lamborghini rouge en vrai. Je ne suis pas particulièrement attirée par les voitures, mais celle-ci...

—— Ils construisent des voitures, me répond-il avec un petit sourire, sortant les clés de sa poche. Presque toutes les voitures fabriquées aux États-Unis ou en Italie portent l'écusson *Payson* quelque part, ajoute-t-il.

Je souris en retour, mais, en fait, je connaissais déjà la réponse à cette question. J'ai étudié la vie de tous les Sang-bleu de ma liste, prenant soin d'en apprendre davantage sur leur famille et le montant de leur fortune. Je sais exactement qui est issu de la famille la plus riche, et ceux dont les parents sont au bord de la faillite.

Des rires rauques résonnent dans tout le parking et, en levant la tête, je découvre Zayd, la tête renversée. Il s'esclaffe en raison de quelque chose que Greg vient de dire, son bras autour de la taille de Becky. Mon sang bouillonne alors qu'ils s'entassent tous dans une Jaguar F-type bleue décapotable, avant de démarrer en trombe, les pneus crissant sur les graviers, comme s'ils se fichaient de tout le monde. Ils vont si vite que Zayd manque de rentrer dans la Porsche de Valentina.

—— Quelle bande d'idiots ! marmonné-je en apercevant la McLaren orange garée en face – celle de Zack, sur laquelle il est appuyé. Connard de harceleur ! ajouté-je, avant de me retourner et de déverrouiller les portes de la Lambo.

Je contourne la voiture pour aller du côté conducteur et, avant de monter, j'aperçois Tristan et Creed debout à côté d'une Bentley Bentayga, un SUV blanc super prétentieux. Comme s'ils avaient senti que je les observais, ils se tournent tous les deux en même temps et plantent leurs regards dans le mien. Je leur lance un petit sourire, fais tourner les clés d'Andrew autour de mes doigts et me glisse sur le siège du conducteur. En fermant la porte, je regarde à travers la vitre teintée Tristan se diriger vers la Ferrari Spider de son père, et Creed grimper dans la Bentley. C'est fou… J'ai l'impression qu'on offre une voiture à tous ces enfants de riches le jour de leur seizième anniversaire.

—— Je ne savais pas que Creed et Tristan avaient une voiture. Ils l'ont volée ou on la leur a donnée ? demandé-je.

—— Mon père nous a offert le choix : une voiture ou de l'argent dans un trust. Creed a choisi la voiture, et j'ai choisi l'argent. Quant à Tristan, il a encore volé la Ferrari ! ajoute Miranda en haussant les épaules. Il l'a conduite tout l'été. Son père a tellement de voitures qu'il ne l'a probablement pas remarqué. Ou alors il s'en fiche... William Vanderbilt ne fait pas vraiment attention à son fils.

Elle regarde son téléphone et crie si fort dans mon oreille que je sursaute.

—— Attends avant de démarrer !

Puis elle sort de l'arrière de la voiture en trombe, poussant le siège avant sur lequel est installé Andrew. Elle fait deux pas et se jette au cou d'une fille que je reconnais vaguement. Je crois qu'il s'agit de Jessie Maker, la fille avec laquelle Miranda traînait l'année dernière. Elles se serrent si fort dans les bras l'une de l'autre que j'ai l'impression qu'elles vont finir par se briser les côtes. Enfin, elles se détachent et se regardent avec de larges sourires.

Jetant un coup d'œil par la fenêtre du côté conducteur, je vois Creed assis dans sa Bentley avec la vitre baissée. Il les observe attentivement, ses mains serrées sur le volant. Comme moi, il sait que Gregory Van Horn et John Hannibal sont également en train de les regarder. Brusquement, il allume son moteur et démarre, quittant le parking presque aussi vite que Zayd avant lui.

Miranda passe une tête dans la voiture, les joues roses, haletante.

—— Ça ne vous dérange pas si Jessie monte avec nous ?

— Bien sûr que non ! réponds-je.

Aussitôt, les deux filles s'installent à l'arrière, sans attendre la réponse d'Andrew qu'elles poussent à nouveau en passant derrière lui.

—— Salut Marnye ! J'ai beaucoup entendu parler de toi, me lance Jessie.

Ses cheveux noirs et brillants sont parfaitement raides, tombant délicatement sur ses fines épaules. Elle arbore un sourire chaleureux, avec des yeux marron pétillants et une robe blanche qui laisse peu de place à l'imagination.

—— Elle est de notre côté, m'assure Miranda tandis que je souris à Jessie d'un air perplexe.

Alors je démarre le moteur de la Lambo qui ronronne délicieusement. Comme je l'ai dit, je ne suis pas une grande amatrice de voitures, mais ce bruit de moteur, l'odeur des sièges en cuir… Je comprends mieux, maintenant, qu'on puisse craquer pour ce genre de voitures de luxe.

Beaucoup plus prudemment que les autres, je démarre, emprunte le même chemin de gravier qui monte et conduis en dehors du parking, puis me dirige vers le lieu de la première fête de l'année : la maison de campagne – qui ressemble davantage à un manoir – d'Ileana Taittinger. Elle se situe à environ deux heures au nord de *Burberry Prep,* sur une route côtière sinueuse qui part de Santa Cruz et se termine par une allée aussi longue qu'élégante, au fond de laquelle se trouve un portail métallique sophistiqué.

Lorsque nous arrivons, des élèves – des premières années, à en croire leurs uniformes, et un troisième année – surveillent les arrivées et n'ouvrent le portail qu'après avoir vérifié qui se trouve à l'intérieur de chaque voiture.

Or, nous ne sommes pas invités.

—— Tu ne nous as toujours pas dit comment tu prévoyais d'entrer là-dedans, murmure Andrew sans bouger les lèvres et en regardant droit devant lui alors que nous nous glissons dans l'allée.

J'expire brusquement et lui jette un regard entendu. Il le voit et devient immédiatement méfiant. Il a raison de l'être…

—— Une faveur est une faveur, dis-je calmement.

Il pâlit, ce qui me fait sourire.

Nous nous arrêtons à quelques mètres du portail et l'une des filles de première année se dirige vers nous, sa jupe gonflée par la brise révélant sa culotte rose en dentelle. Je baisse la vitre et elle appuie ses avant-bras sur la portière, son parfum écœurant remplissant la voiture et me donnant instantanément la nausée.

—— Je suis désolée, crache-t-elle. Ni putes, ni prostituées, ni catins ne sont conviées. Va faire le trottoir en ville, michetonneuse.

Son agressivité me fait grincer des dents. Cette fille ne m'a jamais rencontrée – *jamais !* –, mais cela ne l'empêche pas de me regarder comme si j'étais moins importante que l'écume de l'étang.

—— Enchantée de te rencontrer, répliqué-je d'un ton neutre, avec un petit sourire.

Je peux sentir la tension d'Andrew, de Miranda et de Jessie derrière moi, mais il est hors de question que j'abandonne.

—— Je m'appelle Marnye Reed et je vais aller à cette fête, merci beaucoup.

Je continue de sourire alors que la fille me regarde d'un air renfrogné et qu'un garçon en uniforme de troisième année s'approche de l'autre côté.

—— Pas de pédés ! s'exclame-t-il en secouant la tête et en se moquant d'Andrew à travers sa fenêtre partiellement baissée. Je me fiche de ce qu'a dit Creed ; ce mec ne vient pas à la fête de ma petite sœur. Il risquerait de me violer ! lance-t-il en éclatant de rire.

Il a l'air d'un âne – au sens propre du terme. Il est laid, le son de sa voix est laid. Tout en lui est laid. Je résiste à l'envie de crier, resserrant mes mains sur le volant.

—— Partons, Marnye, murmure Andrew, la voix et le visage sombres. Je n'ai pas envie d'aller à cette fête, de toute façon.

—— S'il te plaît, ouvre ce portail, répété-je à la fille toujours accoudée sur la portière.

Elle me dévisage d'un air moqueur puis, sans même prendre la peine de me répondre, retourne vers le portail où, secouant *parfaitement* ses cheveux, elle rit à quelque chose que l'un des garçons lui dit. L'autre connard, le frère aîné d'Ileana apparemment, ricane et nous quitte à son tour pour rejoindre le petit groupe. Avec un soupir, je passe la marche arrière et fais comme si je m'en allais.

Mais je ne m'en vais pas…

—— Marnye… commence Andrew, juste avant que je remette la voiture en marche avant et que j'appuie à fond sur l'accélérateur.

Dans un crissement de pneus et une forte odeur de caoutchouc brûlé, nous fonçons droit sur le portail et le défonçons. Heureusement, il n'était pas verrouillé et s'ouvre donc facilement, les portes en métal claquant contre les murs en briques de part et d'autre de l'allée menant à la maison. Tous les élèves présents nous regardent bouche bée alors que nous roulons sur la pelouse et que nous nous garons à côté des dizaines d'autres voitures de luxe déjà là.

Je remarque les voitures de Zayd, Creed et Tristan avant de sortir avec mes amis et de verrouiller les portières, en mettant les clés dans mon soutien-gorge. Andrew est figé, médusé, tandis que Miranda semble amusée. Elle sourit, résistant à peine à l'envie de sautiller sur place, tandis que Jessie lève juste les sourcils en sifflant de surprise.

—— Qui es-tu ? Qu'est-ce que tu as fait de la Marnye Reed que je connais ? plaisante Miranda alors que le groupe du portail se précipite vers nous, traversant la pelouse en courant.

Je les ignore, secoue mes cheveux (mal, dois-je avouer) et me dirige vers le porche où se trouve une foule d'élèves ébahis. Zayd est là, en plein milieu, une bière à la main. La bouche grande ouverte, il garde ses yeux verts rivés sur moi alors que je me dirige vers la porte d'entrée.

—— Hé ! hurle le grand frère Taittinger en se plantant devant moi, essoufflé.

Son visage est encore plus laid que tout à l'heure. Il me regarde avec de la haine dans les yeux et je suis presque sûre qu'il s'apprête à lever la main sur moi. La garce de première année est juste derrière lui, légèrement sur sa gauche, comme une sentinelle.

—— Putain de salope ! grogne-t-elle.

C'est assez troublant d'entendre des mots si pleins de haine prononcés par une fille dont le visage est si enfantin. Je les regarde tous les deux d'un air étonné et calme – qui doit les mettre hors d'eux – avant de me tourner vers Andrew avec un léger sourire.

—— Je suis désolée pour ta voiture, mais je crois qu'il n'y a même pas une égratignure. Ta famille construit vraiment des voitures de qualité !

Il me fixe pendant une seconde, clignant des yeux en essayant d'encaisser le choc, puis me sourit à son tour.

—— C'est vrai, nous en sommes d'ailleurs très fiers ! rétorque-t-il, amusé.

—— Ferme ta gueule, pédé ! ricane Taittinger en s'approchant d'Andrew.

Il semblait réticent à frapper une fille, mais je suis inquiète pour Andrew.

—— Recule, Craig ! crie Miranda, avec son assurance de Sang-bleu.

En fait, elle a même plus d'assurance que lorsqu'elle était une Sang-bleu. Dans sa robe couleur crème, elle ressemble à une reine.

—— Si tu le touches, je te tue !

—— Vraiment ? ricane Craig, poussant Andrew avec sa paume, au niveau de la poitrine.

Andrew trébuche en arrière, les narines dilatées, mais il tient bon. Miranda accourt aussitôt, malgré les tentatives de Jessie pour la retenir. Elle se jette sur Craig Taittinger, qui lève le poing. Je m'apprête à intervenir, mais… une main saisit son poignet et le tire en arrière si fort qu'il trébuche, tombant comme un tas sur le porche. Une foule s'est formée autour de nous, tandis que Creed regarde le frère d'Ileana avec un visage si sombre que je le reconnais à peine.

—— Tu pensais vraiment que j'allais te laisser toucher ma sœur ? murmure-t-il d'une voix si glaçante que j'ai le sentiment qu'elle pourrait tuer. Tu te fous de ma gueule ? ajoute Creed en mettant son pied sur la gorge de Taittinger, tout le monde autour retenant son souffle.

Pour ma part, je filme la scène avec mon téléphone sans que personne ne le remarque.

Il ne fait que protéger sa sœur, pensé-je. Cependant, je bannis immédiatement cette pensée, me souvenant de l'air impassible avec lequel il me regardait alors que j'étais humiliée devant toute l'école, l'une de mes culottes serrée dans sa main. Je le vois encore me la lancer comme on jette un os à un chien errant.

—— Retire ton pied, Cabot ! intervient la fille de première année, les mains serrées en poings. Ces idiots ont forcé le portail ; Craig essayait juste de les faire partir !

—— En frappant ma sœur ? répond Creed, sa voix me faisant froid dans le dos.

Je repense à la façon dont il a humilié Derrick Barr avec de simples mots, l'année dernière, avant de l'envoyer dans les buissons. Ce type peut être terriblement angoissant...

—— Qu'est-ce que je vous ai dit à propos des connards homophobes ? reprend-il. Je ne laisserai personne faire une quelconque remarque, c'est clair ?

Il appuie plus fort avec son pied sur la gorge de Craig, et je sens ce petit pincement au fond de moi. Je ne suis pas partisane de la violence, mais... je trouve que Creed a raison. Pourtant, je continue d'enregistrer.

—— Tu les laisses tranquilles, c'est compris ? ordonne-t-il à Craig d'un ton menaçant.

—— Mais la michetonneuse... bafouille la fille de première année.

Aussitôt, Creed se tourne vers elle. Ses yeux, d'ordinaire mi-clos et inexpressifs, sont emplis de rage. La fille recule de quelques pas, pinçant ses lèvres rouges et brillantes. Un instant plus tard, Tristan apparaît dans l'embrasure de la porte avec Ileana à son bras. Elle rit et minaude jusqu'à ce qu'elle voie son frère par terre.

—— Craig ! s'exclame-t-elle, se précipitant vers lui.

Elle pousse Creed, qui est forcé de se décaler et trébuche sur moi. J'en profite pour glisser une main dans sa poche, en sors ses clés et les fourre dans mon sac avant qu'il ne réalise sur qui il vient de tomber en se tournant vers moi. Il est haletant de rage, mais il ferme rapidement les yeux et prend plusieurs respirations profondes pour retrouver son calme habituel. Lorsqu'il rouvre les paupières, son regard est de nouveau celui auquel je suis habituée. Alors qu'il a les yeux rivés sur moi, je me baisse et remplace mes chaussures plates par les talons qu'il m'a achetés l'année dernière, ceux avec une lune dorée et des étoiles argentées dessinées dessus.

—— Qu'est-ce que tu fous là ? me demande Tristan alors que Craig se relève, toussant et essayant de reprendre son souffle, les yeux braqués sur Creed.

À peu près un quart de la foule semble être de son côté. *J'aurais dû ajouter une septième règle : faire en sorte de diviser les plébs et les Sang-bleu.* Craig Taittinger, aussi hautain et arrogant soit-il, n'est encore qu'un plébéien, au bas de l'échelle sociale de *Burberry Prep.*

—— Moi ? fais-je mine de m'étonner en me dirigeant vers Tristan et en posant mes paumes sur le devant de sa veste en laine.

Je les fais glisser le long de sa poitrine, sentant le regard gris de Tristan me transpercer comme une lame. Je sais que je suis belle, recouverte de diamants, vêtue d'une robe moulante dorée et de talons. Je me suis préparée tout l'été pour ce moment, et ça se voit. Et surtout, *il* le voit ; je le sais. *Mon Dieu, c'est tellement bizarre,* me dis-je alors que je replie mes doigts au niveau de ses poches. A priori, il n'y a pas de clés à l'intérieur. Je vais devoir chercher ailleurs.

—— Je suis ici pour faire la fête !

Je repousse Tristan et il trébuche, surpris par mon geste. Puis, sous le regard ahuri de Zayd, j'entre dans la maison et me dirige vers la table des boissons où je me verse une bière. Je ne vais certainement pas la boire, mais lorsque je vois Harper du Pont me fusiller du regard à travers la foule, je lève mon verre vers elle pour la saluer, puis fais semblant de boire une gorgée. Elle se moque de moi, mais je souris simplement, tandis qu'Andrew, Miranda et Jessie me rejoignent.

—— C'était quoi ce truc ? halète Miranda, me regardant comme si elle ne m'avait jamais vue auparavant. Ça faisait partie de ton plan ?

—— Non, je n'avais rien prévu…

Et c'est vrai. Je n'avais pas prévu que les choses se déroulent ainsi. J'ai défini des règles et des grandes lignes, mais je n'ai pas prévu tous les détails de ma vengeance. Il y a plusieurs manières d'arriver au résultat que je vise : faire en sorte que les Idoles soient contre le Cercle fermé, et les plébs contre les Sang-bleu.

Dès que Harper ne me regarde plus, je jette ma bière dans l'évier et remplis mon verre d'eau. Puis

Harper se tourne à nouveau vers moi et je bois mon verre cul sec, impressionnant au passage les quelques premières années présentes qui ne savent pas encore tout à fait qui je suis et qui croient que j'ai avalé de la bière.

—— En tout cas, c'était incroyable ! ajoute Miranda, en expirant et en passant ses mains sur le devant de sa robe. Jessie, tu veux un verre ? Parce que moi, il m'en faut un !

Alors qu'elle commence à préparer deux cocktails dans des gobelets en plastique rouge, je jette un coup d'œil vers la porte arrière et constate, avec étonnement, que la piscine n'est pas utilisée. Elle est recouverte d'une bâche qui ploie légèrement sous le poids de l'eau et des feuilles mortes accumulées sur le dessus. Aussi subrepticement que possible, je remplis de nouveau mon verre et me tourne vers Andrew.

— Qu'est-ce que tu as prévu ensuite ? me demande-t-il.

Je hausse les épaules. En fait, je joue à l'aveugle. J'avais un plan, mais j'ai finalement une bien meilleure idée.

— Je peux t'aider à quelque chose ? ajoute-t-il.

— Est-ce que tu pourrais m'aider à trouver les clés de Tristan et de Zayd ?

Andrew écarquille les yeux, mais je n'ai pas le temps de lui expliquer quoi que ce soit, car Zayd entre dans la cuisine. Il s'arrête à côté de moi et soupire, tenant une bouteille de bière dans sa main droite tatouée. Je me sens terriblement mal à l'aise, mais parviens à ne pas le montrer.

— Casse-toi, Payson ! lance-t-il en désignant le salon d'un coup de tête.

Andrew fronce les sourcils, puis échange un rapide coup d'œil avec moi avant de se diriger vers l'escalier. J'espère qu'il va chercher les clés de Tristan. Je reporte mon attention vers Zayd qui me regarde d'un air dur, sa main serrée autour de sa bouteille de bière, ce qui fait gonfler ses muscles et semble donner vie à ses tatouages.

— Franchement, Marnye, pourquoi t'es venue ?

— Je fais la fête ! rétorqué-je simplement, portant mon verre à mes lèvres.

Je prends une énorme gorgée, ne quittant pas Zayd des yeux. Il passe sa langue sur l'anneau qu'il porte à la lèvre ; il est terriblement beau, surtout avec ses cheveux gris argenté figés par le gel.

— Tu crois que nous plaisantions, l'année dernière ? me demande-t-il en jouant avec l'une de ses mèches de cheveux. Si c'est le cas, détrompe-toi ! Au contraire, ce n'était qu'un échauffement. Tu ferais mieux de partir.

— OK… fais-je avant de boire une gorgée de mon eau. Mais qu'est-ce que vous allez faire si je reste ? On va vous décerner une médaille pour m'avoir détruite une seconde fois ? Votre victoire de l'année dernière ne vous a pas suffi ?

Il m'observe avec un rictus puis boit sa bière en fronçant les sourcils. Il est vraiment beau. Je me répète, mais c'est tellement vrai… La chanson *Irresistible* de Fall

Out Boy et Demi Lovato me revient en tête, et je ne peux m'empêcher de sourire. Je ne suis pas très musique pop, mais c'est l'une des préférées de Miranda. Elle la met en boucle lorsque nous nous préparons.

Zayd ne me répond rien. Il continue de me regarder, puis finit par jeter sa bière dans l'évier. Quand il s'avance brusquement vers moi, je suis tellement surprise que je recule, mes fesses heurtant le comptoir. Il pose ses mains sur le meuble, autour de moi, m'empêchant de lui échapper. Son parfum m'enivre. C'est le même qui me faisait chavirer l'année dernière, un doux mélange de tabac et de clou de girofle. Je suis presque sur le point de fondre à nouveau, mais je me souviens qu'il avait apporté une caméra dans ma chambre pour nous filmer pendant que nous nous embrassions.

Espèce d'enfoiré !

— Il vaut mieux que tu ne saches pas ce que le Club te fera si tu ne pars pas, me menace-t-il avec sa voix grave de rock star qui me fait frissonner malgré moi. Ce que *je* vais te faire si tu ne pars pas ! ajoute-t-il en mettant une main sur ma hanche.

Je repousse violemment sa main en plissant les yeux, puis glisse rapidement une main dans la poche arrière de son jean, tandis que je prends son visage de l'autre pour faire diversion.

Tu peux le faire, Marnye, tu es plus forte qu'eux ! m'encouragé-je.

Mais ce n'est pas si facile… Prenant mon courage à deux mains, je l'embrasse de manière appuyée et rapide, poussant ma langue entre ses lèvres en même temps que je retire ses clés de voiture de sa poche. Il gémit et se penche sur moi, remettant sa main sur ma hanche, qu'il serre entre ses doigts.

Oh, mon Dieu, non ! Ses lèvres sont tellement douces... Mon corps se fond contre celui de Zayd, bien que mon cœur et mon âme restent de marbre – inflexibles et immobiles. Mais ces fichues hormones… À bout de souffle, je m'éloigne de lui et trébuche, renversant mon eau sur le sol. *Tant pis !* Sans faire exprès, j'écrase le verre avec mon talon alors que je fuis la pièce. Je me fraie un chemin à travers la foule et atterris sur Zack.

En découvrant mon air ravagé, il serre les dents.

— Ils s'en sont encore pris à toi ? grogne-t-il.

Je reste plantée devant lui, le visage rougi. Tout à coup, je me sens étrangère à moi-même dans cette robe moulante et ces talons. Je le regarde sans savoir quoi dire. Que je me sens nulle d'être attirée par des personnes que je déteste ? Que je sais que je suis une imbécile, que je me laisse envahir par mes émotions alors que je voudrais être comme *catwoman* : sans états d'âme, aussi forte et courageuse que mon personnage de fiction préféré ?

Malheureusement, je ne suis pas comme elle.

— Je… J'ai besoin des clés de voiture de Tristan, et d'une sérieuse distraction, balbutié-je.

Zack me regarde en levant ses sourcils. Je n'arrive même pas à *croire* que je suis en train de lui demander de m'aider, mais c'est pourtant ce que je fais. Heureusement, il finit par hocher la tête et, sans un mot, passe devant moi. Il s'arrête, tombant nez à nez avec Andrew qui, essoufflé, me tend un jeu de clés.

— Merci, lui dis-je, sentant une montée d'adrénaline me traverser.

Je regarde Zack, et il sourit discrètement avant de reprendre son chemin et de se diriger vers John Hannibal. Lorsqu'il arrive vers lui, John se tourne pour le regarder, ne comprenant visiblement pas ce que Zack lui veut. Alors Zack recule et le frappe en plein visage.

— Une bagarre ! crie quelqu'un dans la foule.

Aussitôt, tout le monde se réunit autour de Zack et de John, et j'en profite pour prendre Andrew par la main et me précipiter à l'extérieur de la maison, du côté de la piscine. Une fois dehors, j'enlève mes chaussures et pars en courant, entraînant Andrew avec moi.

— Assure-toi que personne ne vienne ici, lui dis-je en me dirigeant directement vers la Ferrari Spider du père de Tristan – je ne sais pas pourquoi, mais c'est de Tristan dont je veux me venger en premier.

Le souffle court, mais me raccrochant à mon désir de vengeance, je m'installe côté conducteur, démarre le véhicule et fais comme si j'étais dans une auto-tamponneuse, rentrant dans toutes les voitures qui se trouvent autour. Je veille cependant à ne pas aller trop vite pour ne pas faire de bruit – juste assez pour égratigner et cabosser sa si jolie voiture...

Lorsque j'arrive au bord de la piscine, je mets la voiture au point mort, descends puis la pousse par derrière. Andrew s'approche de moi, mais je secoue la tête et il retourne à l'intérieur de la maison. Au début, je n'arrive pas à comprendre ce qu'il mijote, mais, après quelques secondes, j'entends le volume de la musique monter de plusieurs crans. Alors, un immense sourire illumine mon visage tandis que je recule et regarde la voiture de dix-huit *millions de* dollars tomber dans la piscine.

C'est une piscine olympique qui a dû coûter une petite fortune. Elle est gigantesque, comme tout le reste dans la propriété, avec des fontaines et des toboggans, de petites criques artificielles, de fausses grottes, et des rochers décoratifs posés çà et là. Le bassin peut largement accueillir une voiture. Même deux. Ou trois !

Je ne prends pas le risque d'admirer le spectacle trop longtemps et me précipite vers la Bentley de Creed. Je fais la même chose : j'abîme la carrosserie puis précipite la voiture dans l'eau, après avoir pris soin de baisser les vitres. Je ne sais pas combien de temps il faudra pour que la voiture coule (certainement quelques minutes), mais je m'en fiche. La voir même partiellement immergée dans l'eau me procure déjà un immense plaisir.

Je reproduis les mêmes gestes avec la voiture de Zayd, la dernière. Au moment où elle est en train de basculer dans la piscine, Andrew et Zack se trouvent debout sur le perron, en train de regarder.

Zayd arrive en courant.

— Putain… Qu'est-ce que c'est que ça ?! crie-t-il

alors que je me tiens au bord de la piscine, pieds nus et les sourcils froncés.

Il me rejoint en courant et je garde mon sang-froid, récupérant mes chaussures posées à côté de moi.

— Ça ne va pas ?! T'es complètement folle ! aboie-t-il.

— Tu ne peux pas faire du mal aux gens et t'attendre à t'en tirer comme ça, lâché-je avec calme, heureuse que le baiser que nous avons échangé plus tôt ne m'empêche pas de savourer ma victoire.

Je me sens mieux à présent, davantage en contrôle. Zayd se met à genoux près de la piscine, et je jubile en serrant mes poings.

— Mon père va me tuer ! gémit-il en mettant ses mains sur son visage.

— Bébé ? l'appelle Becky en le rejoignant.

Elle halète et plaque une main sur sa bouche en découvrant la scène, tandis que j'ouvre mon sac à main et fouille à l'intérieur.

— Oh, mon Dieu ! Ce n'est pas possible ! Harper ! Tristan ! s'écrie-t-elle, le visage horrifié, perchée sur ses talons de douze centimètres. Espèce de salope psychopathe ! siffle-t-elle en se tournant vers moi et en me regardant comme si j'étais un monstre.

Ses boucles blondes sont gonflées par le vent. Je la regarde avec un léger sourire et sors de mon sac les ciseaux que j'ai achetés au salon. Je m'approche d'elle. Elle ne bouge pas, comme un lapin surpris par les phares d'une voiture. Puis je prends une large mèche de ses cheveux et la coupe au niveau du cuir chevelu.

Elle hurle. Elle essaye de s'enfuir, mais, avec ses talons, trébuche vers le bord de la piscine. Il ne me reste plus qu'à tendre la main pour la pousser par-dessus bord et la faire rejoindre les trois voitures au milieu de la bâche pleine d'eau.

Miranda et Jessie arrivent juste au moment où Becky revient à la surface en haletant, se hissant par-dessus le bord. Zayd l'aide à remonter, mais la laisse ensuite allongée par terre, trempée, tandis qu'il se tourne vers moi. Ma bouche se tord en un demi-sourire, et je hausse une épaule.

— On m'a toujours appris qu'il faut donner autant que l'on reçoit, dis-je, juste au moment où Tristan, Harper, Creed et Ileana apparaissent dans l'embrasure de la porte.

En tournant la tête vers eux, je me demande si Ileana sera la prochaine Idole féminine, prenant la place de Gena Whitley. Même si, pour l'instant, cela n'a pas beaucoup d'importance pour moi. Je jette les ciseaux dans la piscine, plonge la main dans mon soutien-gorge et attrape les clés d'Andrew.

— Vous êtes prêts à partir ?

Miranda hoche la tête et, attrapant Jessie par le bras, se précipite vers la Lambo. Andrew suit, et Zack me rejoint, regardant avec moi les Idoles et leurs visages hagards. Même Tristan a les yeux écarquillés et la bouche grande ouverte. Creed, lui, semble le plus calme de tous. Il se tourne vers moi et me regarde un peu comme sa sœur l'a fait tout à l'heure, comme s'il me découvrait pour la première fois.

— Tu te rends compte de ce que tu viens de faire ? me demande-t-il, l'air plus blasé que jamais. Tu viens de scier la branche sur laquelle tu étais assise : nous allons te dénoncer et tu vas être virée. Définitivement.

Je soutiens son regard bleu, ignorant le frisson qui parcourt ma chair. *Ça doit être l'adrénaline,* tenté-je de me convaincre.

— Mais bien sûr ! lancé-je, décontractée, en sortant mon journal.

Alors que la musique s'est maintenant arrêtée à l'intérieur de la maison, je l'ouvre et griffonne à l'intérieur avant de regarder Creed de nouveau.

— Vous n'aurez qu'à dire à la direction que j'ai réussi, toute seule, à mettre trois voitures à l'eau – trois voitures que vous n'avez pas le droit de posséder. Pas plus que vous n'aviez le droit d'être ici, d'ailleurs, avec tout cet alcool. Je suis sûre qu'ils seront très intéressés… Peut-être que je serai virée, mais peut-être pas ? Et, même si je le suis, serait-ce vraiment une victoire pour vous ?

Plusieurs élèves se mettent à filmer la scène, alors j'arrête de parler. Je ne dirai rien d'autre. Je n'en ai pas besoin : le visage de Creed me révèle tout ce que j'ai besoin de savoir. Ses épaules se raidissent, sa mâchoire se resserre, et ses yeux aux paupières lourdes deviennent deux fentes qui ressemblent à des meurtrières.

Sans attendre davantage, je me retourne et rejoins la voiture d'Andrew, Zack m'emboîtant le pas. Juste avant de monter, je le regarde. Il est si près de moi que je sens la chaleur de son corps et son parfum – un mélange d'agrumes et de musc. Malgré moi, mon cœur accélère tandis que je plonge mon regard dans le sien, sombre.

— Merci, mais… ça ne change rien.

Il plonge ses mains dans ses poches et hausse les épaules.

— Je sais. Ça ne fait rien, répond-il en hochant la tête.

Je le regarde encore une seconde puis monte dans la Lamborghini, qui démarre aussitôt.

Une fois chez moi, je me change, me démaquille, retire la laque de mes cheveux, puis je vais prévenir la direction que les Sang-bleu ont bu.

Cette fois, leurs éthylotests ne seront pas tout à fait à zéro…

CHAPITRE CINQ

JE N'AI qu'un seul objectif : l'université. C'est la raison pour laquelle je suis ici et supporte ce cauchemar. *Burberry Prep* me permettra d'avoir le meilleur avenir possible. C'est ma plus grande chance d'avoir une belle vie. J'ai donc décidé de redoubler d'efforts et, à la fin de la deuxième semaine, j'ai ajouté une deuxième langue (l'espagnol) à mon emploi du temps et me suis inscrite dans plusieurs activités parascolaires. Je fais maintenant partie du club de lecture de l'école, du club d'histoire et de la modélisation des Nations Unies. Le seul domaine dans lequel je ne suis pas suffisamment impliquée, c'est le sport.

Aujourd'hui, je vais me rattraper.

Des auditions pour l'équipe de *pom-pom girls* ont lieu dans le gymnase qui était autrefois celui où s'entraînait l'équipe de gymnastique de l'école. Après s'être orientée vers des activités plus académiques, l'école a retiré la gymnastique de son programme et le bâtiment est, depuis près d'une décennie, plus ou moins abandonné. Pourtant, cette année, avec l'arrivée de Zack au sein de son équipe de football américain, l'école a décidé de renouer avec la tradition du sport. Notamment en reformant une équipe de *pom-pom girls*.

Toutefois, l'école a choisi d'en faire une discipline à part entière, et pas uniquement un divertissement pour encourager les équipes de football américain ou de basket-ball. Pour les premiers matchs de football de la saison, l'équipe est restée inchangée par rapport à l'année dernière. Néanmoins, le proviseur, monsieur Collins, a depuis mis la pression sur l'entraîneur, et l'équipe doit ouvrir les rangs.

Burberry Prep a beau avoir la réputation d'être une école chic et d'excellence, à part Harper et Becky, toutes les filles appartenant aux Sang-bleu accourent pour faire partie de l'équipe des *pom-pom girls*. Aussi, lorsque j'entre avec mon sac de sport sur l'épaule, tous les yeux sont braqués sur moi.

Y compris ceux de Zack.

Il se tient au centre d'un groupe de filles, souriant comme un coq en pâte. Je le regarde en fronçant les sourcils et, lorsqu'il m'aperçoit, il se sépare du groupe, provoquant un gémissement collectif. Ileana et Kiara, en particulier, me lancent un regard noir. Les pauvres doivent m'en vouloir d'avoir, à moi toute seule, fait suspendre les trois garçons Idoles de l'école, ainsi que la moitié du Cercle fermé, les laissant seules représentantes des Idoles, tandis que les autres ont été condamnés à exécuter, tous les week-ends, des travaux pour le bénéfice de l'école : rangement des livres de la bibliothèque, époussetage des étagères, balayage des feuilles mortes et nettoyage des fenêtres. Du vendredi soir jusqu'au dimanche soir tard, les élèves suspendus sont contraints de rester dans l'enceinte de l'école, surveillés par des membres du personnel. Même la nuit, deux contrôles sont effectués pour s'assurer que tous sont bien dans leur chambre, en train de dormir.

Bref, pour eux, c'est l'enfer sur Terre.

— Qu'est-ce que tu fais ici ? murmuré-je alors que Zack me rejoint.

Comme toujours, il me domine. Je sais qu'il ne le fait pas exprès, mais c'est intimidant. Pour autant, je refuse de lui laisser l'ascendant sur moi et relève le menton d'un air de défi, essayant de me faire la plus grande possible.

— C'est plutôt à moi de te poser la question... Je ne m'attendais *vraiment* pas à te trouver ici...

Il met ses mains dans ses poches et me fixe, son regard réchauffant ma peau. J'ai l'impression qu'il essaye de me sonder, ce qui me met très mal à l'aise. Mais je ne le lui montre pas.

— J'ai été invité à faire partie du jury pour les auditions, m'informe-t-il finalement en haussant les épaules, comme si cela arrangeait les choses.

— Ils t'ont invité, *toi,* à faire partie du jury ? m'étonné-je. En quel honneur ?

Il m'adresse ce rare sourire narquois – cette torsion sensuelle de ses lèvres qui me fait prendre conscience de la raison pour laquelle toutes ces filles, là-bas, se pâment devant lui –, puis se penche plus près, posant son avant-bras sur le mur au-dessus de ma tête. Il est tout autour de moi. Ses muscles me frôlent et son parfum musqué m'enivre. Je ferme subrepticement les yeux et expire profondément, faisant de mon mieux pour être plus forte que mes hormones. Elles m'ont causé suffisamment d'ennuis l'année dernière. Cette année, je ne les laisserai pas faire.

— Ma sœur, Kelsey, était capitaine de l'équipe de *pom-pom girls* de *Burberry Prep*, m'apprend-il, se penchant un peu plus près. Et puis ma mère, à une période où elle en avait marre d'être la potiche de mon père et de rester à la maison, a été leur entraîneuse pendant trois saisons.

Sa veste *letterman* s'ouvre sur le devant, chaque bord d'un côté et de l'autre de ma poitrine. Ce serait si facile pour lui de passer ses bras autour de moi et de me mettre à l'intérieur. Ce serait même agréable, si je ne le détestais pas…

— Je vois… soupiré-je, clignant des yeux plusieurs fois pour reprendre mes esprits.

J'aimerais vraiment qu'il s'éloigne de moi, mais je ne veux pas le lui dire. Je ne veux pas qu'il sache à quel point sa présence m'affecte.

— Tu vas faire en sorte que je fasse partie de l'équipe, alors ?

Zack m'étudie en arquant les sourcils. Son sourire s'élargit, et je sens même qu'il rit de l'intérieur. Il ne le montre pas, mais je sens son rire faire vibrer les molécules d'air entre nous.

— Est-ce que tu es en train de me demander de l'aide pour te venger ?

Il s'interrompt une seconde et secoue la tête.

— Tu n'as pas eu besoin de beaucoup d'aide jusqu'à présent. Couler les voitures, c'était génial. Quant à Becky, elle pleure toujours sa mèche de cheveux.

— Intègre-moi dans l'équipe, insisté-je d'un ton ferme.

Quand il tend la main pour toucher une mèche de cheveux rose-gold, je l'arrête. Je me baisse pour passer sous son bras, puis me retourne vers lui. Zack me regarde et soupire, laissant tomber sa main sur le côté.

— OK…

Son sourire narquois disparaît, et il fronce à nouveau les sourcils. Je l'imagine en train de jeter une poubelle pleine de produits féminins usagés sur mon bureau, et ça me donne envie de vomir. J'ai eu mes règles plus tôt que la plupart des autres filles, et on me l'a fait payer très cher. Notamment Zack qui ne s'est pas gêné pour utiliser ça contre moi et me faire du mal. Je ne l'oublierai jamais.

— Je peux te donner mon vote, et je peux probablement convaincre Amy de te donner de bonnes notes, ajoute-t-il avec un sourire qui trahit la haute estime qu'il a de lui-même vis-à-vis des filles. Mais, à part ça, reprend-il en fronçant à nouveau les sourcils, je ne peux rien faire d'autre. Tu vas devoir faire tes preuves… Tu t'es entraînée ?

— J'étais occupée cet été, lancé-je d'un ton énigmatique, en haussant les épaules.

Puis, retournant au centre du gymnase, je me faufile à travers la foule de filles, ignorant les insultes chuchotées, et me penche pour signer le formulaire sur la table. Hannah, l'entraîneuse, cligne des yeux de surprise et hausse les sourcils, mais ne dit rien. Elle me tend simplement un numéro et me demande de faire la queue.

Zack prend place derrière la table pendant qu'Hannah explique le déroulement des auditions. Toutes les filles présentes faisaient partie de l'équipe les années précédentes, à l'exception de quelques premières années comme Ileana. Et puis il y a moi…

Tout le monde semble étonné.

Tout le monde semble me détester.

— Tu vas regretter de t'en être prise à mon frère *et* à ma piscine, murmure Ileana en se plaçant à ma droite, tandis que Kiara se tient à ma gauche.

— Tu as vraiment cru que Tristan t'aimait ? me demande Kiara en fronçant les sourcils.

Ses cheveux noirs sont tirés en un chignon serré, ce qui rend son visage encore plus sévère. Il me faut toute la force du monde pour ne pas l'imaginer penchée contre le lavabo des toilettes.

— Il ne t'a jamais aimée, siffle-t-elle. Il est en passe de devenir l'un des hommes les plus puissants du monde. Ma pauvre… Comment as-tu pu penser qu'un déchet comme toi pouvait le satisfaire ?

Je l'ignore, observant l'entraîneuse échanger à voix basse avec son assistante. Mes yeux croisent ceux de Zack, de l'autre côté de la pièce. Son regard est si sombre, si indéchiffrable, que j'ai envie de l'ouvrir pour voir ce qui se passe à l'intérieur. Mon plan initial était de détruire sa carrière de footballeur. Cependant, je ne sais toujours pas comment m'y prendre sans le blesser, et je refuse de blesser quelqu'un physiquement. Je mordille ma lèvre inférieure alors que Kiara se penche vers moi, frustrée par mon manque de réponse à ses railleries.

La Marnye Reed que j'étais avant aurait souffert de ces piques. Elle aurait saigné à l'intérieur, pleuré à l'extérieur, et serait rentrée chez elle pour se rouler en boule dans son lit. Mais je ne suis plus cette Marnye Reed là. Je ne le serai plus jamais.

— Combien de fois as-tu écarté tes jambes de pute pour lui avant qu'il ne te largue comme la salope inutile que tu es ?

La colère monte en moi, mais je l'ignore. Kiara me donne un coup de coude violent dans les côtes, me faisant grogner de douleur. Cependant, avant que je puisse riposter, l'entraîneuse se retourne pour nous faire face.

Merde !

J'expire longuement pour évacuer la douleur dans mes côtes et me concentre sur ses instructions, laissant tomber mon sac à côté de moi. Je suis déjà en survêtement, débardeur, brassière de sport et baskets. *Je peux le faire.* J'ai passé tout l'été à m'entraîner, à nager, à courir. Je n'ai jamais été aussi en forme de ma vie.

Nous commençons par un échauffement. Grâce à

Zack, je me donne à fond. Je sens son regard sur moi ; il observe chacun de mes mouvements, chacune des gouttes de sueur sur mon front, et l'humidité qui colle mon débardeur à ma peau. Il se penche en avant, les yeux plissés, mais pas désabusés comme ceux de Creed. Non, lui semble plutôt… intéressé. Mon cœur bat la chamade alors que je lutte pour suivre les mouvements rapides et difficiles que nous montre l'assistante d'Hannah.

Lorsqu'enfin l'entraînement se termine, j'ai l'impression que je vais m'évanouir. La douleur dans mes côtes est atroce. Si j'avais un couteau, je le planterais volontiers dans le ventre de Kiara et d'Ileana pour me venger. Je les hais toutes les deux. Je prends ma bouteille d'eau et veille à rester suffisamment loin d'elles lorsque je bois. Cela ne les empêche pas de m'épier en permanence. Lorsque je repose ma bouteille d'eau et retourne vers le groupe, je suis sûre qu'elles en profitent pour vider ma bouteille ou mettre quelque chose dedans…

Je m'en fiche !

Comme nous sommes vendredi, elles ont toutes les deux leur téléphone et ne tentent même pas de cacher le fait qu'elles l'utilisent. Je suppose qu'elles viennent d'envoyer un SMS aux Idoles, car, alors que nous nous mettons en ligne pour apprendre la chorégraphie, les portes du gymnase s'ouvrent sur Tristan, flanqué de Harper. Becky est avec eux ; elle a l'air enragée. Ses yeux brillent d'une lueur qui me fait froid dans le dos. Je sais que les regards ne peuvent pas tuer, mais je sens sa haine sur ma peau, aussi brûlante que le soleil en plein désert. J'ai presque l'impression que son regard pourrait décoller ma chair.

Ses longs cheveux blonds sont ramassés en chignon, mais il est impossible de ne pas voir le trou à l'endroit où j'ai coupé sa mèche. Harper ne le sait peut-être pas encore, mais elle est la suivante. Je ne sais pas comment ni quand, mais j'y arriverai.

Zayd entre à son tour, derrière Becky. Sa mâchoire est si serrée que je me dis qu'il va finir par casser ses dents… Ses tatouages, brillants et colorés, courent le long de ses bras musclés, jusque sous la fine bretelle de son débardeur noir. Il porte un jean baggy couvert de fermetures éclair cousues dessus, et des Doc Martens. Son look est à l'opposé de celui de Tristan qui porte son uniforme : pantalon blanc fraîchement repassé, avec une veste impeccable et une cravate parfaitement droite. Creed, lui, se situe entre les deux. Il porte une chemise dont les deux premiers boutons sont défaits, un jean, et des Barker Blacks aux pieds.

Ils ne sont plus soumis aux travaux pour l'école, mais ils ont l'interdiction de quitter le campus jusqu'à Halloween, sous peine d'une expulsion définitive.

Je souris, savourant ma vengeance : j'ai vraiment ruiné leurs plans pour les fêtes…

Les Idoles prennent place sur les gradins, devant un groupe de Sang-bleu. Je reconnais les suspects habituels : Myron Talbot, Ebony Peterson, Gregory Van Horn, John Hannibal, Valentina Pitt, Sai Patel et Jalen Donner.

Les autres filles présentes – Anna, Abigail, et Mayleen – sont toutes là pour passer les auditions.

J'ai l'impression qu'Andrew n'a pas encore été remplacé, et je sais déjà qu'Ileana est la remplaçante de Miranda. Parfait… Tout le monde est là, donc.

Lorsque je prends place au centre du groupe, je sens leurs regards rivés sur moi. Quant aux autres filles passant les auditions, elles se sont écartées de moi, comme si j'étais une lépreuse. Ça ne fait rien ; je me concentre sur les mouvements de la chorégraphie. Enfin… les mouvements de la chorégraphie… et les yeux de Zack.

Quelque chose dans son regard sombre m'attire inexorablement. Au début, ça me met si mal à l'aise que je trébuche et ne réussis pas à reproduire les pas. J'entends des rires des gradins, mais je les ignore. Je ne me focalise que sur une seule chose : le regard de Zack sur moi, ses lèvres légèrement entrouvertes, et ses paupières de plus en plus lourdes. À un moment donné, je le vois même passer sa langue sur sa lèvre inférieure. Puis il se rend compte de ce qu'il est en train de faire et se redresse, gêné. Amy Plumber, une quatrième année assise à côté de lui, lui donne un coup de pied dans le siège, et je ne peux m'empêcher de sourire, amusée par la scène.

Nous répétons la chorégraphie plusieurs fois avant que l'entraîneuse n'annonce une nouvelle pause au terme de laquelle, nous dit-elle, nous passerons par groupes de trois. Les notes seront ensuite annoncées et les filles obtenant les meilleurs résultats seront choisies pour l'équipe. Je dois être sélectionnée. Je veux envahir tout leur espace et les écraser par ma réussite, car je sais que c'est la seule manière de les toucher. Ma réussite ne devrait pas les concerner, pourtant elle insupporte les Sang-bleu. Elle les met hors d'eux. Chaque fois que je réussis quelque chose, ils ont l'impression d'avoir échoué. Si c'est comme ça qu'ils veulent vivre leur vie, ça me va !

Lors de la pause, toute l'équipe s'empresse d'aller lécher le cul des Idoles, me laissant seule avec les bouteilles d'eau, les sacs de sport, et une paix royale : enfin, plus personne ne me regarde.

Le sac orange de Kiara et le sac noir d'Ileana sont juste à côté de moi. En me penchant, je déplace mon propre sac, de sorte que, de loin, on puisse croire que je suis en train de chercher quelque chose dans mes affaires. En réalité, je fouille dans leurs sacs. Celui de Kiara est vide, à part ses vêtements et quelques préservatifs. Mais dans celui d'Ileana… je découvre une bouteille à moitié vide d'ex-lax, un puissant laxatif.

Je *savais* qu'elle cachait quelque chose.

Cette salope !

Une ombre se déplace au-dessus de moi, et je me retourne en sursautant. Heureusement, ce n'est que Zack.

— Dépêche-toi, me glisse-t-il, me cachant de la vue des Idoles avec son corps massif.

Rapidement, je verse l'eau de la bouteille d'Ileana dans mon sac de sport – en espérant que le tissu imperméable suffira à cacher ce que j'ai fait – puis je verse le contenu de ma bouteille dans la sienne. Le destin va maintenant suivre son cours… Si elle n'a rien mis dans mon eau, tout à l'heure, tout ira bien pour elle. En revanche, si elle a mis du laxatif dans ma bouteille, elle risque d'être en mauvaise en posture – mais ce sera sa faute !

Zack s'écarte juste au moment où je remets la bouteille d'Ileana à sa place, et elle apparaît sur son côté gauche. Je m'assieds, enlève mes baskets et attrape dans mon sac une paire de chaussettes qui – par chance – n'a pas été mouillée par l'eau que je viens de verser. Je les enfile d'un air naturel, faisant comme si c'était la raison pour laquelle j'étais accroupie vers les sacs. Lorsque je me relève, Ileana boit de l'eau de sa bouteille, passant son bras sur sa bouche pour l'essuyer. Puis elle se dirige vers nous, un horrible sourire en coin plaqué sur son visage. Elle qui d'ordinaire est plutôt jolie me paraît d'une laideur insoutenable…

Elle n'a pas le temps de me dire quoi que ce soit : Zack se place devant moi pour me protéger. Je n'ai pas besoin de son aide et fronce les sourcils, mais il ne bouge pas.

— Je ne savais pas que tu étais devenu son toutou, lui lance Ileana, agitant sa longue queue-de-cheval blonde. J'imagine qu'elle a dû bien écarter les jambes pour toi… Je me trompe ?

— Ferme ta gueule, murmure Zack, d'un ton si menaçant qu'il me donne des frissons. Et réfléchis bien avant de la rouvrir…

Tu devrais te suicider, Marnye. Personne ne s'en

soucierait. En fait, nous aurions même un jour supplémentaire à célébrer. Je chasse aussitôt de mon esprit ces mots que Zack m'a un jour jetés à la figure. Ce n'est pas le moment d'y repenser.

— Et sinon ? Tu vas me frapper, c'est ça ? le provoque Ileana en s'avançant face à lui.

J'avance à mon tour, me plaçant à côté de Zack. Il a un regard noir, glacial, et je réalise alors que celui qui m'a fait du mal est toujours là, tapi en lui comme un démon qui attend dans l'ombre.

— Non. Mais je ferais bien pire, grogne-t-il en la regardant de haut en bas avec un petit sourire.

C'est un sourire que je ne lui ai jamais vu, même pas au collège, lorsqu'il faisait de ma vie un enfer. En fait, il y a de la joie dans son sourire, comme s'il prenait un véritable plaisir à être cruel.

— C'est bizarre, ces bleus, à l'intérieur de tes bras, reprend-il. Qu'est-ce que t'as foutu, cet été ? Parce que ce sont très clairement des marques de piqûre…

— J'ai dû faire des tests, rétorque Ileana.

Aussitôt, son visage rougit, sans que je sache si elle est tout simplement embarrassée ou si Zack a vu juste.

— Quel genre de tests ? insiste Zack, s'approchant plus près d'elle encore et mettant ses mains sur le haut de ses bras.

Ileana frissonne. Elle ne sait pas quoi répondre. Néanmoins, lorsqu'elle fronce les sourcils, son expression révèle toute la méchanceté qu'elle porte en elle.

— Tu répondrais facilement si ce que tu dis était

vrai. Allez, dis-le… C'était quoi ? Méthamphétamine ? Héroïne ? T'as trouvé ça où ? Dans ton camp de caravanes ?

Elle écarquille les yeux, et je comprends que Zack a touché une corde sensible. Il est doué pour ça, mais je ne prends aucun plaisir à le voir détruire quelqu'un d'autre comme il l'a fait avec moi. Non, ça réveille en moi trop de mauvais souvenirs… Aussi horrible que soit Ileana, je ne peux plus assister à ça.

— Tu savais que ses parents ont tout perdu, une fois ? me demande Zack sans la quitter des yeux. Comme les miens… Et la petite Ileana a dû aller vivre dans un camp de caravanes, avec plein de toxicos et…

— Zack ! l'interromps-je avec fermeté. Retourne à la table des juges…

Règle n° 6 : M'arrêter à temps.

Zack me fixe un instant, puis contourne Ileana. J'attrape alors sa bouteille d'eau, mais elle me l'arrache des mains et me crache dessus. Littéralement. Elle crache dans ma paume.

— Enlève tes mains de pute crasseuses de ma bouteille, siffle-t-elle. Je n'ai pas du tout envie d'attraper la chlamydia.

— Pourtant, tu as plus de chances de l'attraper avec Tristan, répliqué-je.

Ma voix résonne dans le silence du gymnase et une certaine tension s'installe, rompue par l'entraîneuse qui arrive avec un sac rempli de pompons. Je me retourne et croise le regard gris de Tristan, de l'autre côté de la pièce. Il est stoïque et immobile, me fixant comme si j'étais une mouche qu'il s'apprêtait à écraser de sa main. Incapable de soutenir son regard plus longtemps, je me retourne. Ileana porte sa bouteille d'eau à ses lèvres et boit abondamment. Elle fait une drôle de tête, et je me demande si l'ex-lax a du goût. Malheureusement pour elle, elle ne semble pas faire le lien avec le laxatif et reprend même une gorgée.

L'entraîneuse nous demande alors – à Ileana, à Kiara et à moi (allez comprendre) – de passer en premier pour l'audition. Nous commençons à reproduire la chorégraphie que nous avons apprise, mais, au bout d'à peine deux minutes, Ileana se tient le ventre et me lance un regard de terreur. Je continue de danser alors qu'elle court vers les toilettes.

Lorsqu'elle revient, il est trop tard : l'assistante d'Hannah est déjà en train de prendre mes mesures pour l'uniforme.

Alors que je rassemble mes affaires, tous les regards sont rivés sur moi. Je regarde fixement les trois Idoles que je connais le mieux – Tristan, Creed et Zayd – puis quitte le gymnase, la tête haute, rejoignant les étoiles qui, à cette heure, brillent déjà depuis longtemps.

CHAPITRE SIX

NOUS SOMMES DIMANCHE. La semaine des parents commence demain, et les Idoles ont annoncé leur décision : ils ont choisi Ileana Taittinger pour rejoindre leurs rangs, ont remplacé Miranda par Kiara Xiao dans le Cercle fermé, et – à contrecœur – ont choisi un quatrième année, Ben Thresher, pour remplacer Andrew.

Leur cercle d'arrogance, de connerie et de privilèges est à nouveau bouclé.

Le harcèlement s'est également intensifié. C'est le retour des préservatifs dans mon casier, des autocollants sur ma porte, des sacs de crottes de chien sur mon paillasson… Cependant, ils ne peuvent pas aller bien plus loin – pas avec les mesures de sécurité renforcée qui ont été mises en place sur le campus. Ils vont devoir faire preuve d'inventivité s'ils veulent me rendre coup pour coup.

— Quelque chose ne va pas, dis-je à Miranda en fixant mon téléphone.

Mon estomac est noué. Demain, mon père va revenir à l'école. Cette putain d'école où j'ai été humiliée au-delà de tout ce que je croyais possible. Je déteste qu'il me voie comme ça ; ça me tue à l'intérieur. Et puis, pour être complètement honnête, je dois admettre que j'ai encore honte qu'il se soit saoulé la dernière fois qu'il est venu ici.

Je suis stressée.

Je suis terrifiée.

Charlie est mon talon d'Achille, et je redoute que les Idoles le découvrent. Car, si mon père est mon point faible, c'est surtout parce qu'il est la personne au monde à laquelle je tiens le plus. S'ils lui font du mal, je jure que je les tuerai tous. Je ferme les yeux et expire lentement. Lorsque je rouvre les paupières, Miranda est en train de me regarder.

— Qu'est-ce qui te tracasse ? me demande-t-elle en se prélassant dans un pull rose *oversize* qui a l'air usé et confortable, mais qui, j'en suis presque sûre, est en cachemire et coûte environ deux cents dollars. Les cours ? La semaine des parents ? L'équipe de *pom-pom girls* ?

Elle sourit en évoquant ce dernier point. Je sais qu'elle est folle de joie que je sois dans l'équipe avec sa petite amie, Jessie. Car, même si elle ne me le dit pas, je suis presque certaine qu'elles sortent ensemble.

— Les Sang-bleu sont trop discrets, soupiré-je en m'asseyant au bout de mon lit. Je leur fais toutes les crasses possibles et imaginables, et eux ne font rien... Je ne comprends pas ! Surtout, ça me fait peur. Je suis sûre qu'ils sont en train de préparer quelque chose...

Miranda pose son téléphone et se pince les lèvres.

— Je suis d'accord... commence-t-elle, l'air gênée pour moi. Je trouve aussi que leur silence est suspect. À mon avis, quand ils vont frapper, ça va faire mal.

J'acquiesce. C'est aussi mon avis. En fait, chaque jour, je m'attends au pire et c'est une véritable torture psychologique.

— Comment va Creed ? demandé-je finalement pour changer de sujet, essayant d'avoir l'air décontractée bien que, en réalité, j'aie envie d'entendre qu'il souffre, qu'il réalise qu'il s'est trompé, qu'il...

— Il sort avec cette conne de Valentina, crache Miranda avec dégoût et en glissant ses cheveux blonds derrière son oreille. Il l'a prise à John Hannibal, mais uniquement par jeu. Il ne l'aime pas.

— Ça n'a pas l'air d'avoir beaucoup d'importance ici, murmuré-je en regardant la robe bleue dans mon placard, celle que Creed m'avait envoyée pour la soirée de remise des diplômes.

Je ne l'avais pas choisi et, en y repensant, je me demande si je n'ai pas commis une erreur. Peut-être aurais-je dû refuser de choisir parmi les trois garçons, et... Je prends mon visage dans mes mains en gémissant. Comment puis-je encore m'inquiéter de ce qu'ont pu ressentir Creed et Tristan ? Je devrais m'en foutre totalement de ce qu'ils ont pu éprouver lorsque je suis arrivée au bal au bras de Zayd.

Je me lève et vais claquer la porte de mon armoire.

— Peut-être qu'elle est la plus belle de l'école ? Qu'elle est la plus riche ? Qu'elle est issue d'une famille célèbre ? Ou que l'entreprise de ses parents peut apporter quelque chose à celle des vôtres, ou vice versa ? Parce que j'ai l'impression que tout ça compte bien plus que l'*amour,* ou même que l'*affection,* pour les super-riches…

— Je crois plutôt que ça a à voir avec ce stupide Club, déplore Miranda, passant son doigt sur l'écran de son téléphone.

Je suis presque sûre qu'elle est sur Tinder, à la recherche de filles. Maintenant qu'elle a fait son *coming-out,* j'ai l'impression qu'elle est obsédée par les filles comme j'ai pu être obsédée par les trois garçons Idoles, l'année dernière. Je me demande si j'avais l'air aussi débordante d'hormones… mais je crois que oui.

— Mon père insiste pour que j'en devienne membre. Mais ma mère ne veut pas. Tu sais, elle est très contente de te voir demain, me dit-elle avec un sourire doux, en levant les yeux vers moi.

Je fais un sourire qui doit ressembler davantage à une grimace et détourne le regard. Je n'oublierai *jamais* le visage de Kathleen Cabot en ce jour horrible. Le regard qu'elle a lancé à son fils comme s'il était un déchet de la nature. La façon dont elle a éclaté en sanglots, dans le bureau du proviseur, en s'excusant auprès de moi. Je sais qu'elle considérait que j'étais *son* élève, *sa* responsabilité, et qu'elle s'est sentie coupable d'avoir laissé tout cela se produire. Je ne lui reproche pas du tout les événements, mais je sais qu'elle s'en veut.

— Je suis très contente de la voir, moi aussi… murmuré-je en regardant mon téléphone.

Je repense à l'année dernière, lorsque Zack est descendu de la voiture après mon père, le premier jour de la semaine des parents. Je le revois l'aider, lorsqu'il était ivre. *Ton père a eu des nouvelles hier soir.* Ces mots tournent en boucle dans ma tête. Un an plus tard, et je ne sais toujours pas de quelles nouvelles il s'agit, et mon père se comporte de manière de plus en plus bizarre. Il ne cesse de vouloir améliorer ma relation avec Jennifer, et il m'a donné le bracelet de ma grand-mère, avec son alliance dessus… Je n'aime pas ça. Pas du tout.

J'envoie un SMS à Zack.

Retrouve-moi au restaurant.

Il répond presque instantanément.

J'y suis déjà. Tu me rejoins ?

— Je vais rejoindre Zack au restaurant, annoncé-je à Miranda. J'ai besoin de lui parler. Tu m'attends ici ?

— Pas de problème…

Elle s'allonge sur mon lit en regardant son téléphone, tandis que j'attrape un pull dans mon armoire. En quittant mon appartement, je sais que les caméras me préviendront de toute activité suspecte. J'espère de tout mon cœur que Miranda n'est pour rien dans tout ce qui s'est passé l'année dernière, mais je ne peux pas en être certaine. En tout cas pas pour le moment… Si elle ne fait rien pendant mon absence, je serai déjà beaucoup plus rassurée quant à son innocence.

Je traverse les couloirs aussi vite que je peux. Si je suis prête à tout pour me venger des Sang-bleu, je ne peux pas combattre une douzaine de personnes à la fois. Heureusement, j'arrive au restaurant sans que personne ne me voie.

En entrant, j'aperçois Zack, assis tout seul à une table près de la fenêtre. Je m'avance et m'affale sur la chaise en face de lui. Il lève brièvement ses yeux sombres vers moi avant de se concentrer de nouveau sur son assiette. Il est costaud et s'entraîne constamment, ce qui signifie qu'il mange aussi comme un ogre. Même s'il mange en respectant les bonnes manières, c'est fascinant de voir à quelle vitesse il peut faire disparaître la nourriture.

Le serveur vient prendre ma commande – un steak avec du beurre au chimichurri, des asperges, et des biscuits salés à l'ail et au cheddar – puis nous restons silencieux pendant de longues minutes.

— C'est inhabituel, dit-il finalement.

— De quoi ?

Il se redresse et retire sa veste *letterman*, révélant le débardeur blanc qu'il porte dessous. Il est si moulant que j'ai l'impression qu'il va se déchirer. À moins que ce ne soit tout simplement un vœu pieux de ma part ? Pourquoi Zack a-t-il des biceps si durs et des épaules aussi larges ? C'est exaspérant !

Il pose sa fourchette et fait signe au serveur de lui apporter la carte des desserts. Je ne sais pas si j'ai déjà dit à quel point les desserts, ici, étaient incroyables ? La crème brûlée, le tiramisu, le pain perdu… Tout est à la fois bon et chic. Rien à voir avec les desserts que nous mangeons avec mon père : des yaourts, des brownies industriels achetés au supermarché, ou – les grands soirs – des pots de glace que nous achetons dans la petite épicerie en bas de la rue…

— Que tu viennes me voir… Y a-t-il quelque chose de particulier ?

J'envisage un instant de le remercier de m'avoir aidée à faire partie de l'équipe de *pom-pom girls,* mais j'ai encore à l'esprit la cruauté dont il a fait preuve envers Ileana, et je n'ai pas tellement envie d'être gentille avec lui. Au lieu de ça, je me penche en avant, croisant mes bras sur la table, et le regarde avec mon air le plus sérieux.

— L'année dernière, quand mon père s'est saoulé lors de la semaine des parents, qu'est-ce qu'il t'a dit ?

Zack se fige instantanément, ses yeux sombres rivés sur moi. Il y a quelque chose d'étrange dans la façon dont il m'observe qui me donne la nausée. C'est mauvais signe. Je ne sais pas ce que lui a annoncé mon père, mais je sens que je ne vais pas aimer…

— Il ne te l'a pas dit ? demande-t-il prudemment.

Je prends une gorgée de mon verre d'eau, me préparant au pire, et le pose doucement avant de reprendre.

— Zack, qu'est-ce qui se passe ?

Il soupire longuement en se redressant sur sa chaise, puis passe une main dans ses courts cheveux noirs. De toute évidence, les mots ont du mal à sortir de sa bouche. Sa mâchoire est serrée, et des petites gouttes de sueur se forment au sommet de son front.

— Tu me fais peur, Zack… Dis-moi ce qui se passe !

Il me fixe longuement, puis soupire de nouveau avant de prendre la parole.

— Je ne veux pas te mentir, mais je ne peux pas non plus te dire toute la vérité. C'est à ton père de le faire, commence-t-il en se penchant en arrière sur sa chaise et en me regardant droit dans les yeux.

Son regard me pénètre et me fait frissonner de plaisir, malgré moi. *Il est comme les autres. Peut-être même pire,* me rappelé-je pour reprendre mes esprits.

— Tu sais que tes parents ont une liaison, n'est-ce pas ?

Je le dévisage sans ciller pendant plusieurs secondes.

— Répète ?

— Charlie et Jennifer se voient dans le dos d'Adam Carmichael.

Il sourit, mais aucune joie n'émane de lui. De la sympathie, peut-être, mais c'est tout. J'ouvre la bouche pour parler, puis la ferme, avant de la rouvrir sans qu'aucun mot n'en sorte. Comment Zack peut-il être au courant de ça, putain ? Pourquoi mon père se confierait-il à lui sur sa vie privée ?

Je décide de le lui demander.

— Ne le prends pas mal, mais… comment le sais-tu ? Je veux dire… Pourquoi mon père dirait-il une chose pareille, aussi privée, à un… *lycéen* ?

Zack me regarde attentivement, comme s'il essayait de comprendre ce qui se passe à l'intérieur de moi. Gênée, je m'agite sur mon siège, refusant de repenser à cette fois où je me suis tortillée sur les genoux de Creed.

— Il ne me l'a pas dit, lâche-t-il en haussant ses épaules massives. Un jour, je suis allé chez vous pour l'aider à réparer un trou dans le toit, et je les ai surpris en train de…

Il s'interrompt, gêné.

— … S'embrasser ? proposé-je.

Zack me regarde les sourcils arqués et un petit sourire aux lèvres.

— On peut dire ça, oui… Quoi qu'il en soit, ton père m'a dit qu'ils étaient amoureux et qu'ils se voyaient.

Puis il fixe à nouveau son assiette tandis que le serveur apporte mon plat et prend sa commande de dessert. Lorsque nous sommes de nouveau seuls, il se recule sur son siège et se mure dans le silence, comme s'il n'était pas utile de s'épancher davantage sur le sujet. Pourtant, même si Zack dit la vérité, ce dont je ne suis pas sûre, qu'est-ce qui a pu pousser mon père à boire pendant la semaine des parents, l'année dernière ? Ça ne peut pas être la liaison entre mon père et ma mère, car, à cette époque, Zack le savait forcément déjà. Cette nouvelle aurait pu me pousser *moi* à boire, mais pas mon père…

— Mais c'étaient quoi les nouvelles qu'il a reçues… ? Que ma mère retournait avec ce Carmichael ?

Zack me regarde sans répondre et je gémis de frustration.

— Tu ne vas rien me dire de plus ?

Il sourit, d'un sourire ravageur qui me chamboule. Je sens même une goutte de sueur couler le long de ma colonne vertébrale. Je ne suis pas certaine qu'il m'ait déjà souri de cette manière avant...

— Le premier match arrive bientôt... Tu as le trac ? me demande-t-il en plissant les yeux.

Hannah nous a fait travailler dur la semaine dernière, et je m'attends à ce qu'elle nous soumette au même entraînement intensif, bien que ce soit la semaine des parents. Nous n'avons pas encouragé notre équipe au match de vendredi dernier, car Hannah jugeait que nous n'étions pas suffisamment prêtes, mais la semaine des parents coïncide avec le premier match de la saison pour la nouvelle équipe de football américain de *Burberry Prep* et nous allons cette fois y participer. Le simple fait que Zack ait intégré l'équipe a secoué toute l'école ; tout le monde semble davantage concerné et fier de notre équipe, maintenant. Évidemment, notre équipe de *pom-pom girls* étant nouvelle, nous ne suscitons pas le même engouement, mais je m'en fiche. Ce n'est pas la raison pour laquelle j'ai voulu faire partie de l'équipe, pas plus que l'amour du sport...

— Bof, fais-je d'un air évasif.

Zack rit en prenant une cuillère de son tiramisu. Cette école gâte décidément trop les élèves... La seule fois où j'ai mangé du tiramisu, c'est lorsque mon père a travaillé deux week-ends de suite afin de pouvoir m'emmener dîner dans un restaurant italien chic de la ville. J'étais au collège ; c'était pour me féliciter d'avoir été admise au tableau d'honneur. Ça fait des années, maintenant. Je décide que la prochaine fois que le serveur passera, j'en commanderai un aussi. Car non seulement je suis déterminée à être au tableau d'honneur cette année encore, mais je vais tout faire pour avoir de meilleures notes que Tristan.

— Je vais tout donner pendant le match, car je saurai que tu es là pour m'encourager, ronronne Zack –*ronronne* est exactement le bon terme – et je fronce les sourcils.

Si je n'avais pas autant de scrupules, je lui casserais la rotule pour qu'il ne puisse pas jouer et que les recruteurs, qui sont censés assister au match, ne puissent pas le voir. Cependant, je sais qu'il s'en fiche, de toute façon, des recruteurs. Lui, comme tous les joueurs intégrant une équipe universitaire, fait ça par amour du sport. Il n'est pas intéressé par une carrière de joueur professionnel au sein de la NFL, qui lui rapporterait beaucoup moins d'argent que la carrière à laquelle il peut prétendre en étant inscrit à *Burberry Prep*.

— Crois-moi, ce n'est pas toi que j'encouragerai, lancé-je en plantant ma fourchette dans mon steak avec un sourire. Je ne serai là que pour avoir des infos. J'ai entendu dire que tous les Idoles sont allés au dernier match…

Lorsque je lève les yeux vers lui, il a la mâchoire

serrée et joue avec son tiramisu sans le manger. Un frisson parcourt ma colonne vertébrale.

— Ils détestent le sport. L'année dernière, ils ne sont pas allés à un seul événement sportif, sauf une ou deux fois pour voir Gena nager. Or, ils te détestent vraiment, continué-je, penchant la tête sur le côté. J'imagine donc que leur présence a quelque chose à voir avec le Club Infinity ?

— Tu n'en as pas eu assez du Club Infinity ? siffle Zack avant de se lever nerveusement.

Il attrape sa veste *letterman* sur le dossier de sa chaise et sort en trombe de la pièce.

Bingo !

On dirait que j'ai touché une corde sensible.

Je parie que Zack doit gagner le match de vendredi.

Quant à moi, je dois avoir une conversation avec Charlie.

LE LENDEMAIN MATIN, je me lève tôt et utilise le fer à repasser de ma chambre pour lisser les plis de ma jupe et de ma veste blanches. L'uniforme de deuxième année est l'un de mes préférés : lin blanc impeccable avec, comme uniques touches de couleur, la cravate rouge, les chaussures noires brillantes et les petites rayures noires et rouges sur les coudes de la veste et le haut des chaussettes.

Juste pour m'amuser, j'ai mis le collier que Tristan m'a offert. Je suis sûre que ça va le rendre dingue et qu'il va se demander comment j'ai réussi à le récupérer. Sachant que mon père va certainement être en retard, je ne pars pas tout de suite et attends avant de me diriger vers la cour, jusqu'à ce que je sois sûre que la plupart des autres étudiants sont partis. Cette année, j'ai décidé de me venger des Sang-bleu et je suis prête à recevoir quelques coups pour cela, mais je n'accepterais aucune attaque de ces trous du cul contre mon père.

En descendant le couloir, je remarque qu'une des portes de l'administration est ouverte. Cela m'étonne, car je prends ce couloir tout le temps et n'ai jamais vu une seule fois une porte ouverte. Elles sont même généralement fermées à clé. Le personnel de l'école a officiellement emménagé dans une nouvelle partie du campus, et plus personne n'utilise les anciens bureaux de la chapelle.

— Tu m'as déçu, mon fils.

Le ton condescendant m'interpelle. Il y a même tellement de condescendance que j'en suis mal à l'aise. Je ne devrais pas, mais je ne résiste pas à la tentation de m'approcher pour jeter un coup d'œil par la porte vitrée.

La scène que je découvre est stupéfiante.

Tristan est debout, le dos droit, et arbore une expression de désintérêt et d'ennui. Contrairement à Creed, cependant, il n'arrive pas à dissimuler ce qu'il ressent réellement, et je vois que – malgré son masque – il est terrifié. Même quand il a vu la voiture de son père flotter dans la piscine, il n'avait pas l'air apeuré.

Tristan Vanderbilt n'est donc pas invincible…

Apparemment, il a peur de… *son père* ?

L'homme assis au bord du vieux bureau ressemble à une version mature – voire, aussi improbable que cela puisse paraître, *plus cruelle* – de son fils. Il a les mêmes cheveux noir corbeau, les mêmes yeux gris, et un sourire de serpent. En posant les yeux sur lui, je sais que cet homme est à fuir. Je suppose que les chiens ne font pas des chats…

Tristan ne dit rien. Il se contente de regarder son père. Toutefois, moi qui le connais bien, je perçois le léger frémissement de ses épaules. Ce n'est pas normal… Est-il réellement en train de trembler ? C'est alors que je remarque le léger filet rouge à la commissure de ses lèvres. On dirait… du sang !

— Tu as raison, répond Tristan. J'ai foiré.

C'est tout. Seuls ces quelques mots sortent de sa bouche. Son uniforme est aussi parfaitement repassé que le mien – à tel point que les plis ont l'air tranchants. Sa cravate est droite, sa veste boutonnée, ses cheveux lisses et brillants. Mais son regard est étrangement vide. Même sa cruauté habituelle n'y est pas.

Monsieur Vanderbilt soupire et tapote sa jambe. Tout comme celui de son fils, son costume est impeccablement repassé. Pas un seul fil qui dépasse, et tous les boutons qui doivent l'être sont attachés. Il ne fait aucun doute dans mon esprit que son costume coûte plus cher que le salaire annuel de mon père.

— J'ai encore du mal à comprendre comment ma voiture s'est retrouvée dans une piscine.

Tristan tressaillit et mon cœur se met à battre la chamade. S'il ne m'a pas encore dénoncée, il ne le fera pas. Mais quand même…

— Je te l'ai dit : c'était une blague qui a mal tourné.

Sa voix est froide, vide, sombre.

Après quelques secondes de silence, monsieur Vanderbilt cherche quelque chose dans sa poche, et Tristan recule comme s'il allait être frappé. Pourtant, son père ne fait que sortir une petite boîte noire avec une petite couronne sur le dessus. Il la passe à son fils, et Tristan la prend avec précaution. Il l'ouvre et découvre à l'intérieur une montre Rolex noire et rouge. Lorsqu'il la sort de son écrin, je vois le symbole de l'infini gravé au dos.

Putain !

— « Une blague qui a mal tourné » ? demande monsieur Vanderbilt en reprenant la boîte.

Il sort la montre et fait signe à son fils de tendre le bras.

— Et tu peux me dire comment des gamins ont sorti ma voiture de notre garage à Los Angeles ? reprend-il en passant la montre au poignet de son fils.

Tristan garde le silence, se contentant de se laisser faire.

— Je n'ai pas encore vu les classements de l'école affichés. Tu les as vus, toi ?

Sa voix est menaçante tandis qu'il dévisage son fils de toute sa hauteur, avec ses pommettes saillantes et son nez droit. Puis il attrape Tristan par la cravate et le tire tout près de lui, le visage frémissant de haine.

Tristan continue de se laisser faire, regardant son père dans les yeux et essuyant le sang au coin de ses lèvres.

— Tu es un Vanderbilt, fiston. Ce pays s'est construit avec notre argent et selon nos volontés. Tu te rends compte de la honte que tu jettes sur toute notre famille et l'entreprise en te laissant avoir par des petites merdes ?

Je reste bouchée bée, tétanisée. Compte tenu du manque d'empathie de Tristan, je me doutais que sa famille devait être affreuse, mais la réalité dépasse tout ce que j'avais pu imaginer ! Je suis sidérée. Malgré les nombreux défauts de mon père, je l'aime et il m'aime. Jamais il ne me traiterait comme ça. Ni Jennifer d'ailleurs, que je ne porte pourtant pas dans mon cœur…

— Je suis désolé, papa, murmure Tristan.

Son père le relâche brusquement, le faisant trébucher.

— Bien. Maintenant dégage ! On se retrouve aux classements. Je te préviens : si tu n'es pas premier, tu vas passer une mauvaise semaine, fiston.

Tristan acquiesce et se dirige brusquement vers la porte, si vite que je n'ai pas le temps de partir. Je parviens tout juste à m'éloigner de la porte pour donner l'impression que j'étais simplement en train de passer.

Lorsqu'il me voit, Tristan se fige sur place. Son

visage est ravagé par une multitudes d'émotions, avant de redevenir parfaitement lisse.

— Hé !

C'est tout ce que je réussis à prononcer, tandis qu'il me fixe d'un regard aussi gris que l'orage.

Le silence entre nous est rompu par monsieur Vanderbilt qui décroche son téléphone, son rire faux retentissant à travers la porte ouverte. Aussitôt, Tristan ferme la porte avec sa paume. Seule sa respiration saccadée trahit son émotion, son visage restant parfaitement stoïque.

— Ça va ? demandé-je.

Je ne sais même pas pourquoi je m'inquiète pour lui. Il s'est comporté de manière odieuse avec moi ; il a été le pire de tous les Idoles. Et pourtant… je n'arrive pas à contrôler ce petit élan d'empathie.

Tristan se retourne vers moi, menaçant. Instinctivement, je recule tandis qu'il se dresse par-dessus mon visage. Sa mâchoire est serrée, ses yeux brillent de colère… Sans un mot, il arrache le collier autour de mon cou. Mon cœur bat si fort et si vite que je peux à peine respirer. Puis il se dirige vers la poubelle et, retirant la Rolex de son poignet, il enfonce les deux bijoux au fond du sac. Lorsqu'il ressort son bras de la poubelle, sa manche est tachée de rouge. Je pense d'abord qu'il s'agit de ketchup, mais, lorsqu'il se retourne vers moi, je réalise que du sang coule de son nez, dégoulinant sur sa poitrine et sur son bras.

— Ne me parle pas, Charité, claque-t-il en grinçant pratiquement des dents. Ne me regarde pas. Ne pense même pas à moi ! Si tu m'approches encore, je te promets de faire pire que Zack, sauf que je ne viendrai pas ensuite te faire vomir les pilules que je t'aurai fait avaler.

Il tourne les talons et dévale le couloir en trombe, me laissant bouche bée derrière lui.

Qu'est-ce que c'était que ça ?!

J'attends qu'il disparaisse, puis je récupère le collier et la montre dans la poubelle.

LORSQUE J'ENTRE dans la cour où se trouvent la statue du cerf et la fontaine et que je découvre Harper du Pont en pleine conversation avec mon père, je sais que les choses vont mal tourner pour moi cette semaine. *Merde !* J'ai mis trop de temps. Pressant le pas, je me dépêche de les rejoindre et, avec un large sourire, me place aux côtés de Charlie.

— Salut Papa !

— Marnye chérie ! s'exclame-t-il en me serrant dans ses bras.

Je suis tellement bien contre lui que, l'espace d'une seconde, j'oublie que la reine des garces de *Burberry Prep* se tient juste à côté de nous, ses magnifiques cheveux bruns au vent. Lorsque je la regarde enfin, ma mâchoire se serre, mais je parviens à maintenir un sourire forcé qui semble presque naturel.

— J'étais justement en train de discuter avec ton amie, Harper !

— « Amie » n'est pas le mot que j'utiliserais, grincé-je, le sourire toujours vissé aux lèvres.

Avec un immense effort, je parviens à ne pas ajouter que Harper fait partie de ceux qui m'ont tabassée, et que c'est même elle qui a tout commandité. L'année dernière, lorsque j'ai été reçue par la direction de l'école après que tous les garçons ont jeté mes culottes sur scène, j'ai bien vu que tout ce que j'avais pu raconter n'avait servi à rien. Aucun de mes bourreaux n'avait été inquiété. Dénoncer les filles ne donnerait probablement pas davantage de résultats. Non… Mieux vaut que je me venge moi-même !

En fait, la seule punition que les garçons ont reçue n'était pas pire qu'une simple tape sur la main : les honneurs qui leur avaient été accordés en fin d'année leur ont été retirés. Quant à leurs parents, je suis presque certaine qu'ils ont fait de gros dons à l'école pour faire oublier les bêtises de leurs pauvres petits… Une fois de plus, leur argent leur a permis d'éviter les conséquences de leurs actes.

— Ah bon ? s'étonne Charlie avec une expression confuse sur son visage légèrement ridé, tandis qu'il nous regarde toutes les deux.

Harper me sourit, mais je m'en fous complètement. Soutenant son regard, je passe la main sous ma chemise et sors le collier. Lorsque Tristan l'a arraché de mon cou, le fermoir s'est cassé, mais j'ai réussi à le remettre en faisant un nœud à la place… Je suis ravie de mon petit effet !

Lorsque ses yeux bleus se posent sur les deux

pendentifs en forme de roses, la fureur s'empare de son visage.

— Papa, est-ce que tu savais que la famille de Harper détient notamment *Myler Medical Technologies*, commencé-je tandis que Harper me lance un regard noir. C'est sa sœur qui en est le PDG depuis une dizaine d'années maintenant. Elle a doucement fait passer le prix de l'auto-injecteur d'adrénaline de cinquante dollars à trois cents dollars. Je peux te dire que, depuis, l'entreprise des parents de Harper a fait des bénéfices incroyables ! Deux milliards de dollars par an je crois, n'est-ce pas, Harper ? Et il me semble avoir lu quelque part que le salaire de ta sœur était de dix-neuf millions... Quand on pense que notre voisine était allergique aux abeilles et qu'elle ne pouvait pas acheter son traitement parce que son assurance ne couvrait pas la différence de prix... Pauvre Erica, elle a fini par en mourir...

Harper s'approche si près de moi que je dois reculer d'un pas pour éviter qu'elle ne me touche.

— Est-ce que ton père t'a dit qu'il était atteint d'un cancer du côlon et du poumon à un stade avancé ? Ma famille a gentiment proposé de prendre en charge ses soins médicaux pour l'aider à traverser cette épreuve. Bonne chance, ma chérie ! lance-t-elle en se penchant et en m'embrassant sur la joue.

Lorsqu'elle s'en va, un sourire machiavélique aux lèvres, je vois tout tourner et tombe par terre sans même m'en rendre compte. Mes genoux sont en sang.

Mon père essaye de me parler, mais je n'entends rien d'autre qu'un bourdonnement dans mes oreilles.

Soudain, Zack apparaît, accompagné de sa mère, et ils tentent tous les deux d'aider Charlie à me remettre sur pied. Je m'affaisse dans leurs bras alors qu'ils me soulèvent. J'ai la tête qui tourne, et le ventre noué par une violente nausée.

— Ce n'est pas vrai, murmuré-je, plongeant mon regard dans les iris marron de mon père.

Ses yeux sont tellement identiques aux miens que j'ai l'impression de regarder dans un miroir. Ses cheveux sont ébouriffés par le vent, son sourire si doux et authentique que tout ce que vient de me dire Harper me semble impossible. C'est impossible ! Mon père ne va pas mourir ! Je n'y crois pas ! Je refuse d'y croire !

— Je t'en supplie, dis-moi que ce n'est pas vrai, lui dis-je en sanglotant, sentant Zack passer un bras autour de moi.

Je m'éloigne de lui et trébuche.

— Chérie, s'il te plaît, assieds-toi, murmure mon père.

J'ai besoin d'une minute. J'ai juste besoin d'une minute. Je me retourne et cours à travers la cour, croisant au passage Harper et son sourire narquois.

— *Je t'en supplie, dis-moi que ce n'est pas vrai !* m'imite-t-elle alors que je passe devant elle.

Je m'arrête net et me retourne vers elle, les larmes coulant sur mon visage.

— Que viens-tu de dire ? grogné-je, tandis qu'elle jette ses cheveux derrière son épaule.

— Tu m'as très bien entendue : ton père serait déjà mort sans la charité de ma famille. Essaie au moins d'être un peu reconnaissante, salope !

Je vois rouge. Incapable de me contrôler, je me jette sur elle et lui donne un coup de poing en plein visage. J'entends son cartilage craquer et du sang coule de son nez.

Je viens d'enfreindre la règle n° 1 : *pas de violence physique*.

Mais… mon père…

— Charité ! crie Zayd en me tirant par derrière.

Je me débats et lui donne sans faire exprès un coup de coude dans les côtes. Il grogne, mais ses bras tatoués restent serrés autour de moi. À force de me débattre, je réussis à me libérer avant de me lancer sur Harper et de la faire tomber au sol.

— Marnye, arrête !

Miranda et Kathleen Cabot apparaissent avec Creed derrière elles. Il me regarde avec son air ennuyé et paresseux tandis que mes deux amies parviennent à me relever et à me faire reculer de plusieurs mètres. Harper se relève et me sourit d'un air diabolique, du sang coulant sur ses lèvres. Elle a l'air *heureuse* de ce qui vient de se passer.

Je me rends compte alors de l'erreur que je viens de commettre et laisse échapper un léger grognement.

— T'es foutue, michetonneuse ! fanfaronne Harper en se tenant au poteau près d'elle pour garder l'équilibre.

Je remarque que personne ne lui vient en aide. Mes

yeux parcourent la foule qui s'est massée autour de nous. Il y a mon père, Zack et sa mère, Robin – qui court vers nous et se place aux côté de Miranda, de Kathleen et de Creed. Zayd est derrière moi, haletant. Son uniforme est toujours aussi mal mis et froissé, sa cravate lâche et tordue.

— Je vais te dénoncer à la direction, continue Harper en essuyant le sang sur son visage.

— Tu ne vas rien faire du tout, rétorque Kathleen, d'une voix si féroce que Harper la dévisage, médusée. Il n'y a peut-être pas de rapport officiel, mais je sais très bien ce que toi et tes petites camarades avez fait à Marnye l'année dernière. Elle avait les côtes cassées et une dent fêlée. Je ne suis pas particulièrement partisane d'une justice personnelle, mais je te préviens : si tu ne pars maintenant pour aller te nettoyer, tu seras virée en même temps qu'elle !

Bouche bée, Harper dévisage tour à tour Kathleen, Robin et Charlie. Puis elle me regarde à nouveau.

— C'est vrai, Kathleen : c'était Harper. Harper et ses petites copines… Je préfère le dire pour que ceux qui ne sont pas responsables ne soient pas accusés à tort.

Calme-toi. Respire. Reprends le contrôle….

— Si tu parles encore une fois de mon père, murmuré-je en m'avançant si soudainement que Miranda n'a pas le temps de m'arrêter avant que je crache les mots au visage de Harper, tu vas le regretter !

Puis je me défais de la prise de Miranda, passe devant Zayd et Creed et disparais dans les jardins.

LA PREMIÈRE PERSONNE à me retrouver est Zack.

Je soupire en le voyant s'approcher de moi, alors que je suis assise sur un banc de pierre, mes genoux serrés contre ma poitrine. Je ne pense qu'à une chose : à mon père et à sa gentillesse. Le monde a besoin de personnes comme lui. Je suis en colère – en colère que des gens comme Vanderbilt puissent gagner de plus en plus d'argent alors que mon père a travaillé dur toute sa vie, a été trahi par sa femme, et est maintenant frappé par la maladie la plus horrible que connaisse l'humanité.

— Je déteste le cancer ! marmonné-je tandis que Zack s'assoit à côté de moi, vêtu de son uniforme avec sa veste *letterman* par-dessus.

Il a l'air trop beau ; ce n'est pas juste ! J'ai envie de le détester, mais je me sens si seule. Si mon père... Sans mon père... Je vais être toute seule ! Je ferais mieux d'aller parler à Miranda et à Andrew, mais j'en suis incapable. Je reste là, à quelques centimètres de Zack qui regarde fixement ses pieds, les épaules voûtées.

— C'était ça que tu ne voulais pas me dire ?

Il hoche la tête sans répondre. Plusieurs minutes s'écoulent sans qu'il parle.

— Maintenant, tous les Idoles le savent. Ils vont utiliser mon père contre moi.

Zack se tourne vers moi et me regarde avec un air beaucoup plus doux que d'habitude. Vendredi, je vais le détruire. Je culpabilise presque. Peut-être que je devrais renoncer ? Mais je ne peux pas lui pardonner si facilement…

— Je comprends que tu m'en veuilles, et que tu en veuilles à Lizzie pour ce que nous t'avons fait. Mais si je te disais tout ce que je sais sur le Club Infinity, tu serais probablement choquée.

Je me moque de lui.

— Et alors ? Qu'est-ce que tu attends de moi, Zack ? Si tu es là uniquement parce que tu te sens coupable, tu peux te barrer ! Je n'ai pas besoin de ton amitié ni de ta pitié.

— Ce n'est pas de la pitié, Marnye. Tu es belle, tu es intelligente, tu es forte. Pourquoi aurais-je pitié de toi ?

Il affirme cela comme si c'était un fait, comme s'il était *évident* que je suis belle, intelligente et forte. Il arrive presque à me convaincre de sa sincérité et je baisse les yeux. J'ai toujours été mal à l'aise avec les compliments… Si j'étais une personne aussi extraordinaire que ça, je laisserais tomber mon désir de vengeance. J'irais dans une autre école et je ne penserais qu'à mes études.

Il y a vraiment quelque chose qui ne va pas chez moi…

— Tu veux savoir si je me sens coupable ? Bien sûr que je me sens coupable ! reprend-il en passant sa main dans ses cheveux noirs et en expirant profondément, ses larges épaules se courbant vers l'intérieur. Mais ce n'est pas pour ça que j'essaye de t'aider.

— Alors pourquoi ? demandé-je en me tournant vers lui.

Il lève les yeux vers moi, et il y a quelque chose de brûlant dans son regard qui me fait peur.

— Tu te souviens de notre premier baiser ?

Il me regarde, et je sens mon pouls s'accélérer.

— J'étais terrifié par ce que je ressentais pour toi, continue-t-il. J'étais trop jeune, c'était trop. Et je…

Je détourne le regard et Zack fait une pause.

Nous sommes lundi matin et je n'ai pas encore rallumé mon téléphone. Il est serré dans ma main gauche et, en une fraction de seconde, je prends une décision : celle d'enregistrer, juste au cas où. Zack attend encore quelques secondes avant de prendre une profonde inspiration et de poursuivre.

— Quand j'ai fait ce pari, je n'ai pensé ni au nom ni au visage de la fille qui allait mourir. Je suis désolé. Je suis tellement désolé… Je ne sais pas pourquoi je l'ai fait, mais je l'ai fait : j'ai parié que tu te suiciderais et je t'ai harcelée sans relâche pour cela. Je comprends que tu me haïsses et que tu ne me pardonnes pas…

J'ai le cœur serré, j'ai mal, mais je suis trop bouleversée en ce moment pour savoir quoi faire de ce qu'il est en train de me dire. Je préfère fuir. J'éteins mon téléphone et change de sujet.

— Je veux aller voir mon père, déclaré-je en me levant.

Je trébuche légèrement, et Zack me retient par le coude. Ses doigts à travers ma veste sont brûlants ; c'est comme si sa peau touchait la mienne. Je le ressens intensément.

— Je vais t'accompagner, décide Zack, son visage

arborant à nouveau ce masque impénétrable auquel je suis habituée.

Il commence à avancer, mais je me dégage de son emprise. Au lieu de s'énerver, il me sourit.

— Au fait, tu as vu les classements ?

Non, je ne les ai pas vus. Et franchement, c'est le dernier de mes soucis. La seule chose qui me préoccupe pour le moment, c'est la maladie de mon père. Et je n'ai qu'une envie : tout abandonner et rentrer chez moi pour pouvoir prendre soin de lui. J'imagine que c'est pour cela qu'il ne m'a rien dit… Il est tellement gentil et tout ça est tellement injuste ! Des larmes se mettent à rouler sur mes joues, et Zack tend la main pour les essuyer, provoquant en moi d'étranges sensations…

— Tu as encore battu Tristan Vanderbilt, m'annonce-t-il avec un petit rire. Tu es à nouveau la première de l'école !

J'ai presque envie de sourire, mais rien dans ce monde n'est plus important pour moi que mon père. *Rien.*

— La première ?

C'est pourtant une bonne nouvelle, mais je me sens vide. Je suis première, pourtant j'ai l'impression d'avoir tout perdu.

Je ferme les yeux, expire, puis les rouvre.

Je dois être forte. Malgré tout. Je n'ai pas le choix…

Je redresse les épaules et, d'un pas décidé, passe devant Zack en direction de la chapelle.

CHAPITRE SEPT

MON PÈRE REFUSE de parler avec moi de sa maladie. Chaque fois que j'en parle, il change de sujet. Si je pleure, il me serre dans ses bras sans rien dire. Le seul point positif, c'est qu'il va très probablement arrêter de boire…

Vendredi, juste avant le grand match, il prend mon visage entre ses mains rugueuses et me regarde avec amour. Ma gorge se serre tandis que j'étouffe mes larmes.

— Marnye, commence-t-il de sa douce voix, tu as toujours su ce que tu voulais. Depuis que tu es toute petite… Tu as traversé une période difficile au collège, et pourtant tu n'as jamais cessé de te battre. Tu as obtenu cette bourse parce que tu la mérites, et je veux que tu saches que je suis très fier de toi…

— Papa… commencé-je, mais il m'interrompt.

— Enfant, je rêvais d'aller dans une école comme celle-ci. Il y en avait une réservée aux garçons juste à l'extérieur de la ville dans laquelle j'ai grandi. Elle s'appelait *Adamson*. Tous les jours, j'espérais pouvoir l'intégrer, mais je n'ai jamais rien fait pour cela. J'acceptais ma situation, sans rien faire pour changer mon destin.

J'ouvre la bouche pour parler à nouveau, mais il fait un geste de la main pour m'en empêcher.

— Je sais que tu voudrais rentrer à la maison et t'occuper de moi. Mais, moi, je ne le veux pas…

— Mais rien n'est plus important pour moi que toi, plaidé-je.

Mon père secoue la tête. Tout fait sens maintenant : le fait qu'il m'offre le bracelet de sa mère, qu'il insiste pour que je renoue des liens avec Jennifer, qu'il se soit saoulé l'année dernière, lors de la semaine des parents. Tout est lié à sa maladie, à ce cauchemar dont j'aimerais me réveiller.

— Et rien n'est plus important pour moi que toi, Marnye chérie. Tu as toute la vie devant toi. Je te promets de faire toute ce que je peux pour être là le plus longtemps possible, mais, en échange, tu dois me promettre de ne pas gâcher la chance que tu as d'être ici. Je ne te laisserai pas faire…

Il soupire et laisse tomber sa main sur le côté. Il est si différent de tous les autres parents, les pères avec leurs costumes coûteux, et les mères avec leurs vêtements de marque et leurs talons hauts fantaisie. Charlie Reed porte un vieux jean déchiré, la montre que je lui ai offerte pour Noël l'année dernière et des bottes de travail usées. Il porte sa tenue avec fierté et je l'aime encore plus pour cela.

— Je vois la façon dont ils te regardent, ajoute-t-il.

— Comme s'ils me haïssaient et voulaient ma mort ? ironisé-je.

Mon père sourit avec tendresse.

— Non... Comme s'ils étaient jaloux, Marnye.

— Jaloux de moi ? m'étonné-je. Avec leurs Lamborghini, leurs yachts et leurs manoirs ?

J'ai l'air si pathétique en disant cela que je me fais presque de la peine à moi-même. Je sais mieux que personne que l'argent n'est pas ce qui rend une personne heureuse. Mon père me rend heureuse, étudier me rend heureuse, mes amis me rendent heureuse... Mais pas l'argent.

— L'argent ne peut acheter ni la confiance, ni l'amour, ni l'estime que l'on a pour soi. Marnye, tu vaux bien mieux que toutes leurs conneries superficielles.

Je regarde Charlie d'un air étonné, les sourcils arqués. C'est la première fois que je l'entends prononcer un gros mot...

— Chérie, la meilleure des vengeances est la réussite. Souviens-toi de cela. Continue comme ça ; continue à me rendre fier de toi... C'est ça que je veux pour toi. Construis-toi une vie meilleure que celle que je t'ai donnée.

— Tu m'as donné une belle vie, le rassuré-je.

Il rit et me serre dans ses bras. Je porte mon nouvel uniforme de pom-pom girl : une tunique en polyester à manches longues avec des rayures rouges et blanches et le mot *Burberry* brodé sur le devant, une jupe courte noire, et des baskets. En dessous, j'ai un short noir brillant avec le logo de l'école sur la fesse droite. J'ai trouvé que c'était un drôle d'endroit pour un logo, mais, apparemment, c'est comme ça que ça se fait… Le tissu n'est pas confortable et me gratte tandis que mon père me serre dans ses bras pendant un long moment.

Enfin, il me lâche et pose ses mains sur mes épaules.

— Ma petite fille, la plus belle des *pom-pom girls*, sourit-il. Jamais je n'aurais pensé te voir comme ça un jour ! rit-il.

— Je le fais uniquement pour avoir plus de chances d'intégrer l'université de mon choix, répété-je, sans lui dire que je le fais aussi pour me venger. Et puis cela me permet de faire un peu de sport…

Mon père me regarde avec fierté puis passe un bras autour de mes épaules et me fait avancer, mais dans la mauvaise direction. Je ris et le retourne, le guidant vers la porte arrière et les voitures de l'école qui attendent derrière les grilles. Le terrain de football est si loin de la chapelle qu'il faut une bonne demi-heure pour s'y rendre. Beaucoup sont déjà là-bas, mais mon père et moi avons déjeuné au restaurant de l'école, et j'ai voulu que nous prenions notre temps.

— Quelle que soit la raison, je suis ravi de te voir dans l'équipe, déclare-t-il alors que nous marchons vers l'une des voitures.

Nous nous glissons à l'intérieur et le conducteur s'apprête à fermer la porte lorsque j'entends une voix appeler pour retenir la voiture.

Putain ! Zayd Kaiser... Génial !

Il monte à l'intérieur, puis se fige en nous voyant, mon père et moi.

Je n'ai pas le temps de protester : le chauffeur a déjà fermé la portière. Trop tard... Mon père a dû reconnaître Zayd comme l'un des lanceurs de culottes, car il ne lui sourit pas et ne le salue pas non plus.

Zayd s'affale de l'autre côté de la limousine, vêtu d'un débardeur blanc avec le nom de son groupe – *Afterglow* – griffonné en noir sur le devant. Son jean noir est beaucoup trop serré, mais je dois avouer que ça lui va plutôt bien... Il a des Doc Martens aux pieds, couvertes de roses, et je suis presque certaine qu'il s'est fait de nouveaux tatouages pendant l'été. Je me souviens de mes doigts sur sa peau pendant que nous nous embrassions, chez moi. Je sais maintenant qu'il n'avait fait cela que pour filmer la scène et m'humilier, mais c'est un autre problème.

— Ton père n'est même pas venu, cette année ? Il ne doit vraiment rien en avoir à faire de toi... sifflé-je.

Charlie me regarde bouche bée.

— Marnye, souffle-t-il, mais sans me faire davantage de reproches.

Zayd se contente de me fixer, ses paupières cerclées d'eye-liner, un piercing noir en pointe sur sa lèvre inférieure, et un autre – un anneau noir – sur son sourcil droit. Il mordille ses lèvres un instant avant de répondre.

— Il a un travail important, finit-il par rétorquer. Un travail qui plaît aux gens...

Je comprends que j'ai touché une corde sensible. Tant mieux. Je suis déterminée à le détruire. Car je l'ai choisi – *choisi !* – et il m'a trahie. Je le déteste, tout comme son parfum – ce mélange de tabac, de clou de girofle et de sauge – qui emplit l'air dans la limousine.

— Ce n'est pas un ouvrier qui peut être remplacé par un singe ou par une machine… ajoute-t-il.

— Laisse-moi rire ! Au moins, mon père a du cœur et s'intéresse à moi, grondé-je tandis que Charlie pose une main sur mon genou. Il y a plein de musiciens sur Terre. Ton père n'est rien d'autre qu'un singe recouvert de tatouages qui fait le clown en chantant des chansons écrites par d'autres pour un public d'ignares…

Zayd me lance un regard noir puis, alors que la voiture s'arrête, ouvre la portière et descend. Mon père soupire et me regarde d'un air réprobateur. Je ne regrette pas ce que j'ai dit à Zayd – il le mérite amplement –, mais je regrette que mon père ait assisté à la scène.

Enfin, nous arrivons. Le stade est immense – beaucoup plus chic que ce à quoi on pourrait s'attendre pour un lycée. Il me rappelle le stade Autzen, de l'université de l'Oregon, dans la ville d'Eugene, où mon père m'avait emmenée voir un match. Il est beaucoup trop prétentieux pour une école comme la nôtre, d'autant plus que – jusqu'à cette année – notre équipe a toujours été la dernière du district.

Avec l'arrivée de Zack, tout cela a changé. S'ils gagnent le match de ce soir, ils iront en séries éliminatoires.

Je vais m'assurer que cela n'arrive pas…

Ce soir, nous jouons contre *Grenadine Heights High,* l'équipe classée numéro un dans notre district depuis près de vingt ans. C'est un match important.

Mon père me laisse pour aller prendre place dans les gradins, tandis que je rejoins notre entraîneuse, Hannah, et les autres filles, juste devant l'entrée du stade. La façon dont elles me regardent alors que je m'approche d'elles est… inestimable ! Ileana marmonne quelque chose, suffisamment fort pour que je l'entende, mais assez discrètement pour qu'Hannah ne s'en rende pas compte.

Alors que nous commençons l'échauffement, mon cœur bat la chamade et j'ai des sueurs froides. Ce n'est pas seulement à cause de l'exercice : je suis sur le point de détruire la carrière de footballeur de Zack Brooks et de faire tomber le reste de l'équipe avec lui.

J'avance lentement, mais sûrement. J'ai tout organisé, et je sais que je vais réussir…

Après l'échauffement, nous nous dirigeons vers le stade et nous positionnons au bord du terrain. Aux yeux d'Hannah, les matchs sont pour nous des sortes de répétitions générales en vue de la compétition. Ce qui m'amuse, c'est de savoir que j'aiderai l'équipe de *pom-pom girls* à obtenir la première place, pendant que l'équipe de football sera en train de se morfondre…

Je surveille l'heure, car le timing est important pour que mon plan fonctionne. Les minutes s'écoulent lentement – j'ai l'impression que chaque minute dure une heure. Enfin, notre première apparition arrive. Je suis plutôt studieuse et un rat de bibliothèque ; apparaître en public n'est donc pas mon fort, mais je me force à sourire. C'est néanmoins difficile, sachant que Tristan, Zayd et Creed sont dans le public. Je les aperçois, assis devant, entourés du Cercle fermé. Je suis presque sûre qu'ils me regardent tous.

Alors que nous commençons nos mouvements, je remarque que le téléphone d'Hannah sonne. J'esquisse un demi-sourire, qui exprime à la fois ma jubilation et ma crispation.

J'aurais pu choisir de faire mille autres choses à Zack Brooks, comme ajouter des stéroïdes dans sa nourriture ou sa boisson, puis le dénoncer. Mais ce n'était pas assez ; je ne veux pas me rabaisser à leur niveau. Peut-être que je me complique les choses, mais je tiens à respecter mes règles :

Les faire se pendre avec leur propre corde.

S'ils ne m'avaient pas fait chier, s'ils *arrêtaient* de me faire chier, alors je ne leur ferais rien de mal. Mais ils n'arrêtent pas...

Hannah regarde son écran de téléphone, puis jette un coup d'œil dans ma direction. J'ai les bras en l'air et ma tunique en polyester remonte légèrement sur mon ventre. Je la vois chuchoter quelque chose à son assistante tandis qu'au premier rang, le proviseur Collins a les sourcils relevés, la bouche légèrement entrouverte. Alors que nous terminons notre numéro, je regarde par-dessus mon épaule et découvre l'entraîneur de l'équipe de football – Buck Rolands – demander à Zack de quitter le terrain.

Zack court en retirant son casque noir brillant. Il fronce les sourcils. En le regardant courir, j'ai l'impression qu'il est plus grand que d'habitude. Ça doit être sa tenue et les épaulettes… Il s'arrête à côté de son entraîneur et regarde la vidéo sur l'écran du téléphone.

Son visage devient blême. Choqué, il lève les yeux vers moi et croise mon regard. Je lui souris, mais ce n'est pas un beau sourire… Non, c'est exactement le même sourire que celui que les Idoles ont affiché en me regardant un nombre incalculable de fois au cours de la dernière année et demie.

Eh oui... La roue tourne, me dis-je alors que le proviseur Collins descend les marches des gradins et que les murmures de la foule s'élèvent dans le stade. J'ai envoyé la même vidéo à chaque membre du personnel. Il n'a pas été difficile d'obtenir leurs numéros. En fait, comme il s'agit d'un internat, les numéros du personnel sont distribués à chaque élève, en cas d'urgence. Utiliser ces numéros pour autre chose qu'une urgence est passible d'exclusion définitive. Mais j'ai assuré mes arrières : j'ai utilisé un brouilleur. Ça faisait partie des derniers achats que j'ai faits avant le jour de la rentrée… Toutes ces petites choses utiles qui étaient sur ma liste !

Je suis trop loin pour entendre, mais je vois le proviseur Collins, le proviseur adjoint Castor et l'entraîneur Rolands s'engager dans une discussion vive. Quelques instants plus tard, ils sont rejoints par la mère de Zack, Robin. J'ai toujours entendu dire que cette femme était la bonté personnifiée et je me suis souvent demandé comment elle avait pu mettre au monde un monstre tel que Zack Brooks. Autant son père et son grand-père sont odieux, autant Robin a toujours été gentille avec moi, même lorsque son fils me harcelait jusqu'au suicide.

Le regard de Zack alors qu'elle découvre la vidéo me fait presque mal.

J'ai hésité à le faire, me demandant si j'enfreignais mes deuxième et troisième règles : *pas de vengeance contre les amis, pas de spectateurs innocents.* Mais, finalement, je n'ai fait que révéler la vérité…

Je ferme les yeux. Je n'ai pas besoin de voir la vidéo ; je la connais par cœur.

On y voit Zack en train de se filmer lui-même et de me demander de me suicider. À l'époque, il m'avait lui-même envoyé la vidéo, par e-mail, pour que je puisse la regarder encore et encore. Je n'en ai jamais parlé à personne. Jamais. Mais je l'avais gardée. Et j'avais bien fait…

Ensuite, j'ai ajouté ce qu'il m'a dit il y a quelques jours : « *Quand j'ai fait ce pari, je n'ai pensé ni au nom ni au visage de la fille qui allait mourir. Je suis désolé. Je suis tellement désolé... Je ne sais pas pourquoi je l'ai fait, mais je l'ai fait : j'ai parié que tu te suiciderais et je t'ai harcelée sans relâche pour cela. Je comprends que tu me haïsses et que tu ne me pardonnes pas.* »

J'ai hâte de voir si la politique de tolérance zéro face aux actes de harcèlement nouvellement mise en place par l'école va être appliquée…

Zack baisse le regard alors que sa mère se tourne vers lui et le dévisage comme si elle ne le reconnaissait pas. Il laisse tomber son casque et, en quelques *minutes*, tous les téléphones dans les gradins bipent, la vidéo étant envoyée à tout le monde. Les élèves la partagent entre eux et chuchotent, l'air amusé ou scandalisé. Les parents, eux, sont outrés. C'est un véritable pavé dans la mare !

Mon cœur bat si vite que j'ai le vertige, et *tout le monde* me fixe maintenant.

— Puis-je aller aux toilettes ? demandé-je à Hannah.

Elle m'y autorise, posant sur moi un regard empreint de pitié et de sympathie. Mais je m'en fiche. Je passe devant les autres filles sans regarder qui que ce soit et me dirige vers le long tunnel sombre menant aux vestiaires.

Dès que je suis hors de vue, je m'adosse au mur et tente de calmer ma respiration.

Au bout de quelques minutes, j'entends des pas. Je lève les yeux et découvre Zack, le regard sombre et les traits tirés, dévaler le couloir à toute vitesse. Lorsqu'il me voit, il s'arrête net. Il est tout près de moi. Trop près. Si près que je peux voir la douleur dans ses yeux. Je m'attends à ce qu'il fasse comme Zayd, qu'il me renvoie la balle.

— Je ne participe pas au match de ce soir, murmure-t-il.

Nous savons tous les deux ce que cela signifie : *Burberry Prep* va perdre.

— Et j'ai été viré de l'équipe, ajoute-t-il, fermant les

yeux et laissant tomber sa tête sur son menton, résigné et triste. Je vais être exclu des cours quelque temps, avec l'obligation de ne pas quitter le campus, et ma mère m'a dit qu'elle allait me déshériter.

Il gémit et s'accroupit, portant ses mains à son visage. Je l'observe froidement.

— Ils vont discuter du reste de ma punition lundi.

— Tu le mérites. Tu mérites tout ce qui t'arrive, lâché-je en reculant de quelques centimètres, comme si je craignais qu'il me frappe.

Zack se lève d'un seul coup, retire son maillot en le passant par-dessus sa tête, puis jette ses épaulettes au sol avec un grognement. Quand il se tourne vers moi, il est torse nu, en sueur, et magnifique.

Dommage que je le déteste.

— Tu as raison, déclare-t-il soudain.

Je n'en reviens pas et écarquille les yeux.

— Pardon ?

Il s'avance vers moi, passant ses mains sur son visage.

— Tu as raison, Marnye. Tu as complètement raison, répète-t-il.

Puis il laisse tomber ses mains sur les côtés, et il m'est impossible de ne pas remarquer à quel point ses bras sont musclés, à quel point ses biceps sont arrondis, à quel point sa poitrine est plate. Ma respiration s'accélère alors qu'il fait un pas en avant, et je croise mes bras sur ma poitrine comme pour me protéger. Il regarde ma taille et lève les sourcils. Quand il me tend la main, j'ai l'impression que mon cœur s'arrête de battre. Il me tire vers lui et plonge ses doigts sous la ceinture de ma jupe, provoquant en moi une chaleur à peine supportable. Il baisse l'élastique de mon short et voit mon tatouage.

— Marnye, qu'est-ce que c'est ? me demande-t-il d'une voix si sombre qu'elle en est presque effrayante.

— Le symbole du Club Infinity. Ils vont comprendre qu'ils ne peuvent pas traiter les gens comme de simples objets…

J'inspire profondément, gonflant ma poitrine. J'aimerais qu'il retire ses doigts, car j'aime la sensation de sa peau contre la mienne, et je me déteste pour cela. Je refuse de me laisser attendrir par ces types. Je ne peux pas trouver sexy, cool ou attachant le fait qu'ils soient des connards. Je ne peux pas tomber amoureuse de ceux qui m'ont harcelée… Je préfèrerais encore sortir avec Miranda !

Zack passe doucement ses doigts sur mon tatouage et relève les yeux vers les miens.

— Tu ne sais pas dans quoi tu t'embarques, murmure-t-il.

Je le regarde d'un air de défi en pinçant les lèvres. Je sais parfaitement dans quoi je m'embarque. Pourtant, je n'arrive pas à me contrôler. Ces petits bourges doivent apprendre qu'une personne est une personne, quelle que soit la taille de son compte bancaire. Il n'y a pas de darwinisme social, ni de privilèges ni d'Idoles. Ça n'existe pas ! Tout ça n'est qu'une façade, des conneries qui sont inventées pour permettre à certaines personnes des passe-droits et d'oublier leur humanité.

— Tu n'as ni les ressources ni les connaissances pour faire tomber le Club…

— Je…

— Mais moi oui, m'interrompt Zack.

Il se penche vers moi, si près que son pouls résonne dans ma gorge et que je perçois les minuscules gouttes de sueur qui coulent sur sa poitrine musclée. Lorsque ses yeux tombent sur mes lèvres, je me mets à trembler, me sentant toute petite face à son corps grand et large. Ses doigts sont toujours sur mon tatouage et je ne peux m'empêcher de frissonner.

Putain d'hormones !

— Je peux t'aider, Marnye, ajoute-t-il en se penchant plus près.

— Je ne tomberai jamais amoureuse de toi, laissé-je échapper, incapable de détourner mes yeux de sa lèvre inférieure. *Jamais !*

— D'accord, murmure-t-il en fermant les yeux et en posant son front contre le mien.

Il est en sueur, mais je m'en fiche. Sans même m'en rendre compte, je pose mes paumes sur sa poitrine, le bout de mes doigts s'enfonçant sur sa peau humide et chaude.

— Mais, moi, je suis amoureux de toi. Même si je sais que je ne suis pas assez bien pour toi.

J'ai l'impression que mon cœur s'arrête, et j'écarquille les yeux. Je quitte ses lèvres des yeux et plonge mon regard dans le sien. Il prend ma main et la serre dans la sienne, continuant de caresser mon tatouage avec sa main droite.

— Tu voulais savoir pourquoi je t'aide ? Maintenant tu le sais. Même si tu n'accepteras jamais d'être avec moi, ce n'est pas grave. Je sais que je ne suis pas assez bien pour toi, que tu ne peux pas être avec un gars qui pousse une fille à se suicider pour entrer dans un club stupide. Mais tout ce que je veux, c'est essayer de me rattraper, même si je dois y passer le reste de ma vie.

— Tais-toi, murmuré-je.

Cependant, il se penche encore plus près et pose ses lèvres contre les miennes. Le goût de sa bouche est divin et je ne résiste pas à l'envie d'introduire ma langue entre ses lèvres. Nous gémissons tous les deux puis, dans un sursaut de conscience, je me détache de lui.

— Je ne te fais pas confiance et je ne te crois pas ! Tu peux me dire tout ce que tu veux, pour moi ce sont des conneries !

— D'accord, répète-t-il, sa bouche se déplaçant contre la mienne. Peut-être qu'un jour, tu me pardonneras et que nous pourrons être amis. En attendant, laisse-moi t'aider.

Je n'ai plus de souffle. Il halète. Nos souffles se mêlent l'un à l'autre.

Au bout d'un moment, Zack tourne légèrement la tête sur le côté et je suis son regard.

Les Idoles sont là, tous les six, et nous regardent.

Le visage de Tristan est dur, froid, sans émotion. Creed serre les poings, trahissant sa nervosité – celle que ne révèle pas son air blasé habituel. Zayd, lui, ne cache pas son agressivité, même s'il tient la main de

Becky. En tout cas, je vois clairement dans leurs regards à tous qu'ils détestent Zack. Ils le méprisent, même. En repensant à cette journée au lac, je vois maintenant les choses telles qu'elles sont vraiment. Zack avait peut-être raison lorsqu'il me disait que je ne savais pas tout...

Ils ne m'ont pas révélé ce qu'avaient fait Zack et Lizzie parce qu'ils se souciaient de moi. Non. En m'apprenant que Zack et Lizzie m'avaient fait du mal, ils cherchaient à me faire du mal eux aussi.

Je me retourne vers Zack.

— Laisse-moi t'embrasser, murmure-t-il.

Je réalise alors que je tremble. Je viens de détruire sa carrière de footballeur. J'ai fait perdre à l'équipe de l'école un match important. J'ai même peut-être fait virer Zack de l'école... Et pourtant, il continue de m'aimer.

— Laisse-moi t'aider, reprend-il. Je te promets que je n'irai pas plus loin que ce que tu voudras. Mais crois-moi : ensemble, nous pouvons pulvériser le Club Infinity.

— Tu veux qu'on fasse semblant de sortir ensemble ?

Il hausse ses larges épaules – sa réponse préférée chaque fois qu'on lui pose une question.

— Au moins semblant de m'embrasser, putain !

Mon rythme cardiaque s'accélère et une goutte de sueur se fraie un chemin entre mes seins, chatouillant ma peau, tandis que Zack remonte la ceinture de ma jupe pour cacher mon tatouage. Il me prend alors par la hanche et m'attire contre lui. Sans réfléchir davantage, je remonte mes mains le long de sa poitrine et les enroule autour de son cou.

Nos bouches se rejoignent dans un élan de chaleur, de désespoir et de désir. C'est tellement bon que c'est presque douloureux.

Les lèvres de Zack sont chaudes et douces. Elles ont un goût de Gatorade à la cerise. Il passe son bras gauche autour de ma taille et me soulève contre lui, sa langue s'enroulant autour de la mienne. Il prend le contrôle de notre baiser, mais tout en douceur. J'essaye de me convaincre que je l'embrasse uniquement parce que les autres nous regardent, mais, à l'intérieur, je fonds.

— C'est vraiment une michetonneuse ! ricane Harper.

Toutefois, je l'entends à peine. Je me sens tellement protégée par les bras forts de Zack, par le goût de sa bouche chaude sur la mienne, que je ne prête presque pas attention à eux. Même si je le hais, même si je viens de le faire virer de l'école, je dois admettre que je suis bien. Et si ça déplaît aux Sang-bleu, alors tant mieux. C'est la cerise sur le gâteau !

Nous trébuchons de nouveau contre le mur, mais je sais que je ne peux pas laisser cela aller plus loin.

Zack doit ressentir et penser la même chose que moi, car il se recule et pose son front contre le mien pendant un moment. Nous respirons ensemble, lentement. Et, alors que nous tremblons tous les deux,

Zack s'éloigne de moi, puis ramasse son maillot et ses épaulettes au sol.

Je remets mes vêtements et mes cheveux en place sans regarder les Sang-bleu, avant d'échanger un regard avec Zack. Il m'adresse un sourire sinistre, puis se dirige vers les vestiaires. Quant à moi, je reprends la direction du terrain.

— Sale pute ! grogne Becky lorsque je passe devant elle.

Je m'arrête et lui souris.

— Les putes se reconnaissent entre elles, il paraît... lancé-je.

Puis je reprends mon chemin et rejoins les *pom-pom girls* dans leurs uniformes noirs, rouges et blancs. Je sais que je vais devoir parler de Zack à mon père après, mais ça peut attendre.

Pour l'instant, je danse.

***Revanche contre** les Sang-bleu de Burberry Prep*
Liste de ~~Miranda Cabot~~ Marnye Reed

*Les Idoles (garçons) : Tristan Vanderbilt (~~première~~ **deuxième** année), Zayd Kaiser (~~première~~ **deuxième** année) et Creed Cabot (~~première~~ **deuxième** année)*
*Les Idoles (filles) : Harper du Pont (~~première~~ **deuxième** année), Becky Platter (~~première~~ **deuxième** année) ~~et Gena~~*

~~*Whitley (quatrième année)*~~ ***(diplômée) et Ileana Taittinger (première année)***

Le Cercle fermé : ~~*Andrew Payson*~~*, Anna Kirkpatrick, Myron Talbot, Ebony Peterson, Gregory Van Horn, Abigail Fanning, John Hannibal, Valentina Pitt, Sai Patel, Mayleen Zhang, Jalen Donner*~~*... et, je suppose, moi !*~~ ***et Kiara Xiao, Ben Thresher***

La plèbe : tous les autres~~*, désolée !*~~

~~*Bisouuuuus !*~~

CHAPITRE HUIT

CETTE ANNÉE, Halloween tombe un jeudi, ce qui rend l'organisation d'une fête difficile, d'autant plus que tous les Sang-bleu – et Zack – ont l'interdiction de quitter le campus. Il se murmure néanmoins dans l'école qu'une fête est organisée, vendredi soir au cimetière. Techniquement, *c'est* sur le campus, donc il y a moins de risques qu'elle soit découverte...

— Je n'en peux plus du thème « vulgaire », soupire Miranda en feuilletant un magazine alors que nous sommes dans le restaurant en train de dévorer une assiette entière de macarons de toutes les couleurs. Pour Halloween, je veux dire. Ce n'est pas que ce soit mal, mais j'avoue que je préfèrerais être un bol de pop-corns géant plutôt qu'une chatte sexy, un pompier sexy, une infirmière sexy ou un phacochère sexy.

— Phacochère ? m'étonné-je, une main sur la poitrine et les sourcils arqués.

Miranda jette la tête en arrière et rit – d'un rire

clair comme des cloches matinales. Je remarque que Jessie Maker l'observe et se mord la lèvre inférieure. Ces deux-là…

— Qui s'est déguisé en phacochère sexy ?

— La légende de l'académie raconte que dans les années 90, lorsque *Le Roi Lion* est sorti pour la première fois, madame Felton est venue à l'école habillée en phacochère sexy, avec une culotte en fourrure, un soutien-gorge en fourrure et des défenses. Le livre-photo de cette année-là est absent de la bibliothèque, ce qui me fait penser que c'est certainement vrai, me raconte-t-elle en fourrant un macaron rose dans sa bouche et en nous montrant, à Jessie et à moi, la page du magazine qu'elle a sous les yeux.

Les magazines sont très lus sur le campus de *Burberry Prep,* en particulier entre le lundi matin lorsque nous rendons nos téléphones et le vendredi soir lorsque nous les récupérons. Évidemment, j'ai caché un téléphone dans une boîte de tampons (que j'ai soigneusement refermée avec de la colle afin qu'elle ait l'air d'être neuve). Je suis d'ailleurs sûre que je ne suis pas la seule élève à y avoir pensé…

J'examine le costume que Miranda me montre – un bol de pop-corns géant en papier mâché. Ça me paraît totalement impossible à réaliser étant donné qu'Halloween est *demain,* mais c'est mignon.

— Nous pourrions nous déguiser en macarons, suggéré-je en prenant l'un des biscuits et en le mettant en l'air, à la lumière. On pourrait colorer nos cheveux avec de la teinture temporaire et porter une robe et des talons assortis…

Miranda gémit et, d'un bond, se lève de son siège, renversant presque l'assiette de macarons tandis qu'elle jette ses bras autour de mon cou et me serre tellement fort qu'elle m'étrangle presque.

— C'est une idée géniale ! s'exclame-t-elle, les yeux pétillants. En plus, *nous* avons le droit de quitter le campus. Nous pourrions faire quelques achats en ville pour être parfaites !

Juste à ce moment-là, Andrew entre, son cartable sur une épaule. Il la regarde d'un air interrogateur.

— Quant à toi, tu pourrais te déguiser en fille !

— En fille ? Mais pourquoi ? demande Andrew avec méfiance.

Miranda lui lance un macaron jaune qu'il réussit à attraper *in extremis*.

— Pour Halloween ! Je vais te maquiller, et on pourra t'acheter une perruque en ville, aujourd'hui. On a décidé de se déguiser en macarons. Que de la couleur et de la féminité… Tu vas adorer ! En plus, tu as toujours dit que tu avais envie de te déguiser en fille, non ? lui demande-t-elle d'un air entendu.

— Euh… Oui… Mais je pensais plutôt à un endroit discret où mon père ne pourrait pas…

Andrew est interrompu par la porte du restaurant qui claque alors que Zack entre. Mon cœur bascule, ma gorge se noue et mon souffle devient court. Ce baiser. Ce baiser… Ce putain de baiser ! Mais je le déteste. Je le hais, même !

Pour me donner de la contenance, je prends un macaron et le fourre dans ma bouche. Malheureusement, il est à la cerise, ce qui ne fait que me rappeler le goût de la bouche de Zack.

— Zack, tu veux te déguiser en fille avec Andrew ? lui demande Miranda alors qu'il nous rejoint et qu'il s'arrête beaucoup trop près de moi.

Je sens son parfum, ce mélange musqué et sportif d'agrumes, de menthe et de cèdre qui me rend dingue.

— Genre une tonne de maquillage, perruque, robe et talons ? ajoute-t-elle.

Zack hausse ses larges épaules.

— Ouais, pourquoi pas ? Après tout, c'est à ça que sert Halloween : les filles en jupes courtes et les mecs en drag-queens, non ? rit-il. J'avais prévu de me déguiser en Aldous Snow, le personnage de Russell Brand dans *Sans Sarah, rien ne va,* mais en gonzesse, c'est encore mieux !

Je lève les yeux vers lui et le regarde à travers la frange de mèches dorées qui tombe sur mon front. Il croise mon regard et je fais de mon mieux pour ne pas montrer mon émotion. C'est vrai, nous sommes maintenant quittes, mais ça ne veut pas dire que je lui pardonne. Ce n'est pas parce que j'ai assouvi mon besoin de me venger de lui que tout va aller mieux entre nous, comme par magie. Si c'est ce qu'il croit, il se trompe complètement !

Il a failli être expulsé. Ça s'est joué à *ça*. Mais comme la vidéo remontait au collège, la direction de l'école n'a pas jugé utile d'aller aussi loin. En revanche, il est dans leur collimateur… Une note trop basse, ou le moindre acte de harcèlement, et il est dehors. En attendant, sa veste *letterman* lui a été retirée, il a été viré de l'équipe de football américain de l'école, et il est suspendu quelques jours avec obligation de rester sur le campus. Surtout, *Burberry Prep* a perdu le match contre *Grenadine Heights*, et tous les joueurs de l'équipe détestent Zack maintenant. Quant à mon père… Ça n'a pas été facile. Pour ne pas enfreindre mes propres règles, je lui ai expliqué que j'avais pardonné Zack. Il m'a écoutée, mais je ne sais pas s'il acceptera d'être toujours ami avec Zack. La façon dont il le regardait après avoir vu la vidéo était presque une punition suffisante. Zack en a terriblement souffert ; je l'ai vu dans ses yeux.

Pour penser à autre chose qu'à l'ex-footballeur à côté de moi, je sors mon journal, le déverrouille et commence à écrire. Les autres ont compris qu'il ne fallait pas me déranger quand j'écrivais dans mon journal intime.

Zack et Andrew s'installent à notre table, et tous parlent de leur déguisement pendant que j'écris.

Moins de quinze minutes plus tard, Creed nous rejoint. Il est seul, mais cela n'a pas d'importance.

Dès qu'il voit Miranda avec nous, il plisse ses yeux bleu de glace et s'approche de nous avec cette démarche paresseuse et chaloupée, comme s'il pouvait à tout moment s'allonger sur le sol et décider de faire une sieste pour calmer sa colère. Ouais, je sais, ça n'a pas *vraiment* de sens, mais je vous jure que c'est à ça que ressemble Creed : un narcoleptique énervé.

— Miranda, je peux te parler ?

Sa sœur se raidit instantanément.

— Non, tu ne peux pas, *Creed,* rétorque-t-elle, fusillant son jumeau du regard.

Ils sont si identiques… C'est dingue ! Si je ne les avais pas vus ensemble dans la même pièce, j'aurais pu croire qu'ils étaient une seule et même personne, un métamorphe pouvant changer de genre. Comme dans ce roman que j'ai lu, *Lui et Elle,* qui raconte l'histoire d'une femme qui change de genre chaque fois qu'elle a un orgasme. Ça pourrait vraiment être Creed et Miranda, les deux faces d'une même pièce.

— J'ai besoin que tu m'achètes quelque chose en ville. C'est pour mon costume.

— Tu aurais dû y penser avant d'avoir un comportement aussi barbare et méprisable, ironise Miranda, avant de boire une gorgée de thé.

J'adore son attitude et ne peux m'empêcher de sourire. Creed le remarque et se tourne vers moi. Je soutiens son regard, plaçant un bras sur mon journal pour qu'il ne puisse pas voir ce que j'ai écrit. Je parie qu'il adorerait ça, le lire à haute voix devant toute l'école, comme il l'a fait avec mon essai.

— Qu'est-ce qui est si amusant ? me demande-t-il d'une voix traînante, toujours aussi insouciante et dédaigneuse.

— Toi, qui déambules dans l'école comme si tu en étais le prince. Peut-être que tu l'es, mais tu n'en seras jamais le roi, répliqué-je avec un sourire encore plus grand, comme celui du chat du Cheshire dans *Alice au pays des merveilles*. Et tu sais pourquoi ? Parce que c'est Tristan, le roi. Ce sera toujours lui. Au mieux, tu es son assistant... *Au mieux !* Parce que quand on voit tes résultats scolaires, ce sont loin d'être ceux d'un roi. Au moins, Tristan, lui, peut se vanter d'être doué...

Je jubile en voyant son corps se raidir, comme si, soudainement, il était taillé dans la pierre. Chaque pli de sa chemise, chaque pli de son pantalon... Tout a l'air ciselé dans le calcaire. Lorsqu'il ouvre la bouche, Miranda se lève de sa chaise et se dresse en face de lui.

— Non. Tu te tais ! aboie-t-elle. Tu la laisses tranquille, Creed. Maman est déjà dégoûtée de toi. Et Papa aussi, depuis l'incident avec la Bentley. Tu ferais bien de te faire discret quelque temps...

Creed écarquille les yeux, mais il parvient à maîtriser son expression rapidement et son regard se rétrécit, reprenant ce style aux paupières lourdes qu'il apprécie tant.

Il tourne les talons sans rien dire et se dirige vers la table des Idoles, s'assoit et claque des doigts pour appeler le serveur. Il est le seul à faire ça – claquer des doigts pour faire venir le serveur – et ça me rend *dingue*. Certes, ces gens sont des employés de l'école, mais ce ne sont pas ses esclaves, putain !

— Quel con, murmure Zack.

Il est mal placé pour en dire plus... Pourtant, lorsque nos regards se croisent, je vois dans ses yeux qu'il est désolé. Et pas seulement parce que je l'ai puni. Non, il était désolé bien avant ça.

Je me recentre sur mon journal, sentant parfaitement le regard de Creed sur moi. Il ne me quitte pas des yeux.

Tant mieux.

Qu'il regarde.

Parce que ce que j'ai prévu pour lui nécessite sa coopération.

Je suis sûre qu'il va me l'apporter de son propre chef…

— J'AI L'AIR RIDICULE ! s'exclame Zack en riant, tandis qu'il se découvre dans le miroir avec sa robe vert d'eau, ses talons et sa perruque.

Il est tellement grand et costaud que, c'est vrai, il a l'air ridicule. Je plaque une main sur ma bouche pour étouffer un rire, et il me jette un coup d'œil par-dessus son épaule, clignant des yeux, gêné par ses faux cils. Cette fois, je ne peux pas me retenir : j'explose de rire, et il sourit. D'habitude, il est aussi réservé que Tristan : sombre, maussade et probablement mauvais à l'intérieur. Mais, en ce moment, il est tout mignon.

— Andrew est le plus sexy, c'est ça ? Je me le taperais bien, si j'étais intéressé par le, euh… Comment ça s'appelle, déjà ?

— Quand deux *drag-queens* font l'amour ? Je ne sais plus si c'est *kiki* ou *kaikai,* réfléchit Miranda en tapotant ses lèvres roses givrées avec le bout de son doigt.

Nous avons même réussi à faire nos ongles hier soir ; nous arborons la même couleur. Et comme Zack a l'interdiction de quitter le campus, Miranda lui a fait les siens ce matin, ce qui est encore plus drôle.

— Tu ne sais pas ça, Miranda ? Tu m'étonnes, ironise Andrew en prenant une voix aiguë et en agitant sa perruque bleu pâle devant le miroir. *Kiki,* c'est quand deux drag-queens discutent ensemble. Mais *Kaikai,* c'est quand ils… tu vois, quoi ?

— Baisent ? lance-t-elle de son air le plus innocent.

Nous gémissons tous, entre rire et choc. Elle est tellement vulgaire parfois !

— C'est vrai que tu es la seule ici à regarder *RuPaul's Drag Race,* intervient Jessie, prenant la parole pour la première fois, en virevoltant pour que sa jupe en tulle blanc tourne autour d'elle. Pas étonnant que tu sois aussi douée en vocabulaire ! rit-elle.

Miranda pose sur elle un regard doux et admirateur. Je déteste l'admettre, mais Zack me regarde à peu près de la même façon.

— Tellement vrai ! confirmé-je, toujours en riant, tandis que je me coiffe devant le miroir.

Mes cheveux rose-gold sont parfaitement assortis à mon déguisement de macaron au citron. Nous avons tous des colliers faits avec de vrais macarons, et chacun porte un parfum correspondant à sa saveur. Je dois dire que nous formons un petit groupe assez mignon.

— Et donc… On va au truc de l'école, lancé-je en

faisant référence à la fête d'Halloween organisée par l'école, dans le gymnase. Mais après, comment est-ce qu'on va au cimetière ? Je doute que le fait d'y aller en voiture passe inaperçu !

— Nous allons devoir marcher, confirme Miranda avec un gémissement, regardant d'un air désespéré ses escarpins qui, soit dit en passant, doivent coûter au moins mille dollars.

Tellement plus que les miens qui ne m'ont coûté que trente-cinq dollars dans un magasin d'usine. Et encore, ce sont de loin les chaussures les plus chères que je me suis jamais achetées pour moi-même. Zack, Miranda, Andrew *et* Jessie m'ont bien proposé de m'aider à en acheter d'autres, mais j'ai refusé. Malgré ce que pensent Tristan, Zayd et Creed, je ne fais pas la charité !

— Je pourrai toujours te porter, si tes pieds te font trop mal à force de danser, me glisse Zack.

Son regard, sa voix grave… Il serait terriblement sexy s'il n'avait pas l'air aussi ridicule dans sa robe moulante, avec ses énormes épaules musclées.

Andrew, en revanche, est vraiment canon. Si j'aimais les filles, je pense qu'il me plairait. Sa tenue lui va super bien ! Même Miranda l'a sifflé d'admiration quand il est sorti de la salle de bain pour nous montrer le résultat de sa transformation.

— C'est gentil, mais je pense que je vais réussir à marcher, réponds-je, forçant un sourire et passant mes paumes sur le devant de ma robe jaune pailletée. On y va ?

Je tends mon bras à Andrew, qui le prend, sous le regard envieux de Zack. Dommage pour lui, mais nous avons décidé que Miranda et Jessie y allaient ensemble, et que j'y allais avec Andrew.

Zack, lui… est célibataire. Tant pis pour lui !

La fête d'Halloween ressemble beaucoup à celle de l'année dernière. Seules les premières années semblent réellement contents d'y être. Quant aux autres, ils sont là pour faire une apparition, mais tous attendent que la vraie fête – celle du cimetière – commence. Malgré l'obscurité, les boules disco et les banderoles en papier, je repère immédiatement les Idoles. Ils se démarquent tellement des autres… Peut-être aussi parce qu'ils dégagent une énergie très négative. C'est en tout cas ce que je ressens.

Dès que nous pénétrons dans la salle, tous les regards se braquent sur nous. Les Sang-bleu ne nous quittent pas des yeux alors que nous cherchons une table, prenons des choses à grignoter et à boire au buffet et nous installons pour discuter. Leurs regards sont si oppressants que j'ai l'impression qu'ils me brûlent la peau. Tristan, Creed et Zayd ont l'air de psychopathes et me font froid dans le dos. Quant aux filles, pas une d'elles ne m'a encore fait quoi que ce soit depuis la rentrée.

Ce qui me fait peur.

— Le nez de Harper est toujours enflé, murmure Miranda.

Je tourne discrètement le regard vers cette conne et souris, avant que Miranda me traîne sur la piste de danse malgré ma réticence. Jessie nous rejoint un peu plus tard et me vole Miranda. Je cherche alors Andrew du regard, mais il est en train de danser avec un mec plutôt mignon de première année. Je me retrouve donc seule…

Jusqu'à ce que Zack apparaisse. En le voyant s'approcher de moi, je m'arrête de danser. Mon cœur bat si fort que je peux l'entendre par-dessus la musique.

Il me sourit. C'est un sourire sincère. C'est même la première fois que je le vois aussi sincère. Quand j'ai été convoquée dans le bureau du proviseur, après le match, et qu'il m'a demandé si je savais qui avait envoyé la vidéo, j'ai fait l'idiote. Je ne suis pourtant pas habituée à mentir, mais il m'a crue et ne m'a pas posé plus de questions… La seule chose qu'il m'a demandée, c'est si je me sentais en danger avec Zack Brooks à *Burberry Prep*. Ma réponse a été nette : *Non, je ne me sens pas en danger.*

— Tu danses ? me demande-t-il alors qu'un slow commence.

J'ai l'impression d'avoir un essaim de papillons dans le ventre. Je mordille ma lèvre pour tenter de me calmer. Malgré sa perruque verte et sa robe ridicule, il est terriblement beau. Je ferme les yeux et me souviens de la sensation que j'avais ressentie en dansant avec Zayd, à cette fête, l'année dernière. Nos corps semblaient se fondre l'un dans l'autre… Serais-je capable de ressentir cela à nouveau dans les bras d'un garçon ?

Peut-être est-ce l'occasion de le savoir ?

Je laisse Zack prendre ma main dans la sienne et enrouler son bras autour de ma taille. La piste de danse se déserte et seuls quelques couples se balancent au rythme de la musique. Au début, je ne peux pas m'empêcher de rire : Zack est vraiment ridicule dans son déguisement… Mais, très vite, j'oublie qu'il est habillé en fille, me laissant happer par ses yeux bruns qui me réchauffent tout entière.

Mais, moi, je suis amoureux de toi. Même si je sais que je ne suis pas assez bien pour toi.

Mes joues rougissent. A-t-il vraiment dit ça ? Voulait-il *vraiment* dire ça ?

Nous nous regardons dans les yeux en nous balançant au rythme lent de la chanson, notre peau reflétant les lumières orange, noires et blanches des spots. Alors que nous tournons, je vois du coin de l'œil Zayd en train de nous observer, ridiculement moulé dans son déguisement de Power Rangers. Il a choisi le rouge, ce qui lui va bien. Il ne porte pas son masque et je vois brièvement son regard par-dessus l'épaule de Zack.

J'ai l'impression que Zayd a l'air jaloux. Pourtant, ça ne peut pas être le cas. S'il éprouvait le moindre sentiment pour moi, il n'aurait jamais fait ce qu'il a fait. Il m'aurait dit la vérité sur ce qui se passait ; il aurait fait en sorte de m'épargner la douleur. C'est vrai d'ailleurs aussi pour les autres. Même s'il s'agissait d'un pari, ils auraient pu réaliser l'horreur de ce qu'ils s'apprêtaient à faire… Au moins auraient-ils pu s'excuser !

Non, Zayd ne peut pas être jaloux. C'est impossible !

Zack et moi continuons à danser, et nous sommes rejoints par Tristan et Harper. Tristan est déguisé en Chapelier Fou, avec un haut-de-forme et tout le reste. Il tient Harper par la taille d'une manière possessive, tandis qu'ils dansent bien trop près de nous. Chaque fois que nous pivotons, je les vois, elle grimée en Ariana Grande, et lui avec son regard gris fixé sur son visage.

Malgré moi, je ressens comme une sorte de pincement dans la poitrine que je ne peux pas identifier. Ce que je vois parfaitement, en revanche, c'est le regard étonné de Tristan lorsqu'il aperçoit le collier qu'il m'a offert autour de mon cou. Il cache aussitôt sa stupeur, mais c'est trop tard, je l'ai vue. *Génial !* C'est exactement ce que je voulais : le narguer et le mettre hors de lui.

Creed a disparu. Lorsque nous sommes arrivés, j'ai vu qu'il était déguisé en pirate, comme l'année dernière, avec une chemise rouge déboutonnée, une épée en plastique et un pantalon si serré qu'il ne laisse que peu de place à l'imagination. Je suppose que c'est ça qu'il voulait demander à Miranda. Il ne s'attendait certainement pas à être interdit de quitter le campus et à se retrouver sans déguisement pour cette année.

Bien fait pour lui !

Plusieurs chansons passent sans qu'il revienne et je finis par l'oublier. *Les* oublier : lui, Tristan et Zayd.

Pour une raison qui m'échappe, Zack produit

toujours le même effet sur moi. Je souris lorsqu'il me regarde, ris lorsqu'il me soulève, et gémis lorsqu'il me prend dans ses bras et me fait tourner. Au moment où nous nous dirigeons vers le cimetière, j'ai un sourire jusqu'aux oreilles. Je l'ai même laissé me tenir la main tandis que nous retirions nos talons pour courir pieds nus dans l'herbe, dans le bois. C'est une nuit brumeuse, parfaite pour Halloween.

Lorsque nous arrivons à la fête, nos mains toujours l'une dans l'autre, mon cœur s'emballe. Je redoute d'avoir des problèmes... Heureusement, nous rentrons dans le cimetière sans encombre. Et, pendant toute la fête, presque tout le monde nous ignore.

Presque tout le monde...

— Faites gaffe si vous buvez, y'a la traîtresse, les gars ! marmonne quelqu'un en passant devant nous.

Tout ça parce que je les ai dénoncés, le mois dernier. Cependant, ils semblent oublier un peu vite que je n'ai fait que leur rendre la pareille : ce sont Creed et ses copains qui m'ont dénoncée en premier. *Bande de connards !*

Zack et Miranda prennent une bière, tandis qu'Andrew, Jessie et moi restons au soda, puis nous nous dirigeons vers le ponton pour tremper nos pieds dans l'eau glacée. Au bout d'un moment, nous réalisons que la plupart des élèves se sont rassemblés dans le cimetière.

— Vous croyez qu'on devrait se méfier ? demandé-je avec une pointe d'angoisse.

Je sens mon estomac se nouer et mon cœur battre.

Je vérifie sur mon téléphone les images des caméras que j'ai placées chez moi : personne. Cependant, lorsque je reviens en arrière… je suis bouche bée. Zack et Miranda se penchent pour regarder l'écran.

Je vois Creed en train de fouiller dans mes affaires, cherchant mon journal, *trouvant* mon journal.

— Oh, mon Dieu ! gémit Miranda en plaquant sa main sur sa bouche. Mais quel con !

Je me relève d'un bond et, laissant mes talons derrière moi, je cours vers le cimetière. En arrivant, j'ai l'impression de revivre le même cauchemar que l'année dernière : Creed est allongé au sommet de l'un des mausolées avec une horde de vampires et de fantômes autour de lui. Miranda semble paniquer autant que moi.

Tout comme l'année dernière, j'assiste impuissante à la scène. Creed toussote, sort doucement une épingle à cheveux et l'utilise pour ouvrir le cadenas de mon journal. Tout comme l'année dernière, il est l'image parfaite de la beauté et de la cruauté. Il feuillette négligemment les pages et s'arrête sur l'une d'elles au hasard. Tout comme l'année dernière, il lit à voix haute ce que j'ai de plus intime, avec un plaisir et une désinvolture qui font froid dans le dos.

Mais, contrairement à l'année dernière… je suis prête à ça.

— Un mot de toi et je vais lui casser la gueule, grogne Zack, retirant ses boucles d'oreilles pendantes.

Aussi bizarre que cela puisse paraître, je mets une main sur la poitrine de Zack pour le retenir. Je ne veux pas que Creed Cabot et ses petits copains sachent ce que je prépare contre eux.

Creed sourit d'un air satisfait, comme un chat qui vient de tuer une souris. Ce qu'il ne sait pas, c'est que la souris était empoisonnée et qu'elle l'a infecté lui aussi. Il aurait mieux fait de relire l'histoire de la grenouille et du bœuf…

— *Cher Journal !* commence Creed, sa belle voix dégoulinante de fiel.

La foule ricane déjà, excitée par l'appel du sang. Becky, Harper et Ileana se prélassent sur des pierres tombales dans leurs shorts courts et leurs minijupes, souriant et riant. Tristan et Zayd sont assis chacun sur une tombe différente, à proximité.

— *Aujourd'hui, c'était dur. Trop dur. Quand je suis entrée dans le cours de mathématiques et que j'ai vu Jalen et Ebony assis ensemble, tout m'est revenu.*

Creed marque une pause, levant les yeux pour apprécier l'effet de sa lecture sur son auditoire. Lorsque son regard se pose sur moi, je le soutiens un instant puis me mets à rire. Je ris toujours lorsqu'il reporte son attention sur la page pour continuer la lecture. Zack me lance un regard interrogateur ; visiblement, il ne comprend rien…

— Creed, arrête ! l'implore Miranda, s'avançant vers lui en retirant sa perruque rose.

Lorsqu'elle se fraie un chemin parmi les Sang-bleu et les plébs, plusieurs garçons s'avancent pour la bloquer, sans pourtant oser la toucher – tout le monde, à *Burberry Prep,* sait ce que Creed a fait à

Craig Taittinger.

— Tu vaux mieux que ça, je le sais. Et toi aussi, tu le sais, reprend-elle.

Son jumeau s'arrête un instant, levant à nouveau les yeux. Il semble hésiter, mais je sais déjà de quel côté il va basculer. Tristan se retourne vers lui et lui lance un regard mortel.

— Continue de lire !

— Je n'ai pas à recevoir d'ordres de ta part, rétorque froidement Creed.

L'espoir naît en moi… Je repense alors au poème d'Emily Dickinson, *La vie* :

L'espoir est la créature avec des ailes
Qui se penche dans l'âme.

Si Creed défie réellement Tristan, s'il décide de ne pas continuer à lire le journal, peut-être que…

— En revanche, ça ne te gêne pas d'en recevoir de ta sœur ? À moins que ce ne soit Charité qui te fasse toujours de l'effet ?

Tristan et Creed se toisent. Ils me rappellent les deux chats de gouttière que j'ai vus une fois, devant le wagon, se battre pour marquer leur territoire. Mais mon espoir était vain : Creed finit par détourner le regard et reporte son attention sur le journal.

— Ça va être tellement bon ! chante Harper.

Je repense au moment où je l'ai frappée et ressens un frisson de satisfaction. Je n'aurais pas dû recourir à la violence, mais mon père… Mon père… *Non !* Je ne veux pas penser à ça maintenant. Charlie doit passer toute une batterie d'examens, cette semaine, et j'en saurai plus d'ici les vacances d'automne. Cette fois, il est hors de question que je reste à l'école pour jouer au poker avec les Idoles !

— *Tout m'est revenu,* répète Creed avec la même voix. *Ce soir-là, quand Tristan a annoncé triomphalement qu'il avait un rendez-vous avec Ebony.*

Creed s'arrête un instant, fronçant les sourcils. Je vois Tristan se raidir, tandis que Jalen Donner ne me regarde plus et s'est arrêté de rire. Tout comme Ebony, bouche bée devant Creed, tandis que Jalen tourne son attention vers Tristan.

— Continue ! crie Becky, enjointe par les autres qui réclament la suite à leur tour.

La confusion sur le visage de Creed se transforme rapidement en plaisir pervers.

— *Je me suis alors demandé à quel moment Jalen avait rompu avec Ebony. En fait, j'ai vite découvert qu'Ebony sortait toujours avec Jalen et qu'elle n'avait aucune intention de rompre avec lui. Je suppose qu'ils sont amis d'enfance, ou quelque chose comme ça ? En tout cas, de ce que j'ai compris, Tristan et Ebony avaient prévu de se retrouver et... de faire l'amour ? Je ne sais pas, mais comme je l'ai déjà surpris en train de baiser Kiara Xiao dans les toilettes, et une autre fois avec une quatrième année, je me dis que s'il a fixé un rendez-vous avec Ebony, ce n'était sûrement pas pour cueillir des fleurs et faire des couronnes avec !*

Creed s'interrompt tandis que Jalen se rue sur Tristan avec un grognement presque animal. Pendant une seconde, j'ai l'impression qu'il va lui tomber dessus, mais Tristan l'esquive au dernier moment et Jalen s'affale sur le socle en ciment de la tombe.

— Jalen, arrête ! crie Ebony, son déguisement de petit chaperon rouge flottant dans les airs tandis qu'elle court après son petit ami. Ce n'est pas du tout ce qui s'est passé ! tente-t-elle de se défendre.

Tristan recule et se place derrière une tombe, s'accroupissant comme s'il se préparait à se battre. Jalen revient alors vers lui et lui lance un coup de poing que Tristan évite de justesse. Son haut-de-forme s'envole et atterrit sur le sol, écrasé en quelques secondes par la botte de Jalen, qui est déguisé en Lara Croft – il a dû penser que ce serait drôle. Lorsqu'il s'élance de nouveau vers Tristan, ses faux seins rebondissent et il a l'air ridicule.

Et… j'ai tout filmé ! Les images sont floues, je bouge, et ce n'est certainement pas du grand art, mais je capte toute la scène. Y compris Creed, affalé sur son mausolée. Il a beau faire sombre, on reconnaît chacun d'entre eux sans équivoque.

— Jalen, non ! crie encore Ebony.

Son petit ami se tourne alors pour lui faire face, haletant.

— Tu as couché avec lui ? demande-t-il en pointant un doigt vers Tristan.

Ebony détourne le regard, sans répondre, et Jalen laisse échapper un autre rugissement de rage, avant de repartir vers Tristan. Cette fois, ils finissent par échanger des coups.

— Je n'ai pas couché avec lui ! hurle Ebony, essayant de ramener son petit ami à la raison. Je te jure que nous n'avons jamais couché ensemble.

Jalen pousse Tristan et le roi de l'école trébuche un peu, du sang coulant à la commissure de ses lèvres. Il regarde Jalen, l'un des membres les plus fidèles de son Cercle fermé, avec mépris. Visiblement, il ne ressent pas le moindre regret de l'avoir trahi.

— Marnye, murmure Zack en me regardant. Putain… T'as assuré !

Je vois du respect dans ses yeux. Je souris, parce que je suis fière, mais surtout parce qu'il n'a pas encore tout vu… Ce n'est que le début !

— Nous n'avons jamais couché ensemble, mais c'est vrai que j'avais prévu de le faire, finit par avouer Ebony dans un sanglot, des larmes inondant son visage. Tu es tellement obsédé par le football et tes entraînements… On ne passe jamais de temps ensemble ! Tristan, lui, est…

— Mais il s'en fout de toi ! l'interrompt Jalen en criant, haletant, et le nez ensanglanté.

Ses yeux marron sont grands ouverts et il la regarde d'un air désespéré. Franchement, on dirait qu'il est sur le point de pleurer.

— Alors que moi, je t'aime ! lance-t-il en tapant son poing contre sa poitrine et en s'avançant vers Ebony, qui le regarde sans rien dire. Je t'aime, Ebony. Je t'aime, putain ! Je t'ai toujours aimée… Et je t'aimerai toujours.

— Eh bien, pas moi, répond-elle, avant d'éclater en sanglots.

Abigail, Valentina et quelques autres filles s'approchent d'elle pour la réconforter, tandis que Jalen, en état de choc, la fixe plusieurs secondes avant de pleurer à son tour. En voyant ses grosses larmes couler sur ses joues, je ressens un élan de tendresse. C'est rare de voir un garçon pleurer, être aussi sincère. Je ne sais pas pourquoi la société accepte moins que les garçons pleurent ; personnellement, je trouve cela extrêmement touchant.

Toutefois, visiblement, ce n'est pas le cas de John Hannibal et de Gregory Van Horn, qui sont – je le savais déjà – de véritables merdes.

— T'es en train de pleurer, espèce de tafiole ? ricane John.

On dirait une hyène à l'affût. Il est tellement laid que j'ai même du mal à le regarder. Surtout qu'il est déguisé en tueur en série, du faux sang partout sur sa chemise. Il est répugnant…

Jalen cesse alors de pleurer et, d'un seul coup – si vite que Tristan n'a cette fois pas le temps de l'esquiver –, il se jette sur son rival. Il faut l'intervention de plusieurs garçons pour réussir à les séparer.

De toute évidence, Creed jubile…

— *Tristan Vanderbilt est une MST ambulante,* reprend-il. *Il couche avec tout ce qui bouge. Pourtant, c'est un tel connard que je ne sais même pas comment il réussit à séduire les filles !*

Creed explose de rire alors que Tristan serre les dents, si fort que je crains pour lui qu'il s'en casse une ou deux au passage… Jalen tente à nouveau de se jeter sur lui, retenu par les autres, tandis qu'Ebony continue de sangloter et de gémir, comme si c'était elle la victime.

— *Le plus triste, c'est qu'il est vraiment le roi de* Burberry Prep. *En même temps, je comprends pourquoi... Personne ne lui arrive à la cheville. Franchement, qui pourrait le remplacer ? Certainement pas...*

Creed tourne la page et s'arrête brusquement de lire, son visage redevenant tout à coup sérieux. Il lève le regard vers moi et nous nous fixons de longues secondes. Je me dis que c'est fini, qu'il va enfin s'arrêter de lire, mais c'est sans compter sur l'intervention de Greg, qui se lève et lui arrache le journal des mains pour le donner à John.

— *Certainement pas Creed Cabot. Ce mec est tellement un raté... Il essaye de ressembler à Tristan Vanderbilt, mais c'est pathétique. Jamais il ne pourra rivaliser avec lui – ce qui est assez triste, d'ailleurs, quand on pense que Tristan est un sacré coureur de jupons. Creed, le pauvre, doit souvent se la mettre derrière l'oreille...*

John ricane, tandis que Zayd jette la tête en arrière et hurle de rire. Jalen en profite pour faire une nouvelle tentative de combat – en vain.

— *Il n'y a personne de plus pathétique que Creed,* poursuit Greg en lisant par-dessus l'épaule de John.

Greg est déguisé en Geralt de Riv. Ça aurait pu être sexy sur un mec comme Zack, grand et musclé, mais, sur Greg, c'est encore plus ridicule que s'il était habillé en fille.

— À part Zayd Kaiser. Le pauvre... Je me demande s'il pense vraiment qu'il fait de la bonne musique. Même son père a l'air de penser que c'est une merde... Au moins, les pères de Creed et de Tristan viennent soutenir leurs fils. Le sien, jamais...

Zayd blêmit et me regarde comme si j'étais un monstre. Mais, malheureusement pour lui, il ne peut rien faire. S'ils n'avaient pas volé mon journal et ne l'avaient pas lu, rien de tout cela ne se serait produit. Rien… Les Sang-bleu viennent de se tirer une balle dans le pied tous seuls !

Miranda tremble, visiblement folle de rage. Je me sens désolée pour elle, mais, après tout, ce n'est pas moi qui ai obligé son frère à faire tout ça. Il a fait irruption dans ma chambre tout seul. J'imagine qu'ils avaient dû faire des copies des clés de ma chambre et de mon casier avant de remettre le trousseau au proviseur adjoint Castor. Je ne sais pas comment ils se sont procuré les clés de mes nouvelles serrures, mais je leur fais confiance : ils sont suffisamment pervers pour avoir trouvé une solution. Je suis écœurée de voir jusqu'où ils sont capables d'aller.

— Si j'étais vous… dis-je.

Instantanément, en entendant ma voix, tout le cimetière devient silencieux. La seule chose que l'on entend, c'est le léger sifflement du vent à travers les tombes – le chant des fantômes.

— … J'arrêterais de lire maintenant. Parce que vous risquez de ne pas du tout aimer la suite…

Harper arrache le journal de la main de John et me

regarde en relevant le menton en signe de défi. Je vois que j'ai touché une corde sensible. Elle rêve tellement d'être avec Tristan. Certes, sa famille a de l'argent, mais le nom de Tristan, *Vanderbilt,* est connu dans tous les États-Unis et même à l'étranger. Ils possèdent tellement d'entreprises…

Mais elle ne l'aura jamais.

Je vais m'en assurer.

— Cette fête est officiellement *terminée* ! annonce-t-elle.

La foule gémit et grogne de mécontentement, mais, à ma grande surprise, aucun ne conteste ses ordres. Si Tristan est le roi de l'école, elle en est la reine incontestée ! Elle sera difficile à abattre.

— Tristan, on y va ! lui lance-t-elle.

Tristan adresse un dernier sourire narquois à Jalen, crachant du sang, et rejoint Harper. Lorsqu'il passe devant moi, il fait exprès de cracher du sang à mes pieds. Néanmoins, je ne bouge pas et soutiens son regard, fière de moi.

Il marmonne quelque chose dans sa barbe – certainement une insulte – puis disparaît dans le brouillard. Dès qu'il est parti, Jalen s'effondre sur le gravier et sanglote, tandis qu'Ebony s'éloigne avec Valentina et Abigail. La façon dont elle me regarde en passant m'annonce tout ce que j'ai besoin de savoir : j'ai gagné.

Il faut dire que c'était facile… Ebony était un poids plume et je savais que je n'aurais aucun mal à la mettre K.O.

Creed ne bouge pas de sa place au sommet du mausolée. Zayd reste figé sur place, lui aussi.

— Faites attention à vous, les garçons, leur lancé-je avec une voix que je reconnais à peine. C'est à mon tour, maintenant !

Puis je me tourne et m'éloigne en prenant Zack par la main.

Le dimanche soir, je fais une compilation vidéo de Creed en train de fouiller dans mes affaires, de voler mon journal et de le lire à haute voix, puis je l'envoie par e-mail à Kathleen Cabot avec le message suivant : *« J'ai vraiment aimé votre fils. Mais il m'a blessée une fois, au point que j'ai cru en mourir. Cette fois, il semble déterminé à me détruire. Je ne veux pas le dénoncer à la direction de l'école. Madame Cabot, je m'en remets entièrement à votre jugement. »*

J'envoie l'e-mail d'autant plus facilement que tout cela n'est que la pure vérité.

Revanche contre *les Sang-bleu de Burberry Prep*
Liste de ~~Miranda Cabot~~ Marnye Reed

Les Idoles (garçons) : Tristan Vanderbilt (~~première~~ ***deuxième*** *année), Zayd Kaiser (~~première~~* ***deuxième*** *année)* ~~***et Creed Cabot*** *(première* ***deuxième*** *année)*~~
Les Idoles (filles) : Harper du Pont (~~première~~ ***deuxième*** *année), Becky Platter (~~première~~* ***deuxième*** *année) ~~et Gena Whitley (année quatre)~~* ***(diplômée) et***

Ileana Taittinger (première année)

Le Cercle fermé : ~~Andrew Payson~~, Anna Kirkpatrick, Myron Talbot, ~~Ebony Peterson~~, Gregory Van Horn, Abigail Fanning, John Hannibal, Valentina Pitt, Sai Patel, Mayleen Zhang, ~~Jalen Donner… et, je suppose, moi !~~ ***et Kiara Xiao, Ben Thresher***

La plèbe : tous les autres~~, désolée !~~

~~Bisouuuuus !~~

~~Zack Brooks~~

CHAPITRE NEUF

JE N'AI PLUS qu'une semaine à tenir avant les vacances d'automne. Ensuite, je pourrai rentrer à la maison et voir mon père. Je pourrai enfin souffler. Car, pour être tout à fait honnête, je me sens *épuisée.* Entre les cours – et je bosse comme une malade –, les entraînements avec l'équipe de *pom-pom girls* et mes répétitions de harpe, je n'ai pas une minute à moi. Et, par-dessus tout ça, je dois être sur le qui-vive en permanence… Le moindre faux pas, et je suis morte.

Heureusement, ces dernières semaines ont été presque… *amusantes* ? Oui, c'est ça : amusantes. Pour commencer, Miranda a complètement arrêté de parler à son jumeau. Silence total. Or, je vois bien que ça le tue. Creed devient pâle et triste quand personne ne le regarde. Ce n'est que lorsqu'il sent des yeux sur lui – même vaguement – qu'il se redresse et prend son air arrogant et hautain, comme d'autres prendraient un bouclier.

Ensuite, Kathleen Cabot est apparue le lundi, après la fête d'Halloween, dans sa limousine blanche. Elle a parcouru les couloirs de pierre dans ses Louboutin et a attrapé son fils par l'oreille. Miranda m'a dit qu'elle était à deux doigts de le retirer de *Burberry Prep* et de l'inscrire dans une école militaire pour garçons. Kathleen est même venue me voir pour me dire qu'elle était terriblement déçue par son fils. Elle m'a fait une tonne de compliments (devant Creed) et m'a littéralement suppliée de continuer à lui donner des cours particuliers.

C'est une corvée, mais je le fais. Nous nous retrouvons à la bibliothèque tous les lundis, mercredis et vendredis, pendant deux heures, et nous parlons à voix basse, sèche et studieuse. Cela me permet au moins d'obtenir des points supplémentaires. En tout cas, je ne fais rien pour lui mettre des bâtons dans les roues ; qu'il soit obligé de me retrouver et de m'écouter pendant des heures suffit à me satisfaire…

Le lundi suivant, après notre cours particulier, alors que je suis en train de ranger mes affaires, Creed se penche en arrière sur sa chaise. Avec ses cheveux blond platine angéliques et ses yeux bleu de glace, on dirait que l'uniforme blanc de deuxième année a été fait pour lui. Il s'étire de manière incroyable, comme s'il était devenu élastique.

— Tu aimes me tourmenter, hein ? me demande-t-il.

Je me tourne vers lui, bouche bée. Je m'affale dans ma chaise et le regarde d'un air médusé.

— T'es sérieux ? C'est une blague, j'espère ?! Tu te souviens de qui a commencé ? Je vais te donner un indice : ce n'est pas *moi.*

Creed ne réagit pas. On dirait qu'il est sur le point de s'endormir. Ou d'avoir une relation sexuelle. Ou peut-être les deux : d'abord le cul, puis le dodo ? Je ne sais pas… En tout cas, lorsqu'il tend la main et glisse quelques mèches de cheveux rose-gold derrière mon oreille, je suis trop surprise pour réagir.

— Les filles veulent te tuer, me prévient-il – et je suis presque sûre qu'il ne s'agit pas d'une métaphore. Fais attention à elles…

— Et toi ? le défié-je en croisant les bras. Qu'est-ce que tu veux ?

Ses yeux tombent sur ma poitrine, là où ma chemise est déboutonnée. En arrivant dans la bibliothèque, tout à l'heure, j'ai eu un peu chaud et j'ai retiré ma cravate rouge et défait les trois premiers boutons. Pourtant, à la façon dont il me regarde, j'ai l'impression d'être complètement nue.

— Je veux que tu *partes,* répond-il en insistant sur ce dernier mot, avec sa nonchalance habituelle, typique des gosses de riches trop gâtés. Casse-toi de *Burberry Prep,* va ailleurs ! Pourquoi tu ne rejoins pas ta petite copine Lizzie à *Coventry Prep* ?

— Lizzie et moi ne sommes pas amies, grogné-je.

Il éclate de rire – de ce même rire joyeux que celui de Miranda. Sauf que le rire de Miranda sonne comme une cloche annonçant le bonheur, tandis que celui de Creed sonne comme le glas.

— Tu as pourtant l'air d'avoir pardonné Zack Brooks… Pourquoi ce traitement de faveur à lui et pas à elle ?

— Il n'a pas eu de traitement de faveur, rétorqué-je en me forçant à rester calme – car c'est ce qu'il veut : que je m'énerve et que je réagisse.

Nous nous fixons un instant, et je remarque que sa chemise est également ouverte sur sa poitrine. Mes doigts se contractent sur le bord de ma chaise, tandis que nos genoux se touchent presque. Nous ne sommes qu'à quelques centimètres l'un de l'autre. Au moindre mouvement, je toucherais ses longues, très longues jambes. Je reste donc parfaitement immobile.

— Tu as vu ce que je lui ai fait ? On ne peut pas dire que ce soit très sympa… D'ailleurs, remercie le ciel que je me sois contentée de détruire ta relation avec ta mère et ta sœur.

Il serre la mâchoire, trahissant le fait que je viens de toucher une corde sensible.

— Si je veux, je peux te mettre à terre, réplique-t-il en se penchant soudainement vers moi, son visage à seulement quelques centimètres du mien. Je pourrais te faire pleurer toutes les larmes de ton corps. Je pourrais te *détruire*, Charité.

— Vraiment ? Parce que, jusqu'à maintenant, tu t'es montré plutôt ridicule… Je n'ai pas peur de toi, Creed Cabot. Tu peux me dire ce que tu veux, tu peux essayer de me faire peur, je sais que tu ne feras rien. Parce que tu sais aussi bien que moi que si tu me faisais quoi que ce soit, tu creuserais ta propre tombe. Ta sœur te déteste déjà ; si tu continues tes conneries, elle risque de te tourner le dos à jamais. Mon pauvre, ajouté-je en faisant mine d'avoir de la peine pour lui, ça doit faire tellement mal de perdre sa jumelle…

Nous nous regardons dans les yeux, et je me force à ne pas détourner le regard, même si j'en meurs d'envie. Ses lèvres sont si proches… Je me souviens de leur goût, de ce baiser que nous avons échangé au bal d'hiver, dans le froid, alors que j'étais assise sur ses genoux. *Putain !* Et il sent tellement bon. Cette odeur de lin et de savon…

Ne pense pas à son odeur, Marnye, c'est ridicule !

Creed finit par fermer les yeux en expirant.

J'ai gagné !

Il ressemble à un chien castré.

J'ai eu raison de le rayer de ma liste.

— Tu as été victime de harcèlement, toi aussi, finis-je par murmurer. Comment as-tu pu me faire ça ?

Il se redresse et détourne le regard. Ses beaux cheveux blonds tombent sur son visage. Il pose un doigt sur ses lèvres, comme s'il réfléchissait, et je ne peux m'empêcher d'admirer sa finesse. Il est grand et mince, mais en même temps musclé. Sa chemise près du corps révèle ses épaules déjà larges.

— Comment as-tu pu choisir *Zayd* ? siffle-t-il en me regardant. *Zayd* ? répète-t-il avec un petit rire méprisant.

Je revois son visage lorsqu'il m'a vue descendre les marches de la salle de bal, dans ma robe rouge, le soir de la remise des diplômes. Ça me fait presque mal, mais je repousse ce sentiment.

Il se lève d'un bond. Ou, plutôt, il se *déplie,* se dressant au-dessus de moi en ouvrant un bouton de plus sur sa chemise.

— Si tu veux bien m'excuser…

Il part et tombe sur Ileana Taittinger. En le regardant flirter avec elle, je sens mon estomac se nouer.

Ileana vient d'une grande famille dont la fortune est immense…

Hmm. Peut-être ai-je barré son nom un peu trop tôt ?

Je vais garder un œil sur eux…

Pour l'instant, je rassemble mes livres, me lève et quitte l'ambiance feutrée de la bibliothèque.

MON PÈRE n'a pas pu prendre de jour de congé, à son travail, pour venir me chercher pour les vacances d'automne. C'est donc Zack qui me ramène à la maison dans sa McLaren orange. Nous restons silencieux pendant une bonne partie du trajet, ce qui me plaît assez. Avec Zack, tout me semble naturel. Le calme entre nous est agréable et facile à vivre – je ne me sens ni tendue ni gênée.

Je finis par éteindre mon téléphone. De toute façon, je ne fais que lire des articles stupides. Presque tous concernent ce prince, ce Windsor York. Je ne comprends pas qu'on lui accorde autant d'importance ; je le trouve tellement insignifiant… À en croire la presse à scandale, il ne couche qu'avec des célébrités, des mannequins ou des filles de milliardaires. Ça me rappelle quelqu'un, mais lui, au moins, a un sourire sympa sur toutes les photos.

Mais bon… il n'en reste pas moins un coureur de jupons imbu de lui-même. J'ai déjà donné !

— Pourquoi est-ce que tu passes tout ce temps avec moi ? demandé-je à Zack de but en blanc.

— Pourquoi ? Ça te semble si étrange que ça ?

Sa voix est incroyablement douce. Depuis quelque temps, je remarque qu'il fait tout pour s'adoucir lorsqu'il est avec moi. Ça le rend presque… sympathique. *Presque*. Mais pas tout à fait. Il a repris du poil de la bête. J'imagine qu'il aura une autre veste *letterman* l'année prochaine. Peut-être que je devrais lui porter un coup supplémentaire. Mais en ai-je vraiment envie ? Je ne sais pas encore… Tout ce que je sais, c'est que je ne lui fais pas encore totalement confiance…

— Je t'ai dit ce que je ressentais pour toi… ajoute-t-il.

Prise par l'émotion, je sens mon souffle devenir court et une boule se former dans ma gorge. Je ne réponds rien et, cette fois, le silence est vraiment gênant.

Je regarde la route et me concentre sur les lignes jaunes.

Zack ne m'aime pas. Ce n'est pas possible. C'est un tyran psychopathe. Souviens-toi de ce qu'il a fait à Ileana pendant les auditions. C'est un monstre à l'intérieur ; tu ne peux pas lui faire confiance.

Et pourtant, je suis tellement détendue quand je suis près de lui que je m'endors profondément, me laissant bercer par sa présence et le confort de sa voiture de sport. Lorsque je me réveille, il est en train de me déposer dans mon lit et me borde. Je suis sûre que je suis en train de rêver, mais il m'embrasse sur le front avant que je ne me rendorme.

Le lendemain matin, je suis réveillée par l'odeur des fameuses gaufres à la vanille de mon père, et j'ai presque oublié le baiser de Zack que j'ai de toute façon dû rêver.

— Bonjour, lancé-je à Charlie en me blottissant contre lui. Comment tu vas ?

En fait, il a l'air bien mieux que je ne le craignais.

— Je suis très en forme ! me répond-il joyeusement en me tendant une assiette.

J'étale du beurre de cacahuète partout sur mes gaufres et les arrose de véritable sirop d'érable. C'est une recette de notre famille ! Puis je m'installe dans le canapé et l'observe. Submergée par l'émotion, je dois retenir mes larmes, me forçant à ne pas penser au pire et à vivre l'instant présent.

— Le centre médical Du Pont est incroyable, tu sais ?

Je serre les dents, résistant à l'envie d'exprimer mes doutes. Pourquoi est-ce que la famille de Harper aide mon père ? Pour nous rappeler qu'ils sont mieux que nous ? Je n'en sais rien… mais j'ai un mauvais pressentiment. Si elle s'en prend à mon père, je ne donne pas cher de sa peau.

— Je voulais aussi te parler de ta mère…

— S'il te plaît, ne m'oblige pas à la voir, gémis-je.

Je ne suis pas prête pour ça. Elle a beau être ma mère, je n'aime pas être avec Jennifer. Je veux profiter de mes vacances pour prendre soin de mon père et souffler un peu. Si je dois me forcer à passer des après-midi avec elle, je vais craquer !

— Ce n'est pas mon intention, me rassure mon père.

Surprise, je pose ma fourchette et le regarde, m'appuyant contre les coussins et jouant avec le bracelet à breloques de ma grand-mère. Je n'ose pas l'emmener à l'école ; je suis certaine que ces psychopathes de Sang-bleu me le prendraient.

— Je n'aurais pas dû insister pour que tu renoues des liens avec elle, reprend-il doucement en détournant le regard, comme s'il avait honte de quelque chose.

Je plisse les yeux.

— Rassure-moi : tu n'as pas acheté un poulet à la place de la dinde, cette année ? lui demandé-je, en référence au dîner de Thanksgiving.

Charlie me regarde et rit, des pattes d'oie autour des yeux.

— Tu connais bien ton père ! lâche-t-il en riant.

Cependant, son rire est forcé et je sens qu'il a envie de me dire autre chose. Mais il ne le fait pas et je n'insiste pas… Il se lève et commence à préparer des œufs brouillés. Je n'ai déjà plus faim, mais je n'ai pas le cœur de le lui dire. En plus, j'adore le regarder cuisiner et sentir les odeurs, assise dans notre vieux canapé miteux.

Si les Idoles pensent que l'argent fait le bonheur, je les plains.

C'est ça, la vie. La *vraie* vie !

EN DÉCOUVRANT l'invitation des parents de Zack pour le dîner de Thanksgiving, mon père n'a pas l'air particulièrement ravi. Il n'a pas évoqué le sujet depuis l'histoire de la vidéo, lors du match de football, mais je sais qu'il est contrarié. Plus pour moi que pour lui, mais quand même. Je lui ai pourtant dit que j'avais pardonné Zack, mais ce n'est pas suffisant. D'ailleurs, c'est sûrement lui qui a raison, vu ce que Zack m'a fait. Pourtant, moi, je suis plutôt contente d'aller chez les Brooks pour Thanksgiving…

— Je ne savais pas qu'il t'avait ramenée à la maison, me dit mon père en croisant les bras et en me regardant comme si je l'avais déçu.

Je me mordille la lèvre, gênée. Je n'aime pas mentir à mon père – je ne le fais jamais. D'ailleurs, cette fois, je ne lui ai pas menti : j'ai simplement évité de lui dire ce qui aurait pu le blesser.

Je dépose les sacs en papier brun du supermarché sur le comptoir de la cuisine. Je suis allée acheter tout ce dont nous avions besoin pour préparer un énorme festin de Thanksgiving. Mais je suis juste… fatiguée, et mon père est fatigué, lui aussi. Et puis, franchement, je suis très tentée par l'idée de passer du temps avec Zack. Je ne sais pas si c'est très normal de ma part, mais je m'en fiche.

— Écoute, papa… Je n'oublie pas ce que Zack m'a fait. Mais je sais que tu aimes sa compagnie, et je sais qu'il a été très présent pour toi lorsque je n'étais pas là, l'année dernière. Et puis ce n'est pas parce qu'on va manger chez lui qu'on est obligés de tout lui pardonner… Mais…

J'expire et passe mes mains sur le devant de ma jupe rouge.

— … Tu ne penses pas qu'il mérite une seconde chance ? Tu en as bien donné une à Jennifer…

Charlie pince ses lèvres minces et fourre ses mains dans les poches de sa salopette recouverte de peinture. Je sais que l'argument de la seconde chance l'a touché. Il est du genre à en accorder, sinon il n'aurait pas de liaison avec Jennifer. Nous n'en avons pas encore parlé ; ça me semble tellement insignifiant… Tout ce qui compte pour moi, en ce moment, c'est la santé de mon père.

— Je suppose qu'on va au moins bien manger, commence-t-il.

Je souris. Je n'ai pas besoin d'insister : je l'ai déjà convaincu. Mon père affirme que je pardonne trop facilement, mais il est comme moi. Ou, plutôt, c'est moi qui suis comme lui…

Le jeudi, nous nous rendons donc chez les Brooks,

avec la vieille Ford de papa. Nous remontons l'allée de graviers blancs et nous garons devant l'escalier impressionnant. Leur porche est aussi grand que le wagon qui nous sert de maison…

Zack attend dehors, appuyé nonchalamment contre le mur près de la porte d'entrée, ses grandes mains fourrées dans les poches de son pantalon noir. Je suis surprise de le voir vêtu d'une chemise blanche et d'une veste de costume. Il semble tellement mal à l'aise… Je suis sûre qu'il préférerait être en survêtement et en débardeur, en train de s'entraîner dans une salle de sport. Même s'il ne le montre pas, je vois que notre venue le rend nerveux. Il appréhende certainement de devoir affronter mon père. Je le comprends…

Charlie sort de la voiture avec une chemise à carreaux jaune et rouge peu flatteuse (j'ai essayé de le convaincre de ne pas la porter, en vain) et un pantalon marron. Je suis quasiment certaine que c'était la tenue qu'il portait au mariage de son ami il y a vingt ou trente ans… Alors qu'il monte les escaliers vers la porte d'entrée, il fronce les sourcils. Zack a l'air déstabilisé et croise mon regard.

Dès que je rencontre ses yeux, mon cœur trébuche, s'emballe, tombe. J'ai du mal à respirer et mes mains se font moites. Je peste intérieurement contre ces hormones qui s'amusent à perturber l'adolescence et détourne le regard vers Charlie qui s'approche de Zack avec une expression grave sur le visage.

— Zack…

— Monsieur Reed…

L'un et l'autre se dévisagent, et j'attends en bas des marches pour voir qui brisera la glace en premier. Zack est finalement le premier à faire un effort, même si je vois que ça lui coûte. Détournant le regard de mon père, il fixe le rocking-chair installé à côté de la porte d'entrée et décoré de citrouilles, de paille et d'un épouvantail tout sourire. En fait, tout le porche est décoré avec des éléments automnaux : des feuilles orange, rouges et jaunes, de fausses dindes, des cornes d'abondance. Je me demande qui s'est occupé de la déco. Ils ont probablement fait appel à un professionnel… Je n'imagine pas les Brooks faire ça eux-mêmes ; ce n'est pas leur genre.

Puis Zack regarde de nouveau mon père, qui ne l'a pas quitté des yeux.

— Monsieur, je me suis déjà excusé auprès de votre fille, mais je vais le faire à nouveau. Et j'aimerais vous présenter mes excuses également, commence-t-il d'un air assuré. Je sais que ce que j'ai fait est impardonnable, mais je veux néanmoins que vous sachiez que je le regrette sincèrement. À partir de maintenant, je ferai tout pour être un homme meilleur. Même si ce n'était pas à Marnye de m'apprendre à en être un, elle l'a fait, malgré elle…

Zack tourne ses yeux bruns vers moi, me faisant frissonner. J'ai toutes les peines du monde à ne pas flancher…

— Merci, Marnye, me dit-il.

Avant que je n'aie le temps de répondre quoi que ce soit, la porte d'entrée s'ouvre et la mère de Zack, Robin, apparaît. Elle porte un tailleur chic couleur crème, avec des escarpins à petits talons, tandis que ses cheveux chocolat entourent élégamment son visage. En me voyant, elle affiche un magnifique sourire.

— Pour être honnête, lance-t-elle en enfouissant ses mains dans ses poches et en sortant sur le perron, je ne pensais pas que vous accepteriez notre invitation. Mais je suis vraiment très heureuse que vous soyez finalement venus !

Elle regarde mon père et lui serre la main de manière un peu maladroite. Je sais que tous les deux ont eu une très longue conversation le jour du match de football, après la vidéo, mais je ne sais pas exactement ce qu'ils se sont dit…

— Entrez, je vous en prie ! nous invite-t-elle en désignant la porte d'entrée.

Je monte les quelques marches qui me séparent d'eux et entre dans la maison aux côtés de mon père. Nous remontons un long couloir en marbre, jusqu'à une salle à manger décorée comme dans un magazine.

— Mes parents adorent faire le show, murmure Zack, se penchant par-dessus mon épaule et mettant ses lèvres près de mon oreille.

Mon corps tout entier se réchauffe instantanément, et j'ai la chair de poule. Heureusement, mon père ne remarque rien ; il est trop occupé à saluer la sœur de Zack, Kelsey, et le couple d'amis des Brooks qui a également été invité.

Je ne vois pas le père de Zack…

— Juste… ne félicite pas ma mère pour sa cuisine,

ajoute-t-il avec un léger sourire. Tout vient de chez le traiteur !

Zack tire ma chaise et je tiens ma jupe rouge épaisse sous mes cuisses avant de m'asseoir. Puis il pose brièvement ses mains sur mes épaules avant d'avancer ma chaise et de s'asseoir à côté de moi. Charlie nous observe, et je ne peux m'empêcher de rougir. Il a pris place en face de moi, à côté de la sœur de Zack, tandis que Robin s'est installée à un bout de la table, en face du couple d'amis dont j'ai oublié les prénoms.

— Je dois admettre que je n'avais pas très envie de venir, déclare mon père. Mais ma fille est indulgente, et je ne me sens pas de décourager ce trait de caractère.

Je souris de manière crispée, et Zack fronce les sourcils, mal à l'aise. Si Charlie savait… Serait-il fier de moi ? Ou déçu ? J'essaye de ne pas trop y penser.

— Mon fils est tout le contraire ! répond Robin.

Zack regarde sa mère en plissant les yeux. Elle le fixe en retour, et tous deux semblent échanger en silence et parfaitement se comprendre.

— Il tient de son père, malheureusement.

— Pourquoi est-ce que tu dis ça ? chuchote Zack d'une voix basse et sombre, presque menaçante. Je ne suis *pas* comme lui, et tu le sais très bien !

— Pourtant, ce que tu as fait à Marnye ressemble beaucoup à ce qu'a fait ton père à ton âge, répond calmement Robin, alors qu'elle se lève avec un couteau et une fourchette pour découper la dinde. Si tu as honte, tant mieux, c'est légitime !

Zack fronce les sourcils, mais je souris. Robin me

rappelle un peu Kathleen – en plus douce, peut-être. Finalement, elle soupire et se force à sourire.

— Je t'aime, fils, mais il faut que tu comprennes : on ne fait pas de mal aux gens qu'on aime…

— *Qu'on aime* ? reprend mon père, nous regardant, Zack et moi, comme s'il venait de comprendre quelque chose.

Oh, mon Dieu !

Robin rit tandis que Charlie regarde son fils en plissant les yeux. Comme à son habitude, Zack ne montre rien, son regard sombre parfaitement impassible. Lorsqu'il tourne le regard vers moi, je réalise soudain que nous sommes assis trop près l'un de l'autre. Mais je ne peux pas me décaler ; tout le monde le verrait et ça ne ferait qu'empirer les choses…

— Je crois que mon fils aime beaucoup votre fille, explique Robin avec un clin d'œil dans notre direction.

Tout le monde rit, sauf Zack, mon père et moi.

— Il était tellement malheureux d'être séparé d'elle, l'année dernière, renchérit Kelsey, la sœur de Zack. C'était vraiment mignon ! ajoute-t-elle avec un regard moqueur en direction de son frère.

Elle ne ressemble pas à Zack ni à sa mère, alors je suppose que, avec ses cheveux roux clair et ses yeux verts, elle doit tenir de leur père.

Zack marmonne quelque chose à sa sœur, mais leur mère leur demande de se taire et commence à découper la dinde. Elle nous sert d'abord mon père et moi, puis ses amis et, enfin, ses enfants – avec un petit clin d'œil à son fils.

— Je suis juste contente qu'ils soient tous les deux dans la même école, continue Kelsey en me souriant agréablement.

Elle a l'air plutôt sympa, mais je me méfie tellement des jolies filles maintenant… Je ne devrais pas, je sais – ce n'est finalement rien d'autre que de la misogynie idiote –, mais je ne peux pas m'en empêcher. De toute façon, on ne peut au moins pas me taxer de sexiste, car je me méfie aussi des beaux garçons !

— Zack est tellement fou d'elle !

— OK, Kelsey, tu peux fermer ta gueule maintenant ? s'agace Zack, tandis que je me retiens d'éclater de rire et que mon père est complètement horrifié.

— Et toi, Zack Marcus Brooks, est-ce que tu pourrais être moins vulgaire à table ? le reprend Robin en se rasseyant.

Nous nous passons les différents plats avec les accompagnements. Tout a l'air délicieusement bon et est parfaitement présenté. On dirait que chaque plat sort tout droit d'une émission de cuisine. C'est beaucoup mieux que l'année dernière, lorsque Zack et moi étions tous seuls, installés à une grande table isolée.

En fait, ce repas est une sorte de symbole de ce qui est en train de se passer. Je revis la même année que l'année dernière, mais « en mieux ». Creed qui lit mon journal devant tout le monde, Thanksgiving avec Zack… Ce sont les mêmes choses que l'année dernière, mais, cette fois, ce n'est pas mon cœur qui sera brisé en mille morceaux.

Non, cette fois, ce sont les Idoles qui vont vivre ce qu'ils m'ont fait endurer.

Je souris en prenant un peu de patate douce, et je surprends Zack en train de me regarder.

Sous la table, sa longue jambe touche la mienne, et mon cœur se met à battre la chamade. Pour chasser les papillons dans mon ventre, je me concentre sur la conversation en cours. Apparemment, les amis de Robin possèdent un vignoble et recherchent quelqu'un pour créer des arches, des bancs et des lits en fer forgé personnalisés pour leur chambre d'hôtes. À la fin du repas, mon père se retrouve avec un travail et un verre de scotch qui coûte plus cher que sa voiture, tandis que Zack et moi en profitons pour nous isoler dans le jardin, à l'arrière de la maison, où nous trempons nos jambes dans la piscine chauffée.

Nous sommes assis près l'un de l'autre, et nos cuisses se touchent. C'est drôle de les regarder : ma cuisse est tellement plus petite que la sienne.

— Donc, tu as été amoureux de moi toute l'année dernière ?

Zack semble gêné. Il ouvre la bouche pour répondre, mais, finalement, ne dit rien. Je le regarde, amusée. Ses lèvres charnues me rappellent le baiser que nous avons échangé, dans le couloir du stade, et toutes les sensations réapparaissent en moi. *Toutes.*

— Et si c'était le cas, finit-il par dire en se tournant vers moi, est-ce que cela ferait une différence ?

Le clair de lune éclaire son beau visage : son nez droit à la grecque, et sa bouche parfaitement dessinée. Je le trouve magnifique… J'expire et détourne le regard, observant notre reflet dans l'eau.

— Non, murmuré-je.

Mais, en fait, si.

Je garde cette pensée pour moi, balançant mes pieds dans l'eau.

— Mais comment Lizzie et toi en êtes venus à faire ce pari ? lui demandé-je finalement.

Zack reste silencieux quelques minutes, puis expire, comme s'il se résignait.

— Lizzie était membre senior du Club Infinity ; elle était ma marraine. Or, tous ceux qui parraine un nouveau membre doivent lui lancer un défi. L'enjeu doit être important… Elle ne savait pas vraiment quoi me faire faire, et ce sont les autres filles qui lui ont soufflé l'idée. Ce sont elles les véritables coupables dans cette affaire.

— Et toi ? Qui t'a soufflé les idées de tout ce que tu m'as fait ? Tu vas me dire que c'est Tristan, Creed et Zayd ?

Zack baisse la tête et passe une main dans ses cheveux. Sa chemise est complètement déboutonnée et il a retroussé son pantalon jusqu'aux genoux. Maintenant que je l'ai vu se comporter avec sa mère, je suis sûre qu'il a accepté de porter cette tenue pour lui faire plaisir. C'est plutôt mignon, d'ailleurs, de le voir avec elle : clairement, il se soucie d'elle. Ce qui le différencie très clairement des autres, de Creed notamment, qui n'en a rien à faire de savoir s'il fait du mal ses parents. Enfin… Peut-être qu'il le regrette, mais il le fait quand même. Il est tellement odieux…

— Non. J'assume l'entière responsabilité de mes actes, commence-t-il, avant de soupirer de nouveau, comme s'il était soudain fatigué. Mais tu les connais maintenant : ce sont des monstres. Tous les trois. Honnêtement, Marnye, venge-toi, et n'attends rien d'eux. Ils n'auront jamais aucun remords.

— Je n'attends rien d'eux, murmuré-je en regardant l'immense jardin au-delà de la piscine.

C'est hallucinant que sa famille puisse posséder tout ça, surtout quand on pense qu'ils ont trois maisons : celle-ci, la maison du lac de l'année dernière, et celle où il habitait lorsqu'il allait à la LBMS. Je me demande pourquoi son grand-père a d'abord décidé de déshériter sa famille, et pourquoi il a finalement changé d'avis.

— Ce n'est pas ce que je cherche… Ils ont toujours fait ce qu'ils voulaient. J'imagine que ce sera comme ça toute leur vie. Mais je veux qu'ils sachent, au moins une fois, ce que ça fait d'être une cible. Et si je peux empêcher de harceler quelqu'un d'autre, alors je n'aurai pas tout perdu…

— Et c'est tout ? s'étonne Zack d'une voix douce. Tu ne veux pas te venger du fait qu'ils t'ont brisé le cœur ?

Je pince les lèvres et enfonce mes ongles dans le bord de ciment de la piscine.

— Même si c'était le cas, ça ne te regarde pas, rétorqué-je d'une voix rauque.

Nous restons alors un long moment silencieux, l'eau clapotant sur nos jambes nues.

— On ne te mérite pas, grogne-t-il finalement, s'éloignant du bord de la piscine. Pas un seul d'entre nous ne te mérite. Souviens-toi de ça, Marnye.

Il part, et je reste là, à contempler mon reflet jusqu'à ce que Charlie vienne me chercher.

En réfléchissant à pourquoi je fais tout cela, je me demande si ce n'est pas parce que la plaie qu'ils ont ouverte l'année dernière ne s'est toujours pas refermée…

CHAPITRE DIX

UNE FOIS LES VACANCES TERMINÉES, les cours reprennent sur les chapeaux de roue et se poursuivent à un rythme effréné. J'ai si peu de temps pour moi que je suis obligée de mettre mes projets de vengeance de côté quelque temps, pour me concentrer sur mon travail, mes entraînements et les répétitions avec l'orchestre. En décembre, Zack intègre l'équipe d'athlétisme, tandis que Miranda et Jessie ont l'air de planer totalement. Elles sortent maintenant officiellement ensemble. Je suis très contente pour elles, mais, parfois, je surprends Miranda le regard dans le vague, comme si elle rêvait de quelqu'un d'autre.

À voir…

Je continue de donner des cours particuliers à Creed, et les professeurs sont si impressionnés par ma « résilience » (c'est le terme qu'ils ont utilisé) qu'ils m'ont demandé d'aider les élèves en situation de harcèlement, ou les premières années, souvent intimidés par les plus grands. Évidemment, aucun élève ne s'inscrit à mes cours, mais cela ne m'empêche pas d'avoir des points supplémentaires, ce qui est finalement tout ce qui compte !

Alors que la semaine de rentrée se termine, je tombe par hasard sur du pain béni…

Je sors de chez moi – où le mot « bordel » a de nouveau été gravé sur la porte – pour me rendre à la salle du cours d'art où je dois répéter quelques morceaux pour le concert d'hiver. En arrivant, je découvre Zayd et ses acolytes en train de rire à gorge déployée. Je m'arrête dans le couloir et jette un œil à l'intérieur de la salle : Becky est affalée sur Zayd et se blottit contre lui comme une chatte en chaleur. J'en ai la nausée… Elle ne porte pas son uniforme, mais un débardeur rose sans soutien-gorge, et elle presse sa poitrine contre la sienne. Je me demande s'ils ont déjà couché ensemble… Je suppose qu'ils l'ont probablement fait, et cela me dégoûte encore davantage.

Soudain, je réalise que mon cœur bat à toute vitesse, et je place une main sur ma poitrine pour essayer de me calmer.

Ai-je eu le cœur brisé par Zayd ?

Ce doit être le cas, à en croire ce que je ressens en le regardant rire et plaisanter avec ses amis. Lorsqu'il embrasse Becky à pleine bouche, je sens la bile monter au fond de ma gorge. Ses cheveux sont maintenant teints en bleu pâle, et son maquillage est sombre, comme s'il se préparait pour un concert. L'eye-liner met en valeur ses magnifiques yeux verts et la longueur de ses cils.

— Mon nouvel album est une véritable merde, mais je suis sûr qu'il va se vendre ! lance-t-il de sa voix rauque de rockstar qui me donne des frissons.

Sans hésiter une seconde, je sors mon téléphone et commence à filmer. Ces idiots tendent le bâton pour se faire battre ; autant en profiter !

— Tu veux dire que les plébs sont tellement cons qu'ils vont l'acheter quand même ? lui demande Becky.

Son rire grinçant m'égratigne. Elle et Harper aiment tellement la torture et la douleur…

— Exactement, répond Zayd.

Puis il sort une cigarette et l'allume. Fumer à l'intérieur de la chapelle est strictement interdit, mais, visiblement, il s'en moque totalement, soufflant en toute décontraction la fumée grise qui sort de ses lèvres sexy. Regarder ses doigts tatoués serrer la cigarette ne devrait me faire aucun effet – je *déteste* les gens qui fument, en règle générale –, mais, pourtant, je ne peux m'empêcher de ressentir une petite étincelle.

— Plus j'écris de la merde, plus ça marche, ricane-t-il. Mais ça ne marche pas encore assez. Ma maison de disques n'arrête pas de me faire chier pour que je sorte un autre tube. Comme je n'y arrive pas, ils ont demandé à l'un de leurs nègres de m'écrire un morceau. Ils m'ont dit que ça allait me propulser au sommet… Ça me paraît fou ! Finalement, pas étonnant que les gens soient pauvres s'ils dépensent le peu qu'ils ont pour acheter cet album de merde.

Ils éclatent tous de rire, tandis que mon sang se glace. *Putain !* Comment cet imbécile ose-t-il insulter ses fans comme ça ? Dire qu'il leur prend leur argent alors qu'il les méprise…

— Vous voulez entendre le nouveau single ? Je vous garantis que tous les péquenauds vont l'adorer… ajoute-t-il entre deux rires, Becky accrochée à lui comme un koala.

Je lis l'agacement sur son visage, et il la repousse légèrement alors qu'il sort son téléphone et lance une chanson pop-rock qui – je dois bien l'admettre – ne me déplaît pas.

Je dois donc faire partie des péquenauds ? *Connard !*

— Après, promets-moi qu'on retourne dans ma chambre, miaule Becky. J'ai envie de te sucer…

Elle se frotte sur Zayd en léchant son oreille, et il la repousse cette fois plus violemment.

— On peut écouter tranquillement ? tonne-t-il en lui lançant un regard sombre.

Elle tend la main vers lui et tente de se raccrocher à son bras, mais il l'évite en se moquant d'elle.

— Tu ne faisais pas tant le difficile avant ! lâche-t-elle avec aigreur. Vous aviez tous envie de me baiser avant que vous ne commenciez à jouer avec la michetonneuse. J'imagine que je ne peux pas rivaliser avec une vraie pute…

— Becky, ferme ta gueule ! gémit Zayd, laissant sa

tête tomber en arrière comme s'il était accablé par tant de bêtise.

— Non, je ne ferme pas ma gueule ! se défend-elle, sous les regards effarés de Sai Patel, Mayleen Zhang, Greg et John. Je ne te comprends pas ; je ne te reconnais plus ! Qu'est-ce qu'elle a de plus, cette salope de roturière, pour t'obséder à ce point ?

Zayd la regarde en plissant les yeux ; la tension est palpable.

— Cette « salope de roturière » ? Marnye vit peut-être dans une roulotte qui ressemble à une poubelle – *aïe !* –, mais elle est cent fois plus classe que toi. Tu ne peux pas savoir à quel point tu me débectes, ma pauvre Becky. Tu pensais qu'on était ensemble ? Alors laisse-moi t'annoncer une grande nouvelle : tu ne m'as jamais – *jamais* – intéressé ! C'était juste un jeu pour voir si je pouvais t'avoir, et tu sais quoi ? Tu as été cent fois plus facile à duper que Charité !

Becky gifle Zayd aussi fort qu'elle le peut, puis tourne les talons et se dirige vers moi. Je me précipite dans le restaurant avant qu'elle ne me voie. Il n'y a personne à l'intérieur, heureusement. J'attends qu'elle ait le temps de partir et me glisse à nouveau vers la salle du cours d'art.

Zayd vient de mettre une autre de ses chansons, et je me remets à filmer.

« J'en peux plus d'être au milieu de tous ; je suis le seul à connaître ma solitude. Dans les nuits les plus sombres, il n'y a qu'une seule étoile qui brille ; mais quand je tends la main

pour essayer de l'attraper, elle est trop loin, trop haut, dans le vide, dans le noir. »

Mouais... Pas sûr que ces paroles soient celles du prête-plume. Elles m'ont tout l'air d'avoir été écrites par Zayd lui-même – elles reflètent tellement ce que je sais de lui !

Une fois la chanson terminée, il y a un bref silence, puis Sai Patel éclate de rire. Il a un accent new-yorkais assez prononcé, il est donc parfaitement reconnaissable. C'est d'ailleurs la seule chose qui le démarque des autres – autrement, c'est un garçon tout ce qu'il y a de plus banal, sans grand intérêt…

— Putain, mec ! T'avais raison… C'est carrément de la merde, ton truc !

Les autres garçons rient à leur tour, enjoints par Mayleen qui glousse comme une poule. Seul Zayd ne rit pas, et je me demande si je suis la seule à remarquer sa mâchoire serrée.

LUNDI, lorsque j'arrive dans le hall, c'est la tempête…

— Marnye ! Tu ne vas jamais me croire ! s'exclame Miranda en courant vers moi, le regard pétillant.

Elle me prend par la main et me tire dans le couloir, nos jupes blanches gonflées par le vent alors que nous courons presque en direction de la cour. J'aperçois au loin une limousine noire, mais je ne vois aucun chauffeur.

— Qu'est-ce qu'il y a ? demandé-je à Miranda alors

qu'elle s'arrête enfin et se tourne vers moi, ses cheveux battant mon visage.

Son parfum est presque le même que celui de Creed.

Je ne sais pas pourquoi je fais attention à ça…

— C'est la voiture de l'agent de Zayd, s'étrangle-t-elle en pointant la limousine du doigt. Avant que madame Felton ne récupère nos téléphones, regarde la vidéo que tout le monde a reçue !

Je sors mon téléphone de mon sac et fais ce qu'elle me demande. Évidemment, je sais déjà ce que je vais voir…

— Je suis sûre que ça vient de toi ! murmure-t-elle en se penchant vers moi alors que plusieurs membres du personnel essayent d'éloigner les élèves de la cour.

Je lève les yeux vers elle et lui souris d'un air penaud. Tout ce que j'ai fait, c'est envoyer à tout le lycée la conversation de Zayd que j'ai filmée, et une partie de sa chanson. *Simple comme bonjour !*

Toutefois, je savais que ça déclencherait un tollé. Le navire de Zayd Kaiser est maintenant touché et va commencer à couler.

« Le fils du célèbre rocker Billy Kaiser méprise ses fans ! »

C'est le premier article qui s'affiche. Ils n'ont même pas cité son propre nom – uniquement celui de son père. Mes sourcils s'élèvent de plus en plus, au fur et à mesure que je continue de faire défiler les gros titres.

« Zayd Kaiser, la coqueluche des jeunes, a en fait le cul plein de merde... »

Putain ! J'adore ce titre !

— Marnye ! lance Zack en nous rejoignant. T'as grave assuré !

Ses cheveux sont encore mouillés – il prend toujours sa douche juste avant de venir en cours, après son footing matinal –, mais son uniforme est parfaitement repassé, même si sa cravate est légèrement tordue.

— C'est génial ! me sourit-il.

Soudain, un silence de plomb s'abat sur la cour, et la foule se divise en deux pour laisser passer un homme en costume qui arbore un air grave, suivi d'un type en jean aux cheveux hirsutes, et de Zayd, le visage hagard et les yeux humides, brillants de colère.

Tous trois s'arrêtent vers la voiture, et les deux hommes qui accompagnent Zayd parlent à voix basse pendant plusieurs minutes. Puis ils finissent par monter en voiture, laissant Zayd derrière eux.

— C'était Billy Kaiser, m'apprend Miranda en chuchotant à mon oreille.

Même si elle ne m'avait rien dit, je l'aurais deviné. À la façon dont Zayd le regardait, avec ce mélange de haine et d'amour, il ne pouvait s'agir que de son père…

Finalement, Zayd se retourne et remonte les marches. Au début, je me dis qu'il va vouloir disparaître le plus vite possible, mais – à ma grande surprise – il s'arrête et se retourne vers moi. Nos regards se croisent et il se dirige vers moi, tout le monde retenant son souffle autour de nous. Lorsque Zayd arrive à ma hauteur, il a du mal à respirer et est trempé de sueur, ses cheveux bleu pâle collés à son front. Il n'a pas mis de gel ce matin, ni d'eye-liner. Il n'est pas le même que d'habitude ; aujourd'hui, on dirait qu'il veut me tuer.

— T'es contente de toi ? crache-t-il.

Je reste calme et soutiens son regard sans ciller. Je le revois avec ma culotte à la main. Je repense à cette vidéo de nous en train de nous embrasser. Je me souviens de son air victorieux, alors qu'il me toisait, souriant et tenant Becky Platter dans ses bras. Je le déteste…

— Je n'ai fait que te rendre la pareille. Œil pour œil, dent pour dent, déclaré-je calmement.

Zayd pousse alors ce cri étrangement mélodique. Décidément, il est né pour chanter, autant que pour être un connard. Il serre ses cheveux dans ses poings pour canaliser sa violence. On dirait qu'il est sur le point de faire une dépression nerveuse.

Zack s'approche de moi, croisant les bras sur sa poitrine massive, comme s'il était mon garde du corps.

— Tu crois que tu m'impressionnes ? ricane Zayd en le regardant. Tu n'es pas un ange non plus, Zack Brooks. Et je suis sûr que Marnye finira par s'en rendre compte. Elle te larguera pour quelqu'un comme *moi,* lance-t-il comme une insulte, avant de se retourner et de fendre la foule, poussant ceux se trouvant sur son chemin.

Je sors ma liste dans la poche avant de mon sac et la déplie, savourant le couinement du marqueur rouge sur le papier qui résonne dans le silence de la cour.

C'est si bon de rayer le nom de Zayd de ma liste.

TRISTAN EST un Idole difficile à cerner. J'ai presque l'impression qu'il fait tout pour m'éviter, ce qui n'a aucun sens, compte tenu de toutes les menaces qu'il m'a adressées.

Je décide donc de parler avec Miranda afin de comprendre exactement ce qui s'est passé dans les Hamptons pendant l'été. Selon elle – et elle est la reine des potins –, Lizzie Walton a déclaré la guerre aux Idoles de *Burberry Prep*. En particulier à Tristan, qui a été la principale cible de sa colère.

— Elle a fait ça pour toi, je pense, me dit Miranda.

Même si j'ai plus ou moins pardonné Zack, que dois-je faire avec Lizzie ? Qu'est-ce qui pourrait faire que nous soyons quittes, elle et moi ? Pourtant, il faudrait que je reprenne contact avec elle, car elle est ma meilleure chance d'atteindre Tristan. Bien sûr, je suis toujours devant lui dans le classement des meilleurs élèves de l'école, et je sais que cela l'embête. Mais ce n'est pas suffisant. Je veux plus que l'embêter, je veux qu'il *souffre*…

D'ailleurs, même si je ne l'admets pas tout haut, Lizzie me manque. Chaque vendredi, j'attendais avec impatience nos conversations. La vie à *Burberry Prep* semble beaucoup plus vide sans elle.

— Elle est toujours amoureuse de lui, tu sais ? ajoute Miranda avec un soupir mélancolique et triste. Elle va épouser ce connard dont le nom m'échappe, le genre qui baise en chaussettes et embrasse du bout des lèvres, mais c'est avec Tristan qu'elle rêve de se marier…

— Tu penses qu'il l'aime toujours ? lui demandé-je, une idée germant au fond de mon esprit.

Même si je sais que c'est ridicule, j'attends avec impatience que Miranda réponde à ma question.

— J'en suis sûre, me répond-elle, et c'est comme si une flèche venait de traverser mon cœur.

Cela n'a aucun sens. Dès que j'ai vu Tristan regarder Lizzie Walton, l'année dernière, j'ai su, moi aussi, qu'il était toujours amoureux d'elle. Tout le monde le sait. Quant à moi, il ne m'a jamais aimée ; il n'a fait que s'amuser avec moi. *Bien que Zack...* Non. Je referme cette pensée. Sortir avec Zack ne fonctionnera pas, pas avec les plans que j'ai déjà en tête.

— Pourquoi ? Tu veux partager une chambre avec lui pendant le séjour de ski ? pouffe Miranda. T'es jalouse ? me taquine-t-elle en me poussant gentiment.

— Mais pas du tout ! m'exclamé-je en riant, la poussant en retour. Je ne vais pas aller au séjour de ski, de toute façon !

Miranda me regarde les yeux écarquillés. À la place du bal d'hiver, les deuxièmes années ont la possibilité de participer à un séjour de ski organisé par l'école. Les étudiants souhaitant y aller sont alors conduits en voiture le dernier vendredi avant les vacances d'hiver, puis sont ramenés chez eux (ou à l'aéroport) le mardi suivant, à temps pour Noël.

— Mais t'es *obligée* de venir ! gémit-elle, se penchant vers moi, sur la table de pique-nique.

Nous sommes assises dehors, profitant du matin glacial, mais lumineux, les rayons de soleil sur le givre provoquant de petits nuages d'évaporation tout autour de nous.

— C'est un rite de passage !

— La dernière fois que tu m'as parlé de rite de passage, c'était pour me traîner à une fête sur la plage…

— Et tu t'es bien amusée, malgré les connards qui y étaient, non ?

Je soupire et Miranda me regarde en souriant.

— Je sais que tu veux rentrer chez toi pour être avec ton père, mais ce ne sont que quelques jours, plaide-t-elle, tandis que je lui lance un regard sceptique en tapotant mes doigts sur la table. Promets-moi d'y réfléchir, au moins, mademoiselle je-veux-me-venger-de-tout-le-monde ! Si ça peut t'aider à prendre ta décision, on déconne tellement là-bas que tout le monde appelle ce séjour le *no-man's land*… Personne n'embête personne là-bas ; on est tous ensemble, et on rit tous ensemble…

Je hausse les sourcils, sceptique, et Miranda ajoute un autre argument pour me convaincre :

— Tu vois à quel point Jalen et Ebony sont encore touchés par ce que tu as écrit dans ton journal ? Crois-moi, si tu viens au ski, tu vas découvrir plein de trucs dont tu pourras te servir pour foutre le bordel…

— Bon… Après mûre réflexion… commencé-je avec un sourire d'abdication.

Cependant, je n'ai pas le temps de terminer ma phrase que Miranda me prend déjà dans ses bras, hurlant de rire et folle de joie. Du coin de l'œil, je vois Creed nous regarder et lui fais un doigt d'honneur, heureuse qu'il voie à quel point sa sœur me préfère à lui.

Il m'adresse un sourire narquois et tourne les talons, Anna Kirkpatrick accrochée à son bras.

Hmm… Je sens que je vais pouvoir faire quelque chose de ça…

— Je viens ! déclaré-je à Miranda, tout en observant Anna avec attention.

Je suis sûre qu'elle va se taper un autre Sang-bleu. La fidélité et la loyauté ne font pas partie de l'ADN de tous ces enfants de riches.

ZAYD OUVRE BRUTALEMENT la porte de la salle de musique, me faisant sursauter. Son pantalon d'uniforme est froissé, il ne porte pas de veste, et sa cravate rouge est lâche et retournée sur son épaule droite. Les manches de sa chemise sont retroussées, révélant ses bras musclés et tatoués.

J'immobilise mes doigts sur les cordes de la harpe, interrompant ma répétition du morceau d'opéra *Lucia di Lammermoor* de Donizetti. Je me redresse sur ma chaise et le regarde s'approcher avec méfiance. Heureusement, monsieur Carter est dans son bureau, juste à côté, et Zayd ne pourra donc rien me faire de mal…

Je croise les bras et attends.

Curieusement, l'une des choses qui me manquent le plus de l'année dernière est d'avoir Tristan en face de moi lorsque je répète. J'aimais sa présence, au fond de la salle, les doigts croisés et les yeux rivés sur moi. Il y avait une intensité en lui qui se répercutait sur ma musique. J'avais l'impression de mieux jouer quand il était là.

Zayd descend les marches de l'auditorium et s'arrête à côté de l'estrade, en bas. On dirait presque une scène, mais elle n'est utilisée que par les professeurs et ne sert à aucun spectacle….

— C'est comme ça que tu m'as eu ? me demande-t-il, passant ses doigts dans ses cheveux bleu pâle.

Il regarde autour de lui comme s'il n'avait jamais vu la salle avant. Toutefois, je sais très bien qu'il est toujours fourré ici. Son regard perdu est totalement factice, comme toutes ses autres expressions, d'ailleurs. Zayd joue très, très bien la comédie…

— En m'espionnant derrière cette porte comme une conne ?

— Je n'ai fait que publier tes propres mots sur un seul site Internet. Un seul ! précisé-je.

Il plonge ses yeux verts dans les miens, et je ne peux pas nier qu'il y a une alchimie entre nous. Il y en aura toujours une, que je le veuille ou non. Le fait qu'il soit un gros con n'y change rien.

— Si tu n'avais pas dit toutes ces horreurs, tu n'aurais pas de problème…

Je place mes mains sur les cordes de la harpe et me prépare à jouer de nouveau. J'espère que l'ignorer va le faire partir, mais il va nulle part… Il s'assoit et me regarde jouer.

Au bout de trois morceaux, il n'est toujours pas parti. Je me tourne alors vers lui, laissant tomber mes mains sur mes cuisses couvertes – je suis autorisée à porter un pantalon pour jouer de la harpe, au lieu de la jupe réglementaire. Comme il s'agit d'une harpe à pédales, je dois utiliser mon pied, et si je portais la jupe de l'uniforme de deuxième année, cela provoquerait certainement quelques remous dans le public…

— Que veux-tu ? lui lancé-je.

Il me sourit, passant sa langue sur son piercing avant de répondre.

— Je dois admettre que tu as plus de couilles que ce que je pensais, lâche-t-il, tapotant l'accoudoir de la chaise avec ses doigts tatoués.

— Plus d'ovaires, tu veux dire ? le corrigé-je en fronçant les sourcils et avec un léger sourire.

Zayd hausse les épaules et se lève. L'uniforme de deuxième année lui va à la perfection, le blanc mettant en valeur les couleurs des tatouages qu'il a sur sa peau. Lorsqu'il s'approche de moi, je sens mon cœur s'emballer. Il le voit et en profite pour replacer une mèche de cheveux derrière mon oreille. Je le laisse faire, même si je sais que je ne devrais pas.

— Des couilles, des ovaires, un pouvoir magique…

peu importe ! murmure-t-il. Ce que je veux dire, ajoute-t-il en pointant deux doigts vers moi, comme s'il s'agissait d'une arme, c'est que tu m'as eu. En plein dans le mille. Bingo ! Touché, coulé ! Parce que, tu sais quoi ? Ma maison de disques vient tout juste d'annuler la sortie de mon dernier album.

Il fronce les sourcils, et, étonnamment, je vois de la tristesse dans ses yeux vert émeraude. La même tristesse que j'avais dans les yeux, le dernier jour de l'année dernière. Je jubile : il a mal… Après tout, c'était ce que je voulais.

— Il y aura un nouvel album, le rassuré-je avec un soupir méprisant. C'est le problème, d'ailleurs : aucun de vous ne connaîtra jamais la véritable souffrance. Il y aura toujours plus d'argent, de nouvelles opportunités, de faveurs et d'avantages…

Zayd secoue la tête et sort de sa poche une petite liasse de papiers. Il me la tend, et j'hésite un instant avant de la prendre.

— Non, pas cette fois. Mon père est hors de lui, car il craint que ce scandale affecte sa carrière… Il a donc demandé à sa maison de disques de ne plus jamais travailler avec moi.

Zayd m'observe tandis que je prends connaissance des papiers qu'il m'a donnés, fronçant les sourcils alors que je découvre qu'il s'agit d'une copie d'un contrôle que j'ai rendu vendredi. En fait, ce sont les mêmes questions, mais ce ne sont pas mes réponses. Pourtant, il y a mon nom en haut de la feuille, alors que je n'ai jamais écrit ces réponses…

— Tu as devant toi un musicien sans label et complètement ruiné, rit Zayd, passant ses mains dans ses cheveux et formant des pics avec ses mèches enduites de gel.

Je suis tellement distraite par le contrôle et la dissertation, juste en dessous, qui porte également mon nom alors que je n'en ai pas écrit un seul mot que je mets un certain temps à enregistrer ce qu'il vient de dire. Finalement, je lève les yeux vers lui.

— Ils ne t'ont pas demandé de présenter des excuses publiques ? m'étonné-je.

Zayd arbore un petit sourire ironique, comme s'il s'en fichait. Mais je sais très bien que c'est tout le contraire…

Il ignore ma question, l'écartant d'un revers de la main.

— Écoute, tu ne vas pas attraper Tristan la main dans le sac, commence-t-il en tendant la main vers les papiers qu'il vient de me donner.

Nos doigts se frôlent et nous frissonnons tous les deux. Ce n'est pas juste. Ce n'est vraiment pas juste ! Pourquoi est-ce que je ressens quelque chose pour un connard comme Zayd Kaiser ?

— Beaucoup des réponses au contrôle sont fausses. Tu auras sûrement une note de…

Il s'arrête quelques secondes pour réfléchir.

— Je dirais… soixante-cinq pour cent ? Quant à la dissertation, c'est une copie exacte d'un devoir qu'a rendu Gena Whitley l'année dernière. Tu vas être accusée de l'avoir copiée…

— Pourquoi est-ce qu'il y a mon nom sur ces copies ? demandé-je.

J'ai pourtant entendu ce qu'il vient de me dire, mais je refuse de comprendre. Pourtant, j'aurais dû me douter que les Idoles frapperaient là où ça me ferait le plus mal (au-delà de mon père, évidemment) : mes études.

— Et pourquoi est-ce que tu me montres ça ?

— Becky a oublié sa veste l'autre jour…

Il lève les yeux au ciel, comme s'il ne la supportait plus. Pourtant, il ne se rend pas compte qu'ils sont pareils, elle et lui. Ils se méritent l'un l'autre…

— Et ces feuilles sont tombées de sa poche. Je dois les lui rendre, mais je sais déjà ce qu'elle va en faire. Elle doit travailler avec madame Peregrine, demain : elle va en profiter pour remplacer tes copies par celles-ci…

Il me prend les feuilles des mains, et je le laisse faire, trop abasourdie pour tenter de les garder.

— Pourquoi tu me dis ça ? répété-je, tandis que Zayd remet les feuilles dans sa poche. Je ne comprends pas…

Les garçons sont tellement moins agressifs que l'année dernière… Cela n'a aucun sens. Ils doivent certainement préparer leur coup…

— Pour ce que ça vaut, marmonne Zayd en commençant à partir.

Puis il s'arrête et me lance un regard par-dessus son épaule.

— Quand j'ai découvert que Becky t'avait frappée, je

ne l'ai plus touchée. Je ne pouvais tout simplement pas. Je ne veux pas qu'il t'arrive quoi que ce soit… Alors, je t'en supplie, Charité, va-t'en.

Je ne réponds rien et le regarde monter les escaliers.

Lorsque je me retrouve de nouveau seule, je réfléchis à mon plan.

CHAPITRE ONZE

LE LENDEMAIN, après l'entraînement avec l'équipe de *pom-pom girls*, je me rends au bureau de notre professeur d'anglais, madame Peregrine. Lorsque j'arrive, sa porte est fermée à clé, les lumières sont éteintes, et le store de la petite fenêtre baissé. Pour entrer, je vais avoir besoin soit d'une clé, soit d'un crochetage.

Pestant, je fais demi-tour et traverse à nouveau le bâtiment de la chapelle, le long couloir, puis passe les portes vitrées donnant sur la tour 3. Je prends alors l'ascenseur jusqu'au cinquième étage et me dirige vers la chambre de Zack. Une fois devant, je n'ai pas le temps de frapper qu'il ouvre déjà la porte, vêtu uniquement d'un bas de survêtement taille basse, sa poitrine nue légèrement transpirante.

— Marnye ? s'étonne-t-il en se décalant pour me laisser entrer.

Il est en train d'écouter du jazz terriblement sexy, et

l'ambiance est tamisée. Un instant, je me demande s'il avait une soirée de prévue ; mais je décide de ne pas y penser – je n'ai pas envie de savoir…

En me retournant, je découvre Zack qui se tient à seulement quelques centimètres de moi. Il sent bon – ce qui me surprend, étant donné qu'il est tout en sueur. En même temps, la sueur fraîche n'a rien à voir avec la vieille sueur : la dernière est répugnante, alors que la première est… presque comme un parfum. D'ailleurs, cela produit un effet sur moi que je n'avais pas prévu…

— Tu es avec une fille ?

Zack me regarde en plissant les yeux. Il fait un pas en avant, et j'en fais un en arrière. Cela le surprend, et il lève un sourcil.

— Ça t'ennuierait ?

Sa voix est à la fois sombre, douce et froide. On dirait une glace au chocolat noir…

Il s'avance à nouveau vers moi et, cette fois, je n'ai plus la place de reculer. Mes fesses heurtent la table et Zack m'entoure de ses deux bras, ses paumes posées sur la table.

— Non !

Évidemment, c'est un mensonge, mais je me garde de le lui dire. Je passe sous l'un de ses bras et m'écarte de lui. Lorsque je me tourne à nouveau face à lui, il arbore un air narquois. Mon premier réflexe est de lui demander d'arrêter de me regarder de cette façon, mais je me contente finalement de soupirer.

— Quand on était à *Lower Banks*, tu n'avais pas volé une voiture ?

Zack a toujours son sourire narquois alors qu'il s'appuie contre la table et croise ses bras musclés sur son torse nu et en sueur. C'est étrange… Nous avons toujours l'air d'être un couple quand il est torse nu. Comme si l'univers essayait à tout prix de nous réunir.

— Ouais, et alors ? me répond-il en posant sur moi des yeux gourmands qui me font frissonner.

Je porte mon short noir de *pom-pom girl* avec des strass sur les fesses, que je déteste, avec un caleçon de cycliste rouge en-dessous, et un tee-shirt échancré noir portant le logo de *Burberry Prep* sur le devant. Même pour l'entraînement, Hannah exige que nous portions la tenue de *pom-pom girls…*

— Alors j'ai besoin de ton aide, lui dis-je, détestant entendre ces mots sortir de ma bouche. Est-ce que tu pourrais crocheter la serrure du bureau d'un prof ?

Zack réfléchit un instant, me fixant avec un sourire sexy et calculateur.

— Je pourrais, mais c'est risqué, avec les gars de la sécurité qui arpentent les couloirs en permanence, et toutes ces nouvelles caméras qui ont été installées…. Mais si on invente un truc, que l'on a une bonne raison d'être là-bas, ça pourrait marcher. J'imagine que ça a à voir avec tes histoires de vengeance ? me demande-t-il avec un clin d'œil.

Je détourne brièvement le regard, décontenancée par son sourire et ses yeux plongés dans les miens.

— Peut-être…

Son sourire s'élargit.

— Bon… Laisse-moi enfiler un tee-shirt, et je suis

à toi.

Il fait quelques pas vers moi, continuant de me fixer avec ses yeux chocolat.

— À moins que tu préfères que je n'en porte pas ?

— Je vais prendre l'option « avec tee-shirt », ironisé-je. Et si tu as un pull à me prêter, je veux bien… Il gèle dehors !

Zack rit, prend son sweat à capuche sur le dossier du canapé et me le jette dans les mains. Je l'enfile aussitôt. Il est dix fois trop grand, mais il est doux et sent son parfum – ce qui est à la fois terriblement agréable et une malédiction.

Si j'étais sa petite amie, je porterais son sweat à capuche tout le temps...

— Bon ! lance Zack alors que je m'enfouis sous sa capuche, passant sa langue sur sa lèvre inférieure. Je prends mon kit de crochetage, et on y va !

— Tu as carrément un kit crochetage ici ?

Il me jette un coup d'œil par-dessus son épaule et sourit, avec cette expression sensuelle et sombre qui me donne la chair de poule.

— On peut changer d'école, mais on ne change pas de nature ! rétorque-t-il en m'adressant un clin d'œil théâtral dont je n'arrive pas à décider s'il est sexy ou hilarant.

Je choisis l'option la plus sûre et je ris, mais cela ne veut pas dire que mon cœur ne s'emballe pas, ou que je ne suis pas heureuse de sentir son sweat sur moi.

ZACK et moi sortons de la tour et nous dirigeons vers le bâtiment de l'administration, pressant le pas pour rester le moins longtemps possible dans le froid. Nous croisons quelques étudiants, mais la plupart sont restés au chaud, à l'intérieur. Il faut dire que, comme je l'ai dit à Zack, il gèle !

Les agents de sécurité passent sur le campus régulièrement, et je sais qu'il y a des caméras. Mais je sais aussi que les images ne sont pas tout le temps contrôlées – elles ne le sont qu'en cas de problème.

Et puis, Zack affirme qu'il a un plan.

Alors que nous approchons du bureau de madame Peregrine, Zack me prend par les épaules, me tourne vers lui et me regarde droit dans les yeux avec une expression très sérieuse.

— Fais-moi confiance, d'accord ? me demande-t-il d'une voix sobre. Je ne te demande pas de me faire confiance tout le temps, juste maintenant.

Je hoche la tête et, avant que je m'en rende compte, il me plaque contre la porte, passe son bras droit autour de ma taille et se presse contre moi. Sa bouche tombe sur la mienne, un souffle chaud flottant sur mes lèvres.

— Je peux encore t'embrasser ? murmure-t-il avec un léger sourire.

Nous sommes si proches que je sens même le mouvement de ses lèvres contre les miennes.

— Tout cela fait partie du plan, bien sûr, ajoute-t-il. Même si je dois bien avouer que tu es carrément sexy dans mon sweat, ajoute-t-il dans le creux de mon oreille, sortant de sa main gauche un petit outil qu'il insère discrètement dans la serrure de la porte.

Il n'y a pas grand-chose dans ces bureaux, à part des papiers, des certificats encadrés et quelques meubles – les serrures ne sont donc pas ultrasophistiquées. J'imagine que Zack aura vite fait d'ouvrir la porte.

Je comprends aussi soudainement ce qu'il voulait dire par « avoir un plan ». Si nous sommes surpris par un agent de sécurité, tout ce qu'il verra, ce sont deux étudiants qui s'embrassent. Il ne verra pas le crochet, et il ne lui viendra pas à l'idée de nous demander ce que nous faisons ici. Et puis, au pire, s'il insiste, nous pourrons toujours dire que nous voulions nous réfugier dans un bureau pour avoir un peu d'intimité…

Mon côté logique me pousse à admettre que c'est un plan brillant – et que c'est juste un plan –, mais je ne peux m'empêcher de réagir de manière tout à fait illogique : mon cœur s'emballe, j'ai les mains moites, et je sens une chaleur soudaine entre mes cuisses.

— Embrasse-moi, soufflé-je sans réfléchir avant de perdre mon sang-froid et de partir en courant.

Non seulement ce que je m'apprête à faire est important pour ma revanche contre Tristan, mais c'est aussi important pour *moi*, pour mes notes, pour que je ne perde pas mon classement alors que je travaille si dur pour avoir de bons résultats. Si madame Peregrine trouve les devoirs que Becky tente de faire passer pour les miens, elle pensera que j'ai copié et je risque d'être expulsée…

Honnêtement, au fond de moi, je dois admettre que

je suis blessée. Je savais que Tristan était loin d'être un ange, mais je me disais au moins que, en ce qui concerne le travail scolaire, il ne me ferait jamais de coup bas. Je réalise maintenant que je me trompais… Et ça me tue.

— Fais-le et…

Zack ne me laisse pas le temps de terminer ma phrase, m'embrassant dans un baiser torride, passionné et empli de désir.

Son bras droit se resserre autour de ma taille, et je me laisse porter par ses muscles épais et la sensation douce de mon corps contre le sien. Son odeur – ce mélange de musc, de pamplemousse et de muscade – m'entoure comme un nuage. C'est comme si j'avais une double dose : son odeur, et celle de son sweat. Je me sens complètement enivrée…

Sa langue glisse sur ma lèvre inférieure, puis dans ma bouche, et je laisse échapper un gémissement embarrassant. J'agrippe son sweat et, en quelques secondes, la porte s'ouvre et nous trébuchons tous les deux dans le bureau vide.

Tout en continuant de m'embrasser, Zack ferme la porte derrière lui. Il me pousse dans le bureau et je me retrouve assise sur le bord du bureau de madame Peregrine, avec son énorme corps entre les cuisses. Il se presse contre moi, et je sens quelque chose de dur entre ses jambes que je n'avais pas remarqué avant.

C'est une si mauvaise idée, me dis-je.

Néanmoins, cela ne m'empêche pas d'enrouler mes jambes autour de lui et de l'embrasser plus fort. C'est maintenant lui qui gémit, glissant le petit crochet en métal dans sa poche afin de pouvoir serrer mes fesses avec ses deux mains. Je me cambre contre lui. L'intensité est si forte entre nous, il fait si chaud, que j'en oublie presque pourquoi nous sommes venus. Que j'en oublie presque ce que Zack m'a fait subir, dans le passé.

Puis, d'un coup, je réalise à quel point la situation est dangereuse…

Je pose mes paumes sur sa poitrine et le repousse doucement. Il détache alors sa bouche de la mienne et me regarde dans les yeux. Son sexe est toujours dur, et mon entrejambe toujours chaud et humide.

— Tu peux surveiller la porte ? murmuré-je.

Zack ferme les yeux, comme s'il souffrait, puis finit par acquiescer d'un signe de tête en expirant. Il se retourne et remet son sweat correctement.

Malgré la chaleur et l'humidité entre mes cuisses, je parviens à me lever et à trouver une pile de papiers à côté d'un scanner et d'une déchiqueteuse. Il y a des instructions sur le mur, plastifiées, et impossibles à manquer.

1. *Scanner les deux côtés du devoir.*
2. *Vérifier que les images sont lisibles.*
3. *Déchiqueter les pages.*
4. *Veiller à ce que chaque devoir porte le nom et le numéro d'identification de l'élève.*

Merde.

Frénétiquement, je fouille la pile de papiers dans le panier métallique à côté du scanner et pousse un énorme soupir de soulagement en trouvant les deux copies avec mon nom dessus. Je cherche ensuite celles de Tristan.

En les trouvant, je prends quelques secondes pour lire sa dissertation. Je me laisse presque happer par ses mots. Je ne savais pas qu'il écrivait si bien – peut-être mieux que moi, d'ailleurs. Je continue de lire, pensant que je vais peut-être trouver quelque chose qui pourrait me servir. Mais non. Il est comme moi : il écrit bien, mais de manière académique, sans y mettre ni son cœur ni son âme.

La seule fois où j'ai écrit de cette façon… Non. Je refuse de repenser à Creed en train de lire mon essai à haute voix. Je me suis vengée, de toute façon. Et je me suis bien vengée…

Je plie la dissertation de Tristan et la glisse dans la poche avant du sweat que Zack m'a prêté. Puis je sors les deux copies que j'ai apportées : la dissertation que j'avais réellement rendue, et une autre, plausible, mais assez mauvaise. J'avais d'abord pensé en fabriquer une avec le nom de Tristan qui mériterait un zéro, mais je me suis finalement ravisée – cela aurait été trop évident. J'ai même envisagé de mettre son nom sur la dissertation de Gena Whitley – celle de l'année dernière –, mais ce n'est pas mon genre de faire un truc comme ça…

Je glisse les deux nouvelles dissertations – la mienne et celle que j'ai écrite pour Tristan – dans la pile, en m'assurant de les mettre aux mêmes endroits que celles que j'ai retirées, et je remets dans ma poche la dissertation de Gena Whitley qui porte mon nom. Puis je fais la même chose avec les tests. Mais, cette fois, comme les noms s'effacent facilement, je ne fais que mettre mon nom sur le test de Tristan, et le sien sur celui qui a été truqué par Becky.

— Un agent de sécurité arrive vers nous, murmure Zack. Il faut qu'on y aille !

Je vérifie une dernière fois que toutes les copies sont en place et que j'ai récupéré celles qui doivent disparaître, puis je rejoins Zack. Lorsque je suis à côté de lui, il me lance un regard empli de désir sombre, ses lèvres encore gonflées de notre baiser.

Il ouvre la porte doucement et nous sortons, en veillant à refermer à clé derrière nous, avec le crochet de Zack. Puis il me raccompagne jusqu'à mon studio, où je m'enferme à double tour, tandis que Zack reprend rapidement le chemin de son appartement.

Lorsque nous nous revoyons, le lendemain et les jours suivants, nous ne reparlons pas de ce qui s'est passé dans le bureau de madame Peregrine.

La semaine prochaine, juste avant les vacances d'hiver, lorsque les classements seront à nouveau affichés, Tristan va avoir une mauvaise surprise, tandis que je serai largement en tête.

Prends ça, connard !

CHAPITRE DOUZE

— TRISTAN EST FURIEUX, m'indique Creed en s'asseyant sur la chaise à côté de la mienne.

Je me suis fixé comme règle de ne pas avoir de conversation personnelle avec les Idoles, mais je ne résiste pas à l'envie d'en savoir plus.

— À propos de quoi ? demandé-je d'un air innocent, en sortant mon iPad – celui fourni par l'école – afin d'afficher le cours sur lequel nous devons travailler aujourd'hui.

Creed rit, de son rire paresseux, qui trahit tout son égoïsme et son ignorance.

— Ne fais pas comme si tu ne savais pas, ronronne-t-il en se penchant vers moi, les yeux mi-clos et un sourire ironique aux lèvres.

Nous n'avons pas reparlé de ce qui s'est passé à Halloween. J'imagine que nous n'en reparlerons jamais…

— Nous savions tous ce que Tristan, Harper et

Becky avaient prévu. La seule question que je me pose est : qui te l'a dit ?

Je l'ignore et me concentre sur mon iPad. Non seulement je dois l'aider à faire son devoir, mais je dois aussi faire le mien. Je n'ai pas de temps à perdre…

— Zayd, c'est ça ?

— Tu ferais mieux de te concentrer sur ton travail plutôt que de t'intéresser à tous ces potins. Tu pourrais peut-être enfin être meilleur que Tristan, qui sait ? lui suggéré-je en souriant, tandis qu'il me lance un regard sombre et fronce les sourcils.

Au fond de moi, je continue d'imaginer comment je pourrais me venger de Tristan. Car, cette fois, je n'ai fait que me défendre en faisant en sorte qu'il soit pris à son propre piège. Néanmoins, finalement ça ne change rien : il aurait de toute façon été classé deuxième, derrière moi, s'il n'avait pas tenté de falsifier mes devoirs. Ça ne me suffit pas.

Je veux frapper plus fort, et mon seul moyen d'y arriver, c'est Lizzie. Je dois l'appeler tout à l'heure.

Tout à coup, Creed fait tourner ma chaise et m'oblige à lui faire face, un genou entre mes jambes, et ses mains écrasant les miennes sur les accoudoirs de la chaise. Puis il se penche vers moi, si près que nos joues se touchent presque.

— On pourrait te détruire, si on le voulait, chuchote-t-il à mon oreille, passant rapidement sa langue sur mon lobe. On pourrait faire de ta vie un enfer, et pas seulement à l'école. Au point que tu nous supplierais d'arrêter…

Je profite que mon genou soit proche de son entrejambe pour lui donner un coup. Aussitôt, il me lâche et me regarde en plissant les yeux.

— Si c'est le cas, pourquoi ne l'avez-vous pas déjà fait ?

Il ne me répond rien, ne fait rien.

— Toi, je sais pourquoi tu ne me fais rien. Mais Tristan ? Et Zayd ? Pourquoi ne font-ils rien ? ajouté-je en me levant et en rangeant mes affaires. J'ai un message pour ton petit copain, celui qui se prend pour le roi : dis-lui que je n'en ai pas fini avec lui. Il me cherche ? Rassure-le : il va me trouver !

Puis je me détourne de l'air haineux avec lequel me regarde Creed et m'en vais, fendant l'obscurité silencieuse de la bibliothèque. Creed ne prend pas la peine de me suivre ni de m'appeler.

Malgré moi, je ressens toujours une sorte de brûlure douce à l'endroit où il m'a léché l'oreille…

UNE FÊTE EST ORGANISÉE le jeudi avant les vacances d'hiver, et la veille du départ des deuxièmes années pour le séjour de ski. Je le sais, car les Idoles ont payé une pléb pour qu'elle aille leur acheter des tenues en ville – puisque eux n'ont toujours pas le droit de quitter le campus. J'ai entendu la pléb en question, Clarissa – celle qui m'avait insultée l'année dernière et que Zayd avait virée de l'équipe de natation – raconter ça à ses copines, dans le hall.

Le jeudi, donc, après les cours, je me précipite chez moi pour me changer et rejoins Zack chez lui. En frappant à sa porte, je prie pour qu'il ne soit pas torse nu et en caleçon.

Lorsqu'il m'ouvre, il porte toujours l'uniforme de l'école et regarde d'un air admiratif la tenue de soirée que j'ai enfilée – une combinaison rose et des escarpins à talon.

— Tu es magnifique ! me complimente-t-il.

Je sais qu'il est sincère et je rougis instantanément. Malgré tout, je parviens à soutenir son regard et à lui répondre sans bégayer.

— Merci. Je suis en mission ce soir… Tu accepterais de m'accompagner ?

Zack a l'air totalement choqué, mais je sais que je ne peux pas aller à une soirée du Club Infinity sans un membre du Club Infinity. J'ai bien pensé demander à Andrew, mais, malgré les menaces de Creed, Greg et John continuent de le harceler. Ils ne cessent d'essayer de le bloquer dans un coin isolé et sombre pour le massacrer… La dernière fois que c'est arrivé, c'était un samedi soir. Andrew a tout juste eu le temps de sortir son téléphone pour les filmer et ils ont fini par le laisser partir. Mais il n'aura peut-être pas cette chance la prochaine fois, et je refuse de lui faire courir le moindre risque. Zack est donc ma seule option…

— Pour aller où ?

Je souris, jouant avec le collier que je porte autour du cou.

— À une soirée du Club Infinity…

Le sourire de Zack disparaît, mais le mien reste.

LA SOIRÉE EST ORGANISÉE dans le théâtre de l'école, le même où j'ai été tabassée, aspergée de peinture et humiliée – pour ne pas dire torturée – l'année dernière.

J'imagine que ce n'est pas une coïncidence.

Zack est devant moi, vêtu de façon décontractée d'un jean, de baskets et d'un vieux sweat à capuche de football – celui de l'équipe de son ancienne école. Il y a un videur à l'entrée, ce qui me surprend… Les quelques soirées du Club auxquelles j'ai assisté n'étaient pas si sécurisées – j'ai l'impression qu'ils se protègent davantage.

Zack baisse légèrement sa ceinture et montre le symbole de l'infini qui est tatoué à sa taille au gars qui garde la porte. Il nous laisse entrer, mais visiblement à contrecœur, si j'en crois le regard noir qu'il lance à Zack.

— Tu aurais pu lui casser la gueule, murmuré-je en souriant, même s'il est en quatrième année, et que j'imagine qu'il fait partie de l'équipe de football de l'école, vu la manière dont il te regardait…

Zack m'adresse un petit sourire et hausse ses épaules massives.

— Oui, il fait partie de l'équipe. C'est pour ça qu'il me déteste… T'as raison, j'aurais pu lui casser la gueule sans problème. Mais bon, j'imagine que tu m'as traîné ici avec une idée derrière la tête... Je ne voulais pas tout foutre par terre.

Zack me tient par le bras alors que nous nous faufilons entre des rangées de sièges remplis d'élèves qui s'embrassent, boivent ou jouent aux cartes. Sur la scène, à l'avant de la salle – cette même scène sur laquelle j'ai fait mon solo de harpe, l'année dernière –, les Sang-bleu sont assis autour de tables rondes recouvertes de ce qui semble être... des os ?

Beurk !

— Tu te souviens du plan ? demandé-je à Zack, alors que je sens tous les regards se braquer sur moi.

Il hoche discrètement la tête, et nous rejoignons la table où Tristan, Zayd et Creed sont assis avec Becky, Harper et Ileana.

Tristan jette les os sur la table en me regardant d'un air dégoûté. Pourtant, il ne peut pas m'en vouloir à ce point... Je lui ai fait bien moins que ce que lui avait prévu de me faire. Je n'ai pas mis son nom sur la copie de Gena Whitley, alors que j'aurais pu...

— J'espère que tu n'es pas venue ici de ton plein gré ? Sinon, ça veut dire que t'es complètement conne, me lance-t-il avec mépris, perdant pour une fois son contrôle qui faisait que je l'admirais et le détestais tant, l'année dernière.

Je vois les traces d'une ecchymose sur son visage. Je comprends que ça doit être son père, et ma main se serre. Certes, je le déteste, mais je ne peux pas supporter qu'un père batte son enfant...

— Ce sont des os ? demandé-je, ignorant sa

remarque, en regardant d'un œil sceptique les petits morceaux blanc crème sur la table.

Harper lance ses cheveux ondulés et bruns par-dessus son épaule et me regarde avec un sourire narquois, posant ostensiblement sa main droite sur celle de Tristan, avant de mêler ses doigts aux siens et de les serrer dans un geste amoureux. Malgré moi, leur complicité me fait mal au ventre.

— Mon père possède un musée privé dans sa maison de New York. Il collectionne tout ce qui remonte à la Guerre civile, m'apprend-elle d'un air supérieur.

Elle ne s'en rend pas compte, mais elle est horrible. Elle me fait penser au Grinch…

— Il a une pièce dans laquelle il a entreposé tout un tas d'objets qu'il a oubliés. Je lui ai pris ces os dont il ne se rappelle même plus l'existence, de toute façon, reprend-elle en haussant les épaules, sa robe noire chatoyante captant la lumière. Et puis, franchement, ça ne vaut rien… À peine quatre ou cinq cent mille dollars…

— Vous jouez aux osselets avec de vrais os humains ? grogne Zack, s'approchant de la table d'un air menaçant. Qu'est-ce qui ne va pas chez vous ? Vous n'avez donc aucun respect ? Ces os ne sont pas en plastique, ils ont appartenu à des êtres humains, putain !

Avant qu'ils ne puissent répondre, je prends la parole, décidant de leur donner une petite leçon d'histoire, pour les humilier.

— À Paris, en France, dans les années 1800, une église a déterré des ossements d'un cimetière plein de cadavres qui s'appelait le cimetière des Innocents et les a transférés dans les catacombes de la ville. Lorsque le cimetière fut vidé, il restait une couche de graisse humaine formée par la décomposition des cadavres. Certains ont alors utilisé cette graisse pour en faire des bougies et des savons, qu'ils vendaient sous la marques « Les innocents ». Les bourgeois les achetaient, tout en sachant de quoi étaient faits ces produits ; en réalité, ils s'en fichaient : les pauvres avaient pour eux si peu de valeur que ça les amusait même de s'éclairer ou de se laver avec leur graisse…

— Pfff ! Comme si on en avait quelque chose à foutre de tes leçons d'histoire, crache Becky. Ces os appartenaient à des soldats qui sont morts depuis longtemps ; tout le monde les a oubliés ! Ce n'est pas comme si c'étaient les os de gens importants, comme des généraux, des présidents ou des politiciens.

Elle touche ses cheveux rassemblés en chignon. Elle a mis tellement de laque qu'on ne voit pas l'endroit où je lui ai coupé une mèche. Mais peu importe ; savoir qu'elle a un trou dans sa chevelure me suffit.

Je l'ignore et me tourne vers Zack, parfaitement consciente que Creed et Zayd sont en train de me regarder.

— C'est fou comme certains se croient supérieurs aux autres, ricané-je. Comme s'ils étaient des dieux… Pourtant, ça ne les empêche pas de se faire couper des mèches de cheveux, ajouté-je.

Becky se lève, comme si elle allait se jeter sur moi. Je me tourne vers elle et la regarde calmement, tandis que Harper attrape le bras de sa meilleure amie pour la retenir. Les deux échangent un regard que je n'arrive pas à déchiffrer.

— Nous sommes venus parce que je voudrais vous lancer un pari, intervient Zack en regardant tour à tour Creed, Zayd et Tristan – ce dernier accrochant son regard. Est-ce qu'on peut discuter en privé, tous les quatre ? leur demande-t-il avant de s'éloigner vers une autre table, sans même attendre leur réponse.

D'après ce qu'il m'a dit, quand un membre du Club lance un défi, les membres concernés sont obligés de l'écouter.

— Quel connard, ce type, murmure Zayd en se levant et en passant une main dans ses cheveux.

Creed se lève aussi, sans rien dire, suivi de Tristan qui, alors qu'il rejoint la table où se trouve Zack, effleure mon épaule et s'arrête brusquement face à moi. Il m'observe d'un air étonné et se penche à mon oreille.

— T'es tellement incroyable, murmure-t-il d'une voix presque inaudible, sans que je sache s'il s'agit d'une insulte ou d'un compliment.

Je ne réponds rien et regarde les quatre garçons se réunir, avant d'aller m'asseoir à la place laissée vide par Tristan, à côté des filles.

— Tu ne fais pas partie du Club Infinity, siffle Ileana, les lèvres peintes en doré retroussées comme celles d'une hyène devant sa proie.

Elle a raison : ce tatouage sur ma hanche me brûle

encore comme s'il venait d'être fait. Je ne fais pas partie du Club Infinity, et je n'en ferai jamais partie. Dieu merci !

— Non, mais je suis ici en tant qu'invitée. Moi aussi, je peux parier ! rétorqué-je en croisant mes bras sur la table et en veillant à ne toucher aucun des os qui s'y trouvent.

Si je pouvais les récupérer et les confier à un musée, ou les enterrer d'une manière digne, je le ferais. Mais, en l'état actuel des choses, tout ce que je peux faire, c'est m'excuser en silence auprès des âmes de ceux à qui appartenaient ces ossements.

— Et croyez-moi : j'ai un pari qui va vous plaire…

— Vraiment ? ricane Harper, appuyant son coude sur la table et posant son menton dans sa main. Et qu'est-ce qui te fait croire que je vais avoir envie de parier avec toi ? Tu sais que je pourrais tout simplement appeler la clinique de ma famille pour leur demander d'arrêter de soigner ton père… Ce que je veux dire, espèce de pute, c'est que tu n'es pas tellement en position de force…

Ses yeux bleus pétillent de haine et j'ai l'impression que mon cœur va s'arrêter de battre, terrorisée à l'idée qu'elle puisse mettre sa menace à exécution. Mais je m'étais préparée à ça ; je savais qu'elle aurait ce genre de réaction. Les poules auront des dents le jour où Harper acceptera de m'aider de son plein gré.

Prenant sur moi, je la regarde dans les yeux avec un sourire. *Poker face…* Je refuse de dévoiler mon jeu, pour l'instant.

— Je sais, commencé-je d'un ton calme. Mais je crois que tu vas aimer ma proposition.

Je ne regarde qu'elle, sans le moindre coup d'œil aux deux autres. Je sais que cela va flatter son ego de reine auto-proclamée de l'école.

— Si je gagne, tu fais en sorte que mon père bénéficie des mêmes soins médicaux que ceux dont bénéficierait ton propre père. En fait, non : je veux qu'il ait des soins encore meilleurs que ceux qu'aurait ton père. Je veux qu'il ait tout ce qu'il y a de mieux, et que tu ne rechignes à aucune dépense. En revanche, si *tu* gagnes, je me mettrai à genoux devant toi, devant toute l'école, et je dirai à tout le monde que tu avais raison, que je suis pire qu'une pléb, ou une pute, comme tu veux. Je te baiserai les pieds, je ferai mes bagages, et je quitterai l'école. Tu ne me verras plus jamais.

Harper m'écoute avec intérêt, penchée en avant et les yeux brillants. Ses tendances sociopathes se lisent partout sur son visage – avant elle, je ne savais pas vraiment ce que signifiait le mot « haine ». Maintenant, je le sais… Je ne pense pas avoir détesté les garçons, pas même après ce qu'ils m'ont fait. Par contre, je suis presque sûre de détester Harper du Pont en ce moment.

— Continue… ronronne-t-elle.

Sa voix me fait l'effet d'une aiguille qui s'enfonce dans mon tympan. Son parfum à la pêche me dégoûte. Jamais plus je ne pourrai sentir l'odeur de la pêche autrement qu'en plissant le nez de dégoût. Je sais que j'associerai toujours la pêche à son sourire répugnant.

— Si je perds, tu pourras demander à ta famille d'arrêter complètement les soins médicaux de mon père. Mais, en attendant, vous devrez continuer à le soigner.

Harper plisse les yeux, semblant plus intéressée que jamais.

— Voici le pari : d'ici la fin de l'année, je fais en sorte que Tristan, Creed et Zayd tombent amoureux de moi.

Elle écarquille les yeux, incrédule. Je vois, à la joie dans son regard, qu'elle pense qu'elle a déjà gagné, que ce que je propose est tout simplement impossible. Je continue de parler.

— Par contre, aucune de vous n'a le droit de leur parler de ce pari. Si je réussis à faire en sorte qu'ils m'accompagnent au bal de promo, en fin d'année, j'ai gagné.

— Si déjà tu réussis à faire en sorte qu'ils acceptent de te conduire quelque part, ce sera un exploit ! raille Becky d'une voix résonnant comme des ongles glissant sur un tableau noir. Sérieusement : ils doivent tous penser que tu seras leur cavalière, le soir du bal. Que tu le sois ou non, s'ils le pensent, alors tu auras gagné, ajoute-t-elle avec un sourire qui donne l'impression qu'elle a mal quelque part.

— Non, non, insisté-je. Pour que je gagne, tous les trois doivent m'accompagner à la soirée de remise des diplômes, au lac. S'ils ne le font pas, s'ils ne sont pas avec moi à la fête ce soir-là, alors je ferai ce que j'ai dit.

Je céderai, j'abandonnerai et je partirai. Tu auras gagné, conclus-je en regardant Harper.

Elle réfléchit un instant, jouant avec l'un des os sur la table.

— D'accord… Mais ce n'est pas pour ça que je vais te laisser tranquille, me dit-elle en souriant – et je sais déjà qu'elle a prévu quelque chose. Il n'y a pas de trêve entre nous, même si je vais laisser ton pathétique père être soigné dans la clinique de ma famille. Mais, quand je gagnerai, poursuit-elle, insistant sur le mot « quand », je veux que ton humiliation soit filmée et que tu la publies toi-même su YouTube, à partir de ton propre compte.

J'ai envie de vomir, mais j'acquiesce d'un signe de tête en la regardant droit dans les yeux et lui tends la main. Elle me la serre, tandis que Becky et Ileana échangent un regard.

— Ma pauvre… C'est tellement évident que tu vas perdre ce pari, ricane Ileana.

Je suis surprise de voir comme elle s'est vite transformée en serpent, elle aussi. Elle a beau n'être qu'une première année, elle est largement aussi vicieuse que les deux autres.

— Je te signale que mon père a des détectives privés qui travaillent pour lui, et que je peux faire appel à eux quand je veux, ajoute-t-elle.

La menace ne me laisse pas indifférente, mais je ne laisse rien paraître et me relève, faisant mine de ne pas avoir entendu. Puis je vais rejoindre Zack, espérant que les garçons ont refusé le pari ridicule qu'il leur a proposé. De toute façon, s'ils se rendent compte que c'était un piège, tant pis. Si les filles parlent, Harper perd automatiquement.

— Oh, au fait ! crie Harper.

Je me retourne, et elle me montre la bague qu'elle porte à son annulaire. La pierre est énorme et doit valoir au moins plusieurs millions. En comparaison, le collier que Tristan m'a offert et que j'ai mis ce soir pour le faire enrager a l'air d'une pacotille tout droit sortie de chez Claire's. Toutefois, j'arrive à rester impassible, même si, à l'intérieur, je suis dégoûtée.

— Tristan et moi sommes fiancés maintenant, minaude-t-elle. Je me suis dit que tu voudrais peut-être le savoir.

Cette salope m'observe avec un sourire, s'attendant à me voir vaciller et regretter d'avoir parier que Tristan serait amoureux de moi. Mais, malheureusement pour elle, cette information ne m'inquiète pas le moins du monde… Si je veux Tristan, je sais que je peux l'avoir.

Sans même dire un mot, je me retourne et m'éloigne, un nouveau plan se formant dans mon esprit.

Non seulement mon pari avec Harper fait partie de ma vengeance, mais pour mon père, je ferais n'importe quoi. Y compris passer outre ma fierté.

CHAPITRE TREIZE

LE CHALET de ski est un fatras de valises et de sacs à dos. Tout le monde va et vient dans des tenues adaptées à la météo : bonnets, écharpes, pantalons de ski et bottes de neige. Miranda est absolument magnifique dans une tenue bleu lavande, tandis que je suis vêtue d'une combinaison rose qu'elle m'a offerte. Heureusement, car je n'avais rien d'adapté – sans ça, j'aurais été en jean et en sweat.

Jessie et Andrew sirotent un chocolat chaud sur le grand canapé, pendant que le personnel de l'école distribue nos chambres. De mon côté, je ne quitte pas des yeux la double-porte ornée d'un cerf sculpté. Zack semble s'apercevoir que j'attends quelqu'un, mais il ne dit rien. Son bonnet sur la tête, il me fixe et la chaleur de son regard me donne des frissons, me rappelant notre baiser et son sexe durci entre mes cuisses.

Je me demande ce que j'aurais ressenti si je l'avais pris dans ma main…

Mes joues s'enflamment, et j'ajuste ma combinaison rose tandis que le rire de Zayd emplit toute la pièce, avec ses hauts plafonds et ses poutres en bois. Un feu crépite dans la cheminée. L'âtre est si grand qu'on pourrait y mettre au moins cinq ou six élèves. En fait, le chalet est particulièrement confortable, mais il m'est difficile d'en profiter avec tous ces Sang-bleu autour de moi…

Je m'assieds dans un fauteuil, observant Miranda en train de raconter une histoire à Jessie et à Andrew. Elle parle si fort et fait de si grands gestes que, en l'espace de quelques minutes, une dizaine d'élèves l'écoutent en riant. Creed, notamment, qui regarde sa jumelle avec affection, souffrant visiblement du fait qu'elle ne veuille toujours pas lui parler. Je ne pouvais rêver meilleure vengeance : tant qu'il continuera de se comporter comme un connard, sa mère et sa sœur seront de mon côté.

Quant à Tristan, il est sur le point de se prendre une énorme claque…

Je suis tellement concentrée sur cette porte que je n'ai même pas remarqué que Zack était parti. Aussi suis-je surprise de le voir revenir, tenant une tasse de chocolat chaud entre les mains, un sourire aux lèvres.

— Tiens ! J'imagine que la vengeance finit par épuiser, murmure-t-il en me tendant la tasse.

Je le remercie d'autant plus qu'il y a une cuillère de chantilly avec des pépites de chocolat sur le dessus ; exactement ce que j'aime ! Je la tiens dans mes deux mains pour me réchauffer ; la marche du parking au chalet était longue, et je n'arrive toujours pas à me débarrasser de la sensation de froid.

Je lui souris en buvant une gorgée, tandis qu'il est penché au-dessus de moi, assis sur l'accoudoir du fauteuil dans lequel je suis installée. Je suis tentée de poser ma main sur son genou, mais pourquoi ? Qu'est-ce que cela enverrait comme message ? Je m'abstiens et garde les mains enroulées autour de ma tasse.

Après quelques minutes, madame Amberton me donne la clé de la chambre 301 et m'annonce que je partage cette chambre avec Miranda. Toute l'école sait maintenant que Miranda et Jessie sortent ensemble, et Jessie a donc été placée dans une chambre avec une pléb dont je n'ai jamais entendu parler avant. Andrew et Zack ont été mis dans la même chambre, et mes mains deviennent moites alors que je regarde Tristan monter les escaliers vers sa chambre. *Mince !* C'est trop tôt pour qu'il quitte la pièce…

Comme si elle avait pris des cours sur comment faire une entrée magistrale (d'ailleurs, peut-être que c'est le cas…), Lizzie entre par la double-porte, des flocons de neige virevoltant autour d'elle. Elle est habillée en tenue de ski, sa veste à carreaux rouges et noirs légèrement déboutonnée laissant entrevoir un soupçon de décolleté.

Ses yeux se posent immédiatement sur moi, et je me lève, fourrant ma tasse vide dans les mains de Zack. Nous nous prenons dans les bras, heureuses de nous retrouver enfin. Je lui ai envoyé un message, hier soir, pour faire la paix. En réalité, j'avais ajouté son nom à ma liste, mais l'ai rayé aussitôt.

Lors de notre échange – durant lequel elle n'a cessé de me présenter ses excuses –, j'ai compris qu'elle ne savait pas que Tristan était fiancé. À la façon dont elle m'a parlé de lui, je sais qu'elle est même toujours amoureuse de lui. Je pense que ses sentiments sont réciproques, car, en jetant un regard par-dessus mon épaule, j'aperçois Tristan figé dans l'escalier, fixant Lizzie avec une intensité rare, se tenant à la rampe comme s'il ne tenait pas bien sur ses jambes.

Lizzie est accompagnée de quelques amis, tous portant le même bonnet de *Coventry Prep,* avec l'écusson de l'école cousu sur le côté. Je trouve que c'est un peu cliché, mais j'admets que c'est joli à voir. On dirait la reine des abeilles entourée de son essaim. Surtout, je sais que tous sont de mon côté, et je perçois avec plaisir la tension des Sang-bleu en les voyant débarquer.

Le professeur accompagnant les élèves de *Coventry Prep* s'approche du comptoir et entame une conversation avec certains membres du personnel de *Burberry Prep,* enroulant ses bras autour de madame Felton. Je me retourne vers Lizzie avec un large sourire.

— Notre école n'organise pas de voyage pour les deuxièmes années, alors nous étions tous ravis de recevoir ton invitation, me dit-elle.

Je remarque sa bague de fiançailles étincelante alors

qu'elle lève la main pour placer une mèche de ses cheveux noirs et bouclés derrière son oreille. Elle pose son regard ambré sur Zack, et tous deux se sourient quelques secondes en se regardant dans les yeux, avant de reporter leur attention vers moi.

La dernière fois que j'ai été avec eux deux dans la même pièce, j'ai eu le cœur brisé. Mais, cette fois, ce sont Tristan et Lizzie qui vont ressentir cette douleur. Une partie de moi souffre à l'idée que Lizzie soit blessée ; elle est si douce et sincère... J'ai même du mal à l'imaginer faire ce pari avec Zack, à l'époque. Soit l'un et l'autre ont énormément changé depuis, soit ils sont aussi pourris que le reste des Sang-bleu.

— Je suis contente que tu sois là, rétorqué-je avec un sourire.

Et je le pense vraiment, même si tout cela fait partie de mon plan. *Putain !* C'est difficile pour moi de me venger – ce n'est pas dans ma nature. Je préfère de loin être naïve, insouciante et heureuse, sans aucun désir de vengeance. Je décide qu'une fois diplômée de *Burberry Prep*, je ne me vengerai plus jamais de personne.

— Je n'ai jamais skié et on m'a dit que ce n'était pas facile d'apprendre... Alors j'ai besoin que vous me gardiez au chalet à tour de rôle !

Lizzie éclate doucement de rire, d'un rire doux et intelligent. Un rire à son image : en plus d'être belle, elle est d'une gentillesse incroyable. En fait, je crois n'avoir jamais rencontré de fille aussi parfaite. Si j'oublie le pari qu'elle a fait avec Zack, évidemment.

Comme une vipère, Harper se glisse vers nous, brandissant sa bague au visage de Lizzie.

— Qu'est-ce que tu fais ici ? siffle-t-elle entre ses dents blanches parfaites.

Elle me lance un rapide regard venimeux que je fais semblant de ne pas remarquer, puis pose à nouveau ses yeux sur Lizzie qui, dès qu'elle voit la bague de Harper, se ferme totalement. Il y a une tension entre elles qui, pour une fois, n'a rien à voir avec moi. Harper ne me regarde même plus…

— J'ai été *invitée*, lui rétorque Lizzie, réussissant à garder une expression neutre – ce qui m'impressionne, tant Harper la dévisage avec une grimace monstrueuse.

Tristan apparaît à la gauche de Harper. Pendant une seconde, son regard gris est rivé sur Lizzie, avant qu'il ne déplace son attention vers moi, me faisant presque peur.

— Oh, *chéri !* ronronne Harper en s'accrochant au bras de Tristan.

La façon dont il l'observe me dit tout ce que j'ai besoin de savoir : clairement, il n'est pas amoureux d'elle. Toutefois, je sais aussi que cela ne l'empêchera pas de l'épouser pour son argent et son pouvoir. Il me dégoûte, et j'ai mal au ventre, comme si mon estomac se tordait pour former le symbole de l'infini.

— La michetonneuse a invité ton ancienne petite amie à skier avec nous. Ça ne me surprend pas…

— Qu'est-ce que tu veux que j'y fasse ? gronde-t-il. Je ne vais quand même pas foutre Lizzie et Charité dehors, dans la neige, pour te faire plaisir…

Harper le regarde bouche bée, puis, avec une moue enfantine, braque son regard sur Lizzie. J'ai presque l'impression d'être invisible. Après tout, ce n'est pas de moi que son fiancé est amoureux.

Pas encore en tout cas…

Malgré tout, au fond de moi, je me demande si je réussirai un jour à remplacer Lizzie dans le cœur de Tristan. Elle pourrait très bien me faire perdre le pari…

J'expire fortement et Zack prend ma main et la serre dans la sienne.

— Vous êtes ensemble ? leur demande Lizzie, regardant Tristan avec des yeux de biche blessée.

J'ai presque de la peine pour elle. Heureusement que j'ai rayé son nom de ma liste…

— Tu aurais pu me le dire…

— Comment ? Devant tout le monde ? À une fête ? De la même façon que toi, tu me l'as dit ? lui lance sèchement Tristan, perdant son sang-froid.

Harper a l'air de jubiler. Je la déteste tellement que je me promets de gagner mon pari, pour Tristan et Lizzie.

— Je ne vois pas pourquoi j'aurais dû te le dire, reprend Tristan avec la même agressivité. Tu n'es plus rien pour moi, même pas une amie.

Lizzie a les larmes aux yeux, et je serre la main de Zack pour lui demander d'intervenir.

— Tu as raison, murmure-t-elle. Nous ne sommes pas amis. De toute façon, ça ne fait rien : je ne suis pas venue ici pour toi.

Elle tend le bras vers moi, mais s'interrompt en

découvrant que ma main est déjà dans celle de Zack. Aussitôt, je me détache de Zack, prends la main de Lizzie, puis l'entraîne à l'écart, jusqu'en haut des escaliers.

La guerre entre nous a suffisamment duré. Je ne ressens plus le besoin de me venger d'elle. Elle a assez payé.

LIZZIE S'ENDORT sur mon lit, alors je prends le sien. Quant à Miranda, elle est finalement restée dans la chambre de Jessie. Je me demande si elles ont décidé de dormir dans le même lit, mais je n'ose pas demander.

Le lendemain matin, Lizzie et moi restons au chalet. Après avoir pris notre petit déjeuner, nous nous installons au salon avec une tasse de chocolat chaud et discutons de nos vacances d'été.

La plupart des Sang-bleu ont des maisons dans les Hamptons et y passent une bonne partie de l'été. Lizzie m'apprend qu'elle et ses amis ont interdit à tous les Sang-bleu de participer aux fêtes et aux soirées qu'ils organisaient. Malgré tout, je sens qu'elle n'aime pas l'idée d'avoir été dure.

— Bien sûr, nous avons veillé à ne faire de mal à personne… précise-t-elle.

Je souris en imaginant la tête de Creed, de Zayd et de Tristan en se voyant refuser l'entrée à une soirée avec leur cour autour d'eux. J'aurais aimé voir ça !

Tristan entre par la double-porte, couvert de neige

et de sueur. Lorsqu'il nous aperçoit dans le salon, il se renfrogne immédiatement et monte les escaliers en trombe, claquant la porte de sa chambre. Si la tristesse de Lizzie ne me procure aucune joie, je jubile en voyant Tristan piquer des crises de colère, comme un enfant.

Cependant, le dimanche, son père débarque au chalet et l'ambiance est soudain moins amusante… Je découvre alors que le chalet appartient à monsieur Vanderbilt. *Fantastique !*

Le lendemain, alors que Lizzie, Andrew, Miranda, Zack et moi sommes en train de déjeuner au restaurant, il me jette un regard terrifiant. J'ai l'impression que si William Vanderbilt pouvait me faire assassiner, il le ferait. Or, il est tellement riche qu'il n'aurait aucun mal à payer quelqu'un pour cela sans jamais être inquiété – ce qui me glace le sang. Surtout que, de toute évidence, il ne m'aime pas. Je suis presque sûre qu'il n'aime pas Lizzie non plus, si j'en crois la manière dont il la regarde – avec la même agressivité dont il a fait preuve envers moi.

Le soir, des braséros sont installés à l'extérieur et le dîner nous est servi en terrasse. Avec la neige et les lumières scintillantes, l'ambiance est tout simplement magique ! Je fais exprès de porter la robe noire brillante que Tristan m'avait fait livrer pour la soirée de remise des diplômes, l'année dernière, et de choisir mes bijoux avec soin. Je mets la montre de Tristan à mon poignet droit et sors avec assurance, passant juste à côté de la table de William. Son regard tombe immédiatement sur la Rolex rouge et noire qu'il a offerte à son fils. Je jubile : il a l'air anéanti. J'ai réussi mon coup !

Lorsque Tristan me voit, un instant plus tard, il semble terrifié en découvrant sa montre à mon poignet. Il observe son père d'un air terrorisé. S'il ne veut pas que son père pense qu'il m'a donné lui-même cette montre, il va devoir lui avouer qu'il l'a jetée à la poubelle…

Il m'attrape par le poignet tandis que je passe devant lui. Aussitôt, une chaleur irradie dans tout mon corps.

— À quoi tu joues, putain ?! aboie-t-il en plantant son regard gris dans le mien. Qu'est-ce que tu veux ?

Il a l'air d'un animal traqué.

— Je veux que tu réalises que ce que tu m'as fait était mal. Je veux que tu traites mieux les gens, de manière générale. Je veux que tu saches que ton argent ne t'autorise pas tout !

Puis je dégage mon bras violemment et continue mon chemin, rejoignant la table de Lizzie. Elle me regarde d'un air inquiet tandis que je m'assois, le front légèrement froncé.

— Tout va bien ? lui demandé-je.

Elle acquiesce d'un signe de tête, faisant tourner sa bague de fiançailles autour de son doigt.

Andrew la regarde aussi, et je vois dans ses yeux une profonde tristesse que j'aimerais pouvoir faire disparaître. Clairement, il ne veut pas être fiancé, encore moins avec une fille. J'ai beaucoup de peine pour lui…

— Oui, oui, ça va, soupire Lizzie.

Nous regardons toutes les deux William appeler son fils à ses côtés. Puis nous les voyons se disputer à voix basse, jusqu'à ce que monsieur Vanderbilt attrape Tristan. Il doit lui faire mal, car Tristan recule, essayant de se libérer, en vain. Mon cœur tonne dans ma poitrine et je commence à me lever pour intervenir, mais Lizzie m'en empêche.

— Si tu y vas, tu vas empirer les choses, murmure-t-elle discrètement, alors que William traîne son fils à l'intérieur du chalet.

C'en est trop pour moi !

Retirant ma main de celle de Lizzie, je me lève et me faufile à travers la foule jusqu'à la double-porte. J'entre et aperçois Tristan et son père se diriger vers le salon VIP, à l'autre bout du chalet, de l'autre côté du bar. J'hésite un instant, puis décide finalement de les suivre discrètement. Lorsque j'arrive au salon VIP, la porte est fermée, mais je les entends parler.

— … cette sale roturière qui porte *ta* montre !

Tristan reste silencieux.

— Et Lizzie Walton ? Je t'avais interdit de la voir ! Tu veux quoi ? La mettre en cloque pour qu'elle accouche d'un bâtard et que je sois obligé de financer cette petite pute qui sera trop jeune pour s'en occuper ? Mais tu as quoi dans la tête ?

— Un *bâtard* comme moi, tu veux dire ? s'exclame Tristan. Je te déçois à ce point ?

Une demi-seconde après, j'entends un coup. Paniquée, j'essaye d'ouvrir la porte, mais elle est fermée à clé. Cependant, ils ont dû m'entendre, car l'un et l'autre se taisent, comme pour voir si la personne qui vient d'essayer d'ouvrir va recommencer ou non. Finalement, alors que je ne fais pas le moindre bruit, Tristan reprend la parole, d'une voix apaisée, cette fois.

— Ça ne se reproduira plus. Marnye a dû… penser qu'elle pouvait porter la montre après que nous avons couché ensemble…

Couché ensemble ?! Quel con… Mais je suppose qu'il n'a rien trouvé d'autre à dire.

— Tu es fiancé, mon fils, à une du Pont. Dois-je te rappeler à quel point c'est important ? L'entreprise est en train de couler. Sans leur argent, nous perdons tout. Si tu veux vivre dans la caravane à côté de ta pute, alors vas-y, continue tes conneries…

William marque une pause et soupire.

— Et, je t'en prie, reprend-il, fais en sorte que je ne voie plus cette Lizzie Walton. Considère cela comme un avertissement ; la prochaine fois, je serai moins clément…

Je les entends s'approcher de la porte et me cache dans un coin. Quand ils sortent, ils ne me voient pas, mais moi, je les vois parfaitement et remarque sans peine le sang sur la bouche de Tristan.

En rentrant dans la chambre, ce soir-là, je raye son nom de ma liste, regrettant ce que j'ai fait. Je n'utiliserai plus jamais William Vanderbilt contre son fils. Jamais.

Néanmoins, j'ai enregistré sa voix dans mon téléphone. Si tu me fais quoi que ce soit, connard, tu vas voir ce qui va t'arriver…

LE RESTE des vacances d'hiver se déroule sans incident. Mon père n'invite plus Jennifer, même s'il en parle de temps en temps. Le jour de Noël, Zack passe nous voir, les bras chargés de cadeaux pour mon père et moi : une paire de bottes, une veste Carhartt et une cravate pour Charlie ; pour moi : des clés dans une enveloppe sur laquelle est inscrite l'adresse d'un box de stockage.

— Qu'est-ce que c'est ? m'étonné-je.

Zack se contente de hausser les épaules avec un large sourire, nous souhaite de joyeuses fêtes et s'en va.

Le lendemain, mon père me conduit à l'adresse indiquée sur l'enveloppe. Nous trouvons le box de stockage et l'ouvrons avec la clé. À l'intérieur se trouve une harpe à pédales dorée.

Je suis tellement surprise que je laisse tomber mon téléphone et plaque une main sur ma bouche. Cet instrument vaut plus de trente mille dollars !

— Comment est-ce qu'on va faire pour la rapporter à la maison ? m'étouffé-je après avoir ravalé mes larmes et retrouvé mon souffle.

Je m'assois sur la chaise qui se trouve à côté de la harpe et passe mes doigts sur les cordes. Le son est magnifique…

— Et où est-ce qu'on va la mettre ?

— Ne t'inquiète pas pour ça, Marnye chérie, me rassure Charlie avec un sourire doux. Nous allons trouver…

Et le lendemain, il me montre la jolie petite maison de deux chambres qu'il a louée pour nous, à Grenadine Heights.

Je suis sûre que ce Noël va être le meilleur de toute ma vie !

CHAPITRE QUATORZE

LE VENT FAIT GONFLER ma jupe autour de mes cuisses, révélant mes porte-jarretelles, tandis que je suis appuyée contre le mur de la tour 2. J'ai le cœur qui bat ; j'ai le trac. Cependant, je suis ravie d'être la guide du nouvel étudiant. Et je suis convaincue que je vais remplir cette fonction beaucoup mieux que Tristan Vanderbilt, qui était mon guide lorsque je suis arrivée. Je ne m'attendais pas à être appelée dans le bureau du proviseur Collins si tôt le matin, mais ça fait partie de la vie des étudiants mentors… Je suppose que je vais enfin obtenir les crédits supplémentaires qu'ils m'ont promis. Et puis… peut-être que le petit nouveau ne sera pas aussi con que tous les autres ?

Premier jour de rentrée après les vacances de Noël, et j'ai déjà eu un mot dans mon casier, ce matin, me disant que je ferais mieux de me suicider. (*Pas très original… J'y ai déjà pensé et l'ai même déjà tenté. Trouve mieux, la prochaine fois, connard !*) J'ai aussi trouvé un gode par terre, dans ma chambre, mais, grâce aux caméras que j'ai installées chez moi, je sais que c'est l'œuvre de Sai Patel et de ses copains, qui se sont ensuite pris en photo à tour de rôle avec l'une de mes culottes.

Toutefois, ça ne fait rien. Je n'ai même pas besoin d'utiliser ces images pour le détruire. Miranda avait raison : j'ai des photos de Sai et d'Abigail en train de s'embrasser, au chalet. Je n'ai plus qu'à les montrer à Greg…

J'observe l'horizon, guettant la limousine noire de l'école qui doit déposer le nouvel élève. Lorsqu'elle arrive enfin, je me redresse et m'approche des escaliers principaux, tandis que la voiture fait le tour du petit rond-point, en bas, devant les grilles, ses pneus crissant sur les graviers. J'ai l'impression que le chauffeur met une éternité à descendre de la voiture et à ouvrir la portière arrière.

Je retiens mon souffle.

Enfin, une longue jambe apparaît, dans un pantalon blanc parfaitement repassé, avec un pli sur le devant. Puis son propriétaire suit : grand, beau – pour ne pas dire magnifique –, avec un sourire étincelant et incroyablement blanc.

J'avais presque oublié tous les articles de journaux que m'avait envoyés Miranda. Si elle ne m'avait envoyé un lien vers la biographie du nouveau, hier, j'aurais complètement oublié qu'il s'agissait du plus jeune milliardaire du monde. Dixième prétendant dans l'ordre de succession au trône, arrière-petit-fils de la reine d'Angleterre.

Windsor York.

Un prince !

C'est complètement dingue...

— Bonjour ! me lance-t-il en penchant la tête sur le côté.

J'ai l'impression que ses yeux noisette brillent de mille feux, avec des reflets dorés, verts et bruns qui se mélangent à un iris bleu-gris. Je suis immédiatement fascinée par leur couleur. Quant à ses cheveux – courts, mais suffisamment longs pour être ébouriffés –, ils sont roux, mais d'un roux sombre, presque cramoisi. Et ce sourire… Absolument captivant. Je n'arrive pas à le quitter des yeux…

— Windsor York, pour te servir ! s'exclame-t-il. Tu dois être Marnye Reed ?

Je hoche la tête, la gorge sèche, incapable de prononcer le moindre mot.

Le prince ajuste les revers de sa veste de deuxième année et regarde autour de lui, découvrant la cour et la fontaine avec un intérêt joyeux. Puis il m'observe à nouveau, cette fois avec une curiosité non dissimulée. En fait, il me dévisage des pieds à la tête, centimètre par centimètre. Il a l'air d'aimer ce qu'il voit, ce qui me fait rougir et battre le cœur.

Le nouvel élève dont on m'a demandé d'être la guide est... un prince. Un prince ! Un putain de prince !

— Si je peux me permettre, tu es plutôt pas mal, me

complimente-t-il d'une voix croustillante, avec un accent anglais des plus charmants.

Si je disais que je n'étais pas sous le charme, je mentirais.

— Quand ils m'ont dit qu'une guide m'attendrait à l'entrée, j'avais imaginé une vieille enseignante approchant de la retraite… C'est plutôt une bonne surprise !

Il me tend le bras avec un large sourire, tandis que je reste là, à la regarder d'un air béat. Au bout d'un moment, il penche la tête sur le côté et esquisse cette petite moue qui me fait littéralement craquer…

— Tu ne veux pas m'escorter, Milady ?

Avec tous les efforts du monde, je rassemble mes esprits et lui prends finalement le bras, des frissons me parcourant le dos. *Putain, Marnye !* Je dois vraiment perdre cette tendance que j'ai à fondre devant n'importe quel garçon un peu sexy… Si ça se trouve, ce type est aussi prétentieux, égocentrique et cruel que les autres. Je parie qu'il est même pire !

— Est-ce que je… balbutié-je avant de m'interrompre, à bout de souffle et la gorge toujours sèche. Je veux dire, dois-je vous appeler « Votre Altesse Royale » ?

Aussitôt, Windsor s'arrête et me détaille avec un petit rire, d'un rire doux et joyeux qui est l'antithèse du mépris dont font preuve tous les autres garçons de l'école, y compris Zayd. C'est la première fois que je sens autant d'empathie, et c'est très rafraîchissant, je dois dire…

— Donc, tu sais qui je suis ? Je suis agréablement surpris. Mais je t'en prie : ni vouvoiement ni « Altesse Royale ». Appelle-moi Windsor. Ou Wind, ça ira très bien. Tu peux aussi opter pour Windy, mais pas si on sort ensemble, car c'est le surnom que me donne ma grand-mère…

Il me fait un clin d'œil et se remet en marche, sifflotant alors que nous traversons la cour. Je ne sais pas trop quoi répondre, alors je ne dis rien. Au bout d'une minute, Windsor me regarde avec un léger froncement de sourcils.

— Je dois comprendre que tu ne veux pas ?

— Que je ne veux pas quoi ? m'étonné-je.

Il rit à nouveau. Mais pas comme s'il se moquait de moi, plutôt comme s'il me trouvait amusante.

— Tu ne veux pas sortir avec moi ?

Je me sens devenir rouge comme une tomate et regarde droit devant moi, en direction des portes vitrées ouvrant sur le couloir.

— Je ne veux pas sortir avec quelqu'un en ce moment, finis-je par répondre.

J'ai parlé d'un ton si grave que Windsor m'observe d'un air inquiet. *Merde !* Je ne voulais pas qu'il s'intéresse à moi particulièrement, même s'il est incroyablement canon et qu'il est un prince.

— Vraiment dommage ! rétorque-t-il avec un sourire.

Lorsque nous passons les portes du bâtiment de la chapelle, nous tombons nez-à-nez avec les Sang-bleu qui forment une barrière et nous obligent à nous arrêter brutalement. Tristan et Harper sont à l'avant. Zayd, Becky, Creed et la nouvelle fille, Ileana, sont en deuxième ligne. Les membres du Cercle fermé sont déployés derrière eux. En me découvrant au bras de Windsor, Tristan s'assombrit.

— Tu es Windsor York ? demande Ileana Taittinger en enroulant une mèche de ses cheveux noirs autour d'un doigt.

La façon dont elle regarde le prince est terrifiante, comme si elle avait envie de le dévorer. Sa chemise d'uniforme déboutonnée laisse entrevoir la dentelle de son soutien-gorge. Je jette un coup d'œil à Windsor, m'attendant à ce que ses yeux tombent directement sur son décolleté. Mais il ne le fait pas, se concentrant sur Tristan avec le même sourire qu'il affiche depuis son arrivée.

— Windsor York, à votre service. Mais, je vous en prie, appelez-moi Wind. Et toi ?

Il s'approche des Sang-bleu, toujours accroché à mon bras, m'obligeant à m'avancer avec lui. Becky me regarde avec une haine si intense que je la ressens physiquement – ça me brûle la peau. Ses cheveux sont tirés en un chignon serré. Elle a autant de laque que les fois précédentes, mais, cette fois, on voit très clairement le trou dans ses cheveux, là où je lui ai coupé une mèche. Je ne peux m'empêcher de sourire, et elle le remarque, ce qui me fait encore plus plaisir…

— Est-ce que tu as dit au prince qui tu étais ? pouffe-t-elle, mimant une fellation avec sa main, sa langue pointant à l'intérieur de sa joue.

— Je ne lui ai pas encore demandé s'il voulait une fellation, si c'est que tu essayes de nous faire comprendre, mais il semble déjà plus intéressé par moi que Zayd ne l'était par toi. *Après, promets-moi qu'on retourne dans ma chambre. J'ai envie de te sucer,* miaulé-je en imitant sa voix nasillarde. Je peux dire en toute honnêteté que je n'ai jamais été surpassée aussi bien que par toi...

— Je vais te tuer, putain ! crache Becky en s'élançant vers moi.

Zayd l'attrape par la taille et la tire en arrière. Le voir la toucher me bouleverse – qu'est-ce qui ne va pas chez moi ? Ses yeux verts croisent les miens, et il serre les dents en se plaçant devant Becky.

Quand j'ai découvert que Becky t'avait frappée, je ne l'ai plus touchée. Je ne pouvais tout simplement pas. Les mots de Zayd résonnent dans ma tête et je souris, mais ce n'est pas un beau sourire.

— Vous êtes vraiment fous, les Américains. Nous venons de nous rencontrer et vous voulez déjà me tuer ? demande Windsor en penchant la tête sur le côté.

Il ajuste sa cravate avec sa main gauche, levant un sourcil. Haletante, Becky secoue Zayd de manière agressive pour qu'il arrête de me regarder.

— Pas toi, la petite pute à côté de toi, précise-t-elle. C'est notre michetonneuse. Si tu as envie de baiser pas cher, tu peux aller la voir. Sinon, tu ferais mieux de rester avec nous, répond-elle en me jetant un regard horrible qui la rend difforme.

Je soutiens son regard, le menton relevé et un petit

sourire aux lèvres. Je la déteste autant qu'elle me déteste.

— Espèce de salope, aboie-t-elle, essayant à nouveau de se jeter sur moi, mais toujours empêchée par Zayd.

Puis Tristan tend la main et les Sang-bleu se figent. Tous, sauf Creed qui lève les yeux au ciel et bâille ostensiblement.

En revanche, Tristan est si classe, si élégant, qu'il mérite amplement d'être considéré comme le roi de l'école. Son regard gris brûle de fureur alors qu'il me fixe, tenant le bras du prince. Ses lèvres sont pincées, son visage fermé. On dirait qu'il veut tuer quelqu'un. Peut-être moi, peut-être Windsor, je ne suis pas sûre.

— Bienvenue à *Burberry Prep*, lâche-t-il d'une voix froide et tranchante. Tu dois faire un choix : venir avec nous ou rester avec elle, ajoute-t-il en me désignant d'un coup de menton.

Je retiens mon souffle, appréhendant la réponse de Windsor York. Il a certainement déjà fréquenté des écoles comme celle-ci, des internats pour les enfants de l'élite dans toute l'Europe. Il sait sûrement comment ça fonctionne, ce qu'est la hiérarchie. Je n'ai aucune chance…

Je commence à retirer mon bras du sien, mais il resserre sa prise sur moi, lançant un sourire aveuglant en direction des Idoles et de leur Cercle fermé. Les yeux de Creed sont à moitié fermés, comme toujours, et il tente d'arborer sa nonchalance habituelle. Seulement, cette fois, il ne parvient à masquer la tension dans ses épaules et dans sa poitrine. Elle est si palpable que je peux à peine respirer.

Puis Windsor éclate de rire, de son rire léger et doux comme du miel. Il est tellement communicatif que j'ai presque envie de sourire. Presque, car le regard que me lance Zayd me déchire. Il a le même regard que lorsqu'il tenait Becky par la taille alors que j'étais devant lui, dégoulinante de peinture rouge et retenant mes larmes. Soudain, je ne regrette plus d'avoir ruiné sa carrière musicale et d'avoir fait en sorte qu'il ne puisse plus quitter le campus.

— Cette fille doit être vraiment très spéciale pour que vous lui en vouliez autant… lance Windsor d'un air décontracté.

Le blanc immaculé de sa veste met en valeur ses yeux colorés et ses cheveux roux. *Il est vraiment magnifique,* pensé-je. Mais peut-être me séduit-il uniquement parce qu'il prend ma défense ? Je n'en sais rien… mais je suis séduite.

— Merci pour votre proposition, mais je crois que je vais rester avec la plus belle fille que je vois dans cette pièce, sourit-il.

Tristan fronce les sourcils, et Harper s'avance, jetant sa chevelure ondulée, brune et brillante par-dessus une épaule. Depuis que j'ai coupé une mèche de cheveux à Becky, elle fait très attention à rester loin de moi. Je vais devoir trouver un autre plan.

— Et puis, pour tout vous dire, si je dois m'en prendre à quelqu'un, j'aime m'en prendre à plus fort que moi… Vous, par exemple, vous feriez de très bonnes cibles…

— Tu commets une énorme erreur, ronronne Harper, minaudant et balançant ses hanches.

Elle est pourtant censée être avec Tristan, mais on dirait qu'elle essaye de séduire Windsor York. Peut-être qu'elle essaye de se venger ? J'ai remarqué que, depuis le séjour de ski et la venue de Lizzie au chalet, elle est plus distante avec Tristan.

— Nous sommes les maîtres de cette école, Wind, ajoute-t-elle en souriant langoureusement.

Windsor lève les sourcils, semblant aussi surpris que moi par sa familiarité et son air aguicheur.

— Tu vas payer très cher de choisir la michetonneuse plutôt que l'élite de l'école, ronronne-t-elle en touchant les revers de sa veste, son sourire devenant carrément une invitation sans équivoque.

Windsor se penche alors vers elle, comme une fleur cherchant la lumière du soleil, et mon cœur se serre.

Je me console en remarquant l'air sombre de Tristan, qui semble hors de lui… Je sais déjà que Harper va regretter ce qu'elle est en train de faire, tout à l'heure, sans que j'aie besoin de faire quoi que ce soit !

Windsor rapproche sa bouche de celle de Harper et respire sur ses lèvres. Elle soupire, ferme les yeux et se laisse pratiquement tomber sur lui.

— Chérie, murmure-t-il d'une voix douce comme de la soie sur la peau qui me fait frissonner. Je suis le duc de Westminster, l'arrière-petit-fils de la reine d'Angleterre, et je suis à la tête d'une fortune de plus de neuf milliards de livres sterling. Quoi que tu puisses me dire, qui que tu sois… Cela ne signifie absolument rien pour moi.

Puis il repousse Harper avec un seul doigt sur sa poitrine, et elle recule, la bouche grande ouverte.

Windsor sourit, mais cette fois, il a perdu sa bienveillance.

Hum…

Il lève les yeux et passe en revue les Sang-bleu, comme s'il cherchait quelque chose. De toute évidence, il ne le trouve pas, car un énorme sourire apparaît sur son visage, puis il se tourne vers moi, les yeux brillants. Je vais devoir faire attention avec ce type ; il n'est pas aussi gentil qu'il en a l'air.

Néanmoins, finalement, je le trouve aussi moins impressionnant et réussis enfin à lui sourire de manière naturelle.

— J'ai l'impression qu'il n'y a ici que des connards qui se croient importants… me dit-il avec un léger haussement d'épaules. En revanche, toi, tu es non seulement la plus belle, mais tu as en plus l'air bien au-dessus du lot… On s'en va ?

Je sens que les autres se hérissent et rongent leur frein. Je jubile…

— Avec grand plaisir ! réponds-je, une nouvelle idée se formant dans mon esprit.

Les Sang-bleu détestent maintenant Windsor, et Windsor déteste les Sang-bleu.

Je crois que ça pourrait fonctionner…

— Tu commets une grave erreur, et tu vas le

regretter, le prévient Tristan alors que nous passons devant lui.

Sa voix vibre de colère et son regard sombre est très clairement concentré sur Harper. *Parfait !* Depuis le début, mon plan était de laisser les Sang-bleu se détruire entre eux. Depuis que j'ai vu comment Tristan a traité Harper ce jour-là, dans la limousine, j'ai compris que leur relation n'était pas si apaisée que Harper veut bien le faire croire, et qu'il serait donc facile de les amener à s'entretuer…

— J'ai l'impression que je vais beaucoup m'amuser ! me murmure Windsor alors que nous avançons dans le couloir, laissant les Idoles et leur Cercle fermé derrière nous.

— JE T'AIME TELLEMENT ! s'exclame Miranda. Si j'étais attirée par les garçons, j'aurais jeté mon dévolu sur toi !

Ses yeux sont emplis de larmes de joie, tandis que Windsor sourit, passant sa main dans ses cheveux. Ça lui fait une crête, à l'avant, assez amusante.

— Sérieusement, je te suis dans les journaux depuis toujours ! Quand j'ai entendu que tu venais en Amérique, j'ai su. Je *savais* que tu viendrais à *Burberry Prep* !

— Ça fait plaisir de voir enfin quelqu'un content de me voir ! rit Windsor. Parce qu'on peut dire que vos petits copains ne m'ont pas réservé le même genre d'accueil, n'est-ce pas, Marnye ? me lance-t-il en ébouriffant mes cheveux.

Je suis tellement abasourdie par son geste que je reste là, embarrassée, tandis que Zack observe le prince en plissant les yeux et en croisant ses bras sur sa poitrine, comme s'il n'était pas impressionné.

— Ce sont tes ex petits-amis ou quoi ? me demande-t-il.

— Hein ? m'étouffé-je, choquée, tandis que Jessie et Miranda éclatent de rire. Quoi ? Non. Euh… Non ! Absolument pas, balbutié-je.

Mais en fait, oui… Peut-être. En quelque sorte. Enfin, je ne sais pas…

Windsor m'observe, penchant la tête sur le côté, d'un air amusé.

— Pourquoi est-ce que tu me demandes ça ?

— Peut-être parce qu'ils te regardaient tous avec… Je ne sais pas…

Il sourit, passant une main dans ses cheveux.

— D'habitude, j'arrive toujours à savoir quand deux personnes ont couché ensemble. Mais, avec ces gars, je ne sais pas quoi penser…

Il s'interrompt à nouveau et réfléchit un instant.

— Enfin, pas tous… Juste les trois qui ont l'air d'être les chefs de file : celui aux yeux gris, le paresseux et le musicien.

— Je n'ai jamais couché avec eux, couiné-je, alors que Zack et Andrew me regardent tous les deux comme s'ils essayaient de comprendre si c'est la vérité ou non. Je suis vierge, lâché-je, regrettant aussitôt d'avoir laissé échapper une info pareille.

Morte de honte, je gémis, mettant une main sur mes yeux, Zack arquant les sourcils, visiblement choqué.

— Pourquoi est-ce que j'ai dit ça ?

— Ne t'inquiète pas, c'est normal. J'ai un don pour faire sortir la vérité de la bouche des gens ! m'explique Windsor.

Je le regarde pour voir s'il plaisante, mais… non. Au contraire, il semble si imbu de lui-même que je m'attends même à ce que des plumes sortent de ses fesses pour former une roue, comme un paon.

— C'est un don, ajoute-t-il, visiblement très à l'aise avec la très haute estime qu'il a de lui-même,

Redressant sa cravate, Windsor jette un coup d'œil au salon étudiant – un endroit où je ne mets absolument jamais les pieds, mais qui est pourtant un lieu central de l'école. Je remarque qu'il a des épaulettes, ce que je n'ai jamais vu sur aucune autre veste d'uniforme.

— Tu as rencontré les Sang-bleu, alors ? demande Zack.

Windsor se tourne vers mon nouvel ami footballeur. Il l'étudie avec désintérêt, mais sans froideur, comme pourraient le faire Creed ou Tristan.

— Les *Sang bleu* ? rit Windsor. C'est tellement grotesque… Mais, oui, je les ai rencontrés. Et je les ai immédiatement détestés. J'ai hâte de renverser le petit monde de ces branleurs, déclare-t-il avec mépris. Je sais au moins quelles filles je ne dois pas baiser ! ricane-t-il. C'est qui, d'ailleurs, cette folle à qui il manque une mèche de cheveux ?

J'éclate de rire et mets une main sur ma bouche alors qu'un groupe de filles de quatrième année passe devant nous, avant de s'arrêter et de nous regarder, bouche bée. Windsor les scrute l'une après l'autre, leur fait un petit clin d'œil, puis se tourne à nouveau vers moi, avec un regard débordant de curiosité.

— Elle a coupé mes cheveux l'année dernière et les a teints en rouge vif, expliqué-je. Enfin, elle et Harper – la brune qui a essayé de te draguer.

Windsor fronce les sourcils, prenant son menton dans une main, un bras croisé sur sa poitrine. Il sent les jonquilles et le cirage, et je me sens enivrée…

— Ah d'accord… Mais, dans ce cas, pourquoi l'autre a-t-elle encore tous ses cheveux ?

— Je n'ai pas réussi à m'approcher suffisamment d'elle pour lui couper une mèche…

Je regrette aussitôt ce que je viens de dire. Je connais à peine Windsor ; pourquoi est-ce que je lui révèle déjà autant de choses ? Décidément, ce type est dangereux. Il a beau être prince, je ferais bien de me méfier…

— Logique, répond-il.

Puis Windsor et moi continuons la visite seuls. Alors que les autres retournent en classe, nous sommes dispensés de cours pour la journée afin de nous permettre de parcourir tout le campus. Notre visite est si longue que nous finissons juste à temps pour l'heure du dîner.

Windsor est charmant, beau, agréable… et, alors que d'autres – comme Creed – font comme s'ils n'en avaient rien à faire de moi, ce n'est clairement pas son cas.

Alors qu'il m'adresse son plus beau sourire de l'autre côté de la table, je lui souris en retour, mais je sais que rien ne se passera entre nous.

Au cours du repas, il me demande de lui raconter ce qui s'est passé l'année dernière. Je cède d'autant plus facilement à sa demande qu'il allait le découvrir, de toute façon. Au moins, comme ça, il entendra ma version de l'histoire…

— Tant mieux, commence-t-il en jouant avec sa fourchette, la tenant de ses doigts fins et délicats. Comme ça, quand je vais les détruire, je n'aurai pas besoin de ressentir le moindre remords.

Windsor me sourit, m'adresse un clin d'œil, puis attaque son dessert.

LE LENDEMAIN, alors que j'entre dans le bâtiment de la chapelle, je tombe sur Harper et ses copines d'un côté, et Windsor York de l'autre, en train de flirter avec des filles de troisième année. Dès qu'il m'aperçoit, il lève deux doigts pour interrompre la conversation, salue son fan club et commence à marcher dans ma direction. En passant devant Harper du Pont, il sort quelque chose de sa poche, s'approche d'elle et lui coupe la queue-de-cheval, au sommet de sa tête.

Ses amies hurlent alors qu'elle lève les mains pour toucher l'arrière de son crâne. Son cri de ptérodactyle résonne dans les couloirs, alors que Windsor s'approche de moi et me lance la queue-de-cheval.

— En gage de mon amitié, me lance-t-il avec un clin d'œil alors que je reste bouche bée, les yeux rivés sur les filles du Cercle fermé essayant de consoler leur Idole en larmes. Nos appartements sont dans le même bâtiment, je crois ? Tu marches avec moi ?

Windsor m'offre son bras, et je le prends sans hésiter, décidant que je peux finalement lui faire confiance.

Le vendredi, après les cours, je passe toute la soirée à effectuer des recherches sur lui, sur Internet. C'est ainsi que je découvre que s'il est ici, aux États-Unis, à *Burberry Prep*, ce n'est pas pour de bonnes raisons. Miranda avait raison lorsqu'elle m'a dit qu'il avait planté un bateau et blessé grièvement plusieurs fêtards.

Pas de surprise non plus : c'est un véritable Don Juan. Bien qu'il n'ait que seize ans, il a déjà couché avec des dizaines de filles célèbres. Apparemment, il a la réputation d'être l'élément perturbateur de la famille royale britannique. Ce qui semble être la raison pour laquelle, bien qu'il ait techniquement sa propre fortune, sa mère est toujours légalement responsable de sa personne jusqu'à ses dix-huit ans.

Intéressant…

CHAPITRE QUINZE

CE WEEK-END, la rumeur s'est répandue qu'une fête était organisée dans les bois. Ce n'est pas une fête organisée par le Club Infinity, mais elle est parrainée par les Idoles. Le samedi matin, je suis réveillée par des coups à ma porte. En allant ouvrir, je découvre Windsor York. Il est vêtu d'une tee-shirt bleu à col en V, d'un jean et de bottes d'équitation marron.

— Hello, *darling* ! me lance-t-il – mais je ne suis pas impressionnée, je l'ai entendu appeler au moins six autres filles « *darling* ». Tu as reçu mes SMS hier soir ?

— Oui, oui, réponds-je, faisant de mon mieux pour ne pas sourire.

Windsor m'a envoyé tout un tas de messages avec des suggestions de farces que je pourrais faire aux Idoles pour me venger. Tout est un peu trop extrême à mon goût – règle numéro 5 : *Les faire se pendre avec leur propre corde* –, mais j'apprécie qu'il fasse autant d'efforts pour m'aider. J'ai l'impression que l'idée de se venger des Idoles l'amuse beaucoup.

— Et tu as reçu mon message vocal ce matin ? Il est assez impoli d'inviter une femme par SMS, alors je me suis dit que ça passerait mieux avec ma voix…

— Que tu es débonnaire ! soupiré-je en levant les yeux au ciel, mais souriant quand même, amusée par son insistance. Mais, non, je n'ai pas encore regardé mon téléphone, ce matin. Tu m'invitais où, exactement ?

Il se redresse et me regarde avec des yeux pétillants, un sourcil levé, puis étudie l'intérieur de mon appartement. Comprenant qu'il me demande de rentrer, je soupire et me décale pour le laisser passer.

Il prend rapidement connaissance des lieux, puis se tourne vers moi. Ses magnifiques cheveux roux réfléchissent la lumière et sont relevés en pic à l'avant. Je ne sais pas comment il fait ça, car j'ai l'impression qu'il ne porte pas de gel. Ça doit être un truc de prince…

— Chaque fois que j'intègre une nouvelle école – et j'en ai souvent changé –, je veille toujours à participer à la première fête qui est organisée. J'ai entendu dire qu'il y en avait une, ce soir, dans les bois ? Ce n'est pas tout à fait le genre de décor auquel je suis habitué, mais je vais faire un effort…

Je souris en me dirigeant vers le coin cuisine pour faire du thé. Windsor me regarde plonger un sachet de thé Lipton dans une tasse d'eau tiède et la fourrer dans le micro-ondes. J'ai presque l'impression qu'il va vomir.

— La plupart des Sang-bleu n'ont pas l'autorisation de quitter le campus jusqu'à la fin de l'année, lui expliqué-je en appuyant sur le bouton « marche » du micro-ondes.

N'y tenant plus, Windsor se précipite vers moi et arrête le micro-ondes. Il ouvre les placards à la recherche d'une théière, la remplit d'eau et la met sur la seule plaque dont je dispose.

— Qu'est-ce que tu fais ?

— Tu voulais du thé, non ? me répond-il en croisant les bras. Je suis anglais, je te rappelle… Je ne peux décemment pas te laisser faire un désastre pareil, soupire-t-il en désignant le micro-ondes d'un signe de tête. On m'avait dit que les Américains ne savaient pas faire le thé, mais je ne savais pas que c'était à ce point !

— Pourquoi, il y a une manière particulière de faire le thé ?

Windsor gémit, enfouissant son visage dans ses mains. C'est vraiment une caricature de prince : il est excessif, gesticule, parle avec un accent incroyable… C'est presque trop. Pourtant, je l'aime bien.

— Excuse-moi, mais j'ai grandi dans un wagon abandonné et ai été nourrie aux nouilles lyophilisées et aux sandwichs au beurre de cacahuètes et à la confiture… Ma mère nous a abandonnés, mon père et moi, quand j'étais toute petite, et mon père a fait comme il pouvait…

Windsor baisse lentement ses mains et me regarde

en se départant de sa frivolité habituelle. Cette fois, je vois de la peine dans ses yeux, et je réalise alors ce que je viens de faire : lui dévoiler toutes mes cartes.

Merde !

— Bon… souffle-t-il. Même si tu viens de commettre une crime de lèse-majesté avec ton thé « micro-ondé », j'imagine que tu as des circonstances atténuantes. Et puis… finalement, tu as plutôt bien tourné ! La plupart des gens font comme si, en suçant des bites en argent, des billets allaient leur tomber dans la bouche et les rendre riches… Mais ça n'a pas l'air d'être ton cas. Au contraire. Je dois dire que ça me plaît beaucoup…

— Des bites en argent ? ris-je tandis que la théière commence à fumer et que Windsor la retire de la plaque, avec un porte-théière que je n'utilise jamais.

Puis il fouille dans mes placards et trouve la boîte à thé que mon père m'a offerte pour Noël, avec une petite boule à thé, que je n'ai même pas encore déballées. Il se met alors à préparer une tasse de thé, tandis que je le regarde avec un intérêt amusé.

— C'est très poétique comme métaphore !

— Tu trouves aussi ? Je suis content que tu apprécies mon style ! rit-il.

Il n'est pas aussi grand que Zack, mais il est musclé, et son assurance est contagieuse. Ses cheveux sont presque cramoisis, mais je suis certaine que c'est naturel, et il y a une courbe sur sa lèvre supérieure qui attire mon attention.

— Marnye Reed, voulez-vous me faire l'honneur de

m'accompagner à la fête de ce soir ? Mais attention ! ajoute-t-il en levant les mains en l'air. En amis… J'ai bien compris que tu ne voulais personne en ce moment. Si ça peut te rassurer, j'ai déjà repéré deux ou trois filles pas mal du tout…

Il me tend une tasse, effleurant mes doigts. Mon souffle se coupe, mais Windsor ne semble pas s'en apercevoir, en tout cas pas comme l'auraient fait Zayd, Creed ou Zack. Tristan, lui…

Arrête avec Tristan !

— Alors, d'accord ! cédé-je en souriant, avant de boire une gorgée de thé.

Windsor saute de joie et vient déposer un baiser sur ma joue. Je me dis que c'est simplement une coutume européenne, mais, malgré tout, l'endroit où il a posé ses lèvres me picote et me fait frissonner.

— On se retrouve à dix-sept heures, *my love* ?

Puis il disparaît, laissant ma porte se refermer derrière lui.

DE TOUTE ÉVIDENCE, lorsqu'il arrive chez moi, en fin de journée, Zack n'est pas content de voir Windsor dans ma chambre. Il tient un bouquet de fleurs sauvages à la main et, lorsqu'il me le donne, je suis tellement mal à l'aise que je m'y reprends à trois fois avant de réussir à dire « merci ».

— Vous êtes ensemble ? nous demande Windsor.

Vêtu d'une chemise couleur crème et soyeuse,

déboutonnée presque jusqu'au nombril, il nous regarde, Zack et moi, en plissant les yeux.

— Tu es sûre que tu es vierge ? Parce que je mettrais ma main à couper que vous avez déjà baisé, tous les deux !

— Tu vois… C'est la preuve que ton intuition n'est pas aussi bonne que tu le prétends ! rétorqué-je d'un air détaché.

Cependant, maintenant que Windsor a évoqué le fait que Zack et moi ayons pu coucher ensemble, je n'arrête pas de penser au baiser que nous avons échangé. *Putain !* Je n'étais pas censée tomber amoureuse de mon bourreau ! Ce n'est ni chouette, ni féministe, ni progressiste… D'ailleurs, si j'y réfléchis, ça me rend malade.

Et pourtant… Zack est adorable avec moi. Après tout, peut-être qu'on a tous le droit de commettre des erreurs, tant qu'on les reconnaît et qu'on en tire des leçons, non ? Ou pas… Peut-être que j'essaye tout simplement de me persuader que Zack Brooks n'est pas perdu ?

Nous nous dirigeons vers la chapelle où nous retrouvons Miranda, Jessie et Andrew, puis nous partons en direction du lac. À mi-chemin, dans les bois, nous tombons sur le feu de joie, la bière et les combats.

Oh, c'est vrai…

J'avais presque oublié cet e-mail que j'ai envoyé hier soir. Ainsi que tous les changements que j'ai apportés à ma liste.

Revanche contre *les Sang-bleu de Burberry Prep*
Liste de ~~Miranda Cabot~~ Marnye Reed

~~**Les Idoles (garçons) : Tristan Vanderbilt (première deuxième année), Zayd Kaiser (première deuxième année) et Creed Cabot (première deuxième année)**~~
*Les Idoles (filles) : Harper du Pont (~~première~~ **deuxième** année), Becky Platter (~~première~~ **deuxième** année) ~~et Gena Whitley (année quatre)~~ **(diplômée) et Ileana Taittinger (première année)***
Le Cercle fermé : ~~Andrew Payson~~, Anna Kirkpatrick, Myron Talbot, ~~**Ebony Peterson, Gregory Van Horn, Abigail Fanning, John Hannibal,**~~ *Valentina Pitt,* ~~**Sai Patel,**~~ *Mayleen Zhang,* ~~**Jalen Donner…**~~ *~~et, je suppose, moi !~~* ***et Kiara Xiao, Ben Thresher***
La plèbe : tous les autres~~, désolée !~~
~~Bisouuuuus !~~
~~Zack Brooks~~
~~Lizzie Walton~~

Sai Patel couche avec Abigail Fanning, qui est censée sortir avec Gregory Van Horn ; j'en ai envoyé la preuve à toute la petite cour des Sang-bleu. Et parce que je hais Greg, j'ai aussi envoyé à Creed la vidéo sur laquelle on le voit harceler Andrew. J'ai déjà barré son nom et celui de John, parce que je sais d'avance que ni l'un ni l'autre ne va passer la nuit…

Ils m'ont presque rendu la tâche trop facile !

— Et moi qui m'attendais à ce que la soirée soit

ennuyeuse, déclare Windsor, avec un sourire si étincelant qu'on dirait une lampe dans l'obscurité.

Le feu de joie rugit et, tout autour, des élèves boivent et dansent. Cependant, toute l'attention se porte sur Greg, Sai et Abigail. Il y a beaucoup de pleurs, de supplications, de hurlements... Mais, après ce qui s'est passé avec Jalen, Ebony et Tristan, c'est presque ennuyeux. On dirait une pâle imitation... Et puis, ces histoires de tromperies sont tellement horribles. Franchement, je suis choquée que Greg ait accepté de rester avec Abigail après qu'il a su qu'elle avait couché avec Tristan, l'année dernière.

— C'est quoi ce truc ? demande Creed en s'approchant de nous, son téléphone tendu.

Son regard à moitié fermé tombe sur Windsor, lequel perd immédiatement son sourire en découvrant le frère de Miranda. Il n'a plus tout à fait l'air d'un prince, mais plutôt d'un prédateur.

— Payson ? C'est quoi, ça ? insiste Creed alors que personne ne lui répond.

— Je ne te parle plus ! répond Andrew avec lassitude, en soupirant lourdement.

Néanmoins, il sait que j'ai envoyé la vidéo. Je lui ai demandé d'abord, car « Pas de vengeance contre les amis » – règle numéro 2 !

Creed se tourne vers sa sœur.

— Est-ce qu'ils t'embêtent, toi aussi ?

Ça m'ennuie de le reconnaître, mais il est terriblement sexy, ce soir, avec sa chemise noire et son jean, juste assez froissés pour coller à son attitude insouciante.

Miranda se détourne de lui et s'accroche au bras de Jessie, qu'elle traîne à travers la foule vers le feu de joie. Creed reporte alors son attention sur moi, mais Zack s'avance et se place légèrement devant moi. Je dois admettre que c'est adorable de sa part, mais je suis tout à fait capable de me défendre seule. Je me place à côté de lui, face à Creed, tandis que Windsor observe la scène avec attention.

— Recule, Brooks ! siffle Creed, d'une voix si aiguë qu'elle résonne comme un coup de fouet.

Clairement, il n'est pas d'humeur, ce soir. Il me regarde, ses yeux bleu de glace reflétant la lumière orange du feu. Lorsqu'il repousse ses cheveux blond platine de son front, mon cœur fait des sauts périlleux et je dois faire un effort pour me calmer.

— Est-ce qu'ils s'en prennent à ma sœur ? me demande-t-il.

— Je comprends que ça te travaille ! lancé-je en croisant les bras. Tu leur as demandé d'arrêter leurs conneries homophobes, et ils continuent… Ça remet franchement en cause ton autorité en tant qu'Idole.

J'arbore un air décontracté, mais je suis sur mes gardes : la partie la plus importante de mon plan commence ici.

Faisant un pas en avant, je pose ma main sur l'épaule de Creed et tout son corps se raidit. Nos yeux se croisent, et je dois me concentrer pour ne pas perdre le contrôle de moi-même. Pendant une fraction de seconde, j'aimerais pouvoir fermer les yeux et voyager dans le temps pour remonter jusqu'au bal d'hiver.

— Ça veut dire quoi ? Oui ou non ?

Sa voix nonchalante fait battre mon cœur. Même si ses yeux sont à peine ouverts et que son corps semble mou et accablé par l'ennui, je sens qu'il est sur le point de tuer quelqu'un. Je le vois à la façon dont ses longs doigts se resserrent autour de son téléphone. Et je sais qui il a envie de tuer : John et Greg – ce qui me va tout à fait...

— Ça veut dire que je me suis promis de ne plus jamais trahir la confiance de ta sœur, Creed, dis-je.

En fait, je sais parfaitement que je n'aurai pas à trahir la confiance de Miranda, car ce n'est pas Miranda qui est concernée... Quand Andrew nous a montré la vidéo, la première fois, Miranda s'est assombrie et a regardé Jessie comme si elle était prête à tout pour la protéger. En fait, ce n'est pas Miranda qui est harcelée : c'est sa petite amie.

Creed semble se calmer, comme s'il respectait ma position et qu'il me comprenait.

Lorsqu'il tourne les talons et se dirige vers ceux qui sont en train de se battre, Sai saigne, Abigail a disparu dans les bois avec Ebony – qui se ressemble s'assemble... – et je m'installe sur une bûche d'arbre pour assister au spectacle.

— Tout cela est très divertissant, murmure Windsor à côté de moi, son parfum de jonquilles et de cirage flottant dans l'air.

Puis il se dirige vers la table des boissons et

commence à préparer des cocktails comme un véritable barman. Il m'en propose un, mais je refuse.

— Mon père est alcoolique et est en train de se soigner, expliqué-je.

— Pareil pour le mien, me répond Windsor en haussant les épaules, sauf qu'il est mort maintenant, alors il ne peut malheureusement plus se soigner. Bois un verre ! Ça ne va pas te tuer…

Zack s'approche et fusille Windsor du regard. Ils viennent de se rencontrer, mais je sens qu'ils se détestent, ce qui m'ennuie terriblement.

— Comme tu veux ! lance finalement Wind avant de boire un verre cul-sec, puis un deuxième.

— Il t'aime bien, on dirait, me fait remarquer Zack lorsque Windsor s'éloigne pour se préparer un autre verre.

J'essaye de rester concentrée sur la scène entre Creed, Greg et John, mais la jalousie que j'entends dans la voix de Zack attire mon attention. Je lui lance un regard interrogateur, alors qu'il me fixe avec son expression sombre et impassible.

— Je le connais à peine…

— Marnye, je suis un garçon…. Et je vois la façon dont il te regarde. Crois-moi : tu lui plais !

Je hausse les épaules, mais je ressens des papillons dans mon ventre, que je tente désespérément de chasser. Je ne veux pas que Windsor s'intéresse à moi. J'ai déjà assez de problèmes comme ça avec les garçons !

— Il s'intéresse à tout ce qui bouge !

Je dis cela pour le rassurer, mais je sais aussi que c'est la vérité. Même si Zack a raison et que Windsor est attiré par moi, ça ne peut être qu'une attirance superficielle et désinvolte. Ce type aime s'amuser ; il n'a clairement aucune envie de se caser. À la limite, si j'avais envie d'un plan d'un soir, pourquoi pas. Mais si je veux un petit ami…

Je détourne mon attention de Creed et pose de nouveau mes yeux sur Zack.

— Il va les massacrer, m'annonce Zayd en apparaissant d'un seul coup, me faisant sursauter. Tu viens de signer leur arrêt de mort, j'espère que tu en es consciente ?

Il fume une cigarette au clou de girofle qui sent délicieusement bon, mais que j'aimerais lui prendre des doigts et écraser. Ces trucs sont cent fois pires que les cigarettes normales. *Putain, Zayd...*

— Ils le méritent, marmonné-je.

Zayd rit doucement et boit une gorgée de bière.

— Peut-être. Mais Creed va les tuer ; littéralement, je veux dire… insiste-t-il en s'asseyant sur la bûche à côté de moi, sous le regard sombre de Zack.

Windsor, quant à lui, est en train de flirter avec une fille qu'il a rencontrée à la table des boissons. J'ignore tout le monde et me concentre sur la bagarre qui est sur le point d'éclater.

— Je vous avais prévenus, grogne Creed.

Greg et John échangent un regard. Ils n'ont pas l'air particulièrement effrayés. Pourtant, ils devraient l'être. Ils devraient *vraiment* l'être.

— Je vous avais dit de foutre la paix à Andrew et à Miranda !

— Nous n'avons jamais touché à ta sœur, se pavane John avec un air niais.

Je jubile en voyant ses yeux bruns défier Creed avec assurance.

— Remarque, peut-être qu'on aurait dû… Si ça se trouve, après avoir goûté notre queue, elle ne serait plus gouine.

J'ai l'impression que le temps s'arrête. Le seul bruit que j'entends est le crépitement du feu et le vent dans les arbres. Lorsque Creed s'avance vers Greg et John, il n'a plus son air nonchalant ; son regard est sombre, on dirait une machine, une machine de guerre. Il envoie un coup de poing dans la gorge de John, lequel trébuche en arrière et tombe dans les bras de son ami.

Ça y est… Les choses vont commencer. Mon plan est en train de se dérouler comme je l'avais prévu.

— T'es malade, mec ? couine Greg, du sang encore sur les lèvres après sa bagarre avec Sai. On sait tous le pari que tu as fait sur notre sœur – on l'a lu dans le journal de cette pute. T'es un putain d'hypocrite ! Dégage !

Creed attrape John par la chemise, le relève et le jette sur le côté comme un vulgaire morceau de bois, avant de se diriger vers Greg. Je n'ai même pas besoin de le filmer cette fois, car tout le monde le fait déjà. De toute façon, je ne me servirais pas de ce film contre Creed, car je ne veux surtout pas qu'il paye pour cela. Au contraire, il est en train de me rendre service… Ce n'est pas que je cautionne la violence, mais, parfois, elle est nécessaire – surtout contre deux imbéciles comme Greg et John.

— Qu'est-ce qu'il se passe ?!

Je reconnais la voix de ptérodactyle – c'est celle de Harper du Pont qui débarque en courant avec ses Louboutin et sa robe de créateur, tellement courte qu'on aperçoit même un bout de sa culotte blanche en dentelle. Elle se précipite vers Greg et lève les yeux vers Creed.

— Laisse-les tranquilles ! siffle-t-elle.

Tout le monde semble retenir son souffle. Idole contre Idole… Ça n'arrive pas souvent… Peut-être même que c'est la première fois. Mais j'avais senti que cela pouvait se produire, car j'ai vite compris que la cour de Harper n'était pas la même que celle de Tristan, et qu'il suffisait de pas grand-chose pour que les deux clans s'affrontent…

Je repense à ce que Tristan a dit à Harper, l'année dernière, dans la limousine. *« Si tu continues à parler, je te jette de cette limousine sans même attendre qu'elle s'arrête, et on verra si les plébs préfèrent leur reine… ou leur roi. Ne me cherche pas, Harper. Je te préviens. »*

Finalement, je n'ai pas eu à faire grand-chose… Les Sang-bleu n'étaient pas si unis que cela.

Tristan apparaît un instant plus tard, passant sa main sur son visage. En voyant son air hagard, je me dis que Harper et lui devaient sûrement être en train de baiser derrière un arbre, et ça me donne la nausée. Mais, finalement, je réalise qu'ils devaient plutôt être en train de se battre. Elle est trop énervée. *Il* est trop énervé.

— Creed les a prévenus, et ils n'ont pas voulu écouter, claque-t-il, se déplaçant devant le petit groupe comme un lion en cage. Laisse-le leur donner une leçon, il en a le droit.

— Depuis quand tu te préoccupes autant de Cabot ? lui lance Harper, ses cheveux courts formant des frisottis.

Je suis tellement reconnaissante envers Windsor de m'avoir vengée…

Visiblement, elle n'a pas encore remarqué que lui et moi étions là. Lorsqu'elle va nous voir, elle piquera sûrement une autre crise.

— C'est quoi, le truc ? Tu es amoureux de lui, c'est ça ? Vous êtes gays tous les deux ?

Le regard gris de Tristan devient menaçant, tandis qu'un sourire cruel apparaît sur ses lèvres. Il est magnifique dans sa chemise bleue, son manteau gris et son pantalon noir - on dirait un mannequin prêt pour un shooting, ses cheveux noir corbeau reflétant les lumières du feu de joie.

Il continue de faire le tour du groupe. Lorsqu'il remarque ma présence et celle de Windsor, il se crispe, mais ne s'attarde pas sur nous. Il reporte son attention sur sa fiancée.

— Si tu sapes l'autorité de Creed, tu sapes la mienne, Harper. Or, tu connais les règles : tu contrôles les filles, et je contrôle les garçons. C'est simple. Ne fous pas tout en l'air à cause de tes cheveux courts.

Ses mots sont froids, cruels et précis. Ils résonnent comme un couteau fendant la chair.

Harper se relève, les yeux écarquillés. Enfin, elle nous voit, Windsor et moi, mais – comme Tristan avant elle – elle ne s'attarde pas sur nous.

— Je ne suis pas sûre que ce soit si simple que ça. Car reconnais que John et Greg ont toujours été de mon côté, réplique-t-elle avec une satisfaction non dissimulée, alors que les deux garçons s'entraident, saignent et gémissent.

Creed, de son côté, semble imperturbable, presque ennuyé.

— Tu crois vraiment ? ricane Tristan en s'approchant de Harper. Ça me surprend beaucoup, parce que la dernière fois que j'ai passé du temps avec eux, ils n'ont fait que parler de ta mère en des termes pas très flatteurs et se plaindre du fait qu'on était ensemble, ce qui – je cite – les « empêchait de te baiser ».

Un cri de stupeur exagérée retentit dans la foule. Je tourne la tête et découvre qu'il s'agit de Becky, une main devant sa bouche, visiblement choquée. Décidément, elle est vraiment la reine du mélo ! Comme Creed vis-à-vis de Tristan, elle doit être dégoûtée de ne pas être la reine de l'école. Vu que je dois encore me venger des filles, je prends note mentalement de tirer parti de cette jalousie…

— Comme quoi… rétorque Harper en tirant sur le devant de sa robe, les yeux emplis de rage. De mon côté, je n'entends que des filles qui ne cessent de me dire que tu as arrêté de les baiser bien avant la rentrée. Ça voudrait dire que tu n'as plus touché aucune fille après avoir fait ce pari stupide avec Creed et Zayd. Bizarre, non ? On pourrait penser que tu en pinces pour la michetonneuse… Peut-être que je devrais appeler ton père pour lui en parler ? Qu'est-ce que tu en penses ?

Puis, sans attendre la réponse de Tristan, elle s'en va avec un air de princesse, suivie par la moitié des Sang-bleu, y compris Greg et John.

Après leur départ, il y a un moment de calme. Personne ne bouge ; personne ne parle. Je ne vois pas le visage de Tristan, mais ses épaules contractées trahissent la tension qui l'habite.

Finalement, Creed bouge en premier, se dirigeant vers la table des boissons pour se servir un verre de vodka pure. Il le boit cul-sec, tousse un peu et s'essuie la bouche avec son bras. La musique reprend, et Windsor vient s'asseoir à côté de moi – visiblement pas impressionné par la présence de Zayd qui lui lance un regard noir.

— Je viens d'arriver à *Burberry Prep*, mais les choses sont assez claires… commence-t-il en repoussant les cheveux de mon front.

Nos regards se croisent et je ne peux m'empêcher de frissonner.

— Ceux qui pensent diriger cette école ne font en fait qu'obéir aux ordres silencieux de quelqu'un d'autre, ajoute-t-il en me faisant un clin d'œil.

Puis il me prend par la main et m'invite à danser. En

me levant, je jette un rapide coup d'œil à Zack, qui m'observe d'un air impénétrable. Puis, tandis que Windsor enroule ses doigts autour des miens et m'attire au milieu de la foule, je croise le regard de Zayd, qui nous observe avec une jalousie qu'il ne parvient visiblement pas à cacher.

Tu ne danseras jamais aussi bien avec quelqu'un d'autre qu'avec moi, semble dire son regard. *Ton corps ne sera jamais aussi beau qu'avec le mien...*

Je me détourne et me concentre sur les yeux noisette de Windsor qui me fait tourner comme si nous dansions une valse dans un palais princier. C'est vrai, il ne danse pas aussi bien que Zayd, mais il est quand même très doué. Après plusieurs morceaux, je danse avec Miranda. Puis Zack me prend à son tour dans ses bras.

Il n'est pas aussi gracieux que Windsor, aussi agile que Miranda, ni aussi sensuel que Zayd, mais il est grand, rassurant, et il me tient si fort contre lui que j'ai l'impression que rien ne pourra jamais m'arriver.

Nous dansons jusqu'à ce que l'aube éclaire l'horizon de ses reflets joyeux.

CHAPITRE SEIZE

— TU NE M'AS pas tout dit… me lance Windsor, assis sur le bord d'une jardinière.

Cette année, une partie du cours de biologie comprend des travaux pratiques dans les jardins du campus. Je suis censée montrer à Windsor quoi faire, mais il ne semble pas avoir envie d'apprendre. Il ne fait que papoter pendant que je travaille. Je m'assois à genoux, m'essuie les mains sur ma salopette et lui lance un regard noir en essuyant la sueur de mon front avec mon bras. Nous sommes dans la serre, et la chaleur est écrasante.

— Évidemment que je ne t'ai pas tout dit ! m'exaspéré-je en déterrant une carotte et en la lui mettant sous le nez pour lui faire comprendre qu'il pourrait m'aider. On se connaît à peine, toi et moi. Je ne vais certainement pas te dévoiler tous mes secrets…

Windsor me sourit, jusqu'à ce que je laisse tomber la carotte sur ses genoux, la terre salissant sa salopette qui était jusque-là immaculée. Le nez froncé, il se résout alors à prendre le légume entre ses doigts et le jette dans le panier, avant de déterrer à son tour quelques carottes. À voir la manière dont il touche la terre, je devine que c'est la première fois qu'il fait du jardinage.

— J'ai entendu pas mal de choses sur toi, en parlant aux uns et aux autres, reprend-il en jetant sa quatrième carotte dans le panier.

Puis, n'y tenant plus, il se lève et passe ses paumes sur le devant de sa salopette.

— Je veux t'aider !

Je lui lance un regard sceptique qui ne semble pas du tout le déstabiliser. Au contraire, il me fixe avec un immense sourire.

— Après tout, ils m'ont menacé, moi aussi. Je ne peux quand même pas laisser passer ça…

Je souris en déterrant une dernière carotte. Je retire la terre et la place au-dessus des autres, dans le panier, puis me relève et me tourne face à Windsor.

— N'essaye pas de me faire croire que tu veux faire ça pour moi, lui dis-je en ramassant le panier et en me dirigeant vers le grand évier, dans le coin.

Avec précaution, je verse les carottes dans le bassin en acier inoxydable et ouvre le robinet amovible pour les rincer. Nous devons ensuite les apporter aux cuisines du restaurant, et nous serons libres pour le reste de l'après-midi.

— J'ai effectué des recherches sur toi, et Miranda connaît presque toute ta vie par cœur…

La terre disparaît petit à petit dans le siphon alors que je pose les yeux sur le visage magnifique du prince. Il y a vraiment quelque chose de royal en lui. Il est presque trop parfait pour être réel ; on dirait une peinture ou une sculpture qui aurait pris vie…

— Tu as la réputation d'être… Comment dire… Une brute qui se plaît à traquer les brutes ! lâché-je finalement.

Je suis un peu gênée de lui dire les choses comme ça, mais c'est la réalité… D'ailleurs, il n'a pas l'air d'être ni choqué ni perturbé par ce que je viens de lui dire. Il tend une main dans l'évier, attrape une carotte et la croque joyeusement en me regardant dans les yeux. Lorsqu'il passe son pouce sur ma lèvre, l'émotion est tellement forte que je me sens aussitôt vaciller et suis obligée de me tenir à l'évier.

Ce mec est vraiment un dragueur incorrigible ! Pourtant, j'ai beau en avoir conscience, je n'arrive pas à faire autrement que de l'adorer…

— Disons que j'aime m'attaquer à ceux qui terrorisent tout le monde, admet-il avec un sourire. J'aime les défis, Marnye. Laisse-moi t'aider ; je suis le seul à pouvoir le faire… murmure-t-il en s'avançant vers moi et en prenant mon visage entre ses mains sales. Tes amis sont certainement pleins de bonne volonté, mais ils étaient tous ici, l'année dernière. Qu'ils soient complices ou non, ils sont tous liés à ce qui s'est passé. Mais pas moi. Je suis nouveau, ce qui veut dire que je suis totalement neutre et que je ne suis pas encore façonné par le fonctionnement de cette école. Je trouve simplement amusant de faire tomber ceux qui pensent qu'ils sont intouchables.

Il me lâche brusquement et recule, s'appuyant contre le mur, sous la fenêtre. Le soleil d'hiver s'immisce alors dans ses cheveux, leur donnant une couleur rouge sang, tandis qu'il me regarde d'une façon qui me donne l'impression d'être entièrement nue devant lui.

— Qu'est-ce que tu risques en acceptant mon aide ? D'avoir deux yeux supplémentaires pour assurer tes arrières ?

Je soupire, mais je ne lui réponds pas. Nous nous sommes rencontrés il y a une semaine. C'est trop tôt. Je n'y peux rien… Je ne fais pas confiance si facilement. Je ne fais *plus* confiance si facilement.

Pourtant, à la fin de cette semaine, un événement me fait changer d'avis.

IL N'Y a rien que je déteste plus que la natation. Pas à cause de l'activité en elle-même, mais parce que je me retrouve seule au milieu de toutes les filles qui me détestent.

Maintenant que je fais partie de l'équipe de *pom-pom girls*, je n'ai plus à participer à tous les cours, mais *Burberry Prep* est une école à l'ancienne qui met toujours un point d'honneur à ce que tous les élèves sachent nager pour pouvoir obtenir leur diplôme. Miranda n'arrête pas de me dire que les écoles publiques ne font plus ça depuis bien longtemps, et que c'est non seulement injuste, mais absolument pas pratique.

— Franchement, à quoi ça sert de savoir nager dans le monde d'aujourd'hui ? maugrée-t-elle avant le cours.

Nous sommes vendredi et, toute la journée, nous devons aller faire des longueurs, à tour de rôle, sous les yeux d'Hannah. Je suis dans le dernier groupe de la journée, avec notamment Harper, Becky et Ileana. *Génial !*

Dans les vestiaires, alors que je me mets en tenue, les filles n'arrêtent pas de me frapper avec leurs maillots de bain. Au moment de rejoindre le bassin, je suis rouge de partout et ma peau me brûle. Je suis hors de moi, mais je ronge mon frein. J'ai déjà contrevenu à ma règle de non-violence ; je refuse de m'abaisser à leur niveau encore une fois. De toute façon, j'ai prévu bien pire que quelques coups de maillot de bain pour me venger de ces truies.

Nous nous mettons toutes à l'eau pour nous échauffer, nous étirer et reproduire les mouvements que nous montre Hannah depuis le bord. À un moment, elle reçoit un appel téléphonique et nous explique qu'elle doit répondre, car il s'agit de sa fille qui doit accoucher d'un jour à l'autre. Je soupire, exaspérée à l'idée que cela va encore retarder la fin du cours, alors que je n'ai qu'une envie : rentrer chez moi. Surtout que je sais déjà nager : grâce aux cours de natation de l'année dernière, mais aussi parce que j'ai passé tout l'été à m'entraîner.

Mais, soudain, je réalise – trop tard – que les filles ont formé un cercle autour de moi, Harper ricanant en voyant mon expression paniquée.

— Qu'est-ce que tu veux, Harper ? lui demandé-je avec prudence, passant mes mains sur mes cheveux mouillés.

— Qu'est-ce que je veux ? répète-t-elle, les yeux écarquillés comme si ma question la stupéfiait ou – pire – l'offensait. Je veux récupérer mes putains de cheveux !

— Je comprends, c'est ce que nous vous voudrions toutes, rétorqué-je avec arrogance, fatiguée par la semaine qui vient de s'écouler et sa bêtise. Et alors ?

Harper ricane de nouveau, avec cet air qui lui est si particulier et que je connais par cœur. Elle croit m'impressionner, mais c'est tout le contraire : elle perd toute sa beauté quand elle prend cette expression et ne me fait plus peur du tout.

— Je ne sais pas comment tu as fait pour te mettre le prince dans la poche aussi rapidement – j'imagine que tu as écarté les jambes… Quoi qu'il en soit, il aurait dû être de notre côté. Je dis ça pour lui… Il mérite largement de faire partie des Idoles.

Elle s'approche de moi en nageant, mais je suis prise au piège. Je suis cernée et n'ai nulle part où aller.

— Je crois qu'il faut que tu comprennes que tu dois arrêter de foutre la merde et de marcher sur mes plates-bandes, siffle-t-elle. Les filles ! lance-t-elle plus fort.

Immédiatement, toutes les filles nagent dans ma

direction et me saisissent par les épaules, les bras et les cheveux… Avant même que j'aie le temps de comprendre ce qui se passe, je me retrouve plongée sous l'eau. Je suis tellement choquée que je respire par réflexe, de l'eau chlorée se précipitant dans mes poumons et me coupant le souffle. Je commence à m'étouffer, mais cela ne fait qu'empirer les choses, car j'inhale maintenant d'énormes quantités d'eau. Je me débats comme je peux, agitant mes bras et mes jambes, griffant les filles les plus proches de moi. Mais rien n'y fait. Elles sont trop nombreuses pour que je puisse faire quoi que ce soit.

Le temps semble s'écouler au ralenti. Chaque seconde se transforme en minutes. Je vois leurs jambes danser sous l'eau et les reflets bleu foncé de leurs maillots de bain aux couleurs de l'école. Puis mes yeux tombent sur le chiffre « 1,5 » imprimé en noir, sur le mur du bassin, indiquant la profondeur de l'eau.

Est-ce vraiment en train de se produire ? pensé-je alors que je sens mes forces me quitter et que mes mouvements sont de plus en plus lents. *Suis-je vraiment en train de me noyer dans un mètre cinquante ?*

Ma vision commence à s'assombrir sur les bords, tandis que je vois des petites étoiles blanches se former au centre. Mon esprit divague. La dernière chose cohérente à laquelle je pense est mon père. Je me dis qu'il va me manquer. Puis je ne pense plus à rien. À rien qui n'ait de sens, en tout cas.

Je pense à Zack, à Tristan, à Creed et à Zayd. Est-ce que l'un d'entre eux me manquera ? Est-ce que je vais leur manquer ? Je sais que Miranda sera triste. Andrew aussi, probablement.

Mais, bientôt, ces pensées disparaissent dans une sorte de demi-sommeil. C'est le trou noir…

La seule chose dont je me souviens ensuite, c'est d'être tirée hors de l'eau dans une immense éclaboussure. Des bras puissants s'enroulent autour de ma taille et me hissent sur le bord, et je suis allongée sur le ciment.

Quelqu'un se penche sur moi, mais je ne vois pas qui c'est. Ma vision est encore toute trouble, et mon esprit encore vague. Mon sauveur mystère place alors sa bouche sur la mienne et insuffle la vie dans mes poumons.

C'est la dernière chose dont je me souviens avant de me réveiller à l'infirmerie.

SELON LA VERSION OFFICIELLE, je suis sortie du bassin pour aller aux toilettes, j'ai trébuché, je suis tombée et je me suis cogné la tête, avant de tomber dans la piscine.

Je suis terriblement tentée de dénoncer les filles, mais ce sera leur parole contre la mienne. Or, elles seront quinze à donner la même version – personne ne me croira.

L'école appelle Charlie, mais l'infirmière insiste sur le fait qu'il n'y a aucune raison pour qu'il fasse autant de route pour si peu, et qu'il a certainement du travail.

Pourtant, j'aimerais tellement le voir… J'ai eu si peur ! J'ai failli… *mourir.* Jamais je n'aurais pensé que les filles iraient aussi loin.

J'ai appris que c'était Windsor qui m'avait sauvée.

Zack, qui s'en veut à mort de ne pas avoir été là, reste à mes côtés toute la journée, jusqu'à ce que l'infirmière me laisse rentrer chez moi. Miranda, Jessie et Andrew m'ont également rendu visite, mais ce n'est qu'en arrivant devant ma porte que je vois Windsor qui m'attend. Zack se raidit légèrement, mais reste cordial.

— Ah… ! Milady ! s'exclame-t-il d'un air théâtral, portant ma main à ses lèvres. Je suis tellement content de te voir enfin sur tes deux pieds…

— C'est grâce à toi, le remercié-je.

Je tente de sourire, mais le cœur n'y est pas… Je frisonne en réalisant ce qui m'est arrivé. Jusque-là, je prenais la vengeance comme un jeu amusant, mais je comprends maintenant que ces filles ne jouent pas. Je suis terrifiée, alors que les mots de Creed résonnent dans ma tête : *Les filles veulent te tuer. Fais attention à elles...*

Windsor laisse tomber ma main et m'observe avec un air grave. Mes amis se tiennent derrière moi, comme des gardes du corps. Peut-être devrais-je appeler Kathleen Cabot et accepter finalement sa proposition de mettre à ma disposition un véritable garde du corps ? Je ne l'ai pas vu sur le campus depuis des semaines et je suppose qu'il est parti, mais je sais qu'elle n'hésiterait pas à le faire revenir, lui ou un autre, pour veiller sur moi.

— Pour être tout à fait honnête, j'étais là parce que je voulais voir à quoi tu ressemblais en maillot de bain. Tu vois, je ne suis pas si héroïque que cela… soupire-t-il.

S'il ne venait pas d'arriver à l'école et qu'il ne connaissait personne, je penserais qu'il est dans le coup ; qu'il a organisé ma noyade pour pouvoir me sauver et passer pour un héros.

— Eh bien, merci quand même, murmuré-je.

Nous nous regardons quelques secondes dans les yeux, jusqu'à ce que Zack s'éclaircisse la gorge. Je reviens alors à la réalité et sors ma clé de ma poche, mais je ne pense qu'à une chose alors que j'ouvre ma porte : je regrette de ne pas me souvenir de la sensation des lèvres de Windsor sur les miennes. C'est idiot de penser à une chose aussi futile, mais je crois que cela m'empêche de sombrer, de réaliser à quel point la situation est devenue atroce.

Le Club Infinity veut ma mort.

Littéralement.

J'entre dans mon appartement, et tout le monde me suit.

Je me laisse faire.

Zack me borde dans le lit, et Miranda remonte les couvertures sur moi, puis s'assied à mes côtés en me caressant le front. Jessie me lance un regard teinté de jalousie, et je ne peux m'empêcher de sourire – au moins intérieurement –, car, franchement, les mains de Miranda sur mon front ne me font aucun effet. C'est dommage… En fait, si on pouvait choisir sa sexualité, je choisirais sans hésiter d'être lesbienne. Non seulement la vie serait certainement plus facile, mais je suis convaincue que Miranda est la personne la plus merveilleuse de toute l'école.

Windsor nous annonce qu'il passe chez lui pour aller chercher sa théière personnelle, ses tasses, ses soucoupes et un assortiment de thés précieux, afin de nous préparer un thé de qualité, en accompagnement des sandwichs qu'il a pris dans la cuisine.

Ce type est à *Burberry Prep* depuis deux semaines et il a déjà réussi à conquérir le cœur des bibliothécaires, du personnel de cuisine et du personnel de maintenance. C'est ainsi qu'hier, alors que je me rendais en cours, je l'ai vu entrer avec une fille dans le local où sont stockés toutes les tondeuses et les autres outils.

Il m'épate !

Après le repas, Miranda propose de mettre *Sex Academy*, et nous gémissons tous avec dédain.

— C'est *le* film préféré de ma *mère !* argumente Zack.

Néanmoins, finalement, devant l'insistance de Miranda, nous acceptons de le regarder. Elle avait raison : c'est un vieux film, mais c'est drôle.

— L'année prochaine, pour Halloween, je me déguise en Janey Briggs ! déclare Miranda, balayant ses cheveux blonds en une queue-de-cheval pour imiter le tristement célèbre look du personnage principal. Lunettes, queue-de-cheval et salopette recouverte de peinture ! rit-elle.

Je lui jette un coup d'œil dubitatif, car elle sait aussi bien que moi que jamais elle n'oserait aller à une fête de l'école autrement qu'en portant une tenue moulante et courte… Elle dit toujours qu'elle n'aime pas les filles qui s'habillent trop sexy, mais c'est pourtant ce qu'elle fait. Ce à quoi je ne vois rien de mal, d'ailleurs.

— Vous, les Américains et votre Halloween ! soupire Windsor, assis sur la chaise, dans le coin.

Il est le seul à ne pas être installé sur le lit, ce qui est mieux… J'ai déjà suffisamment de mal à respirer normalement avec Zack à côté de moi…

— Tu te rends compte que tu commences la moitié de tes phrases par « Vous, les Américains » ? lui fais-je remarquer en mimant des guillemets avec mes doigts.

Je laisse tomber mes mains sur mes genoux, réalisant que je tremble toujours. Je suis fatiguée, mais c'est surtout que j'ai peur. J'ai même peur de dormir. Car, une fois seule dans mon lit, je sais que je ne penserai plus qu'à cette noirceur qui s'est renfermée sur moi, à l'eau qui m'étouffait, à la douleur brûlante dans mes poumons…

— C'est juste que vous êtes tellement drôles, répond-il en haussant les épaules, remettant sa veste.

Je suppose qu'il a dû obtenir une permission spéciale pour ajouter ces épaulettes. Qui sont ridicules, en plus. On se croirait dans les années 80. Mais bon, finalement, ce n'est peut-être pas pire qu'un piercing et les tatouages d'une rockstar…

— Moi, je trouve plutôt que ce sont les Britanniques

qui sont drôles, lance Miranda. Pour ne pas dire ridicules…

Windsor sourit, prenant une longue gorgée de thé.

— Arrête de faire genre y'a R ! s'exclame Miranda en riant et en lançant un oreiller sur Windsor.

Depuis qu'elle regarde *RuPaul's Drag Race*, elle parle comme une racaille de banlieue, ce qui est plutôt drôle, vu son style….

Andrew sourit. Il est amusé, mais je vois surtout dans ses yeux qu'il est complètement sous le charme du prince. Miranda aussi, d'ailleurs, et elle est gay ! En fait, je suis presque sûre que toute l'école craque pour le prince…

— Pourquoi est-ce que tu n'as pas de garde du corps ? lui demandé-je alors qu'il commence à débarrasser les tasses de thé vides. J'imagine que tu dois être une cible pour beaucoup de gens, non ? Des gouvernements étrangers, des ravisseurs, des pères de filles avec lesquelles tu as couché…

Windsor hausse les épaules, portant soigneusement les tasses empilées jusqu'à l'évier. C'est plutôt attendrissant de voir un prince milliardaire faire des tâches domestiques.

Je change de position et, sans le vouloir, me retrouve entre les jambes de Zack. Je suis dos à lui et, lorsque je bouge à nouveau, je me rends compte que son souffle est plus court.

— Je n'aime pas avoir quelqu'un derrière moi tout le temps. L'horreur ! De toute façon, si je me fais tirer dessus un jour, je me dis que je l'aurai mérité, répond

Windsor, passant une main dans ses cheveux qui restent dressés sur le devant.

Zack glisse ses bras autour de moi, et je frissonne, mettant mes mains sur les siennes alors qu'il les serre sur mon ventre. Je suis tout à fait consciente que Jessie, Miranda et Andrew nous regardent, mais je n'entends presque rien, à part les battements de mon cœur.

— Je suis désolé de ne pas avoir été là, murmure Zack à mon oreille.

Je ferme les yeux, mais je ne sais pas quoi dire. Toute cette journée a été tellement… *merdique* ! Je n'aime pas être vulgaire, mais, dans le cas présent, je ne vois pas comment dire les chose autrement…

— Je suis désolé, Marnye…

Il y a un bref moment de silence avant que Windsor ne commence à rincer la théière. Puis tous se lèvent de mon lit, s'étirant et bâillant. Bientôt, je serai seule et n'aurai rien d'autre à faire que regarder le plafond en repensant à ce qui s'est passé, encore et encore.

Non… Ce n'est pas possible ! Je dois absolument demander à l'un d'entre eux de rester avec moi. La logique voudrait que je demande à Zack, mais… alors que je suis contre lui, je me sens tellement bien que c'en est presque effrayant. S'il reste ici ce soir, je…

Soudain, quelqu'un frappe à la porte, nous faisant tous sursauter.

Miranda et moi échangeons un regard, tandis que Windsor va ouvrir. Fidèle à son tempérament excentrique, il ouvre la porte en grand, d'un air obséquieux, Mais surtout, la manière dont il ouvre la porte reflète ce qu'il est réellement dans la vie : il n'a pas peur, n'hésite pas et a tellement confiance en lui qu'il affronte tout sans se poser de questions.

Lorsque je découvre qui est à ma porte, je suis estomaquée…

TRISTAN VANDERBILT. Zayd Kaiser. Creed Cabot.

Tous les trois portent le même uniforme, mais de manières pourtant très différentes. Celui de Tristan est impeccable, parfaitement repassé et boutonné. Celui de Zayd est froissé et sa chemise est ouverte sur sa poitrine, révélant presque son nombril. Quant à celui de Creed, il est propre et frais, mais légèrement de travers, comme s'il venait de se réveiller d'une sieste.

Tristan prend la parole en premier, croisant ses bras sur sa poitrine.

— Que s'est-il passé aujourd'hui ? Les filles refusent de nous le dire… Je veux l'entendre de ta bouche.

J'ai la gorge complètement sèche, mais cela ne m'empêche pas de laisser éclater ma colère.

— Tu veux savoir ce qui s'est passé ? Ta fiancée et ses petites copines ont essayé de me tuer ! explosé-je.

Je suis hors de moi. Je suis littéralement enragée. J'ai l'impression qu'aucune vengeance ne sera jamais suffisante. Or, je veux les anéantir, les faire plier. Je veux qu'ils se traînent devant moi et me supplient d'arrêter.

Et pourtant, en les voyant tous les trois devant moi,

je ressens aussi une certaine nostalgie. Malgré moi, ils me manquent. Terriblement.

C'est terriblement troublant et... déroutant.

Tristan fait un pas en avant, mais Windsor lui barre la route avec sa botte. Car, *oui*, Windsor York porte des bottes, et non des mocassins comme tous les autres garçons de l'école.

— Je n'ai pas entendu Marnye t'autoriser à rentrer, siffle-t-il. Or, elle est chez elle. Tu ne peux pas faire ce que tu veux, ici.

Le roi de l'école se hérisse, ricane, mais je vois également autre chose dans son comportement. Quelque chose de nouveau que je ne parviens pas à déchiffrer : il tremble presque.

— Nous voulons parler à Marnye, *seuls*.

Tristan regarde Windsor de la tête aux pieds. Mais, plutôt que de se laisser impressionner, comme le feraient la plupart des gens, le prince sourit.

— C'est à Marnye de décider. Si vous lui demandez gentiment, peut-être qu'elle acceptera...

— Tu te prends pour qui, bro ? intervient Zayd, poussant Tristan pour prendre sa place devant la porte, l'air exaspéré.

Il n'a pas l'air en forme du tout. Je crains même qu'il vomisse sur les tapis que Kathleen Cabot m'a offerts. Ce serait dommage, car ils coûtent certainement bien plus cher que tout l'argent que mon père a économisé pour mon université...

— Tu viens d'arriver et tu penses déjà savoir comment se passent les choses, ici ?

— Je sais que le Club Infinity dirige cette école, commence Windsor d'un ton calme. Je sais aussi que le club a insisté pour que j'en fasse partie, mais j'ai refusé plus d'une dizaine de fois. Et je sais que vous faites tous partie du Club et que vous avez utilisé la pauvre Marnye comme un pion dans l'un de vos paris stupides, conclut-il avec son sourire imperturbable, alors que nous le regardons tous bouche bée.

Car, si ce n'est pas étonnant qu'un prince riche et beau ait été sollicité pour faire partie du Club Infinity, personne ne s'attendait à ce qu'il sache tout ça !

— Marnye, pouvons-nous entrer ? me demande Creed, impassible.

Il est appuyé contre le montant de la porte, ses yeux bleus rivés sur moi. Comme il y a Miranda avec moi, je sais au moins qu'il n'osera pas mal se comporter.

— Si vous voulez, soupiré-je, passant une main dans mes cheveux.

Je sens Zack se hérisser derrière moi. Il faut dire que les trois lui lancent des regards sombres en entrant dans la pièce, ce qui ne fait qu'ajouter à la tension déjà palpable. Je jette un coup d'œil à Zack : il est à deux doigts de leur sauter dessus.

— Devrions-nous partir ? demande Andrew en jetant un coup d'œil à Miranda et à Jessie.

Puis il se retourne vers moi et lève le menton, comme pour me demander si j'ai encore besoin d'eux ou si je préfère qu'ils restent.

— Tout le monde peut rester, annoncé-je à voix

haute, alors que Windsor ferme la porte et a la présence d'esprit de la verrouiller.

Toutefois, Jessie, qui semble mal à l'aise, s'excuse et nous dit au revoir. Elle quitte l'appartement, mais personne d'autre ne la suit, et Windsor ferme de nouveau la porte à clé derrière elle.

Les Idoles s'avancent vers le bout de mon lit. Zayd regarde la pièce, visiblement embarrassé. Je me demande s'il se souvient qu'il a installé une caméra ici pour nous filmer en train de baiser et pouvoir diffuser le film devant toute l'école… Je l'espère.

Nous nous regardons tous en chiens de faïence dans une sorte de malaise général. Je suis sûre que si je regarde les vidéos de ce moment, plus tard, lorsque je serai seule, je ressentirai exactement la même gêne. Au moins, je sais que mes caméras fonctionnent toujours… D'ailleurs, si les Idoles disent ou font quelque chose d'agressif, je n'hésiterai pas à utiliser les images contre eux.

— Je t'avais dit de faire attention aux filles ! commence Creed avec un soupir, comme s'il était si fatigué et n'avait qu'une envie : s'allonger sur mon lit et se blottir contre Zack et moi.

Malgré moi, cette pensée m'excite… Surtout parce que je sais que cela n'arrivera jamais. Absolument jamais !

— Je t'ai *dit* qu'elles voulaient te tuer !

Tristan lui jette un regard agacé, avant de tourner ses yeux argentés vers moi. Son attention me rend mal à l'aise et je change de position, ce qui m'oblige à me frotter contre Zack qui réagit aussitôt. Ou plutôt, son corps réagit aussitôt : je le sens dur à nouveau. *Aide-moi, RuPaul !* prié-je, car, étant complètement athée, je ne sais pas à qui d'autre demander de l'aide.

— Qu'est-ce qui s'est passé, *exactement* ? me demande Tristan d'une voix froide et autoritaire.

Tout le monde me regarde. Ils ont tous l'air tendus. À l'exception de Windsor qui se rassied et croise ses jambes allongées en bâillant, prêt à écouter.

Prenant une profonde inspiration – l'air n'a jamais été aussi agréable –, je raconte brièvement les événements de l'après-midi. Seuls les bras chauds et musclés de Zack me permettent de ne pas sombrer en évoquant ce moment horrible. En y repensant, j'ai l'impression que ça a duré des heures – même si je sais, consciemment, que ça n'a probablement duré que deux ou trois minutes maximum.

Les Idoles écoutent attentivement, échangeant quelques regards.

— Putain, Marnye ! souffle Zayd lorsque j'ai terminé.

Il s'assied au bord de mon lit, comme s'il avait le droit de le faire. Comme si rien ne s'était passé. Comme si nous étions toujours proches ou même en couple. Il me regarde de ses yeux vert émeraude, qui ont l'air presque désolés pour moi.

— Pourquoi est-ce que tu es revenue ici ?

— Pourquoi est-ce que vous n'arrêtez pas de me poser cette foutue question ? crié-je.

Ma voix est plus forte et plus tranchante que je ne

l'aurais souhaité. Haletante, je ferme les yeux et me force à respirer calmement avant de reprendre.

— Pourquoi pensez-vous que je suis revenue ici ? J'ai obtenu une bourse me permettant d'intégrer le meilleur lycée de tout le pays. Pourquoi ne serais-je *pas* revenue ?

Je regarde les trois Idoles les yeux grands ouverts.

— Malgré ce que vous, les riches, pouvez penser : ce n'est pas un choix d'être pauvre ! Tout le monde rêve de pouvoir subvenir aux besoins de sa famille, de vivre sans avoir à craindre que l'électricité ne soit coupée ou que sa carte de crédit ne passe pas au moment de payer les courses ! Pourquoi est-ce que je suis revenue ici ? Parce que je veux obtenir mon diplôme, aller à l'université et avoir un bon travail. Je veux pouvoir prendre soin de mon père. Je veux pouvoir avoir des enfants et avoir les moyens de m'occuper d'eux.

Je m'interromps dans ma diatribe et remarque que tout le monde m'écoute en silence. Même Miranda me regarde différemment, comme si elle venait de comprendre quelque chose. Ce qui me choque le plus, c'est qu'ils n'ont même pas conscience des privilèges qu'ils ont.

— Je suis revenue pour me venger de ce que vous m'avez fait, ajouté-je. Alors, je vous en prie, arrêtez de me poser cette question, car vous ne faites que me montrer que vous ne comprenez rien. C'est une question stupide, et qui ne sert à rien ! conclus-je.

Puis je me laisse aller contre Zack – sa queue raide

appuie dans mon dos, mais je m'en fiche. Clairement, il ne le fait pas exprès.

— Marnye... souffle Zayd, baissant le regard et ébouriffant ses cheveux bleu pâle avec sa main tatouée.

Il jette un coup d'œil à Creed et à Tristan, puis lève les yeux vers moi.

— Il y a tellement de choses, putain... reprend-il. Je ne sais même pas par où commencer ni comment te le dire sans enfreindre toutes les règles à la con du Club, mais...

— Les filles ont fait un pari, l'interrompt Tristan, coupant court à ses hésitations. Elles veulent voir si elles réussissent à faire ce que Zack et Lizzie n'ont pas fait, ajoute-t-il en fourrant ses mains dans ses poches, avec une expression tendue.

À ces mots, mon cœur s'arrête de battre pendant une minute. C'est en tout cas l'impression que j'ai... C'est comme s'il avait été remplacé par un glaçon.

— Mais elles n'ont pas cherché à faire en sorte que je me suicide, elles ont voulu me tuer ! m'exclamé-je.

Tristan soupire, mais c'est Creed qui répond, en nous regardant, Miranda et moi :

— C'est justement ça, leur pari. Tous ceux qui font partie du Club Infinity veulent pouvoir changer le monde en un claquement de doigts. Si les filles ne réussissent pas à te faire disparaître en te tuant ou en te faisant quitter l'école – toi, une simple roturière –, alors ça veut dire qu'elles ne sont pas prêtes à prendre la tête des entreprises de leur famille respective. C'est aussi simple que ça...

Aussi simple que ça ?! En écoutant Creed, j'ai l'impression qu'il est en train de me parler de la météo. Il est si factuel, si décontracté, que c'est comme s'il avait lui-même oublié qu'il était en train de m'expliquer le fonctionnement d'un club de milliardaires nauséabonds, corrompus et sans aucune morale.

— Fantastique ! ricané-je, complètement désabusée.

Je me frotte les yeux, épuisée par tout ce que je viens d'entendre… Puis, un doute naît dans mon esprit.

— Pourquoi est-ce que vous me dites cela ?

— Malgré ce que tu peux croire, nous n'avons jamais voulu que tu *meures*, me lance Tristan avant de quitter mon appartement, claquant la porte derrière lui.

— Si tu veux un conseil, tu ferais mieux de partir avant qu'il t'arrive quelque chose… me dit Zayd. Quelque chose de plus grave, ajoute-t-il.

— Il en est hors de question ! rétorqué-je.

Machinalement, ou peut-être parce que je sens son regard sur moi, je me tourne vers Windsor et il me fait un clin d'œil.

— Tous les membres du Club – absolument tous – peuvent te réduire en cendres s'ils le veulent, Marnye, reprend Creed d'une voix traînante, s'adossant à mon armoire. Regarde les choses en face : tu es seule contre tous. Tu as été acceptée dans la cour des grands, mais les grands peuvent te faire déguerpir à tout moment, et tu auras beau résister, tu n'y pourras absolument rien !

— Je n'en suis pas si sûr, ronronne Windsor en se levant et en se dirigeant vers la porte.

Il l'ouvre en grand et indique aux Idoles encore chez moi le chemin de la sortie. Zayd et Creed s'échangent alors un regard et, à contrecœur, quittent les lieux. En les regardant partir, je sens mon cœur battre à une vitesse folle. « *Folle* »... *C'est le mot juste. Tout cela est complètement fou !* me dis-je. J'avais entendu dire que *Burberry Prep* était un enfer… mais jamais je n'aurais imaginé que c'était à ce point !

— Je suis là maintenant. Et je veillerai à ce que Marnye n'ait pas à se soucier de choses aussi insignifiantes que l'argent… crie Windsor en direction des deux Idoles.

Zayd et Creed se retournent et le dévisagent tous les deux avec surprise, mais Windsor leur claque la porte au nez.

Ils doivent être tellement étonnés qu'un prince puisse être mon ami. Je suppose que j'ai de la chance que ce prince soit un tyran assoiffé de vengeance.

Autant de chance… C'est presque flippant !

CHAPITRE DIX-SEPT

LES CHOSES SONT RADICALEMENT différentes depuis que les filles ont essayé de me noyer. Creed a définitivement arrêté de sortir avec Ileana, quant à Tristan et Harper, je les vois rarement dans la même pièce. Harper continue de porter sa bague de fiançailles et, chaque fois que je la vois, je ne peux m'empêcher de penser à William Vanderbilt giflant son fils. Je sais que Tristan ne quittera jamais Harper. Sauf peut-être si… j'implique Lizzie.

Cependant, pour le moment, je mets ce plan de côté. Je ne peux pas faire en sorte que Tristan et Lizzie soient en couple avant d'avoir gagné mon pari avec Harper. Bien sûr, je ne peux pas rivaliser avec Lizzie Walton : Tristan ne m'aimera jamais comme il l'aime. Je me contente donc de faire en sorte d'être là où je sais que les garçons se trouveront. Au début, ils sont toujours aussi distants et bizarres avec moi. Mais, petit à petit, notre relation s'améliore. Nous sommes loin de l'amitié que nous avions nouée l'année dernière, mais je progresse. De toute façon, je n'ai plus envie d'avoir une telle amitié avec eux. Si Zack regrette sincèrement ce qu'il m'a fait – du moins, il en est intimement convaincu –, je suis presque certaine que les Idoles n'ont aucun remords.

— Je ne comprends toujours pas pourquoi ils m'ont dit tout ça, confié-je à Miranda alors qu'elle feuillette un manga *yaoi,* une bande dessinée japonaise gay.

Les dessins sont... plutôt explicites, et le plus drôle, c'est que ça l'intéresse encore plus qu'Andrew ! Lorsqu'elle lui a montré les images, il a froncé les sourcils en haussant les épaules et lui a lancé que c'était vraiment un truc de nanas, avant de se réfugier à nouveau dans les profondeurs de la bibliothèque.

— Parce que ce sont des sociopathes manipulateurs ! répond-elle en fermant son manga et en me regardant.

Elle est affalée sur le ventre dans un pouf du « Coin tranquille », qui était l'endroit où tout le monde venait s'embrasser avant que les bibliothécaires ne déplacent l'étagère qui permettait aux couples de ne pas être vus.

— Je suis désolée... Je sais que Creed est mon jumeau, mais je ne lui fais absolument pas confiance pour autant. Je le lui ai dit hier soir, d'ailleurs, ajoute-t-elle en se relevant et en s'installant dans un pouf blanc pailleté. Il a juré ses grands dieux qu'ils avaient dit la vérité, toute la vérité, et rien que la vérité. Le truc, c'est qu'ils font tous partie de ce foutu club, continue-t-elle en glissant ses cheveux blonds et brillants derrière son oreille. Or, je sais comment fonctionne ce truc : les règles sont si strictes que ceux qui ne les respectent pas risquent gros. Ça ne m'étonnerait pas que Creed mente, à toi et à moi, pour se protéger. Ce ne serait pas la première fois ni la dernière…

Croisant les jambes, elle se penche en arrière au point d'être presque allongée, et je peux voir ses jarretelles. L'année dernière, je pensais qu'elle les portait pour quelqu'un. Mais, maintenant que je la connais mieux, je sais qu'elle les porte parce qu'elle aime être sexy. D'ailleurs, elles sont même dans le code vestimentaire de l'école : « *les chaussettes hautes de l'école peuvent être portées avec des jarretières* ». Bien sûr, le code indique aussi que « *les élèves doivent faire en sorte que leurs jarretières ne soient jamais visibles, quelle que soit la position* », mais cela ne nous empêche pas de raccourcir nos jupes en les roulant à la taille pour montrer nos jarretières.

— Peut-être, mais je dois prendre le risque. Je dois redevenir proche d'eux, murmuré-je d'un air mystérieux.

— Quelle tête de mule, soupire Miranda. Mais promets-moi au moins de faire attention, d'accord ? Je comprends que tu veuilles te venger, mais ne les laisse pas te faire devenir comme eux. Tu es tellement douce…

Elle se penche vers moi pour dégager les cheveux sur mon front et me sourit.

— Je ne suis pas si douce que ça ! rétorqué-je avec un clin d'œil.

— Tu plaisantes ? T'es la fille la plus douce que je connaisse.

Elle s'arrête soudainement et détourne le regard, se mordant la lèvre inférieure. Je la regarde en fronçant les sourcils, sentant qu'elle est sur le point de me dire quelque chose d'important.

— Il faut que je te dise…

— Quoi ? l'encouragé-je.

Alors qu'elle ne répond pas, je lui prends des mains son manga et l'ouvre au hasard. Je tombe sur une image de deux mecs allongés sur un lit. Mes joues rougissent instantanément et je me dépêche de tourner la page…

— Jessie et moi avons rompu, annonce-t-elle finalement.

Je me redresse, perchée sur deux poufs que j'ai superposés. Ce n'est pas super confortable, mais c'est toujours mieux que d'être dans ma chambre. Depuis une semaine, je suis incapable de rester seule chez moi et supplie Miranda de rester avec moi, le silence m'étant insupportable. Dès que je m'allonge et que j'éteins la lampe de ma table de chevet, les images de l'eau me reviennent à l'esprit et j'ai l'impression de ne plus pouvoir respirer.

— Attends… Ce n'est pas à cause de moi, au moins ?

Miranda est encore plus rouge que je ne l'étais en découvrant les images du *yaoi. Mince* ! Je me sens tellement coupable… Je n'aurais jamais dû lui demander de dormir chez moi si souvent.

— Tu avais besoin de moi. C'est normal après le traumatisme que tu as subi, commence-t-elle.

Elle s'interrompt en soupirant et baisse les yeux. Elle fixe un livre sur les tortues de mer, mais je sais parfaitement que son esprit est à mille lieues de la faune sous-marine. Lorsqu'elle relève les yeux vers moi, je vois qu'elle va me révéler quelque chose. Cependant, elle est interrompue par Creed, qui apparaît de nulle part.

— Tu t'intéresses à ces trucs de gays ? me demande-t-il en me prenant le manga des mains. J'ai déjà dit à Miranda de ne pas perdre son temps avec ces conneries. Même si c'est une bande dessinée, ce n'est rien de plus que du porno !

— Et si t'allais te faire foutre ? lui répond sèchement Miranda. Quand Marnye aura envie de connaître ton avis, elle te le demandera. Mais, pour l'instant, ce n'est pas le cas…

Creed la regarde en plissant ses yeux bleu de glace. Elle soutient son regard, les yeux sombres. Pourtant, même dans leur adversité, il y a de la complicité, une complicité que seuls des jumeaux peuvent avoir. Je dois reconnaître ça à Creed : il adore sa sœur et est prêt à tout pour la protéger. Il serait prêt à tuer s'il le fallait, j'en suis sûre.

— Je vais vous laisser, murmuré-je en me levant et en m'éclipsant.

En me précipitant vers la sortie de la bibliothèque, je tombe sur Zack, à l'allée suivante. Il a l'air surpris de me voir, un livre de poèmes ouvert dans une main, sa tablette fournie par l'école posée sur la table à côté de lui. Je suis tellement impressionnée par sa capacité de travail. Zack n'est clairement pas le premier de la classe, mais, depuis le début de l'année, il a considérablement amélioré sa moyenne. Alors qu'il était dans les derniers vingt pour cent, il est maintenant dans les premiers cinquante pour cent, ce qui est plutôt impressionnant !

— Tu travailles ? lui demandé-je en regardant la couverture du livre qu'il tient à la main. Ah, Emily Dickinson… Tu savais que plusieurs de ses poèmes sont encore protégés par des droits d'auteur ? C'est vrai que c'est une légende vivante, mais elle est morte depuis longtemps… Pour te donner une idée de la complexité de la loi sur les droits d'auteur, c'est…

Zack pose un doigt sur mes lèvres pour m'obliger à me taire, puis se penche vers moi et m'embrasse.

Le livre de poèmes tombe à nos pieds, tandis que Zack me plaque contre l'étagère de littérature, sa langue tournant avec la mienne. Ses grands bras sont partout autour de moi, me remplissant de ce sentiment de protection et de sécurité. Quand est-ce arrivé ? À quel moment ma haine pour Zack s'est-elle transformée en… *amour* ?

Nous nous séparons le souffle court, ses yeux sombres plongés dans les miens, brûlants de désir.

— Peu importe que tu me parles d'Emily Dickinson, de la loi sur les droits d'auteur, ou d'Histoire… Je te trouve terriblement sexy, Marnye.

— Et si je te dis que l'aile de la bibliothèque a été ajoutée au bâtiment de l'école au début des années 1900 grâce à un don de la famille Vanderbilt ? soufflé-je.

Zack sourit et m'embrasse à nouveau. J'ai l'impression de défaillir. Sans ses bras, je tomberais, c'est sûr…

— Super sexy ! Sauf peut-être le nom Vanderbilt. Mais on n'a qu'à oublier cette partie…

Il approche son visage du mien pour m'embrasser à nouveau, mais nous sommes interrompus par quelqu'un qui se racle la gorge pour nous signifier sa présence. Nous nous séparons immédiatement et découvrons ensemble Windsor… en train de se prélasser au sommet d'une bibliothèque !

— Comment est-ce que tu es monté là-haut ? m'étonné-je.

Il hausse les épaules avec un large sourire, étendu sur le bois comme si c'était un hamac. Il n'a pas l'air de réaliser la gravité de ce qu'il est en train de faire…

— Si on te voit là-haut, tu vas être suspendu ! le préviens-je.

— Faites comme si je n'étais pas là… Parfois, je suis fatigué de baiser et je préfère regarder.

Je le regarde avec dégoût, et Zack s'assombrit d'un seul coup, ramassant son livre au sol. Toutefois, Windsor ne semble pas se soucier de notre agacement et continue de nous regarder avec le même air désinvolte.

— Alors ?

Il pose son avant-bras sur l'étagère au-dessus de moi et se penche de façon spectaculaire.

— Au fait, je me disais : il y a des noms sur ta liste qui ne sont pas barrés. Que des petites pointures. Peut-être qu'on devrait s'en débarrasser, pour pouvoir ensuite nous concentrer sur les filles ?

— Windsor ! Je t'ai montré cette liste pour que tu me soutiennes, pas pour que tu te venges à ma place !

Windsor me regarde fixement avec les sourcils relevés et ce petit sourire satisfait qui semble n'appartenir qu'à lui. Une fois, j'ai essayé de l'imiter devant mon miroir pour voir si je pouvais avoir l'air aussi hautaine et arrogante que les Idoles, mais j'ai échoué lamentablement.

— Et oui, en effet, me venger des filles va être la partie la plus difficile, concédé-je en soupirant.

— Si tu veux mon avis, tu aurais dû être plus sévère avec les garçons…

Je recule contre Zack. Je suis encore bouleversée par notre baiser. Tout mon corps est en éveil. Maintenant que j'ai goûté à ses lèvres, à sa langue… je veux plus. Tellement plus. Je m'imagine parfaitement sortir avec lui un jour…

Un jour.

Mais pas maintenant. Car j'ai besoin que les Idoles pensent que je suis disponible et qu'ils peuvent m'inviter à les accompagner à la soirée de remise des diplômes. Je vais donc devoir mettre de la distance entre Zack et moi. Pour le moment.

— Windsor, je t'ai raconté mon histoire, c'est vrai, mais cela ne veut pas dire que tu sais tout. Oublie les garçons… Les filles ont essayé de me tuer, je te rappelle ! Je crois vraiment que c'est ça le plus important…

Je regrette maintenant amèrement de m'être laissée charmer par sa présence princière et son insistance amicale. Je lui ai révélé tous mes secrets, alors que je m'étais promis de ne plus compter que sur moi-même…

Il soupire et hausse les épaules, caressant du doigt plusieurs volumes de poésie, avant d'en choisir un au hasard. Il l'ouvre, jette un coup d'œil aux poèmes à l'intérieur et soupire encore une fois.

— Je les connais tous par cœur, déclare-t-il nonchalamment en feuilletant les pages. Il n'y a rien de plus charmant qu'un homme qui puisse réciter de la poésie avec son cœur. Tu n'es pas d'accord, mon pote ?

Il lève les yeux et sourit à Zack, mais Zack n'est pas impressionné. La seule chose qu'il semble apprécier chez le prince, c'est qu'il déteste les Sang-bleu autant que nous.

— Tu sais que je suis là pour toi, moi aussi, commence Zack en passant une main dans ses cheveux brun chocolat.

Ils ont un peu poussé depuis qu'il a été viré de l'équipe de football, mais ils sont encore courts. Je résiste à l'envie de les toucher.

— On n'a pas besoin de le supporter… ajoute Zack.

Windsor rit et referme le livre, puis le remet à sa place.

— Ton argent, *monsieur Brooks,* est bloqué par ton

cher grand-père. N'est-ce pas pour cette raison que tu as intégré le Club Infinity ? Pour le récupérer ?

Zack devient blême. Je ne l'ai jamais vu comme ça…

Putain ! C'est quoi cette histoire ?!

— Tu es devenu membre du Club pour récupérer ton argent ? lui demandé-je, estomaquée.

Le puzzle commence à prendre forme. Je comprends maintenant *pourquoi* Zack a fait ce pari avec Lizzie. Ça ne rend pas les choses plus faciles, mais c'est bon à savoir…

En parlant de Lizzie, je recommence à attendre avec impatience de la voir les vendredis et vais lui envoyer un SMS. Elle est au courant de ce que les filles m'ont fait. Je suis certaine qu'elle leur en veut à mort et que je peux compter sur son aide.

— Je suis désolé, Marnye, murmure Zack. Sincèrement…

Nous nous regardons si longtemps que lorsque je cligne des yeux et reviens à la réalité, Windsor a disparu.

Je ne sais pas quoi répondre, alors je me contente de sourire, et nous écartons le sujet. Zack rassemble ses affaires et nous nous dirigeons vers la sortie où se trouvent Creed et Miranda, en train de se disputer. On dirait des clones, tous les deux aussi blonds l'un que l'autre, avec les mêmes yeux bleus.

Lorsque nous arrivons près d'eux, ils s'arrêtent et, presque à l'unisson, se tournent vers moi. Ils me scrutent littéralement, et je me sens rougir, mais Creed fait semblant de ne pas le remarquer. Il tourne les talons et s'en va, tandis que Miranda soupire et se plaint auprès de moi de la bêtise de son frère. En sortant, nous passons juste devant Ileana, Becky et Harper. Creed est avec elles et leur murmure quelque chose, le visage crispé.

Sans hésiter, Miranda intervient.

— Tu restes loin de mon frère ! siffle-t-elle, poussant Ileana par l'épaule.

La première année trébuche et regarde mon amie avec les yeux plissés. Harper et Becky nous toisent, tout sourire. En les voyant devant moi, les images de ma noyade me reviennent à l'esprit, me donnant la nausée. J'ai l'impression que je vais défaillir, mais Zack me prend par le coude pour me soutenir.

— Il est peut-être séduit par ton nom, mais je peux t'assurer que, même si vous êtes ensemble, tu n'auras pas un centime de la famille Cabot ! Tu n'es même pas digne d'être sa coiffeuse, et encore moins d'être sa fiancée ou sa future femme.

Creed ne bronche pas. Il sourit même légèrement.

— Ce qui se passe entre ton frère et moi ne te regarde pas, sale gouine ! grogne Ileana.

Aussitôt, le sourire de Creed disparaît et devient de marbre. Ileana se retourne vers lui, mais c'est trop tard : quoi qu'ils aient pu se dire, je sais déjà qu'elle ne sera jamais madame Cabot. Et tant mieux… Cette conne a quand même essayé de me noyer !

Je jette un coup d'œil à Creed : son regard glacial est rivé sur les filles Idoles.

— Harper a dit que tu devrais être viré, lâché-je

soudainement. Elle pense que Windsor devrait prendre ta place au sein des Idoles.

— C'était avant que je sache qu'il se tapait lui aussi la pute du lycée, comme tous les autres, siffle Harper, prenant Ileana par le bras et la tirant vers elle. Oublie Cabot. Tu mérites bien mieux que lui !

— Elle ne trouvera jamais personne d'aussi riche, en revanche ! lance Creed d'une voix lancinante, fourrant ses mains dans ses poches, avec un large sourire. Profite du peu d'argent que ta famille a encore ! ajoute-t-il. Ça ne va pas durer longtemps…

— Va te faire foutre, Cabot ! T'es en train de commettre une grossière erreur. Tu vas vite le regretter… Tu ne seras jamais un membre respecté du Club. Et tu sais pourquoi ? Parce que tout le monde te considère comme un fils à maman ! s'écrie Ileana en jetant ses longs cheveux par-dessus son épaule

Peut-être qu'un jour, je les lui couperai, à elle aussi…

— Et toi, tu resteras la vieille fille aigrie de l'école, parce que je préfère de loin baiser la michetonneuse que de poser la main sur toi ! rétorque Creed.

Puis il tourne les talons et s'éloigne, tandis que je le regarde les yeux écarquillés et qu'Ileana semble tomber des nues. Lorsque Creed a disparu, elle me fusille du regard. Avec Becky et Harper à ses côtés, je ressens un flot de haine pure se déverser en moi. Ileana éructe alors :

— La prochaine fois, il n'y aura pas de prince pour te sauver !

CHAPITRE DIX-HUIT

JE REDOUTE SECRÈTEMENT la Saint-Valentin depuis… depuis le jour de la rentrée. L'année dernière a été assez mouvementée. Cette année… je ne sais pas ce que je dois faire. Je décide que, même si cela me fait mal, je dois envoyer des roses à Tristan, à Creed et à Zayd. Si je veux les berner, comme eux m'ont bernée, pourquoi ne pas utiliser les mêmes techniques ?

Je commande donc une rose pour chacun d'eux, ainsi que pour Zack, Miranda, Andrew… et Windsor. Après tout, pourquoi pas lui ? À la dernière minute, j'en commande même une pour Jessie. Elle ne sort peut-être plus avec Miranda, mais elle est toujours harcelée par le Cercle fermé, et j'ai l'impression que c'est au moins en partie ma faute.

— Quelle petite tradition adorable, sourit Windsor en s'arrêtant à côté de moi, devant le stand du vendeur de roses, et en sentant le parfum de l'énorme bouquet exposé.

Il a l'air tellement princier !

— Mais j'ai trop de petites copines pour envoyer des roses à chacune. Si j'essayais, j'en oublierais probablement une bonne demi-douzaine, et je ne peux décemment pas faire cela, n'est-ce pas ?

Je lui lance un regard dégoûté, tandis qu'il me sourit en se penchant pour signer le formulaire.

— Pourquoi est-ce que tu signes le formulaire si tu ne veux pas envoyer de roses ? lui demandé-je en fronçant les sourcils.

Windsor met la main dans sa poche et en sort un billet de cinq dollars, qu'il jette sur la table.

— Tu ne veux pas de fleurs ? Pourtant, c'est le moins que je puisse faire pour te remercier d'être mon amie. Tu es la seule personne qui me parle sans attendre que je lui offre des cadeaux, que je couche avec ou que je lui raconte des potins sur ma famille…

Il est interrompu par Tristan qui s'approche de moi à son tour, m'enivrant de son parfum de menthe poivrée et de cannelle.

J'avais oublié à quel point c'était impressionnant d'être si près de lui. Je repense à ce moment sur le bateau, lorsqu'il a attrapé mes bras et m'a embrassée, vite et fort. *N'oublie pas que Creed n'est pas le seul à être intéressé.* Je réentends ses mots et, comme lorsqu'il les a prononcés, mon cœur fond. Je sais pourtant que ce n'était qu'un jeu de sa part, mais cela ne change rien…

— Quelle connerie, ces roses ! dit-il froidement.

Sa voix est aussi tranchante que la lame d'un couteau. J'ai l'impression que si je m'approche trop près de lui, il pourrait me couper. Un faux pas, et je pourrais saigner…

— Je me suis inscrit sur la liste de ceux qui ne veulent pas de fleurs, ajoute-t-il.

Tristan vient-il réellement de me parler ? Je me tourne vers lui et le regarde en clignant des yeux, médusée.

— Il y a une liste de ceux qui ne veulent pas de fleurs ?

Il confirme d'un hochement de tête, et Windsor siffle d'admiration.

— C'est une idée géniale ! Je vais m'inscrire aussi !

Tristan et moi l'ignorons tous les deux.

— Tu as entendu parler du voyage organisé au printemps pour les élèves au tableau d'honneur ? me demande-t-il.

Sa voix est si difficile à interpréter… Je suis incapable de deviner ce qu'il pense.

— À Paris ?

Nouveau hochement de tête de sa part.

Bien sûr que j'ai entendu parler de ce voyage. Depuis la rentrée, l'école n'arrête pas d'en faire la promotion, rappelant que seuls les meilleurs élèves pourront y participer. C'est une sorte de carotte pour faire en sorte que tout le monde ait envie de se dépasser. Cependant, je ne suis pas certaine que leur idée marche très bien : j'ai entendu des plébs en parler d'un air désabusé, se plaignant que ça ne soit « que » Paris… Je suis presque sûre d'être la seule personne de l'école qui n'est jamais allée en France.

— Je me suis forcée à ne pas trop y penser. Mes notes ont tellement baissé… Je ne suis pas certaine de pouvoir y participer et je ne voulais pas être déçue.

— Tu restes la première de la classe, me rappelle-t-il, plantant ses yeux gris et sombres comme du charbon dans les miens.

Je me demande s'il pense à ce test truqué et à cette dissertation, au fait qu'il serait certainement le premier de la classe si je ne lui avais pas mis des bâtons dans les roues… Ou, plutôt, si je n'avais pas retourné contre lui ce qu'il avait prévu de me faire.

— Il n'y aura que toi et moi à ce voyage. Nous sommes les seuls à le mériter…

— Je…

Je ne sais pas quoi dire.

Tristan me regarde avec un petit sourire mystérieux, lève les yeux vers Windsor et nous quitte en ricanant, sans même un au revoir.

Il est vraiment bizarre...

— Tellement délicieux et chaleureux… ironise Windsor en venant se placer à côté de moi, les mains dans les poches. Au fait, je me suis inscrit sur la liste, mais je leur ai demandé de faire une exception : tu es la seule personne autorisée à m'envoyer une rose.

Il se penche vers moi et dépose sur ma joue l'un de ces baisers rapides qu'ils font en Europe et que mon cœur américain prend naïvement pour un geste intime et personnel. Retenant un soupir, je touche ma joue et pars à mon tour, prenant soin d'éviter les garçons pour le reste de la journée.

TRISTAN ET WINDSOR s'étant tous deux inscrits sur la liste de ceux qui ne veulent pas de fleurs, la majeure partie des roses sont envoyées aux filles de l'école. Les filles Idoles, même Valentina et Abigail, sont celles qui se retrouvent avec les plus gros bouquets. Les plébs les appelaient avant « les quatre connasses » ; j'imagine qu'ils les appellent « les cinq connasses » maintenant que cette horrible garce d'Ileana a rejoint leurs rangs.

Pour ma part, je reçois des roses de Miranda, d'Andrew, de Windsor et de Zack.

Chacun a écrit une petite carte adorable, et Zack m'a même offert un cadeau, emballé dans du papier scintillant et multicolore. Il me l'offre le soir, chez moi, avec un sourire timide.

— Ça va avec celui que je t'ai offert pour ton anniversaire, m'indique-t-il.

Je me rends compte alors soudainement que je ne l'ai jamais ouvert. Je prétexte avoir besoin de faire pipi et prends le paquet encore emballé dans mon armoire, puis cours dans la salle de bain pour l'ouvrir discrètement.

Il y a tellement de ruban adhésif que je dois utiliser mon coupe-ongles pour en venir à bout.

Lorsqu'enfin je réussis à ouvrir la boîte, je découvre deux billets pour un concert de l'Orchestre symphonique de San Francisco, accrochés à un petit carton rectangulaire. Je suis émerveillée et m'en veux de ne pas l'avoir ouvert avant… Pour être tout à fait honnête, j'avais complètement oublié que Zack m'avait offert ce cadeau. C'est dommage, car j'aurais pu y aller avec mon père, pendant les vacances de Noël...

Lorsque je retourne dans la pièce principale, Zack m'attend au bord de mon lit avec l'autre cadeau. Je tiens les billets et il sourit devant mon air penaud. Il n'a pas l'air contrarié, mais plutôt amusé, comme s'il n'était pas étonné.

— Je me suis douté que tu ne l'avais pas ouvert, dit-il – et j'ai envie de disparaître tellement je suis gênée. Ne t'inquiète pas... Ce n'est pas grave. Ils sont toujours valables, de toute façon !

Je m'assieds à côté de lui et déballe soigneusement le nouveau paquet, trouvant un autre billet correspondant aux deux premiers.

— J'ai pensé que tu aurais peut-être envie d'y aller avec Miranda, ou avec quelqu'un d'autre...

Je le regarde avec un large sourire. Nous savons tous les deux que j'irai sûrement avec lui...

Nous sommes assis si près l'un de l'autre que je sens sa chaleur corporelle, et je dois fermer les yeux un bref instant pour m'empêcher de céder à la tentation de l'embrasser. Et peut-être plus...

— Merci, murmuré-je. Tu es doué pour les cadeaux...

Mes mains tremblent, mon cœur s'emballe, et je n'arrive pas à prononcer quoi que ce soit d'autre. J'aime Zack. J'en suis sûre. J'aimerais vraiment être avec lui, en couple. Mais pas maintenant. Pas tout de suite...

— Tu vas à la *garden party* ? me demande-t-il doucement.

Je secoue légèrement la tête. J'ai quelques livraisons à faire : un petit colis pour chacun des Idoles, avec une note manuscrite à chacun d'eux. *Tu me manques.* La phrase idéale pour gagner mon pari… Je les déposerai chez eux pendant qu'ils seront à la *garden party*. Je ne pourrai donc pas voir leur visage lorsqu'ils découvriront ce que je leur ai offert, et je regrette de ne pas savoir comment ils réagiront. Je veux penser qu'ils réagiront comme je l'ai prévu. Il le faut… La vie de mon père est en jeu ! C'est d'ailleurs pour cela que je ne peux pas céder à mon envie d'aller danser avec Zack. Si je veux remporter mon pari contre Harper, je dois veiller à ce que les garçons ne me voient pas trop dans les bras d'un autre…

De toute façon, comme je l'ai dit à Windsor, je ne veux sortir avec personne pour le moment. Tout est si confus dans ma vie…

J'expire et Zack se lève, puis se retourne pour me regarder avec un petit sourire.

— Il n'y a pas de problème, Marnye. Je comprends… Repose-toi. On se voit demain !

Je lève les yeux vers lui avec une expression d'excuse. Je sais qu'il comprend : il est au courant de mon pari avec Harper – il est le seul – et il sait que je joue gros.

— Merci, répété-je.

Le baiser sur la bouche qu'il me donne avant de partir me bouleverse totalement. Après qu'il a fermé la porte derrière lui, je me recroqueville sur mon lit avec mes roses, mes cartes et les chocolats que Miranda m'a offerts.

Il vaut mieux que je laisse les garçons seuls durant cette journée aussi romantique.

Je suis déjà suffisamment perdue comme ça.

LA SEMAINE SUIVANTE, Tristan et moi sommes annoncés comme les seuls élèves au tableau d'honneur de l'école, et donc comme les seuls vainqueurs du voyage à Paris. J'ai d'abord pensé refuser, préférant être avec mon père pendant les vacances de printemps, mais Charlie m'a assuré qu'il allait mieux et a insisté pour que je fasse ce voyage. J'ai donc finalement décidé d'accepter. Je me sens terriblement égoïste, mais je sais que ce voyage sera l'occasion idéale de créer des liens avec Tristan. C'est celui des Idoles qui me pose le plus de problèmes, car c'est difficile de me retrouver seule avec lui : il est toujours entouré de sa cour… ou de Harper. Même si je ne les ai pas vus échanger de gestes tendres depuis qu'elle a tenté de me noyer.

— Tu ne te demandes pas à quel moment les filles ont fait ce pari ? me demande Windsor alors qu'il m'escorte jusqu'à l'entraînement de *pom-pom girls*.

Je hausse les épaules. L'idée m'a traversé l'esprit, mais, finalement, à quoi cela m'avancerait-il ? C'est maintenant derrière moi, et les filles Idoles pourront faire tout ce qu'elles veulent, il est hors de question que je les laisse me faire à nouveau du mal. D'ici la fin de l'année, j'aurai obtenu un traitement pour mon père, je me serai vengée des garçons, et l'année prochaine… Ce sera le moment de me venger des filles.

— Si, mais bon… fais-je d'un air vague. Pourquoi ?

Windsor hausse les épaules comme si cela n'avait pas d'importance, mais son sourire malicieux m'inquiète.

— Ne t'en mêle pas, Wind ! Je joue gros et je ne peux pas me permettre de précipiter les choses si je veux que mon plan fonctionne.

— Bien sûr que tu peux les précipiter ! me contredit-il en m'ouvrant la porte du gymnase. Tu n'es pas assez ambitieuse, Marnye ! N'attends pas qu'ils te donnent des munitions ; fabriques-en toi-même…

— Non, rétorqué-je en le regardant droit dans les yeux. Tant pis si je passe toutes mes années de lycée à me venger des personnes sur ma liste. Je ne veux pas rajouter de la merde à la merde. Crois-moi, les Sang-bleu ont fait tellement d'horreurs qu'il me suffit de laisser les choses se faire d'elles-mêmes…

Windsor semble sceptique, mais comme nous sommes au gymnase, nous ne pouvons pas poursuivre la conversation. Hannah lui a interdit d'assister à l'entraînement. Il faut dire que la dernière fois qu'il était là, les filles de l'équipe étaient tellement distraites par sa présence qu'elles ont même fait tomber la première année qui est au sommet de notre pyramide humaine. Rien de très grave, mais sa cheville a maintenant la taille d'une aubergine – et la même couleur aussi.

— Comme Milady voudra ! plaisante-t-il en s'inclinant exagérément juste avant que la porte ne se referme sur lui.

Sourire aux lèvres, je rejoins les autres filles et tente de me concentrer. Je ne dois pas me laisser distraire si je ne veux pas me retrouver avec une cheville comme celle de cette pauvre première année.

Le vendredi, Tristan assite à la répétition de l'orchestre. C'est la première fois depuis longtemps qu'il le fait. Nos regards se croisent et c'est comme si la connexion entre nous n'avait jamais disparu, qu'elle s'éteint simplement endormie et qu'elle se réveillait d'un seul coup.

Il me sourit depuis la rangée du fond et, même s'il est loin et que je ne le vois pas bien, j'ai l'impression qu'il est sincère.

Peut-être…

Mais je ne suis pas dupe. Cela ne l'empêche pas d'être un connard.

— IL N'Y a aucune raison que Windsor York participe à ce voyage ! lance-t-il alors que madame Felton nous rend nos deux passeports.

Jamais je n'aurais eu un passeport si je n'en avais pas eu besoin pour *Burberry Prep*. Je devais en avoir un, l'année dernière, pour mon inscription. Il était depuis rangé au fond d'un tiroir et je ne m'étais pas attendue à le ressortir si tôt... Comme quoi... Il m'arrive de me tromper !

— Aucune raison que je participe à ce voyage ? répète Windsor avec une petite moue. Je suis très peiné par tes paroles, monsieur Vanderbilt. Peut-être que tu ne sais pas que j'ai vécu à Paris pendant des années ?

Tristan a l'air énervé, mais ne répond rien, se contentant de garder les yeux rivés sur notre professeure, assise derrière son bureau, au dernier étage de la tour 1.

— Monsieur Vanderbilt, soupire-t-elle. Vous savez qu'un guide doit accompagner le groupe chaque année ? Eh bien, cette année, c'est au tour de *Burberry Prep* de fournir ce guide. À part vous, personne n'a son expérience. Je suis désolée, car je vois bien que vous semblez ne pas beaucoup vous apprécier l'un et l'autre, mais, vu ce que vous avez fait l'année dernière, vous n'êtes pas vraiment en position de négocier. Vous devriez même plutôt vous réjouir de ne pas avoir été exclu de l'école...

Tristan serre la mâchoire et me jette un coup d'œil avant de reporter son regard sur Windsor. Le prince lui sourit calmement, visiblement heureux comme un pape. Je le connais, et je sais qu'il savoure cette petite victoire.

— Maintenant, mademoiselle Reed, reprend la prof, je vous repose la question : êtes-vous certaine que vous acceptez de faire ce voyage avec monsieur Vanderbilt ? Si jamais cette situation vous met mal à l'aise, je peux le remplacer par l'élève classé troisième de votre classe, et monsieur Vanderbilt bénéficiera d'un autre voyage.

Il y a un long moment de tension durant lequel Tristan, Windsor et madame Felton me fixent avec insistance, pendus à mes lèvres.

Si je voulais respecter mon plan de vengeance à la lettre, je sauterais sur l'occasion pour évincer Tristan et l'empêcher d'aller à Paris. Mais, de toute façon, il est déjà allé à Paris, et il a les moyens d'y retourner quand il veut. Ce ne serait pas une si grande punition pour lui… Alors que voir sa tête lorsque je lui révélerai le pari que j'ai fait avec Harper, lors de la soirée de remise des diplômes… Ça, ça vaut le détour !

Mon cœur se serre. Il bat à tout allure, mais je l'ignore. Les sentiments que je ressens pour ces trois garçons sont déroutants, mais je ne dois pas me laisser dévier. L'année dernière, j'ai laissé mon cœur et mes hormones prendre le dessus ; le moins que l'on puisse dire, c'est que ça ne m'a pas réussi !

— Oui, réponds-je finalement.

Aussitôt, madame Felton hoche la tête d'un air entendu et se lève de son bureau pour nous ouvrir la porte. Windsor disparaît rapidement, mais Tristan me surprend en me suivant au restaurant. Il s'assied même à ma table habituelle, prenant la place de Miranda.

— Tu as toujours la montre ? me demande-t-il en me regardant droit dans les yeux.

J'acquiesce d'un léger signe de tête.

— Le collier ?

— Pourquoi ? murmuré-je, avant de soupirer, soudain fatiguée.

— Est-ce que je pourrais les récupérer ? Je te les rembourserai. C'est juste que… je ne pense pas que ce soit une bonne idée que Harper ou mon père les revoient sur toi.

Il continue de me fixer et il y a dans ses yeux gris une sincérité que je n'ai jamais vue auparavant. Je repense alors à ce jour, dans la bibliothèque, où il aurait pu aller plus loin, faire plus, profiter davantage de moi et de mon corps. Mais il ne l'a pas fait. Savait-il que nous étions filmés ? C'est difficile à dire, mais j'imagine que oui.

— En fait, je ne devrais pas être assis ici avec toi, lâche-t-il finalement.

— Parce que les plébs risqueraient de te couper la tête s'ils te voient avec la michetonneuse ? plaisanté-je.

Tristan ne semble pas trouver ça drôle. Il affiche un air sérieux, ses cheveux noir corbeau tombant sur son front, et passe sa langue sur sa lèvre inférieure alors qu'il détourne le regard.

— Tu peux apporter la montre et le collier lundi ? J'ai de l'argent.

— Je ne veux pas de ton argent, Tristan, murmuré-je, bien que j'aie toujours le compte bancaire qu'il a ouvert pour moi avec de l'argent. Mais oui, je te les apporterai.

Il reste silencieux un moment, ne reprenant la parole que lorsque le serveur vient prendre notre commande. Alors que nous attendons nos plats en silence, son pied touche le mien, sous la table. Nos regards se lèvent alors l'un vers l'autre, et nous nous fixons. C'est comme s'il y avait un fil entre nous, nous rapprochant inexorablement. Je me laisse entraîner, jusqu'à ce que ma raison reprenne le dessus.

C'est pour le pari, me dis-je. Mais je sais que je me mens à moi-même. Je me demande si les garçons ont déjà ressenti cette même ambigüité quand ils étaient avec moi, l'année dernière. Ont-ils dû, eux aussi, lutter contre leurs vrais sentiments pour moi ?

— Pourquoi est-ce que tu l'as choisi, *lui* ? me demande soudainement Tristan, sans toutefois retirer son pied, qui touche toujours le mien. Pourquoi est-ce que tu as choisi Zayd ?

Mordillant ma lèvre, je détourne le regard. La vérité est que je n'ai pas de réponse à cette question. *Je ne voulais pas choisir ; j'ai détesté ça. Mais je n'avais pas le choix : je ne pouvais pas aller au bal avec les trois en même temps ! Il n'y avait de « bon » choix. Je savais que, quelle que soit la robe que je porterais, ce serait la mauvaise.*

— C'est compliqué, murmuré-je, Tristan me toisant d'un air sombre. Qu'est-ce que tu veux que je te dise ? Je vous aimais tous les trois. Après tout, c'était l'objet de votre pari, non ? Me faire croire que j'étais amoureuse de vous… Vous avez tous réussi, c'est tout. Maintenant, si tu as besoin d'autres trophées, je peux te les commander.

— Tu penses que tu as la vie dure ? me lance-t-il en serrant ses poings sur la table.

Il y a comme de l'impuissance dans sa voix que je ne

comprends pas, que je ne peux pas interpréter. Ses yeux gris sont orageux et assombris par la frustration.

— Je ne *peux* pas aimer. Je ne saurai jamais si une fille tient réellement à moi, ou si elle n'est intéressée que par mon nom ou mon argent. Et mon père… Tu l'as vu quand il m'a donné la montre ? D'ailleurs, je ne suis pas stupide : je sais que c'était toi devant le salon VIP du chalet. Donc tu le sais : il ne m'aime pas, il me *possède*. Je ne suis qu'un pion pour lui, qui lui sert pour faire ses conneries.

J'ai la gorge sèche et mon cœur bat la chamade. Instinctivement, j'aurais envie de lui répondre qu'il n'est qu'un pauvre petit enfant riche et gâté. Je devrais lui lancer cela à la figure et voir quelle serait sa réaction. Mais je repense à mon pari avec Harper. Et mon empathie refait surface, contre laquelle je ne peux rien. Je suis incapable de lui dire une chose aussi cruelle.

— Si tu le veux vraiment, un jour tu trouveras, murmuré-je.

— Trouver quoi ? grogne-t-il en me regardant dans les yeux et en passant une main dans ses cheveux noirs.

— Quelqu'un qui t'aime réellement. Qui t'aime pour toi, *Tristan*. Crois-moi, je sais ce que je dis : je me suis posé la même question que toi…

Il desserre ses poings et me fixe comme s'il avait vu un fantôme. Puis, sans que je m'y attende, il se lève, s'approche de moi et pousse tout ce qui se trouve sur la table au sol. Les assiettes, les verres et les couverts s'écrasent par terre, tandis qu'il se penche sur la table et me tire par la cravate, approchant mon visage du sien. Alors, sa bouche s'écrase sur la mienne, me consumant tout entière. C'est comme un feu d'artifice, un million de sentiments différents explosant à l'intérieur de moi.

Tristan caresse ma lèvre inférieure, puis se glisse entre mes dents jusqu'à trouver la mienne, comme j'en avais toujours rêvé. Je m'agrippe à sa chemise, mais il serre mes poignets dans ses mains, donnant l'impression que c'est moi qui le supplie de m'embrasser. Peut-être est-ce le cas ? Je ne sais pas, en fait…

Finalement, le serveur arrive avec nos plats, et nous nous détachons. Je me rassois alors sur ma chaise, regrettant déjà sa chaleur.

Tristan sort en trombe du restaurant, claque la porte et m'abandonne avec une salade, un cœur battant la chamade et un tourbillon d'émotions qui me bouleversent complètement.

Putain !

Ne dit-on pas que la vengeance est un plat qui se mange froid ? Pourtant, je ressens une chaleur intense, que je ne suis même pas sûre de détester. Au contraire, j'ai l'impression d'adorer cela…

CHAPITRE DIX-NEUF

LORS DES COURS particuliers que je donne à Creed, je m'assure que nous parlions d'autres choses que de travail. J'accepte même quelques invitations de Miranda à venir dans leur appartement. Ma stratégie fonctionne : petit à petit, je sens que Creed commence à revenir vers moi. Même s'il m'ignore encore dans les couloirs, il est presque redevenu celui que je connaissais l'année dernière, lorsque nous étions proches l'un de l'autre.

Nous avons recommencé à regarder des films sur son canapé, et lorsque j'arrive chez eux, il n'est pas rare qu'il m'accueille en sueur, une serviette autour du cou, un verre d'eau à la main, et avec un regard chaleureux, malgré la couleur de ses yeux bleu de glace.

Curieusement, c'est Zayd qui semble le plus réfractaire à me parler.

À une semaine des vacances de printemps, il est toujours distant vis-à-vis de moi, et je décide que je dois agir. Je me rends donc dans la salle de musique au moment où je sais qu'il y joue de la guitare. Il ne me remarque pas tout de suite, levant les yeux vers moi uniquement lorsque je suis juste à côté de lui. Je n'ai jamais beaucoup aimé la musique contemporaine, mais la chanson qu'il est en train de fredonner en s'accompagnant à la guitare me plaît beaucoup – ce qui me surprend.

— Charité ! Qu'est-ce que tu fais ici ? me demande-t-il en clignant des yeux.

Il a l'air presque gêné d'avoir été surpris en train de répéter. Il pose sa guitare et se tourne face à moi ; il a l'air fatigué – beaucoup trop pour jouer à la rockstar.

— Je suis venue parce que j'ai l'impression que tu m'évites ! lancé-je en croisant les bras.

Ma réponse franche semble le déstabiliser, mais il ne peut pas fuir et est forcé d'y faire face.

— Pourquoi ? Tu m'as pourtant avertie du coup que préparait Tristan contre moi ; tu es même venu dans ma chambre pour me parler du pari que les filles avaient fait… Ça veut dire que je ne te laisse pas complètement indifférent ? Sinon, pourquoi aurais-tu fait tout ça pour moi ? En plus, pour des types qui prétendent me détester, Creed et Tristan sont plutôt sympas avec moi, en ce moment…

Zayd se contracte et serre les dents. Il frotte son bras tatoué avec sa main, tout aussi tatouée. Ses manches de chemises sont relevées, tandis que sa cravate rouge complètement dénouée pend de chaque côté de sa chemise déboutonnée.

— Va te faire foutre, Charité !

Il n'y a plus aucune chaleur dans sa voix, et je me demande ce qui se passe entre les garçons dont je ne suis pas au courant.

— Tu n'aurais jamais dû revenir ici, tu sais ? Tu n'as pas compris que tu n'étais pas à ta place ici ?

— Comment ça, « pas à ma place » ? le défié-je en m'avançant vers lui, pénétrant dans sa sphère intime.

Mon pouls s'accélère. Il bat si vite que j'ai presque un vertige.

— Parce que je suis pauvre ? Ou parce que tu ne veux pas que l'on me fasse de mal ?

— Peut-être les deux… Ou ni l'un ni l'autre… Je n'en sais rien, putain ! soupire-t-il en se levant de son tabouret.

Je suis obligée de faire un petit pas en arrière pour nous empêcher de nous frôler. J'avais oublié à quel point il était grand et beau. Je suis comme captivée par ses cheveux à nouveau verts, comme l'année dernière, et par son piercing sur sa lèvre inférieure.

— T'as ruiné ma carrière. Ça ne te suffit pas ?

— Je veux que nous redevenions amis, lâché-je sans le vouloir.

En fait, j'ai l'impression de ne plus être tout à fait dans mon plan, prise entre mon désir de vengeance et mes hormones.

— Mais nous n'avons jamais été amis ! s'agace-t-il.

Il essaye de s'éloigner de moi, mais j'attrape sa main pour l'en empêcher. Nos regards se croisent, et je refuse de détourner le regard la première.

— Tu ne devrais pas être si dur avec ton nègre, déclaré-je.

Il me regarde d'un air confus.

— Cette chanson, celle que tu détestes tant et dont tes amis se sont moqués... Je l'ai aimée. Beaucoup. Je ne connais pas la personne que la maison de disques a payée pour l'écrire, mais elle a beaucoup de talent...

Zayd m'observe un long moment – trop long pour ne pas trahir ses sentiments envers moi – puis retire sa main de la mienne et quitte la salle en montant les marches deux par deux. Bouleversée, incapable de bouger, je me laisse tomber sur le tabouret où Zayd était assis, tentant de reprendre une respiration normale.

— Bravo ! me lance Windsor, me faisant sursauter. Tu ne lâches pas, on dirait ?

Je me tourne vers lui et le vois sortir de l'obscurité du bureau de monsieur Carter.

— Laisse-moi tranquille, Wind ! gémis-je.

Il m'ignore et s'assoit sur une chaise à côté de moi, avec un étui noir à la main, dont il sort une flûte.

— Comme je te l'ai dit, tu ne sais pas tout. Mais je veux bien que tu m'aides à me venger des filles, d'accord ? Pour l'instant, j'ai juste besoin d'un ami...

Windsor m'observe un instant tandis que je repousse les cheveux de mon front, puis brandit son instrument.

— Tu fais un duo avec moi ? me demande-t-il.

Je le regarde en clignant des yeux de surprise. Je ne savais pas qu'il savait jouer de la flûte. En même temps, c'est un prince ! Il doit sûrement jouer d'une dizaine d'instruments…

Il me tend des partitions.

— Tu sais lire ça, j'imagine ?

J'acquiesce d'un hochement de tête, et il sourit en désignant la harpe à pédales. Alors, même si je suis épuisée, je m'installe, positionne mes partitions et attends qu'il commence à jouer.

Windsor joue bien. Merveilleusement bien. En l'écoutant, mon cœur saute dans ma poitrine et mes doigts glissent sur les cordes de la harpe d'une manière presque magique. Une fois le morceau terminé, nous en entamons un autre. Puis un autre, et encore un autre… Nous jouons si longtemps que je finis par avoir mal aux mains et je suis presque contente quand l'un des agents de sécurité vient nous dire que nous devons partir, car il va fermer la salle.

Windsor me raccompagne alors jusqu'à chez moi. Devant ma porte, il se penche pour m'embrasser sur la joue, mais je tourne la tête et nos bouches s'effleurent par accident. Le baiser est aussi court que doux, et je suis traversée par un frisson qui me surprend moi-même, car je réalise alors que je suis charmée par ce fichu prince, comme toutes les autres filles de l'école. Windsor me sourit, comme s'il lisait dans mes pensées et savait ce que je ressens.

— Tu es vraiment la plus jolie fille de l'école, me sourit-il. Si tu changes d'avis et que tu as envie de sortir avec quelqu'un, ma belle, fais-moi signe… Je ne peux pas te promettre que ça durera pour toujours, mais je suis sûr que nous nous amuserions beaucoup, tous les deux !

Il plonge ses yeux noisette dans les miens, redressant sa frange en passant une main dans ses cheveux roux. Les secondes semblent durer une éternité, jusqu'à ce qu'il me dise au revoir et disparaisse dans le couloir, en direction de la cour et des tours.

Je me dépêche alors de rentrer chez moi, veillant à fermer la porte à clé derrière moi, puis je m'assois par terre pendant près d'une heure, perdue dans mes pensées.

Décidément, la vie à *Burberry Prep* réserve bien des surprises !

LE TRAJET jusqu'à l'aéroport est tendu. Windsor et Tristan sont comme chien et chat, et je suis coincée entre eux. Je fais de mon mieux pour ignorer la tension et rester impartiale, mais leur animosité l'un envers l'autre rend l'air presque irrespirable.

Heureusement, nous voyageons en classe affaires. J'ai l'impression de voler dans un palace : mon siège se transforme en lit, j'ai un grand écran devant moi pour regarder des films, et l'hôtesse de l'air vient même m'apporter une serviette chaude pour me nettoyer les mains. Jamais je n'ai connu autant de luxe !

— Tu n'as jamais voyagé en classe affaires ? devine Windsor, penché sur le dossier de mon siège. Moi non plus, si ça peut te rassurer… Bon, il faut dire que lorsque je voyage en avion, je prends généralement le jet privé de ma famille. Mais je dois avouer que nous ne sommes pas trop mal installés !

— T'es vraiment un connard arrogant ! grogné-je, émerveillée par tout ce qui se trouve autour de moi.

Windsor peut bien se moquer de moi, j'ai conscience de vivre quelque chose de merveilleux, même si je ne suis pas dans un jet privé. J'aurais même accepté de voyager dans les toilettes pendant tout le vol si on me l'avait demandé, juste pour avoir la chance de prendre l'avion. Je n'ai pris l'avion qu'une seule fois, et c'était pour aller voir mon grand-père avant qu'il ne décède. Le vol n'avait duré qu'une heure ou deux, et le confort était incomparable à celui-ci !

Après le décollage, Windsor défait sa ceinture de sécurité et passe la moitié du vol à choisir des films avec moi, faisant des commentaires bizarres, comme à son habitude. À un moment, je me lève pour aller aux toilettes et croise le regard de Tristan, visiblement en colère. Nous n'avons pas parlé depuis qu'il m'a embrassée, et je ne sais pas trop quoi lui dire.

En quittant les toilettes, je me dépêche de retourner à mon siège et mets mes écouteurs pour ne plus entendre Windsor tout le reste du trajet.

Lorsque nous arrivons enfin à notre hôtel, je me sens *épuisée*. Madame Felton nous donne à chacun la clé de notre chambre. En découvrant la mienne, j'ai l'impression d'être moi aussi une gosse de riches trop gâtée : elle est magnifique ! Je me laisse tomber sur le lit et dors comme une princesse.

Le lendemain matin, nous prenons le petit déjeuner dans le salon, à l'étage, avec vue imprenable sur la ville et la tour Eiffel. Tristan et Windsor me regardent comme s'ils me voyaient pour la première fois, aussi fascinés par mes réactions devant la vue que je le suis par la vue elle-même.

— C'est magnifique, n'est-ce pas ? murmure Windsor en s'approchant de moi.

Je n'ai pas le temps de lui répondre, car nous sommes traînés dans un groupe avec d'autres élèves, tous venus représenter leur école par binômes. On nous colle une étiquette avec un numéro sur le bras, puis on nous emmène visiter la ville avec comme consigne de ne jamais – sous aucun prétexte – nous séparer de notre binôme. Pour moi, bien sûr, il s'agit de Tristan. Windsor, lui, est le guide de tout le groupe et je ne le vois presque pas.

Nous commençons notre visite de Paris par la cathédrale Notre-Dame. J'ai lu sur Internet qu'elle avait pris feu, il y a plusieurs siècles de cela, et qu'elle avait ensuite été reconstruite. Il faut croire que le travail fut réussi, car je suis éblouie par sa beauté. Lorsque nous entrons à l'intérieur, une foule de fidèles se presse devant les fresques et les statues, tandis que les prêtres chantent leurs hymnes liturgiques qui font naître dans ma poitrine une joie presque émouvante. Non seulement je suis à Paris – *Paris !* –, mais je suis dans un bâtiment qui date de presque mille ans ! Me laissant transporter par ma passion pour l'Histoire, je prends le bras de Tristan sans même m'en apercevoir et le serre contre moi.

Il se raidit pendant une seconde, mais se détend rapidement et me laisse m'accrocher à la manche blanche impeccable de sa veste d'uniforme.

— Est-ce que tu vois ce que je vois ? murmuré-je, essayant de ne pas déranger la messe en train de se dérouler.

Je ne suis pas religieuse, mais je suis respectueuse. Je lève les yeux vers Tristan et il me regarde en haussant les sourcils. Aussitôt, une chaleur envahit mon ventre, mais je l'ignore. La dernière chose dont j'ai besoin est de ressentir quoi que ce soit pour lui. Malgré tout, nous formons un binôme pendant tout le reste du voyage, et je suis déterminée à en profiter et à passer un bon moment. D'ailleurs, si je ne tenais pas son bras, je serais emportée par la foule et risquerais de perdre le groupe.

— Je l'ai déjà vue, soupire-t-il, comme s'il s'ennuyait à mourir.

Sans prêter attention à lui, j'observe les fresques sur le mur devant nous et lis le panneau expliquant leurs origines. Apparemment, toute l'église en était recouverte, avant qu'elles ne soient en grande partie effacées.

— Toi, par contre, on dirait que tu es sur le point d'avoir un orgasme ! ricane Tristan, si fort que plusieurs personnes se tournent vers nous.

— Ne prononce pas ce mot si fort dans une église ! m'étouffé-je, rouge de honte, tandis que Tristan éclate de rire.

C'est le son le plus authentique que j'aie jamais entendu sortir de ses lèvres charnues et sensuelles.

Putain ! Non. Non. Non ! Tu recommences, Marnye ! Tu oublies ce qu'il t'a fait !

Je repense alors à son visage, l'année dernière, et au ton métallique et cruel de sa voix lorsqu'il m'a révélé la vérité. « *Et tu sais quoi ? Il n'y avait rien d'autre en jeu que ce trophée. Nous avons fait ce pari pour le plaisir. Uniquement pour le plaisir...* »

Aussitôt, mes papillons dans le ventre disparaissent.

— Tu sais, poursuit Tristan d'une voix beaucoup plus agréable que celle avec laquelle il avait prononcé les mots dont je viens de me souvenir, « orgasme » n'est pas un gros mot.

Il se tourne vers moi et plante son regard dans le mien. Nos bras sont toujours enlacés, et je sens une réelle intimité entre nous.

— Je n'ai jamais dit que c'était le cas, chuchoté-je alors que les prêtres arrêtent de chanter et que le sermon commence dans une sorte de monotonie magnifique.

Tristan se penche vers moi et pose son pouce contre ma lèvre inférieure. Une partie de moi a envie de le lui mordre, tandis que l'autre partie... lutte pour ne pas admettre à quel point c'est agréable.

— L'union passionnée entre un homme et une femme n'est pas un péché, susurre-t-il. C'est la bénédiction de Dieu dans la chambre.

Il se penche plus près, comme s'il allait m'embrasser, mais je recule, arrachant mon bras du sien. Il m'adresse un sourire de tombeur – le même qu'il a dû utiliser, j'en suis sûre, pour séduire des dizaines de filles.

Ne pense pas à Kiara Xiao, ne pense pas à Kiara Xiao, ne pense pas à Kiara Xiao, tenté-je de me maîtriser.

En vain : je ne pense qu'à cette scène, à cette fois où je les ai surpris, elle et Tristan, en train de baiser, et je frissonne. Elle n'était avant qu'un cauchemar pour moi ; maintenant, elle est en plus devenue une Sang-bleu.

— Je ne te savais pas si religieux…

Tristan hausse les épaules, plongeant ses mains dans les poches de son pantalon blanc. Un énorme groupe de touristes passe à côté de nous, et l'un d'eux me bouscule. Aussitôt, Tristan m'entoure de ses bras pour me protéger des touristes maladroits et me stabiliser. Il jette un regard noir aux membres du groupe qui s'éloigne de nous instantanément, puis il me serre contre lui, si fort que j'en suis même surprise. Pour quelqu'un qui me déteste autant qu'il le prétend, il semble aimer me toucher…

— Je ne le suis pas, me répond-il lorsque nous sommes à nouveau seuls.

Puis il me lâche et se tourne vers une longue rangée de fresques représentant dans les moindres détails des rois, des évêques et Jésus lui-même.

— Tout ça me gonfle, soupire Tristan.

— Mais c'est de l'Histoire ! m'exclamé-je en désignant les murs de l'église.

Mon cœur bat à tout rompre. Peut-être parce que

l'endroit est merveilleux, mais surtout parce que c'est la conversation la plus longue que Tristan et moi ayons eue de toute l'année.

— Nous avons tant de choses à apprendre du passé ! ajouté-je, enroulant mes doigts autour de la corde en velours qui – à mon grand regret – nous empêche de nous rapprocher davantage des œuvres. Tu sais, si on n'apprend pas des erreurs du passé, rien ne change jamais…

Je le regarde droit dans les yeux pour lui faire passer le message, et il soutient mon regard avec une aisance inébranlable. Puis, au bout d'un moment, il s'approche de moi et me tend le coude pour que nous poursuivions la visite.

— Mon père te déteste, tu sais. Il pense que tu es le diable incarné.

Il m'annonce cela avec une complète désinvolture, mais je perçois dans le ton de sa voix que, pour une raison que j'ignore, il veut que je le sache, comme si c'était d'une importance cruciale. J'en prends bonne note, mais je refuse de laisser William Vanderbilt gâcher mon après-midi.

Nous passons le reste de la journée dans le Quartier Latin, où je découvre avec émerveillement les bars où buvait Ernest Hemingway, et les bouquinistes de rue qui vendent toutes sortes de vieux livres et de gravures. Tout est merveilleux – sauf peut-être le café que je trouve affreux. Mais les pâtisseries sont exquises, et la compagnie… bien meilleure que je l'avais imaginé.

Notre voyage ne dure que cinq jours, alors nous

profitons de chaque heure que nous avons. Le deuxième jour, nous décidons d'aller à Disneyland.

Accrochée au bras de Tristan, je cours d'une attraction à l'autre avec un tel enthousiasme que même Tristan finit par se dérider. Je ne sais pas s'il apprécie vraiment le parc ou s'il fait cela pour me faire plaisir, mais il est d'accord avec tout ce que je lui propose de faire – même une attraction aussi enfantine que les Tasses du Chapelier Fou ! Nous prenons un selfie ensemble devant le château de la Belle au Bois Dormant, puis déjeunons au *Captain Jack's*, le restaurant des Pirates. Toute la journée, je suis très fière de marcher au bras de Tristan dans nos uniformes blancs assortis, sous le regard jaloux de toutes les filles que nous croisons.

Sur le trajet de retour à l'hôtel, dans le RER, je pose ma tête sur l'épaule de Tristan pour essayer de dormir et m'imagine qu'il passe ses doigts dans mes cheveux.

Lors de notre dernier jour à Paris, nous décidons de monter sur la tour Eiffel, mais il y a trop de monde et nous nous contentons finalement de nous promener sur le Champ-de-Mars, juste en face, pour prendre des photos. Tout semble normal jusqu'à ce que Tristan s'arrête brusquement de marcher.

— Tout va bien ? m'inquiété-je en levant les yeux vers lui.

— Marnye, commence-t-il en se tournant vers moi.

Il me regarde avec douceur, la bouche légèrement entrouverte. Il n'a rien à voir avec le Tristan que je connais, et je comprends qu'il est sur le point de me confier quelque chose de très important. Mon cœur s'emballe et je sens ma gorge se serrer.

— Il y a tellement de choses… reprend-il finalement. Tu ne peux pas rester à *Burberry Prep*. Le Club Infinity est…

— Quoi, le « Club Infinity » ? l'encouragé-je à continuer, retrouvant soudain ma voix. Il n'y a pas de Club ici. Si tu as quelque chose à me dire, alors dis-le-moi. Mais ne te cache pas derrière le Club.

Tristan fronce les sourcils, puis secoue la tête, ses cheveux noir de jais flottant dans la brise. Derrière lui, la tour Eiffel se dresse fièrement dans le ciel bleu pâle de l'après-midi. Il fait un pas vers moi puis pose doucement ses mains sur mes épaules, faisant naître une vague de frissons qui parcourt tout mon corps.

— Marnye… commence-t-il.

Il est tellement différent de d'habitude. Il a presque l'air… désolé ?

— Je suis…

— Grand Dieu ! Je n'avais pas réalisé que vous étiez si proches, tous les deux ! s'exclame Windsor qui s'approche de nous.

Un éclair de rage passe dans le regard de Tristan qui, aussitôt, se cache de nouveau derrière son masque de fer. Je le supplie en silence de me dire ce qu'il était sur le point de me révéler, mais il laisse tomber ses bras sur les côtés et se tourne pour faire face au prince.

— Faites comme si je n'étais pas là ! lance joyeusement Windsor.

Il sourit, mais je sens que ce n'est pas sincère. Il a

clairement quelque chose derrière la tête… Je l'aime beaucoup, mais je dois me méfier de lui : il est aussi dangereux que les autres.

— Je ne sais vraiment pas ce que tu fais ici ! grogne Tristan, perdant son self-control. Et je ne parle pas seulement du Champ-de-Mars, je parle de ce voyage !

Éternel provocateur, Windsor hausse les épaules et tend les mains sur les côtés, paumes vers le haut, comme s'il ne voyait pas de quoi parle Tristan. Puis il glisse ses mains dans ses poches, donne un coup de pied à un caillou égaré et s'approche de nous d'un pas nonchalant. Toutefois, maintenant que je le connais bien, je vois qu'il y a une tension sur son visage qui n'est pas habituelle…

— Disons que je ne vis que pour les loisirs et les plaisirs. Or, Paris n'est-elle pas la ville de la démesure ?

Puis, pendant quelques secondes, il perd son sourire, en regardant Tristan dans les yeux tandis qu'il semble m'ignorer totalement.

— En plus, je suis le guide du groupe, tu te souviens ? reprend-il en arborant à nouveau son large sourire. Ce qui ne me paraît pas incongru si l'on considère que j'ai vécu à Paris pendant trois ans et que j'y passe tous mes étés depuis que j'ai trois ans.

Les garçons se font face et je me sens toute petite au milieu d'eux. En les regardant de près, je ne saurais dire lequel est le plus séduisant – ils sont beaux tous les deux, chacun à sa manière. Mon pouls s'accélère. Je me sens presque étourdie, prise au piège entre deux mondes. La royauté américaine et la royauté britannique.

Soudainement, l'un et l'autre attrapent l'un de mes poignets, chacun essayant de me tirer vers lui. Windsor est à ma droite, et Tristan à ma gauche. Je cligne stupidement des yeux en les regardant tous les deux. Je ne comprends rien à ce qui est en train de se passer.

Tristan plisse les yeux de colère. Windsor conserve son sourire à toute épreuve, mais cela lui donne un air presque encore plus terrifiant que celui de son adversaire. Ils parlent tellement vite, tellement fort, et je suis tellement abasourdie, que je ne retiens que quelques bribes de leur échange : *petite amie... belle... elle est à moi...*

Je suis de plus en plus perdue.

— Marnye, à toi de choisir, déclare finalement Tristan en relevant le menton, la brise passant dans ses cheveux noirs. Choisis avec lequel de nous deux tu veux continuer le séjour. Maintenant.

Je le regarde bouche bée. Choisir ? Entre un qui a été mon ennemi et sur lequel j'ai parié, et mon nouvel ami ? Tristan ne peut pas être assez égoïste pour imaginer une seconde que je vais le choisir ? D'ailleurs, la dernière fois que j'ai fait un choix, on ne peut pas dire que cela m'ait réussi !

Je suis encore en train de penser à tout cela lorsque Tristan resserre sa main autour de mon poignet, tandis que Windsor, lui, me lâche, me faisant presque aussitôt regretter la chaleur de sa peau. Les yeux de Tristan brillent de triomphe, tandis que Windsor se penche à mon oreille, ses lèvres effleurant mon lobe d'oreille.

— Je ne te demanderai pas de choisir, *my love,* pas aujourd'hui.

Il rit et je frissonne.

— Mais si tu veux vraiment te venger, glisse ça dans sa poche quand tu le pourras, ajoute-t-il en glissant quelque chose dans la poche droite de ma veste.

Je l'interroge du regard, mais il n'en dit pas plus et recule, avant de faire un léger signe de tête à Tristan et de m'adresser un clin d'œil. Puis il tourne les talons et s'éloigne en direction de la tour Eiffel.

C'est quoi ce… *bordel* ? Je plonge subrepticement ma main droite dans ma poche et sens un petit objet emballé dans du plastique. En regardant vers le bas, je vois de la poudre blanche. Je deviens blême. Est-ce que c'est… ce que je pense que c'est ?! Windsor vient de mettre de la cocaïne dans ma poche !

Oh, mon Dieu !

Tristan se détend légèrement, mais me regarde avec une certaine méfiance. Je ne sais pas ce qu'il voulait me dire avant que Windsor n'arrive, mais, clairement, il n'a plus l'intention de me confier quoi que ce soit. Il a l'air plus froid et immobile que jamais tandis qu'il lâche mon poignet et fait un petit pas en arrière. Nous échangeons un long regard, et mon cœur anxieux bat à toute allure.

Il m'a fait croire que je tenais à lui.

Mais je ne laisserai plus jamais personne me mentir.

Pourtant… il faut absolument que je fasse en sorte

qu'il m'accompagne à la soirée de remise des diplômes. Depuis qu'il est fiancé à Harper, il est une cible beaucoup plus difficile que Zayd et Creed.

— Où va-t-on ? lui demandé-je.

Il détourne le regard en direction du parc sur notre gauche, plongeant ses mains dans les poches de son pantalon.

— À l'hôtel. Nous devons partir tôt demain matin pour l'aéroport, me répond-il en tournant à nouveau son regard vers moi. Tu sais, mon père possède un vignoble à Reims, et ma famille produit du champagne. Un jour, je t'emmènerai là-bas.

Puis il se retourne et commence à avancer sans moi, me laissant à la fois confuse et ravie.

Je profite d'être seule derrière lui pour jeter le petit sachet de poudre dans une poubelle. *Les faire se pendre avec leur propre corde*. Autant que je sache, Tristan ne consomme pas de cocaïne. Je ne peux pas lui faire ça. En frappant Harper, j'ai enfreint mes règles une fois. C'était la première et dernière fois.

Je ne veux pas que ma vengeance et ce pari aboutissent à ma propre perte.

CHAPITRE VINGT

JE PASSE le reste de mes vacances de printemps à décorer ma chambre, à prendre des bains (nous n'avions pas de baignoire dans le wagon, et c'est nouveau pour moi) et à explorer le quartier chic de Grenadine Heights à côté duquel nous habitons désormais. Nous n'en faisons pas tout à fait partie, mais nous sommes à la limite et c'est presque comme si nous y étions, ce qui est vraiment cool.

C'est grâce aux nouveaux contrats que mon père a obtenus par l'intermédiaire des amis de Robin, que nous avons rencontrés à Noël, que nous pouvons nous permettre cette location. Ils étaient tellement contents de son travail qu'ils l'ont recommandé à d'autres de leurs amis, qui en ont eux-mêmes parlé à leur entourage. Charlie s'est vite retrouvé avec un carnet de rendez-vous plein, et notre pouvoir d'achat a explosé. J'espère juste que ça ne s'arrêtera pas du jour au lendemain, et que nous ne serons pas obligés de retourner vivre dans un wagon. Car, techniquement, il nous appartient et nous continuons de louer le terrain sur lequel il est installé – nous pourrions donc y retourner si jamais nous n'avions pas d'autre solution.

Je suis tellement en colère contre Windsor que j'ignore ses SMS pendant trois jours avant d'y répondre.

Le coup de la cocaïne, c'était vraiment exagéré, finis-je par lui envoyer.

Il me renvoie simplement un émoji – l'homme qui hausse les épaules. Je ne trouve pas ça très drôle et ne réponds rien.

Tu as raison. C'est ta vengeance, pas la mienne... C'est juste que je ne suis pas habitué à rester en retrait.

Je tarde à lire son message et, lorsque je le fais enfin – nue, dans mon bain –, je vois qu'il est de nouveau en train d'écrire. Je ne devrais pas regarder mon téléphone dans mon bain... Je vais finir par le faire tomber dans l'eau. Remarquez, ce serait un bon moyen de savoir s'il est vraiment étanche ! Je suis dans l'eau depuis tellement longtemps que mes doigts sont tout fripés. Pourtant, je n'ai aucune envie de sortir.

Ce que j'essaye de dire, Milady, c'est que je suis désolé.

Je soupire en lisant son message et décide cette fois qu'il a suffisamment payé et que je dois enterrer la hache de guerre.

Tu es pardonné. Mais ne recommence pas !

Je suis sur le point de poser mon téléphone à côté de la baignoire, lorsque je reçois un autre SMS. Mais cette fois, ce n'est pas de Windsor. C'est de Zayd.

Je passe mes vacances à accompagner mon père en tournée. Me fais chier comme un rat mort ! Bisous

Une nuée de papillons envahit mon ventre, et je dois résister à l'envie de hurler. Ce n'est pas que je sois vraiment heureuse de recevoir son message, mais cela veut dire que mon plan est en train de fonctionner… Or, la santé de mon père est en jeu. Maintenant que le mois de mars touche à sa fin, il ne me reste que qu'avril et mai pour que les garçons tombent amoureux de moi.

Deux mois, ce n'est pas beaucoup, et juin compte à peine puisque notre dernier jour – et le jour de la soirée de remise des diplômes – est le quatorze.

Il ne se passe pas grand-chose ici non plus. Il y a quand même des groupies mignonnes aux concerts ?

Je ne sais pas pourquoi j'ai demandé ça, et je me maudis d'avoir envoyé ce message. Zayd commence à taper, et je reçois plusieurs émojis « mort de rire » qui me rappellent son rire joyeux.

Elles ont toutes la cinquantaine, répond-il. *C'est une vraie torture. D'autant que la musique de mon père est franchement nulle !*

Je ris et m'enfonce un peu plus dans mon bain. Nous continuons à échanger des SMS sans que je voie le temps passer. Ce n'est que lorsque mon père rentre du travail que je réalise que l'eau est froide. J'envoie alors un dernier message à Zayd puis sors de mon bain, enfilant rapidement un jean et un tee-shirt.

De toute façon, Zack est chez son grand-père, et je suis donc toute seule à Cruz Bay sans personne avec qui sortir. Je ne sais pas si c'est une bonne ou une mauvaise chose. Je profite de mon temps pour me détendre et être avec mon père, mais je suis presque sûre qu'il sort en douce, le soir, pour rejoindre Jennifer. Nous n'en avons pas parlé, mais je suis tellement heureuse que ses derniers résultats d'examens soient bons que je n'insiste pas.

C'est lui qui aborde le sujet, ce soir, au moment du dîner.

— Jennifer aimerait que tu passes les vacances d'été avec elle, m'annonce-t-il d'une voix traînante, comme un chanteur de country.

Je l'ai invité au restaurant. J'ai fini par lui dire la vérité : que j'avais gagné de l'argent en jouant au poker. Heureusement, il ne m'a pas demandé le montant de mon gain. Comme je n'aime pas mentir, je lui aurais dit, mais je préfère qu'il ne le sache pas. Si jamais il apprend que je suis mêlée au Club Infinity, il n'hésitera pas à me retirer de *Burberry Prep* à grands coups de pieds.

— Tu la vois toujours ? demandé-je en piquant un morceau de pomme de terre avec ma fourchette.

Charlie soupire et sirote sa bière, prenant son temps avant de me répondre.

— Je ne suis pas sûr que ça te regarde, finit-il par répondre en me regardant d'un air dubitatif. Mais oui.

— Mais elle ne va pas quitter son mari pour toi ?

Il se tait.

— Et ça ne te dérange pas d'être le complice de sa tromperie ? insisté-je.

Cette fois, il se fâche et pose sa fourchette. Il me

regarde avec un air sévère que je n'aime pas. Jamais il ne m'a regardée de cette manière, et je ne peux pas m'empêcher de blâmer Jennifer en silence.

— Je te rappelle qu'elle nous a abandonnés et qu'elle m'a laissée sur une aire d'autoroute parce que je la *dérangeais* ! Comment est-ce que tu peux la pardonner ?

— Marnye, ça suffit !

Serrant les lèvres, je pose ma fourchette, m'appuie sur le dossier de ma chaise et croise les bras sur ma poitrine.

— Pour être honnête, j'aimerais ne plus jamais la revoir ! lancé-je. Alors, non, je ne vais pas aller passer les vacances d'été chez elle. *À moins que* son invitation ne me permette de rencontrer ma sœur… Dans ce cas-là, peut-être que j'y réfléchirai.

Cependant, au regard de mon père, je comprends que Jennifer n'a aucune intention de me faire connaître ma sœur.

— Alors la réponse est « non » ! lâché-je. Jennifer n'est qu'une lâche qui a honte de moi au point de m'empêcher d'avoir une relation avec ma propre sœur !

Charlie grimace.

— Très bien, Marnye, tu n'iras pas. Mais je suis un adulte, et si je veux avoir une relation avec ta mère…

— *Jennifer* ! le corrigé-je.

— *Jennifer…* soupire-t-il, alors je le ferai. Et tu n'es pas obligée de l'aimer, mais tu peux au moins la respecter.

Nous restons silencieux tout le reste du repas et, lorsque nous rentrons à la maison, je m'enferme dans ma chambre et joue de la harpe jusque tard dans la nuit.

Je déteste Jennifer !

Elle a refusé d'être ma mère quand j'avais besoin d'elle, alors il est hors de question que j'accepte d'être sa fille quand *elle* le choisit.

La tension est tellement forte entre mon père et moi après cette soirée-là que je suis presque soulagée quand Andrew vient me chercher avec sa limousine et que nous retournons à *Burberry Prep*.

DÈS LA REPRISE DES COURS, je me plonge à fond dans mon travail pour que mes notes restent bonnes. Je veille aussi à passer du temps avec les trois garçons Idoles. Avec Tristan… c'est compliqué. Tout s'est pourtant bien passé entre nous, à Paris, j'avais l'impression que nous progressions, mais maintenant que nous sommes de retour sur le campus, il est distant et bizarre avec moi.

Creed et Zayd sont beaucoup plus avenants. Même si je vois bien qu'ils sont un peu choqués de me voir sympathique et indulgente vis-à-vis d'eux, ils commencent à s'habituer à moi et recherchent ma compagnie. À la fin de la semaine, j'envoie un SMS à Lizzie et lui parle de Tristan, mais elle reste étrangement silencieuse sur la question, se contentant de m'envoyer des messages courts et évasifs. Ses sentiments pour lui semblent plus forts que jamais et, sans que je sache vraiment pourquoi, cela me dérange. Je ressens malgré moi une forme de jalousie, et je me déteste pour ça.

Miranda aussi agit un peu bizarrement, me posant toutes sortes de questions sur ce que je fais avec les garçons. Elle n'est pas assez stupide pour croire que je les ai réellement pardonné, et j'imagine qu'elle s'inquiète de ce que je m'apprête à faire à son jumeau – ce que je comprends parfaitement. Je lui donne les réponses que je peux, espérant qu'elle me pardonnera, le moment venu.

Le week-end suivant, Miranda m'informe que Creed a volé la clé de la salle de sport de l'école pour utiliser le jacuzzi. Techniquement, il est réservé aux étudiants athlètes qui ont de soulager leurs muscles endoloris, et son utilisation doit être approuvée par l'infirmière de l'école.

Je décide donc d'aller voir, et je le trouve effectivement en train de se prélasser dans les bulles, les yeux fermés. Faisant le moins de bruit possible, je jette ma serviette sur les marches et le rejoins dans l'eau. Il se rend compte de ma présence et gémit, gardant les yeux fermés.

— Miranda, je t'ai dit que je te laisserais la place plus tard. Qu'est-ce que tu n'as pas compris dans…

Il ouvre les yeux et s'arrête instantanément de parler. Je suis assise sur le rebord, et mes jambes sont immergées jusqu'au genou.

— Salut ! me lance-t-il d'un air décontracté, fermant à nouveau les paupières.

J'aimerais être aussi insouciante que lui dans la vie. En réalité, je suis certaine qu'il ne l'est pas tant que ça, mais il parvient au moins à le faire croire...

— Ça ne te dérange pas si je te rejoins, j'espère ?

Creed hausse les épaules, et je ne peux pas m'empêcher de laisser tomber mes yeux sur sa poitrine. Il est vraiment beau...

— Tu ne sors avec personne en ce moment, de toute façon, n'est-ce pas ? insisté-je.

— Qu'est-ce que ça changerait ?

Sa voix est traînante, mais pas cruelle. Il est comme ça : insouciant, paresseux et hautain.

— Rien... Disons que je veux juste savoir si une Sang-bleu pourrait m'en vouloir d'avoir passé du temps avec toi, à moitié nue, dans un jacuzzi.

Creed me regarde en levant un sourcil.

— À moitié nue ? s'étonne-t-il en plissant les yeux. Si tu crois que je suis moi aussi « à moitié nu », c'est que tu es plus naïve que je ne le pensais...

Il me sourit, heureux d'avoir réussi à me mettre mal à l'aise. Malgré moi, je baisse les yeux, mais les bulles m'empêchent de voir quoi que ce soit. Creed doit penser qu'une preuve vaut mieux que des mots, car, d'un seul coup, il se lève, révélant son anatomie glorieuse. *Putain de merde !* pensé-je, tandis que Creed vient s'asseoir près de moi. Nous ne nous touchons pas, mais l'attirance entre nous est si forte que j'ai presque l'impression de sentir sa peau contre la mienne.

— Et si un membre du personnel te surprenait ?

soufflé-je, essayant de ne pas me laisser déstabiliser par son sexe long et dur.

Non. Non, non, non ! me réprimandé-je intérieurement.

— Dans ce cas-là, je me lèverais et montrerais ma bite… Ils seraient si gênés de voir un élève nu qu'ils me laisseraient tranquille, ne t'inquiète pas…

Il est tellement imbu de lui-même… Ça me donne envie de tirer sa queue pour le ramener à la réalité. Mais je m'abstiens ; ce n'est pas pour ça que je suis ici. Ce que je veux, c'est rétablir la relation que nous avions l'année dernière.

— En revanche, je me demande pourquoi tu es là, sans ton petit ami, reprend-il.

— Mon *petit ami* ? m'étonné-je.

Sans savoir ni comment ni pourquoi, je pense à Windsor pendant une fraction de seconde, avant de penser à Zack, et je m'en veux terriblement.

— Je n'ai pas de petit ami…

— Pourtant, tu as embrassé Zack Brooks, non ?

— Je t'ai bien embrassé, toi aussi, l'année dernière, et tu n'es pas mon petit ami… lui fais-je remarquer.

Creed ne répond rien et la chaleur du jacuzzi semble nous envahir tout entiers, bien nous tentions de maintenir une barrière entre nous en regardant chacun de notre côté. Puis, finalement, il prend mon menton dans ses doigts et m'oblige à le regarder.

— Pourquoi est-ce que tu es venue ici ? me demande-t-il. Tu as dit que je te manquais, d'accord, mais ne me dis pas que tu as oublié tout ce qui s'est passé…

— Je t'ai puni, rétorqué-je, faisant référence au journal et à l'e-mail que j'ai envoyé à sa mère. Nous sommes quittes maintenant. Je veux passer à autre chose, Creed. Ta sœur est ma meilleure amie, ta mère est ma marraine, et… nous nous sommes beaucoup amusés ensemble, non ?

Il ne dit rien et se contente de me regarder.

— En fait, j'essaye de comprendre à quel moment votre comportement vis-à-vis de moi a changé. Au début, je voyais bien que vous me détestiez réellement, que vous détestiez ce que j'étais et ce que je représentais. Mais j'ai l'impression qu'après avoir fait ce pari et une fois que vous avez commencé à passer du temps avec moi, les choses ont changé. Je me demande donc pourquoi vous me repoussez, cette année. Est-ce que c'est pour me protéger ?

Creed ne répond toujours rien, et je sens que j'ai touché un point sensible.

— Je crois que j'ai la réponse, ajouté-je. Je crois que tu es distant et bizarre avec moi parce que tu aimerais me détester, mais que tu ne me fais pas de mal parce que, au fond, tu ne me détestes pas tant que ça…

Il continue de m'ignorer, et je me mets à trembler et à transpirer. Je suis persuadée d'avoir raison. Tout comme j'ai du mal à faire la différence entre mon pari avec Harper et mes sentiments pour les garçons, je pense qu'ils ont dû faire face au même dilemme la semaine dernière. C'est tellement compliqué ! Si la santé de mon père et la poursuite de mes études à *Burberry Prep* n'étaient pas en jeu... est-ce que j'abandonnerais mon pari avec Harper ? J'ai soudain peur de moi-même, et je suis soulagée de ne pas pouvoir faire marche arrière. Je *dois* donner une leçon aux Idoles pour boucler la boucle.

— Les filles ne vont pas s'arrêter là, soupire Creed. Elles veulent sincèrement te faire du mal.

Il me jette un coup d'œil et ses paupières s'ouvrent plus que d'habitude, exposant ses magnifiques yeux bleus.

— Tu es dans le collimateur du Club Infinity, Marnye. Pars, et arrête de nous torturer...

Oh, mon Dieu ! Il vient de m'appeler Marnye. Et de dire « nous » !

— Te « torturer » ? Mais comment est-ce que je te *torture* ?

À la vitesse de l'éclair, Creed abandonne son air paresseux et s'assombrit, comme lorsqu'il défend sa sœur. Puis il me tire sur ses genoux et, sans que j'aie le temps de m'en apercevoir, je me retrouve à cheval sur lui, sa queue raide entre mes cuisses et mes bras autour de son cou, tandis que ses mains serrent mes hanches. Nous nous embrassons avec passion, et j'oublie complètement le temps qui s'est écoulé depuis la dernière fois où ses lèvres se sont posées sur les miennes. J'oublie les coups bas, les paris et la torture, me serrant contre lui pour l'embrasser plus férocement, tandis que nous gémissons tous les deux.

Creed finit par m'écarter de lui. Ses yeux bleus

pétillants n'expriment plus aucune paresse, uniquement de la luxure et du désir.

— Jusqu'où es-tu prête à aller ? souffle-t-il, haletant.

Je le regarde droit dans les yeux, avalant ma salive et caressant ses épaules musclées. J'appuie mon front contre le sien, et j'ai l'impression que je pourrais mourir. Pourtant, je n'ai pas la seule chose que je veux vraiment : ses excuses.

— Est-ce que je suis filmée, cette fois ? murmuré-je.

Je le sens se raidir, mais, cette fois, ce n'est pas sexuel. Il est crispé.

— Non.

— Est-ce que tu…

En plongeant mon regard dans le sien, je ne peux m'empêcher de penser à Zack. J'ai l'impression de le tromper. Pourtant, je lui ai dit que nous ne sortions pas ensemble, que je ne pourrais jamais être avec lui, mais…

— Tu regrettes ce que tu m'as fait ?

Creed enroule ses bras autour de moi et me tire plus près de lui.

S'il te plaît, dis-le, pensé-je. *Je t'en supplie.*

— Si ça peut te rassurer, je ne dirai rien à personne de ce qui est en train de se passer entre nous, dit-il.

Puis il expire et, pour la première fois depuis longtemps, je vois de l'émotion dans ses yeux.

— Tu dois quitter l'école avant qu'il ne soit trop tard !

— Je n'ai pas peur de Harper et de ses copines, lancé-je.

— Pourtant, tu devrais, me prévient-il d'un air sérieux.

Je me laisse tomber sur lui, bougeant doucement mon bassin sur son entrejambe.

— Putain, Marnye… gémit-il.

Mon corps est brûlant. Mes mamelons sont durs. Mes lèvres sont gonflées, gorgées de notre baiser.

— Tu m'as détruite…

Je ne voulais pourtant pas dire cela, mais les mots sont sortis tous seuls.

— Pourquoi ? Pourquoi, Creed ? C'était si drôle que cela ?

— Je suis désolé ! lâche-t-il finalement, presque comme un cri.

Ces mots sont si inhabituels dans sa bouche que je suis presque choquée.

— Je suis désolé de t'avoir fait tout ça ! Mais si tu ne l'avais pas choisi lui plutôt que moi… C'est ta faute aussi ! susurre-t-il en approchant mon visage du sien pour m'embrasser à nouveau.

Ses lèvres sont si douces, si délicieuses, que j'en ai la tête qui tourne.

Si ça se trouve, tout cela n'est qu'un piège ? Peut-être que Valentina ou Ileana se cache dans un coin et est en train de nous filmer ?

Toutefois, j'ai beau tenter de me raisonner, mon corps bouge de lui-même, se balançant sur les cuisses de Creed alors que nous continuons de nous embrasser avec une fougue presque violente. Je le sens frémir. Je l'entends gémir. Ses muscles se raidissent et ses hanches se redressent vers les miennes. Il me faut un moment pour réaliser ce qui vient de se passer, puis je recule, les joues rouges et la bouche brûlante.

— Est-ce que tu viens juste de… ?

— C'était trop excitant, murmure Creed, les yeux fermés, le souffle court.

Puis il glisse sa main droite le long de mon dos jusque sur mes fesses et commence à introduire ses doigts sous mon maillot de bain. Aussitôt, je recule et me précipite de l'autre côté du jacuzzi.

Il était temps, car, à ce moment-là, Miranda, Andrew, Zack et Windsor apparaissent.

— Oh ! lance Windsor d'un air guilleret qui contraste avec la tension qui règne dans la pièce. On vous dérange, peut-être ? Vous venez de baiser, c'est ça ?

Je dois avoir l'air coupable, car Zack me lance un regard sombre, dans lequel brille la fureur. On dirait qu'il s'apprête à tuer Creed.

— Absolument pas ! Non, nous… non ! Pas du tout ! balbutié-je.

Car, au fond, Windsor n'a pas tout à fait tort. Étant encore vierge, c'est certainement la relation la plus sexuelle que j'ai eue.

Miranda a l'air d'être sur le point de vomir. Je suis un peu surprise, car je pensais qu'elle voulait que Creed et moi soyons à nouveau amis.

— Je vais y aller, grogne Zack en tournant les talons, sa serviette jetée sur ses épaules musclées et son short de bain tombant sur ses hanches.

Incapable de regarder Creed dans les yeux, et exaspérée par le sourire satisfait de Windsor, je me lève et sors du jacuzzi, attrapant ma serviette pour m'enrouler dedans. Andrew me regarde d'un air confus. Je le comprends ; je réagirais certainement de la même manière si l'une de mes amies prétendait vouloir se venger et qu'elle finissait par faire jouir son bourreau dans un jacuzzi.

— Zack, attends ! crié-je en courant après lui.

J'ai les joues rouges. En fait, tout mon corps est rouge.

Lorsque je parviens enfin à le rattraper, je le retiens par le bras et le force à se tourner vers moi.

— T'as baisé avec lui ? me crie-t-il.

Je secoue la tête, enfouissant mon visage dans mes mains.

— Je croyais que tu trouvais que les paris du Club Infinity étaient stupides ! Je comprends ce que tu essayes de faire, mais aller si loin ? Baiser un mec que tu détestes ? Comment est-ce que tu as pu, Marnye ?

— Il… Nous nous sommes juste embrassés, et il…

Je ne sais pas quoi dire, et je finis par laisser tomber mes bras, désemparée. Zack me regarde et semble se calmer. Puis il m'embrasse, et je le laisse faire. Je le laisse serrer mon corps mouillé contre le sien. J'aime tellement être dans ses bras que je suis… complètement perdue.

Est-ce que je viens de tromper Zack avec Creed ? Ou est-ce que je trompe Creed avec Zack ? Et, en embrassant Tristan, est-ce que je les ai trompés l'un et l'autre ? Je ne sais plus rien… Tout ce que je sais, c'est que je déteste la tromperie. Je déteste les gens qui trompent. Je ne veux pas être comme Jennifer. C'est impossible !

Comment est-ce que tu vas faire pour choisir ?

Miranda m'a posé cette question l'année dernière. Je n'avais alors pas de réponse. Je n'en ai toujours pas…

Je repousse Zack et pars en courant, ne m'autorisant à reprendre mon souffle qu'une fois dans mon appartement.

CHAPITRE VINGT-ET-UN

— JE NE SAIS PAS ce que tu lui as fait, mais mon frère ne pense plus qu'à toi, me confie Miranda, alors que nous sommes au restaurant.

J'essaye d'avaler mon repas le plus vite possible. Je voudrais à tout prix éviter de croiser Tristan, Zayd, Creed, Zack ou Windsor. C'est au-dessus de mes forces.

Je lève les yeux vers Miranda, qui me fixe d'un air accusateur.

— Quelque chose ne va pas ? lui demandé-je.

Elle soupire, posant son menton dans ses paumes, les coudes sur la table.

— Je suis sûre que tu trames quelque chose… Je ne peux pas croire que tu puisses pardonner mon frère aussi facilement.

J'avale une feuille de laitue.

— Je veux bien te croire quand tu me dis que tu n'as pas couché avec lui, mais il s'est forcément passé quelque chose… En tout cas, j'espère que vous savez ce que vous faites !

— Je te l'ai dit, il a juste… *joui*… mais rien de plus !

Je parle tout doucement. Il n'y a que des plébs autour de nous, donc nous ne risquons pas grand-chose, mais si quelqu'un nous entendait, cela pourrait être dramatique. Miranda fronce le nez et me regarde avec horreur.

— Je t'en supplie, tais-toi ! me lance-t-elle. C'est tellement dégoûtant… C'est mon *frère* ! Mon *jumeau* ! Je n'ai pas du tout envie d'entendre parler de son… *beurk* ! Je refuse même d'en parler, soupire-t-elle en se redressant.

À ce moment-là, la porte s'ouvre et… Zack entre dans le restaurant. *Génial !* Il me repère immédiatement et fonce droit vers nous. J'aimerais tellement avoir le courage de me lever et de m'enfuir…

Il s'assied à côté de moi, et un silence gênant s'installe.

— Est-ce que tu peux nous laisser seuls ? demande-t-il à Miranda.

— OK ! fait-elle en levant les yeux au ciel. Chérie, rejoins-moi dès que tu as fini, et on ira regarder *RuPaul* dans la chambre d'Andrew, d'accord ?

Je hoche la tête, et elle s'en va. Je fixe ma salade en attendant que Zack parle.

— Tu es en colère contre moi ? commence-t-il.

Je le regarde en fronçant les sourcils. Je suis tellement perdue que je ne sais même pas quoi répondre.

— Et toi, tu n'es pas en colère contre moi après ce qui s'est passé avec Creed ? rétorqué-je.

— Je te l'ai déjà dit, soupire-t-il, nous ne pouvons pas être ensemble. Je ne te mérite pas, Marnye. J'ai eu tort de réagir comme ça. Je sais que nous n'avons pas d'avenir ensemble…

Mon cœur s'effondre et j'ai envie de crier : *Il pourrait y avoir un avenir ensemble, espèce d'imbécile ! Bats-toi pour moi, putain !* En en même temps, je me sens coupable. C'est moi qui ne mérite pas Zack. J'ai l'impression d'être comme ma mère.

— Je t'ai trompé, murmuré-je.

Il se tourne vers moi et me regarde avec les yeux écarquillés.

— *Trompé* ? Mais tu ne peux pas tromper quelqu'un avec qui tu n'es pas !

Il y a tellement d'amour dans ses yeux que mon cœur se met à battre la chamade. J'ai l'impression que je vais m'évanouir. Les choses ne font qu'empirer lorsque les garçons Idoles entrent à leur tour et nous jettent des regards en coin. Tristan serre les dents en apercevant Zack, tandis que Creed nous rejoint et que Zayd me fait un signe de la main.

Merde. Merde, merde, merde !

Je me lève de ma chaise, le cœur battant, mais Creed m'empêche de partir, se plantant devant moi et mettant un bras de chaque côté de moi, me plaquant contre le mur.

— Ça ne sert à rien de m'éviter ! siffle-t-il.

— Je ne t'évitais pas, murmuré-je, me demandant ce

qu'il a dit à Tristan et à Zayd qui nous observent d'un drôle d'air. J'ai juste… J'ai beaucoup de choses à faire, tu comprends ?

Creed me fixe en plissant les yeux, puis regarde Zack comme s'il n'était qu'un déchet.

— Tu peux dégager ? Marnye et moi devons parler…

— Marnye et moi étions en train de parler. C'est plutôt à toi de dégager, en fait… grogne Zack.

Tristan fait semblant de ne pas faire attention à nous et rejoint directement la table des Idoles. C'est vrai qu'il est fiancé… Je note quand même de me montrer plus entreprenante avec lui. Le mois d'avril touche déjà à sa fin, et je n'ai pas beaucoup avancé, à part… passer du temps dans un jacuzzi avec Creed.

Posant ma paume sur la poitrine de Creed, je le repousse et m'éloigne en direction de la sortie. Zayd me fixe, les mains dans les poches avant de son pantalon. Clairement, il est très intéressé par ce qui vient de se passer.

— Qu'est-ce qui se passe ? me demande-t-il, alors que Creed et Zack se regardent comme s'ils pouvaient en venir aux mains.

Et, comme si ma journée n'était pas suffisamment merdique, Windsor choisit ce moment pour entrer dans le restaurant. Il s'approche immédiatement de moi, me prend par le bras et regarde les autres avec la supériorité qu'il semble convaincu d'avoir.

— Ça vous dérange si je vous emprunte Marnye, un instant ? leur demande-t-il. On doit parler mentorat, et tout ça... ajoute-t-il avec un sourire calme et poli.

Il m'entraîne avec lui, et je pousse un soupir de soulagement dès que nous sortons de la pièce. Lorsque nous arrivons suffisamment loin, je m'arrête et me penche en avant, appuyée sur mes paumes pour tenter de reprendre mon souffle. Windsor me frotte doucement le dos pour me réconforter.

— Ça va aller, me rassure-t-il. Je sais ce que c'est que de jongler avec plusieurs relations à la fois. Je connais bien la panique que tu ressens en ce moment...

— Ne me compare pas à toi ! murmuré-je en me forçant à me redresser. Je n'ai pas plusieurs relations en même temps ! Je suis juste... en train de jongler avec mes priorités, et... d'autres choses.

Windsor me fixe un long moment, ses yeux noisette brillant de malice.

— *D'autres choses* ? insiste-t-il timidement.

Je le regarde et sens les mots dans ma bouche, prêts à sortir. Je ne sais pas comment il fait pour réussir à me faire parler, à chaque fois. C'est exaspérant !

— Tu veux dire comme ce truc mystérieux dont tu ne veux pas me parler ?

— Écoute, je...

Je m'interromps et le regarde un instant. Je suis tellement gagnée par l'émotion que j'ai envie d'exploser.

— Je dois faire en sorte que Tristan, Creed et Zayd m'accompagnent à la soirée de remise des diplômes.

Je m'interromps un instant, mais je n'ai pas besoin

d'en dire plus : je vois qu'il comprend exactement où je veux en venir.

— Ils ont parié qu'ils réussiraient à faire en sorte que je sois amoureuse d'eux, alors…

Rien qu'en prononçant ces mots, je frissonne.

— Je vois, dit Windsor, tapotant son menton, comme s'il avait enfin toutes les pièces du puzzle. C'est pour ça que tu te jettes dans les bras de ces idiots ? Pour gagner un pari, à ton tour ?

Je hoche la tête et j'ai honte. Soudain, je n'ai plus l'impression d'être une héroïne se vengeant pour de bonnes raisons. Je me sens comme Marnye Reed, une petite fille prise dans un engrenage trop grand pour elle. Je réalise que, si j'aime Zack, j'aime aussi Creed, Zayd et Tristan. Tous m'ont protégée des filles toute l'année ; je le comprends, maintenant. Bien sûr, cela n'excuse pas leur comportement de l'année dernière, mais ça me donne envie d'en savoir plus. Plus sur eux, sur leurs sentiments, et sur ce qui pourrait arriver si je passais plus de temps avec eux.

— Je dois faire en sorte qu'ils tombent amoureux de moi…

Cependant, la tâche semble si monumentale que je ne sais même pas par où commencer. Je manque de temps, et l'avenir de mon père est en jeu.

— « Amoureux », carrément ! ricane Windsor en repoussant ses cheveux roux en arrière. Tu sais comment j'ai deviné que tu avais baisé ?

Je le regarde avec méfiance.

— Non… ?

— Je pensais que c'était ce que je ressentais, mais j'avais tort.

— Exactement ! Parce que je n'ai jamais... couché avec aucun d'entre eux.

Je n'ai fait que faire jouir Creed dans un jacuzzi, pensé-je, souhaitant aussitôt pouvoir disparaître sous terre.

— Et alors ?

— Et alors tu as déjà gagné, même sans les baiser, espèce de croqueuse d'hommes ! me lance Windsor avec un clin d'œil. Si tu leur demandes, ils iront à la soirée avec toi. C'est tellement évident ; ça se voit comme le nez au milieu de la figure !

Je le regarde bouche bée, mais il semble si sûr de lui qu'il m'est difficile de ne pas être à la fois paniquée et satisfaite.

— Ils ne m'aiment pas, tenté-je néanmoins de me raisonner.

— Ils t'aiment suffisamment pour aller à cette soirée avec toi ! rétorque Windsor en haussant les épaules. Demande-leur, Marnye. Prends-les, écrase-les, et gagne ton pari ! Tu verras ensuite si tu as envie de les pardonner ou non. Même si j'espère que tu ne les pardonneras pas, ajoute-t-il en fronçant les sourcils. Et j'espère que tu me laisseras t'aider à les réduire en miettes, eux, et tous ces imbéciles de Sang-bleu...

Je ne sais pas quoi dire et le regarde, sans voix. Alors, Windsor me sourit et passe son bras autour de mes épaules.

— Viens ! J'ai l'impression qu'il te faut un petit remontant...

Je le suis, même si je n'ai pas l'intention de consommer d'alcool. Mais de toute façon, imaginer le contraire était mal le connaître : dès que nous arrivons chez lui, Windsor me prépare une tasse de thé avec du lait et deux sucres. Il a raison : après l'avoir bu, tout me paraît beaucoup plus clair.

GÉRER plusieurs relations en même temps est en effet un exercice délicat. Et je ne parle pas uniquement des garçons ; je dois aussi faire attention à Miranda, à Andrew et à Lizzie. Nous arrivons à la fin de l'année et la charge de travail s'est considérablement alourdie. Je n'ai plus beaucoup de temps libre entre mes devoirs, mes différentes activités, mes amitiés, et mes « autres » relations – pour dire les choses simplement.

Creed est le premier à qui je demande de m'accompagner au bal de remise des diplômes, en entrant directement dans son appartement après que Miranda a ouvert la porte et en me plantant devant lui, en train de se prélasser dans le canapé. Je suis toute rouge, mais je parviens néanmoins à faire preuve d'assurance. Quoi qu'il se passe plus tard avec les garçons, je dois leur donner une leçon *maintenant*. Je vais les emmener à cette soirée et voir comment ils réagissent. Après tout, je ne fais que leur rendre la pareille…

— Tu m'accompagnes à la cérémonie de remise des diplômes ?

Creed me regarde d'un œil paresseux. Il est tellement beau que j'ai même du mal à croire qu'il se soit réellement passé quelque chose entre nous.

— À la soirée, je veux dire, au *Royal Pointe Lodge*. Tu acceptes d'être mon cavalier ?

— Harper ne va pas beaucoup apprécier, me dit Creed, en levant un sourcil.

— Je me fous de ce qu'apprécie Harper ! rétorqué-je sèchement. Je ne suis pas sa chose. Toi non plus, d'ailleurs. À moins que je me trompe ?

Creed ricane, puis passe sa langue sur sa lèvre inférieure, réfléchissant à la question.

— OK, lâche-t-il soudain avec un signe de la main. Tu porteras ma robe ?

Je hausse simplement les épaules, évitant de répondre à la question.

J'ai choisi une fois, et ça ne m'a pas réussi. Je ne veux pas reproduire la même erreur. Cette fois, je ne choisirai pas : les trois garçons doivent m'accompagnent, car je refuse d'y aller avec un seul d'entre eux.

Le lendemain, je profite d'un moment où Tristan n'est pas avec Harper pour l'approcher. Il est appuyé contre son casier, les yeux fermés. Lorsqu'il les rouvre, il semble surpris de me voir.

— Qu'est-ce que tu veux ? me demande-t-il, comme si nous n'avions pas passé une semaine ensemble à Paris et que nous ne nous étions pas embrassés au restaurant.

Lorsque je lui ai rendu les bijoux, comme il me

l'avait demandé, il m'a à peine remerciée. Je commence à me demander si je ne commets pas une erreur en suivant les conseils de Windsor… Car je n'ai pas du tout l'impression que Tristan soit prêt à accepter d'être mon cavalier pour le bal de promo. J'essaye malgré tout de garder mon assurance, mais il est tellement beau que je dois me concentrer pour ne pas perdre tous mes moyens.

— Tu… tu es toujours avec Harper ? Même après qu'elle a essayé de me noyer ?

Il me regarde d'un air renfrogné.

— Je t'ai déjà expliqué : mon père n'acceptera personne d'autre qu'elle.

Il y a un tremblement dans sa voix qui me rappelle un animal pris au piège, cherchant désespérément à s'échapper.

— Est-ce que tu l'aimes ? lui demandé-je.

Il me regarde fixement, ses yeux argent plus froids que jamais.

— J'ai définitivement cessé de l'aimer quand j'ai découvert qu'elle t'avait frappée, l'année dernière.

Sa réponse est brève, son ton est glacial, mais mon cœur bondit malgré tout dans ma poitrine.

— Alors, tu peux m'accorder une faveur ?

Mon cœur bat maintenant si vite que j'ai l'impression que tout mon corps vibre.

— Laquelle ?

Il a l'air d'être aussi ému que moi, maintenant.

— Accepte d'être mon cavalier au bal de promo, à la maison du lac.

Il soupire et passe ses mains sur son visage, comme s'il était soudain fatigué. J'avance vers lui et attrape les pans de sa veste d'uniforme ; il se fige comme s'il avait été giflé.

— Est-ce que tu m'aimes, Tristan ?

En prononçant ces mots, je me rends compte qu'ils contiennent bien plus qu'une seule question. Je lui demande s'il est désolé, s'il est prêt à provoquer une fracture au sein des Sang-bleu, s'il peut me prouver qu'il pense que les filles ont eu tort, qu'elles sont allées trop loin, dans la piscine et le soir du concert. Beaucoup, beaucoup trop loin…

Il se redresse et prend mes mains dans les siennes. Sa chaleur est écrasante. Son parfum de menthe poivrée et de cannelle m'enivre tandis qu'il se penche et souffle légèrement dans mes cheveux. Mais il ne m'embrasse pas, ce qui n'est peut-être pas plus mal… Il serre un peu plus fort mes mains avant de me repousser légèrement. Son visage s'assombrit à nouveau, mais je suis certaine que ce n'est pas à cause de moi.

— Je serai ton cavalier, me dit-il finalement, d'une voix aussi douce que la soie. Mais après ça… ce sera terminé. Tu ne pourras pas rester ici, Marnye. Et tu ne pourras pas m'avoir.

Puis, lâchant mes mains, il se détourne et s'éloigne si rapidement de moi que, le temps que je décide de courir après lui, il a disparu. Alors je reste là, devant son casier et l'estomac noué, me demandant si je viens de vivre une victoire… ou une défaite.

ZAYD EST le dernier des Idoles à qui je demande de m'accompagner au bal. Peut-être parce que j'ai l'impression qu'il y avait vraiment quelque chose entre nous, et qu'avoir été trahie par lui a été le plus douloureux encore ? Je ne sais pas… Pour une raison que j'ignore, il est encore plus distant avec moi que Tristan. Nous arrivons à échanger par SMS, mais, chaque fois que je l'approche en personne, il trouve une excuse pour s'enfuir.

Nous sommes justement en train de nous envoyer des messages sur nos téléphones lorsque je le trouve en train de bronzer dehors, sur une table de pique-nique. « *Boo !* » est le dernier SMS que je lui envoie avant de lui taper sur l'épaule et de le faire sursauter.

— Tu me fuis ? lancé-je avec un sourire et un regard suspicieux.

— Non ! Pourquoi ? répond-il en se redressant et en croisant ses jambes en tailleur.

Il me sourit, mais je sais parfaitement qu'il est mal à l'aise.

— Si je te fuyais, Charité, tu le saurais… Je serais déjà en train de courir !

— Tu as toujours le trophée ? lui demandé-je en m'installant à côté de lui.

Il est de plus en plus mal à l'aise. Pour se donner une contenance, il prend une cigarette et vérifie autour de lui qu'il n'y ait pas de membre du personnel avant de l'allumer.

— Peut-être… Pourquoi ?

Cette fois, il ne sourit plus du tout.

— Tu pourrais l'apporter à *Royal Pointe* ?

Il me regarde comme si j'étais folle.

— Ce serait une manière de réparer ce qu'il s'est passé, expliqué-je.

Je fais une pause, et le silence s'installe entre nous quelques secondes avant que je ne le regarde à nouveau.

— Je voudrais que tu sois mon cavalier pour le bal de promo.

— Ton « *cavalier* » ? rit-il. Mais pourquoi est-ce que tu voudrais y aller avec moi ? Je ne te comprends pas, Charité…

Je le regarde droit dans les yeux et pose ma main sur son genou, puis me penche en avant comme si j'allais l'embrasser. À ma grande surprise, il me repousse.

— Non. Non, je refuse de faire ça !

— Pourquoi ? murmuré-je, une foule d'émotions bouillonnant en moi.

Zayd détourne le regarde en soupirant, puis aspire une bouffée de sa cigarette. Le vent souffle à travers ses cheveux vert d'eau et, lorsqu'il jette ses cendres sur le côté de la table, les braises brûlantes s'envolent sous nos yeux.

— Parce que… Je ne te comprends pas. Nous… Nous t'avons traitée comme de la merde. Et puis tu es revenue, plus belle que jamais et prête à tuer. Et puis les filles…

Il s'interrompt un instant, fermant les yeux, avant de se tourner vers moi et de plonger son regard dans le mien.

— Si je t'accompagne à cette soirée, tout ce que tu auras fait cette année pour te venger n'aura servi à rien…

— Au contraire. Je t'offre l'occasion de te faire pardonner… Si tu as envie que je te pardonne, bien sûr !

Zayd se fige, passant une main dans ses cheveux. Je me redresse légèrement et ma jupe remonte sur mes cuisses. Il le remarque aussitôt et fixe mes jarretières et mes jambières avec intérêt. Je tends la main vers lui et contourne avec un doigt l'écusson de *Burberry Prep* cousu sur la poche de sa veste.

— Les filles voulaient que tu meures bien avant le bal d'hiver de l'année dernière, tu sais ?

Il me fixe d'un air triste, tandis que je fais glisser mon doigt sur le haut de sa poitrine découverte. Lorsque je glisse mes doigts sous sa chemise, il ne m'en empêche pas. Au contraire, il pose sa main sur la mienne et la plaque contre lui.

— Je ne peux pas effacer tout ce qui s'est passé. Or, aller à cette soirée avec toi reviendrait à cela…

— Non, au contraire, cela signifierait énormément pour moi.

Nous nous regardons dans les yeux un long moment, jusqu'à ce qu'il passe son bras autour de ma taille et m'attire sur ses genoux. Je sais que je ne devrais pas, mais je ne peux pas m'empêcher d'apprécier la sensation d'être à nouveau si près de lui. Je ferme les yeux et me laisse porter par ses bras autour de moi et son parfum.

— Tu mérites mieux qu'un imbécile dans mon genre, susurre-t-il. C'est la jungle ici ; tu ne devrais pas rester…

J'entends la culpabilité dans sa voix ; elle est pesante, écrasante.

— Et pourtant, je suis là, dis-je en pensant au tatouage sur ma hanche. Viens à la soirée avec moi, Zayd.

Il soupire et pose son menton sur le dessus de ma tête.

— D'accord, mais c'est vraiment stupide, marmonne-t-il. Tu vas finir par te faire tuer, Marnye, putain !

Je frissonne, car le pire est qu'il a sûrement raison…

CHAPITRE VINGT-DEUX

EN DÉCOUVRANT le classement de fin d'année, je me sens exténuée. Je suis tellement fatiguée que je peux à peine garder les yeux ouverts. Je suis au coude à coude avec Tristan, que je ne précède que de quelques points. En fait, si je n'avais pas truqué le contrôle et la dissertation, comme lui voulait le faire pour moi, il serait peut-être devant moi…

— Bravo, Marnye ! s'écrie Miranda en applaudissant avant de se jeter à mon cou.

Andrew tient des ballons dans une main et du chocolat dans l'autre. Zack, lui, a apporté un pack de bières et une carte de félicitations. Quant à Windsor, il a dans les mains un carton à pizza qu'il a pris au restaurant, où était organisée une « pizza party » pour fêter la fin de l'année. Ces événements organisés par le restaurant de l'école n'ont jamais beaucoup de succès : généralement, les élèves y vont pour prendre des provisions, qu'ils courent ensuite manger à une soirée organisée ailleurs. Mais le personnel le sait et ne dit jamais rien – encore moins aujourd'hui, alors que l'on célèbre la fin des examens et que demain est le dernier jour officiel de l'école, avec le gala de remise des diplômes.

Toutefois, aucun de nous ne sera au gala ; nous serons tous à quatre heures de route, au lac Tahoe, où se trouvent le *Royal Pointe Lakeside Lodge* et une maison d'hôtes. Ces deux endroits appartenaient au fondateur de l'école, *Lucas Burberry*, qui les a légués à la fondation de l'école. Ils valent plus de *soixante-quinze millions* de dollars et sont bordés par un immense ponton, sur lequel les super-riches aiment organiser des soirées. D'ailleurs, la plupart des parents des élèves de *Burberry Prep* y ont leurs bateaux.

Entassés dans mon appartement, nous mangeons de la pizza et buvons des bières et des sodas devant un film qu'aucun de nous ne regarde. J'ai une pensée pour les Idoles. Je me demande où ils sont, ce qu'ils font… Les filles m'ont laissée tranquille depuis qu'elles ont essayé de me noyer, mais je sais que ce n'est pas par gentillesse ni par culpabilité. Je suis certaine qu'elles préparent un coup et qu'elles ne vont pas tarder à me tomber dessus…

Windsor est allongé sur le lit avec sa tête sur mes genoux, et je ressens malgré moi des frissons sur tout le corps. Je sais qu'il aime séduire et qu'il est même doué pour ça, mais la dernière chose dont j'ai besoin en ce moment, c'est de penser à un autre garçon – même s'il y a quelque chose chez lui qui me trouble. Et je ne peux pas nier que je trouve cela agréable…

Zack nous regarde, mais il ne m'a plus rien dit depuis le restaurant, l'autre jour. D'un côté, j'espère qu'il attend le bon le moment et qu'il va faire un pas vers moi après la soirée, mais, d'un autre côté, je ne suis pas sûre d'en avoir envie… Car, que ferai-je alors de Creed et de Zayd ? Sans parler de Tristan… Mais, lui, c'est encore autre chose. Il me plaît. Il m'a toujours plu, en fait. Mais je ne voulais pas l'admettre, car c'est un vrai connard. Et puis, de toute façon, s'il n'épouse pas Harper, il épousera Lizzie. Il n'y a pas de place pour moi dans sa vie…

Je repousse ces pensées et essaye de profiter de la soirée – et de ma victoire sur Tristan dont je suis quand même très, très heureuse. Finalement, nous nous endormons tous, et je me réveille quelques heures plus tard avec Andrew, Miranda et Zack. Windsor a disparu. En me levant pour aller aux toilettes, je remarque que la porte de ma chambre est déverrouillée et je sors pour le chercher.

Il est en train de contempler le lever du soleil. Je m'assois à côté de lui et nous restons un moment en silence. Lorsqu'il me voit frissonner et m'attire sur ses genoux pour me réchauffer, je sens mon cœur bondir dans ma poitrine.

— Tu sais, dit-il en me regardant, je crois que j'aime bien cette école. Généralement, je ne reste dans une école que le temps qu'il me faut pour sortir avec toutes les filles, puis je fais tout pour me faire virer.

— Tu es toujours seul, alors ? lui fais-je remarquer.

Je sens son odeur. Ça sent les jonquilles, avec des nuances d'ébène et de cèdre bleu. Je ne sais pas si c'est un parfum ou son odeur naturelle, mais, quoi que ce soit, ça me donne des papillons dans le ventre.

— Je reviendrai ici l'année prochaine, répète-t-il avec un sourire. Enfin… peut-être pas toute l'année, mais je reviendrai !

— Ça me fait très plaisir, murmuré-je.

Puis nous retombons dans le silence en observant le soleil se lever.

Tout à l'heure, je saurai si les Idoles m'accompagneront à la soirée de remise des diplômes, ou s'ils vont me laisser tomber. Je joue gros : la santé de mon père, et mon avenir. C'est peut-être trop pour des garçons qui m'ont déjà trahie ?

— Windsor…

Je m'interromps et il me regarde dans les yeux pour m'encourager à continuer.

— J'ai peur pour ce soir…

— Si ça se passe mal, tu veux que je te fasse du bouche-à-bouche ? demande-t-il.

— Oui, s'il te plaît, souris-je.

— Mais je suis sûr que tout se passera bien, déclare-t-il, avant de se lever et de me relever avec lui.

LES VOITURES de l'école sont toutes alignées devant les grilles, prêtes à emmener les élèves au lac.

Cependant, maintenant que l'année est terminée, les règles ne sont plus respectées et tout le monde souhaite récupérer sa voiture. Andrew m'a gentiment proposé de conduire à nouveau sa Lamborghini.

Il monte à l'arrière avec Windsor, tandis que Miranda est assise à côté de moi, sur le siège passager. Zack, quant à lui, a pris sa propre voiture, et les Idoles – qui ne sont toujours pas autorisés à faire usage de leur propre voiture – sont montés avec d'autres Sang-bleu.

— C'est bizarre que tu n'aies pas une voiture de sport sophistiquée, fait remarquer Miranda en se tournant vers le prince. Tu es pourtant connu pour acheter et détruire tout ce qu'il y a de meilleur sur cette Terre…

Windsor sourit, mais, en le regardant dans le rétroviseur, je vois une ombre étrange passer sur son visage.

— Je dois être trop paresseux pour conduire, je suppose, répond-il d'une voix traînante.

Je sens qu'il y a autre chose qu'il ne dit pas. Cependant, je n'ai pas le temps de creuser, aujourd'hui. J'ai suffisamment de choses à gérer…

Le trajet est agréable et fluide. C'est presque amusant de voir toutes ces voitures de luxe, les unes derrière les autres, circuler à travers les bois. Des millions et des millions de dollars d'acier, de cuir et de caoutchouc.

Nous nous garons tous sur le parking recouvert de graviers, devant le lodge, et portons nos bagages vers la maison principale. Il y a aussi une maison de plage, mais les deuxièmes années ne sont pas autorisés à y dormir – seuls les troisièmes années le sont. Il y a également un funiculaire, une espèce de cabine en verre qui ressemble à un ascenseur et qui relie la maison principale à la plage. C'est un peu comme dans un parc d'attraction, sauf que tout le monde s'entasse à l'intérieur sans exprimer la moindre excitation. Je fais donc de mon mieux pour arborer le même air impassible que les autres et faire comme si je n'étais pas impressionnée. Bref, disons que je gomme mon côté paysan – si on peut l'appeler ainsi.

Pendant la première partie de la journée, tous les élèves se divertissent avec des jeux, tandis que le personnel passe au milieu de nous avec des rafraîchissements et des petits-fours. Aucun enjeu particulier. Cependant, une fois la nuit tombée, le Club Infinity prend le relais et le personnel quitte les lieux.

De toute évidence, le Club a de l'influence jusque dans le personnel administratif de *Burberry Prep*.

Harper et ses amies disparaissent pour se changer. Quant aux garçons, j'ai beau chercher, je ne les trouve nulle part… Je les ai vus monter dans une voiture, devant l'école, mais c'est comme s'ils n'étaient jamais arrivés. Je commence à paniquer…

— Détends-toi, me murmure Zack tandis que Windsor me regarde d'un air compatissant.

Miranda et Andrew sont également allés dans leurs chambres pour se changer ; nous avons donc un moment pour parler librement.

— Je suis sûr qu'ils vont venir…

— Ils ont intérêt, marmonné-je.

Windsor et moi échangeons un regard puis, profitant que je sois occupée à nettoyer le jeu de cartes, il s'évapore, comme à son habitude. Néanmoins, en ce qui le concerne, je ne suis pas inquiète : il m'a sauvée de la noyade, et je sais maintenant qu'il sera là chaque fois que j'aurai besoin de lui. Il m'a promis qu'il serait à mes côtés ce soir, je sais qu'il tiendra sa promesse.

Lorsque Harper et ses fidèles amies descendent les escaliers dans des robes scintillantes, parfaitement coiffées et maquillées, je décide qu'il est temps pour moi d'aller me préparer. Je me réfugie dans ma chambre et enfile ma tenue : un corset et jupe bouffante rose-gold, assortis à mes cheveux, avec des escarpins noirs. En me regardant dans la glace, je me trouve plutôt pas mal. Ça m'a coûté une petite fortune, mais je voulais être à la hauteur de l'enjeu, et je ne le regrette pas.

Comme je le voulais, je ressemble à une gagnante.

En revenant dans l'immense pièce ouverte du lodge, près de la terrasse, je trouve Harper du Pont qui m'attend. La maison principale fait plus de mille cinq cents mètres carrés, et il est donc assez facile de se perdre. Peut-être pense-t-elle que je vais m'enfuir et essayer d'esquiver notre pari ? Ce n'est pas mon genre. Surtout ce soir : je sais que je suis belle dans ma tenue et cela me donne de la force.

— Alors ? me défie-t-elle alors que je m'approche d'elle, d'un pas assuré. Où sont-ils ?

Je scanne rapidement la pièce : Zack est dans le coin, les bras croisés, appuyé contre le mur. Il nous observe et est prêt à intervenir. Miranda et Andrew se trouvent dans le patio de derrière, assis autour de l'un des braséros, avec des boissons à la main. Ils ne sont pas au courant du pari et ne sont donc absolument pas conscients de la tension qui monte entre Harper et moi. Partout ailleurs, les Sang-bleu – assis sur des canapés et des chaises, dans le salon – m'observent avec une curiosité malsaine. Tous me font penser à des vampires : élégants à l'extérieur, mais assoiffés de sang à l'intérieur. Harper se met à marcher autour de moi, lentement, et je plisse les yeux, me préparant au combat.

D'un seul coup, la musique retentit, et tous les élèves viennent s'amasser dans la pièce pour danser. Il y a des deuxièmes années, des troisièmes années et des quatrièmes années. Tous sont venus assister au spectacle… Du drame, de l'action : tout ce qu'aiment les Idoles et leur Cercle fermé !

Les minutes passent, et toujours pas de nouvelles des garçons. Au bout d'une heure, assise sur une chaise, je suis vraiment inquiète et leur envoie à chacun un SMS, mais je n'obtiens aucune réponse, et Harper commence à s'impatienter.

— Je te donne jusqu'à quinze, me lance-t-elle sèchement, mettant ses mains sur l'un des accoudoirs de ma chaise.

Elle est penchée si près de moi que son parfum à la

pêche et à la vanille me donne la nausée. Zack doit voir ma détresse, car il nous rejoint.

— Va te faire foutre, Brooks, lui crache Harper. Tu ne peux pas intervenir : je ne fais que respecter les règles du Club !

Zack la regarde fixement avec de la haine dans les yeux, mais ne bouge pas et reste à côté de moi, comme un garde du corps.

Miranda et Andrew prennent alors conscience que quelque chose se passe.

— Tu as fait quoi ?! s'exclame Miranda après que je lui ai raconté toute l'histoire. Je ne sais pas si je te trouve géniale ou complètement folle !

Elle sort son téléphone et compose le numéro de son frère.

— Il n'y a aucune raison pour qu'il ne vienne pas, marmonne-t-elle en expirant brusquement. Il ne ferait jamais une chose pareille !

Tout le monde est maintenant au courant du pari, et tous me regardent d'un air goguenard, savourant déjà ma défaite et ma mise à mort.

Ce n'est qu'une heure et demie *après* que la fête est censée avoir commencé que les Idoles apparaissent enfin. En les voyant arriver tous les trois, toujours vêtus de leur uniforme, je me lève de ma chaise avec appréhension. Zayd est le premier à me repérer, et il se dirige tout de suite vers moi.

— On était en panne, s'excuse-t-il, visiblement énervé après Greg Van Horn qui sifflote, derrière nous, en faisant tourner ses clés autour de son doigt, l'air victorieux.

À en croire l'air furieux de Harper, je me demande si elle ne lui avait pas demandé de faire en sorte que les Idoles ne viennent pas *du tout* à la soirée.

— Et en plus, on nous a piqué nos téléphones, putain ! ajoute-t-il.

— J'imagine que c'est encore une de tes plaisanteries ? demande Tristan à Harper en se plantant devant elle. C'était quoi, ce bordel ? De toute évidence, tu n'avais pas envie qu'on débarque à la soirée…

Harper ne répond rien, se contentant de hausser les épaules, comme si elle ne savait pas de quoi il parlait.

Creed rejoint Zayd, à côté de moi, jetant un coup d'œil à la salle bondée. Tous les Sang-bleu et les plébs ont les yeux rivés sur nous.

— Salut, Marnye ! lance-t-il de sa voix traînante et insouciante qui me donne des frissons dans le dos.

Harper décide alors que c'est bon le moment pour le verdict et vient se poster à côté de nous. Elle est si près de moi que les tissus de nos robes se mêlent.

— Alors, Marnye, lequel de ces garçons est ton cavalier, ce soir ? me demande-t-elle d'un air satisfait.

Je jette un coup d'œil à Tristan qui se dirige vers nous, puis la regarde droit dans les yeux.

— Tous les trois ! déclaré-je, avec un léger sourire.

Tristan observe Creed et Zayd en plissant les yeux. C'est alors que je remarque le sac de Zayd, près de la porte… et ce stupide trophée de l'année dernière, posé contre lui. Je vais le ramasser et, lorsque je me retourne, je fais face à une pièce soudainement silencieuse.

— Vraiment ? lance Harper à Tristan en jouant ostensiblement avec sa bague de fiançailles pour que tout le monde puisse la voir. Tristan ? C'est vrai ? Tu es le cavalier de cette fille ? Tu sais que nous avons parié, elle et moi ? Nous avons parié qu'elle ferait en sorte que tu tombes amoureux d'elle, comme les deux autres, et que vous viendriez tous les trois, ce soir, avec elle. Alors… A-t-elle gagné son pari ?

Serrant le trophée contre ma poitrine, le cœur battant, j'observe les trois Idoles échanger des regards. Aucune vidéo de moi n'est diffusée sur grand écran, je ne reçois pas de pot de peinture, et mes culottes ne sont pas jetées au milieu de la pièce par la foule en délire. C'est déjà beaucoup. Mais si l'un d'eux refuse de dire la vérité et déclare qu'il n'est pas mon cavalier, alors je suis fichue…

— C'est vrai, lance Zayd en montant sur une chaise et en défiant la foule du regard. Je suis son cavalier, ce soir.

— Moi aussi ! annonce Creed d'une voix traînante.

Il me regarde serrer le trophée contre moi, et je vois dans ses yeux une forme de bienveillance. Miranda le regarde avec fierté et, lorsqu'il se tourne vers elle, tous deux partagent un moment de complicité silencieuse propre aux jumeaux.

Je laisse échapper un léger soupir de soulagement. J'avais pensé que les Idoles m'en voudraient peut-être en découvrant que je leur avais demandé à tous les trois de venir avec moi ce soir.

Zayd et Creed, au moins, ne semblent pas m'en vouloir.

— Je n'ai plus envie de faire mal à Marnye, déclare Zayd, d'une voix si forte qu'elle résonne dans le silence tombal de la pièce.

Becky le regarde bouche bée et les yeux écarquillés, mais il ne fait pas attention à elle. C'est comme si elle n'existait plus pour lui.

— Désolé, mais j'arrête là, ajoute-t-il. Je ne ferai plus jamais quoi que ce soit contre Marnye. Et je propose que vous fassiez tous la même chose.

Harper se tourne alors vers Tristan, la mâchoire et les poings serrés.

— Je suis ta fiancée, commence-t-elle prudemment en s'approchant de lui et en saisissant les revers de son manteau de laine. Et j'ai le numéro de ton père, je te rappelle… Alors je te le demande une dernière fois : Tristan, est-ce que tu es avec moi ou avec elle, ce soir ?

Le chef des Sang-bleu regarde Harper quelques secondes avant de poser ses yeux gris brûlants sur moi.

— Tu sais que je n'ai jamais été un petit-ami fidèle, finit-il par déclarer d'un air distrait, comme s'il réfléchissait à voix haute. Si j'ai été fidèle à quelqu'un, je l'ai été à Lizzie…

Il fait une pause, la regardant droit dans les yeux. Puis il se tourne à nouveau vers moi.

— Je suis moi aussi le cavalier de Marnye, ce soir.

Alors je ne sais pas quel était votre pari à la con, mais tu as perdu, Harper.

Creed s'approche de moi avec un sourire franc et amical, tandis qu'Andrew s'écarte pour le laisser passer. Miranda reste bouche bée, et Zack fronce toujours les sourcils. Quant à moi, je me contente de serrer le trophée dans mes bras, essayant de déterminer si je suis en train de rêver ou si tout cela est bien la réalité. Tout se passe tellement bien. Presque trop bien… La seule chose qui me surprend est que Tristan, Zayd et Creed ne semblent pas se poser la question de savoir si je compte me venger d'eux ou non. C'est comme si ça n'avait même aucune importance pour eux. Ou… peut-être que ça en a, mais en tout cas pas autant que ce à quoi je m'attendais.

— Tu rigoles ? lance Harper en riant, jetant un coup d'œil à Becky et à Ileana avant de se tourner vers moi. Comment tu as fait ? Tu as un vagin magique, c'est ça ? me demande-t-elle avec hargne.

Tout le monde murmure autour de nous, et je fronce les sourcils, serrant le trophée plus fort contre moi. J'ai l'impression d'avoir mûri de dix ans en cinq minutes !

— Tu n'as pas à savoir si j'ai couché avec eux ou pas. Ils sont là, avec moi, et c'est tout ce qui compte pour notre pari. Tu dois maintenant faire en sorte que mon père reçoive les meilleurs soins dans la clinique de ta famille. Et, désolée, mais je ne vais pas ramper à tes pieds. Tu n'auras malheureusement rien à poster sur YouTube.

La foule semble médusée, et je vois Creed nous regarder, les yeux écarquillés.

— Tu as fait un pari pour que ton père soit soigné de son cancer ? me demande-t-il.

J'acquiesce d'un hochement de tête.

— Attends… intervient Zayd en s'adressant à Harper. Ta famille a commencé à soigner le père de Marnye, et tu l'as menacée d'arrêter de le faire si elle perdait son pari ?

Il a l'air hors de lui et grogne plus qu'il ne parle.

— Putain, Harper, mais t'es une grande malade ! T'es encore pire que nous tous réunis !

— C'est elle qui m'a proposé ce marché, s'étouffe Harper en se tournant vers Tristan. Tout ce que je voulais, c'était me débarrasser d'elle. C'est ce que nous avons tous essayé de faire depuis le début, non ?

— Je crois que je vais aller prendre un verre, lâche froidement Tristan, ignorant complètement sa fiancée. Je te prends un soda, Marnye ?

— Oui, je veux bien, murmuré-je.

Il se dirige alors vers le buffet et la foule se fend en deux pour le laisser passer. Un instant plus tard, il revient et me tend un verre avec des glaçons.

— C'est… commence Harper.

Cependant, plus personne ne fait attention à elle. Il y a tellement de paris au sein du Club Infinity que tout le monde est habitué : une fois que le vainqueur est connu, ce n'est plus intéressant pour personne. Il n'y a plus d'enjeu et donc plus de spectacle… La seule qui refuse de laisser tomber, c'est Harper du Pont.

— Elle vous a invités tous les trois ! Elle pense que vous êtes amoureux d'elle ! plaide-t-elle, désespérée.

— Et si on l'était ? Putain, mais qu'est-ce que ça peut te foutre ? éclate Zayd en s'approchant d'elle, la dominant de toute sa hauteur.

Harper fait un pas en arrière et je jubile en la voyant avoir peur.

— Marnye a gagné. Ce sont les règles du Club Infinity ! lui rappelle-t-il sèchement. Il faut que tu passes à autre chose, maintenant, pauvre conne ! crache-t-il en poussant l'une de ses épaules.

Harper laisse échapper un petit cri, puis disparaît, prenant ses jambes à son cou.

Pendant un moment, je reste là, tremblante. Puis, emportant mon verre, mon trophée et mes émotions avec moi, je me précipite dans ma chambre et claque la porte derrière moi.

MIRANDA, Zack et Andrew essayent de venir me voir, mais je ne leur ouvre pas. J'ai besoin de temps pour me remettre de ce qui vient de se passer. Je ne sais pas si je suis contrariée de ne pas avoir réussi à détruire les garçons comme eux m'ont détruite, l'année dernière, ou si je suis… soulagée. En fait, je suis complètement perdue et ne sais absolument pas quoi faire.

Au bout d'un certain temps, je décide de retirer cette robe dans laquelle je suis mal à l'aise, mais je m'aperçois alors que j'ai laissé mon autre sac dans la voiture. Prenant soin d'éviter la foule, je quitte le lodge par la porte arrière et passe devant le belvédère où Harper et sa cour sont en train de boire et de se plaindre de moi, suffisamment fort pour que je les entende.

Bande de cons !

Je me dirige vers la Lamborghini, la déverrouille et prends mon sac.

Quand je me retourne, John Hannibal, Gregory Van Horn et Harper du Pont me font face, avec la plupart des autres Sang-bleu derrière eux.

— Attrapez-la ! ordonne Harper.

Avant même que je n'aie le temps de crier, Greg plaque une main sur ma bouche et me tire contre lui.

Ce n'est pas possible ! pensé-je alors qu'ils me traînent à travers le parking.

J'essaye de me débattre. Je donne des coups de pied et griffe même la main de Greg, mais John et ce nouveau gars, Ben, interviennent et attrapent chacun l'une de mes jambes. À ce moment-là, je sais que les choses deviennent très, très graves pour moi.

Ils m'emmènent à l'arrière de la maison, puis jusqu'au funiculaire. Nous montons tous à l'intérieur, et quelqu'un appuie sur le bouton pour descendre jusqu'à la plage. Dans d'autres circonstances, j'aurais été ravie de monter dans ce drôle de petit train, mais, dans ce cas précis, je suis terrifiée.

Lorsque nous atteignons la plage, tous m'emmènent directement vers le quai où nous montons sur l'un des bateaux qui, presque aussitôt, prend le large. Des dizaines d'autres élèves sont déjà sur l'eau, faisant la fête sur différents bateaux. Harper choisit un endroit en plein milieu du lac Tahoe et demande à Sai de jeter l'ancre.

Nous sommes seuls, sur le pont supérieur, éclairés uniquement par les lumières des autres bateaux qui scintillent au loin.

Harper me regarde les yeux pleins de haine, puis sourit d'un air cruel.

— Je suis curieuse de voir ce dont une michetonneuse est capable… commence-t-elle en hochant la tête en direction de Greg.

Puis elle éclate d'un rire troublant et sombre, alors que Greg et les autres garçons me poussent dans un coin où ils m'allongent et écartent mes jambes.

C'est à ce moment-là que je comprends réellement ce qui est en train de se produire : ils vont essayer de me violer.

J'essaye de crier, mais je peux à peine respirer à cause de la main de Greg toujours sur ma bouche. Mon instinct de survie me pousse à me débattre à nouveau, mais les garçons, qui ont du mal à me maintenir, appellent du renfort et je me retrouve bientôt tenue par six Sang-bleu.

John demande à Mayleen de tenir ma jambe à sa place, puis se déplace entre mes jambes et commence à s'agenouiller.

C'est à ce moment-là que j'entends le bruit d'un bateau à moteur, le craquement d'une échelle, et que je vois Zack apparaître. D'un bond, il se lance sur John, prenant tout le monde par surprise. Une bagarre éclate et, même en étant seul contre John, Greg et Ben, Zack tient bon.

Maintenant que moins de personnes me retiennent, je recommence à me débattre, plus fort cette fois. Je parviens à repousser Mayleen. Puis, par inadvertance, je donne un coup de pied dans l'une des lampes à pétrole qui se brise et passe par-dessus bord, le feu se déclenchant partout là où l'huile s'est déversée. Les flammes deviennent de plus en plus grandes, jusqu'à propager le feu aux autres lampes.

Les Sang-bleu qui me retiennent me traînent jusqu'à l'échelle et me jettent sur le pont inférieur. Je tombe avec un grognement, juste avant qu'Ileana m'attrape par les cheveux et que certaines des autres filles s'emparent de mes bras et de mes jambes. Même si je donne des coups de pied et que je crie, aucune d'elles ne semble remarquer les flammes. Au loin, sur la plage, je vois les feux de joie et j'entends la musique résonner, et les élèves chanter et crier. À côté de tout cela, je me sens comme une goutte dans l'océan…

Un autre petit yacht s'est arrêté à côté de celui sur lequel nous sommes, et les filles me traînent dessus. Elles me malmènent à nouveau jusqu'au pont supérieur et me poussent sur une chaise, avant d'attacher mes poignets et mes chevilles.

Haletante, Harper guette le bateau sur lequel Zack est en train de se battre.

— Surveille-la jusqu'à ce que les autres arrivent, lance Harper à Becky.

Je suppose que des plébs doivent nous rejoindre, vu que presque tous les Sang-bleu, à l'exception de Myron Talbot, sont ici.

— Je ne veux plus entendre parler de cette merde après ce soir ! ajoute-t-elle en me regardant avec mépris.

Je lui crache dessus et elle me donne une gifle monumentale.

— T'es complètement folle, ma pauvre ! hurlé-je.

Mais ça ne sert à rien, car, encore une fois, je pense qu'elle est sociopathe ou psychopathe. Je sais pourquoi elle me déteste à ce point : je l'ai prise à son propre piège, et elle n'aime pas ça. Pas du tout.

— Cassez-lui les doigts ! ordonne Harper à sa cour, avant de se pencher vers moi. Tu ne joueras plus jamais de la harpe ! Jamais, tu m'entends ? Qu'est-ce que tu en dis, espèce de petite salope ?

— Et toi, qu'est-ce que tu dis de mon pied dans le cul ? lance Zayd, apparaissant en haut de l'échelle.

Il a du sang sur les lèvres, mais, à part ça, il n'a pas l'air blessé. Il est suivi de Tristan, de Creed et de Miranda.

Harper se moque d'eux alors que Zayd m'aide à me remettre debout, me conduisant de l'autre côté du bateau, tandis que Tristan et Creed forment un bouclier humain autour de moi. Toutefois, le reste des Sang-bleu montent sur le bateau et empêchent Zack, resté derrière, de passer. Il est pris au piège.

Des flammes dansent sur l'eau.

Je ne sais pas comment tout cela a pu arriver. Je me

débattais contre Harper et les autres et, l'instant d'après, la lampe est tombée et du pétrole s'est répandu partout. Mais comment il a pu atterrir sur la surface du lac, je ne sais pas.

Mon cœur bat la chamade. Je serre mes mains sur ma poitrine comme si elles étaient des pierres précieuses.

Peut-être que je ne pourrai plus jamais faire de la harpe, paniqué-je.

J'essaye de ne pas penser au fait que j'ai failli être violée. Pas tout de suite. Les filles ont franchi la limite pour la troisième fois. Les garçons ont raison : elles veulent vraiment me tuer. Je ne me rendais pas compte que le Club Infinity était si dangereux…

La mâchoire et les poings serrés, Tristan fixe Harper avec un regard qui me ferait peur si j'en étais la cible. Pourtant, elle semble imperturbable alors qu'elle tourne son regard bleu sur moi, après avoir vérifié rapidement qu'elle était toujours entourée de sa garde rapprochée.

—— Je ne sais pas ce que tu as en tête, mais à ta place, je ne le ferais pas, la prévient Tristan.

Sa voix est douce comme de la soie, mais son ton dur trahit la rage qu'il contient.

Ils m'ont sauvée, pensé-je en regardant Tristan, Zayd – dont la lèvre saigne – et Creed, qui a son bras autour de Miranda. Zack se tient de l'autre côté du bateau, derrière un mur de Sang-bleu.

—— Si vous faites ça, réplique Harper en faisant

un pas en avant, alors vous abandonnez le contrôle de l'école. Vous redeviendrez tous des plébs !

Ses courts cheveux bruns flottent dans la brise. Ça me fait du bien de la voir avec les cheveux coupés. *Ne fais pas aux autres ce que tu ne voudrais pas qu'on te fasse...*

Je fais un pas en arrière et suis arrêtée par Zayd qui passe son bras autour de moi. Soudain, je suis submergée par une foule d'émotions. À chaque respiration, je passe de l'excitation à la peur. *S'il te plaît, ne me touche pas ; serre-moi plus près de toi ! ; éloigne-toi de moi ; embrasse-moi jusqu'à me faire tout oublier...*

Abigail Fanning et Valentina Pitt se tiennent d'un côté et de l'autre de Harper et avancent en même temps qu'elle. Seule la chaise sur laquelle elles m'avaient attachée est entre nous, à présent. Je jette un coup d'œil à Zack, derrière elles, et je remarque qu'il saigne aussi.

—— Si vous pensez que nous allons nous coucher aussi facilement, commence Creed de son ton lancinant, c'est que vous n'avez vraiment rien compris. On va vous détruire…

Ses yeux bleus rencontrent les miens et quelque chose d'étrange passe entre nous. Il tremble aussi, mais il essaye de le cacher en repoussant une mèche de cheveux blond platine de son visage. Vaguement, je repense au jacuzzi… Mais je chasse cette idée ; ce n'est pas le moment.

Harper arbore un sourire sardonique. La haine et la rage brillent dans ses yeux. Elle n'aime pas perdre, surtout pas contre quelqu'un comme moi. Elle peut au moins s'enorgueillir d'avoir réussi à rassembler presque tous les Sang-bleu autour d'elle. Pour les autres, nous le découvrirons lorsque nous quitterons le bateau… Surtout, elle a trois autres garçons dans son camp – Greg, John et Ben – qui vont certainement remplacer les trois Idoles qu'elle a définitivement perdus ce soir.

—— Vous êtes prêts à briser le plus beau clan de Sang-bleu de toute l'histoire de *Burberry Prep* pour une roturière ? Nous sommes les futurs dirigeants du *monde*, je vous rappelle ! Les gens vivent et meurent en fonction des décisions que prennent nos familles. Tristan, je suis ta *fiancée,* ajoute-t-elle en commençant à s'avancer, interrompue par l'échelle à sa droite qui craque, annonçant la venue de nouveaux participants à notre « petite soirée ».

Windsor York, mon arme secrète et mon nouvel ami, apparaît avec un sourire narquois.

—— Ouh là là ! lance-t-il en se hissant sur le pont, avant de passer ses paumes sur son uniforme blanc pour le remettre en place. J'ai l'impression que j'ai raté le début de la fête… ricane-t-il tandis que ses yeux noisette passent de Harper à la chaise, puis à moi.

Sans hésiter, il s'approche de Zayd et me tend la main. Les flammes éclairent ses cheveux roux, les baignant d'une lumière orange. Je tends la main vers lui, mais Zayd me tire en arrière. Le prince lève un sourcil et soupire.

—— En effet, tu as tout raté, lâche Zayd.

Il est clairement en colère, mais pas contre moi, ni même contre Windsor. Il est en colère à cause de la situation. Je le comprends et cela me fait même plaisir. Mais, malgré cela, je me dégage de lui et reste éloignée de tous, y compris de mes amis. En cet instant, j'ai l'impression que je ne peux réellement me fier à personne d'autre qu'à moi-même.

—— Si nous n'étions pas arrivés à temps… reprend Zayd sans terminer sa phrase.

Il sait que Windsor est de notre côté. Il l'a toujours été ; il aidait simplement d'une autre manière. J'en ai pleinement conscience, à présent.

Le prince se retourne et jette à Harper et à son groupe un regard sceptique.

—— J'ai désactivé le moteur du bateau de vos amis. Je ne pense pas qu'ils vont vous rejoindre ce soir.

Le visage de Harper devient de la même couleur que les cheveux de Windsor. Elle est furieuse. Amusé, il m'adresse un clin d'œil et un sourire. J'essaye de lui sourire en retour, mais j'y parviens à peine. Je suis trop perdue pour sourire.

—— Et je ne suis pas en retard : j'ai vu Zack venir jusqu'ici, suivi par ces trois idiots, reprend-il en désignant les Idoles. Mais j'avais mieux à faire.

Il m'adresse de nouveau un sourire et un clin d'œil. Je suis toujours incapable de lui sourire en retour.

—— Oh ! fait-il en claquant des doigts, comme s'il avait oublié quelque chose d'important.

Windsor soulève le bas de sa chemise, découvrant fièrement un tout nouveau tatouage : le signe de l'infini.

Tout le bateau tombe dans le silence.

—— Je refuse d'être membre du Club depuis très, très longtemps, mais Marnye a besoin de quelqu'un pour la défendre, alors… j'ai décidé de changer d'avis ! lance-t-il en levant les bras. En revanche, je suis navré, fait-il mine de s'excuser, je ne suis pas un petit branleur. Mes parents ne m'ont pas créé de trust ni ne contrôlent les cordons de ma bourse : j'ai des actifs personnels d'une valeur de *neuf milliards*.

Il s'interrompt pour réfléchir un instant de manière ostentatoire, un bras croisé sur sa poitrine et l'autre soutenant son menton.

—— Enfin… *douze* milliards, en dollars américains, en fait…

—— Tu crois que tu m'impressionnes ? pouffe Harper. Tu n'es que dixième dans l'ordre de succession à la couronne d'un pays que personne ne connaît…

—— L'Angleterre ? lui demande Windsor d'un ton ironique et moqueur. Rassure-moi, tu sais quand même d'où les pèlerins venaient, n'est-ce pas ?

Harper se tourne vers Tristan, à la recherche de son soutien, tandis que Windsor la tance avec mépris. De toute évidence, il est plus fort qu'elle. Et elle le sait.

—— Dernière chance, Tristan, gronde-t-elle.

En voyant le sourire narquois sur les lèvres de ce dernier, je sais qu'il ne retournera pas vers elle.

—— Tu vas regretter de m'avoir rencontré, répond-il d'une voix glaciale, sans émotions.

Zack quitte la meute de Sang-bleu pour me rejoindre. Du sang coule sur le côté de son visage ; il a besoin de points de suture en urgence. Ses yeux sombres croisent les miens et je frissonne. Il s'est battu pour moi, seul contre Greg, John et Ben.

—— C'est déjà le cas ! hurle Harper, arrachant la bague de son doigt et la lançant sur Tristan qui l'attrape au vol d'une seule main, avant de se tourner vers moi.

—— Allons-y. Prenons l'un des yachts de mon père.

Puis il s'approche de moi et saisit mon visage dans ses mains, tandis que les autres garçons se raidissent, à l'exception de Windsor qui éclate de rire et le son résonne à travers le lac. Le roi de *Burberry Prep* se tourne vers lui, et j'en profite pour me reculer. J'ai besoin que mes émotions redescendent pour pouvoir penser posément.

Miranda me regarde et j'ai du mal à comprendre pourquoi elle a l'air à la fois effrayée et jalouse. Jalouse de qui ? Pas de moi, quand même ?

Elle quitte le bras de Creed, qui se crispe aussitôt, et s'approche de moi.

—— Lequel ? chuchote-t-elle à mon oreille, avant de s'écarter et de se tourner vers les cinq garçons sur le bateau.

Harper et ses acolytes partent, lentement, mais la haine est palpable des deux côtés. L'année prochaine, ce sera la guerre. C'est sûr.

Avant que je ne puisse lui répondre, Tristan se place face à Windsor.

—— Toi, rentre en Angleterre et va te faire foutre, lui lance-t-il. Nous n'avons pas besoin de toi ici.

—— Tu entends qui, exactement, par « nous » ?

demande Windsor en souriant et en arquant un sourcil. Autant que je sache, Marnye a vraiment besoin de moi… ajoute-t-il en posant sur moi ses yeux noisette dans lesquels se reflètent les flammes.

—— Vraiment ? ricane Tristan en regardant le prince droit dans les yeux.

Je ne suis pas certaine que je pourrai un jour faire confiance à Tristan ni qu'il sera un jour à moi. Mais je sais que c'est un allié précieux contre Harper du Pont.

—— Parce que Marnye et moi sortons ensemble… répond Windsor d'un air innocent.

Je ne sais pas exactement pourquoi il dit cela – aimerait-il réellement sortir avec moi ou est-ce une stratégie que je ne comprends pas ? En tout cas, aucun des garçons ne semble apprécier la nouvelle. Tristan ne dit rien, se contentant de me fixer avec des yeux gris orage avant de se retourner et de marcher jusqu'à l'échelle du bateau, où se tient toujours Harper du Pont, laquelle me toise d'un air satisfait.

—— Profite bien de l'été, Marnye. Ce sera ton dernier, me lance-t-elle froidement avant de quitter le bateau et de rejoindre le petit bateau à moteur qui l'attend et qui démarre aussitôt.

—— Est-ce qu'elle vient de menacer de me tuer ? m'étouffé-je.

En même temps, cela ne devrait plus m'étonner. Ce n'est pas comme si c'était la première fois…

Et puis merde, de toute façon ! L'école est terminée, et l'été a commencé. Nous allons tous rentrer chez nous. Je vais retrouver Cruz Bay et mon père, tandis que les garçons iront… Je ne sais pas où ils iront, et je m'en fiche.

Ce qui est sûr, c'est que les vacances ne sont qu'une trêve : en septembre, le combat reprendra. C'est en tout cas ce que je me dis à ce moment-là.

— Viens, Marnye, me glisse Miranda en me prenant par la main. J'ai un bateau aussi.

Je la suis, prenant soin de ne regarder aucun des garçons tandis que nous nous éloignons d'eux et descendons l'échelle. Mais ils me suivent quand même.

La deuxième année à la *Burberry Preparatory Academy* a été un enfer.

La troisième année va être un pur cauchemar.

ÉPILOGUE

LORSQUE J'ARRIVE à la maison, de retour de la soirée de remise des diplômes, je m'effondre sur mon lit, dans ma nouvelle chambre où trône la harpe que Zack m'a offerte. Je ferme les yeux et m'endors pendant une douzaine d'heures. En me réveillant, la bouche sèche et complètement déshydratée, je regrette presque de ne pas être dans le wagon. Bien sûr, je suis fière et heureuse que mon père nous ait trouvé cette maison qui, même modeste, est quatre fois plus grande et dix fois plus jolie que le wagon dans lequel nous vivions. Néanmoins, même lorsque les changements sont positifs, ils peuvent parfois être difficiles. Il faut le temps de s'habituer.

Et, de toute façon, je ne peux vivre qu'à un seul endroit : je dois choisir.

En entrant dans la cuisine, je suis éblouie par la lumière du soleil et plisse les yeux en fouillant dans les placards à la recherche d'un verre. Ils sont tous vides. Je me dirige alors vers les cartons, jetant des liasses de papier d'emballage brun sur le sol, et finis par trouver un verre que je remplis d'eau à ras bord et bois d'une traite, avant de le remplir à nouveau.

Une fois désaltérée, je regarde mon téléphone. Il y a un SMS de mon père qui me dit qu'il rentrera à la maison plus tard ce soir.

Puis je retourne dans ma chambre, repensant aux événements de la veille. Je ne réalise toujours pas. C'était… fou, pour ne pas dire carrément dangereux. Je suis terrorisée rien qu'en y pensant et je secoue la tête pour chasser ces images de mon esprit. Je dois me concentrer sur le positif. Plus tard, je suis sûre que je me laisserai submerger par l'émotion et que je m'effondrerai, mais pour le moment, je savoure ma victoire.

J'ai réussi. J'ai dupé les garçons. J'ai gagné mon pari ! Et pourtant, même après avoir découvert la vérité, ils m'ont soutenue.

Heureusement, j'ai tout l'été pour réfléchir à pourquoi ils ont fait ça, me dis-je, juste avant que ça ne sonne à la porte.

Je vais ouvrir, pieds nus, encore dans ma robe de soirée, et je les vois. Moi qui m'attendais à un été calme, sans garçons, ils sont là tous les cinq.

Tristan, Zayd, Creed, Zack et Windsor.

— Nous n'avons pas réussi à nous mettre d'accord sur lequel de nous devait venir te parler, commence

Tristan. Alors, malheureusement pour toi, nous sommes tous venus !

— « Me parler » ? Mais me parler de quoi ? m'étonné-je en me dirigeant vers la *caverne*.

C'est comme ça que j'appelle notre nouveau salon. Je ne sais pas pourquoi d'ailleurs, car ça n'a rien d'une caverne… C'est une assez petite pièce par rapport au reste de la maison, mais elle est bien plus grande que le wagon. En tout cas, y voir cinq hommes magnifiques – dont un prince et une rock star – tous plus riches les uns que les autres, c'est assez impressionnant.

Surtout qu'il y a de la tension entre eux. Je la sens et suis mal à l'aise. Je renverse même un peu d'eau sur le sol.

— Nous voulions t'inviter, me dit Zack en plissant les yeux.

Windsor remarque une vieille photo de famille sur laquelle apparaît ma mère. Il la prend et l'examine attentivement.

— M'inviter où ? demandé-je en fronçant les sourcils.

— Fais tes valises ! me lance Zayd avec un sourire.

Je ressens une drôle de sensation.

Maintenant que je me suis vengée d'eux, que va-t-il se passer ?

— Faire mes valises ? Mais pourquoi ?

Je ne fais que répéter bêtement ce qu'ils me demandent de faire, sous forme de questions, mais je ne trouve rien d'autre à dire : je ne comprends rien à ce qui est en train de se passer. J'ai même du mal à croire qu'il y a cinq garçons – certainement parmi les plus beaux qui existent sur cette Terre – devant moi, dans mon salon.

— On t'emmène dans les Hamptons, m'apprend Creed d'une voix traînante, se laissant tomber sur notre vieux canapé miteux.

Je cligne des yeux plusieurs fois pour enregistrer cette information, puis mon téléphone sonne. Revenant à la réalité, je le regarde et découvre plusieurs messages de Miranda, visiblement furieuse que son frère soit venu chez moi sans elle.

— Les Hamptons… répété-je à nouveau.

Mais, cette fois, ce n'est pas une question.

Les Hamptons sont l'endroit où tous les Sang-bleu de *Burberry Prep* passent leurs vacances. En fait, non : c'est là où tous les Sang-bleu *des États-Unis* passent leurs vacances. Lizzie y sera avec ses amis de *Coventry Prep*. Apparemment, Windsor sera là aussi, apportant un peu de charme anglais à la plage américaine.

— Oui, les Hamptons ! confirme Creed, donnant une tape sur l'un des chapeaux de paille de mon père. Allez, va faire tes valises, madame ! Et prépare-toi : Harper veut du sang, et pas seulement le tien. Les vacances promettent d'être cruelles… Mais on fera équipe et notre sang ne coulera pas !

Je le regarde bouche bée, tandis que Zayd et lui se lancent dans l'exploration de ma maison comme s'ils étaient chez eux.

J'hésite un instant, dans ma robe de soirée rose-gold, un verre d'eau à la main…

La vengeance peut être douce-amère, mais le pardon est une vertu.

Dommage, je n'ai jamais été une sainte !

EXTRAITS EN AVANT-PREMIÈRE

Merci d'avoir lu *Revanche contre les Sang-bleu* ! Si vous avez aimé ce livre, n'hésitez pas à laisser un avis. L'histoire de Marnye et de ses nouveaux amis se poursuit dans *La jalousie des Idoles*.

Vous souhaitez être prévenu lorsque notre prochaine histoire torride sera disponible ? Rendez-vous sur www.greyeaglepublications.com/fr/ et inscrivez-vous à notre newsletter.

Si vous avez apprécié ce livre, vous aimerez aussi *Dans l'antre du diable* par Anna Zaires et *Le Diable du campus* par A. Zavarelli. Tournez la page afin de découvrir un extrait passionnant de chaque livre !

EXTRAIT DE DANS L'ANTRE DU DIABLE PAR ANNA ZAIRES

Recherche professeur particulier pour enfant de quatre ans. Doit être prêt à s'installer dans un domaine de montagne isolé. 3000 $ /semaine en espèces.

Après avoir fui des assassins impitoyables, je me retrouve au volant de ma vieille voiture, avec dix dollars en poche et un réservoir d'essence à moitié vide. C'est alors que je repère cette annonce. Ce job ressemble à la réponse à mes prières, mais il y a un hic.

Le père de l'enfant est l'homme le plus beau et le plus redoutable que j'aie jamais rencontré.

Séducteur ténébreux, si riche que c'en est indécent, Nikolai Molotov est un mystère captivant, une contradiction dangereusement fascinante. Avec ses poings écorchés et ses costumes sur mesure, ses mots tendres et ses promesses crues, mon nouvel employeur m'attire comme un aimant, alors que tous mes instincts me hurlent de partir.

J'aurais dû les écouter... parce que je ne suis pas la seule à avoir des secrets.

Mon havre de paix pourrait bien être l'antre du diable, et quand il m'aura faite sienne, il sera trop tard pour fuir.

Il n'y a aucune raison de paniquer.

Il ne s'est rien passé.

Nikolai m'a rattrapée pour m'éviter de m'étaler de tout mon long, c'est tout.

Sauf que... il aurait pu se passer quelque chose si Alina ne nous avait pas interrompus. Je suis convaincue à 90% que Nikolai était sur le point de m'embrasser. Quant à la bosse dure qui se pressait contre moi, ce n'était clairement pas mon imagination.

Il a envie de moi.

Il n'y a plus aucun doute à ce sujet.

Je prends une autre inspiration, mais mon cœur continue de battre, mes paumes toujours moites. Les essuyant sur mon jean, je me promène sur le côté de la maison en admirant le panorama de montagne tout en m'efforçant d'apaiser mes pensées égarées.

Ça va. Tout va bien. Ce n'est pas parce que je plais à Nikolai qu'il va se passer quoi que ce soit entre nous. Je suis sûre qu'il a bien conscience que c'est tout à fait inapproprié. Peu importe ce qu'a dit Alina, *c'était* un hasard. Nous nous sommes percutés, voilà tout. Je ne sais pas pourquoi elle insinue le contraire. Peut-être croit-elle que je lui fais du rentre-dedans, au sens propre du terme ? Mais non. On aurait plutôt dit qu'elle me mettait en garde, comme si...

Des éclats de voix attirent mon attention, et en tournant au coin du mur, je découvre Pavel et Slava. Ils se tiennent près d'une souche d'arbre, à une cinquantaine de mètres de là, de gros poissons posés dessus. En m'approchant, je vois l'homme ouvrir le premier de moitié, puis tendre le couteau tranchant à Slava.

Mais à quoi joue-t-il ? Il attend que le garçon finisse le travail ?

Oui, j'en ai bien l'impression. Et Slava s'exécute. Le temps que j'arrive, il est en train de retirer les entrailles des poissons avec ses petites mains et de les jeter dans un sac en plastique que Pavel tient ouvert à côté de lui.

Bon, d'accord. Ils doivent savoir ce qu'ils font. J'ai moi-même vidé du poisson à plusieurs reprises – ma coloc en première année, une passionnée de pêche et de chasse, me l'a appris – alors je ne suis pas dégoûtée, mais c'est troublant de voir faire un bambin de quatre ans.

Personne n'a l'air de voir le moindre inconvénient à le laisser manier des couteaux.

Je m'arrête devant la souche avec mon plus beau sourire.

— Bonjour. Je peux me joindre à vous ?

Le garçon me sourit et me raconte quelque chose en russe. Pavel, cependant, n'a pas l'air très content de me voir.

— Nous avons presque fini, grogne-t-il avec son fort accent. Vous pouvez attendre à l'intérieur si vous voulez.

— Oh, non, je suis bien ici. Avez-vous besoin d'aide ? demandé-je en désignant le poisson.

Pavel me regarde.

— Vous savez enlever les écailles ?

— Oui.

Bien sûr, je préférerais ne pas le faire, de peur de salir mes seuls vêtements propres, mais je veux continuer à travailler avec Slava, et la meilleure façon d'y parvenir est de passer du temps avec lui, quelles que soient les activités qu'il pratique.

D'après mon expérience, les enfants apprennent mieux hors d'une salle de classe, tout comme la plupart des adultes.

— Voilà, déclare Pavel en me tendant un couteau à écailler. Montrez au petit comment faire.

D'après le sourire sur son visage de brique, il doit penser que je bluffe. C'est donc avec grand plaisir que je lui prends le couteau et réponds aimablement :

— D'accord.

Prenant soin de ne pas éclabousser mon t-shirt, je me mets au travail, expliquant au garçon le processus dans ma langue. Je lui dis comment s'appelle chaque partie du poisson et je lui fais répéter les mots, puis je le laisse essayer à son tour. Il est aussi doué pour écailler que pour vider le poisson et je me rends compte que ce n'est pas sa première fois.

Quand Pavel m'a demandé de lui montrer, il ne faisait que me tester.

Réprimant mon agacement, je laisse Slava finir le travail et je remets le poisson ainsi nettoyé dans le seau. Pavel l'emporte dans la maison, et Slava et moi le suivons. L'ours se rend directement à la cuisine – probablement pour préparer le poisson avant le déjeuner – et je lui annonce que j'emmène Slava à l'étage pour qu'il se change. Contrairement à moi, il a des éclaboussures de poisson partout sur sa chemise.

Pavel approuve dans un grognement bougon avant de disparaître dans la cuisine et je conduis Slava dans les toilettes les plus proches. Nous nous lavons tous les deux soigneusement les mains, puis je l'emmène dans sa chambre.

À ma grande surprise, Lyudmila est là quand nous entrons. Elle dépose une chemise propre et un jean pour Slava sur le lit.

— Merci, dis-je en souriant. Il a besoin de se changer.

Elle sourit en retour et dit quelque chose à Slava en russe. Le garçon s'approche et elle l'aide à se débarrasser de ses vêtements sales. Je me détourne pour respecter sa pudeur, car le garçon est assez grand pour être timide devant des inconnus. Quand il me semble qu'ils ont terminé, je me tourne pour voir Lyudmila l'aider à attacher sa boucle de ceinture.

— C'est bon, annonce-t-elle au bout d'un moment en reculant. Vous apprenez leçons maintenant.

Je lui souris.

— Merci, c'est ce que nous allons faire.

En la voyant rassembler le linge sale, je lui demande :

— Y a-t-il une machine à laver quelque part dans la maison ? J'ai besoin de faire ma lessive.

Elle fronce les sourcils sans comprendre.

— Buanderie ? demandé-je en désignant le linge dans ses mains. Vous savez, pour laver les vêtements ?

Je frotte mes poings dans un simulacre de lessive à la main.

Son visage s'éclaire.

— Ah, oui. Venez.

— Je reviens tout de suite, dis-je à Slava avant d'emboîter le pas à Lyudmila jusqu'en bas.

Elle me fait passer devant la cuisine et descendre un couloir vers une pièce sans fenêtre de la taille de ma chambre. Il y a deux machines à laver et sèche-linge haut de gamme – pour faire tourner plusieurs machines en même temps, je suppose – ainsi qu'une planche à repasser, un étendoir, des paniers à linge et autres commodités.

— Bien, oui ?

Elle montre les machines et je la remercie d'un signe de tête. En retournant dans ma chambre, je rassemble tous mes vêtements et les emporte en bas. Lyudmila est déjà partie, alors j'entreprends de charger les machines. Dans une demi-heure, je reviendrai tout enfourner dans les sèche-linge, et à l'heure du repas, tout sera propre.

Décidément, la situation s'améliore en dépit du flou avec mon patron.

Mon rythme cardiaque s'accélère à cette pensée et les papillons dans mon estomac reviennent à la vie. Slava et Pavel m'ont offert une distraction bienvenue, mais maintenant que je suis loin d'eux, je ne peux m'empêcher de penser à ce qu'il s'est passé ce matin. Mon esprit rejoue la scène en boucle, sans relâche, jusqu'à ce que les papillons se transforment en guêpes.

J'ai senti l'érection de Nikolai contre moi.

On aurait dit qu'il allait m'embrasser.

Il ne m'a pas lâchée quand sa sœur était là.

C'est cette dernière partie qui me fait le plus peur, car cela signifie que j'avais tort. Il a bien des intentions concrètes envers moi. Si Alina n'avait pas insisté pour qu'il réponde au téléphone, il m'aurait embrassée, et peut-être plus. Peut-être qu'en ce moment même, nous serions au lit ensemble, son corps puissant en moi comme...

Je mets un terme au fantasme avant qu'il ne puisse progresser davantage. Déjà, j'ai trop chaud, mes seins sont lourds et gonflés, mon sexe palpite d'une douleur sourde. Ce doit être une conséquence bizarre de ma séance de masturbation impromptue d'hier soir, je ne vois pas d'autre explication à ma soudaine libido d'adolescente.

Avec de lentes et profondes inspirations pour me calmer, je termine de fourrer le linge dans la machine.

La situation est sans doute délicate. Une liaison avec mon employeur serait imprudente à bien des égards, et pourtant je ne suis pas certaine de pouvoir lui résister. Si je m'enflamme simplement en pensant à lui, que se passerait-il s'il me touchait ? S'il m'embrassait ?

Mon sang-froid s'évaporerait-il comme de l'eau dans une poêle à frire ?

Je n'entrevois qu'une seule solution, une seule chose que je puisse faire pour esquiver cette catastrophe.

Je dois l'éviter – ou du moins, éviter de me retrouver seule avec lui – pendant les six prochains jours.

Ainsi résolue, je mets les machines en marche et je me retourne... pour rester figée sur place.

Debout sur le seuil, ses yeux dorés brillants et un sourire dévastateur aux lèvres, se tient le diable qui occupe mes pensées.

— Vous voilà, dit-il à mi-voix.

Sous mon regard interdit, il s'avance un peu plus dans la pièce et referme la porte derrière lui.

EXTRAIT DE LE DIABLE DU CAMPUS PAR A. ZAVARELLI

On le compare au diable.

Quand je lui suis rentrée dedans, lors de mon premier jour à l'Académie Loyola, j'étais sûre que ça ne pouvait pas être vrai.

C'était l'homme le plus beau que j'aie jamais vu de mes yeux.

J'étais loin de me douter que c'était aussi le plus cruel.

Je suis passée de l'émerveillement à la stupeur lorsqu'il a dardé sur moi son regard cynique.

Je ne pourrais pas vous dire ce qui lui a donné envie de me punir. Mais à partir de ce jour-là, ce solitaire taciturne s'est donné pour objectif de me tourmenter.

J'aimerais le détester, et certains jours, j'y parviens.

Mais jamais l'attention d'un homme, bonne ou mauvaise, ne m'avait paru aussi délicieuse.

Que faire quand on craque pour son bourreau ?

Pire encore, que faire quand cet homme n'est autre que son professeur ?

Alors que le vendredi touche à sa fin, l'état de mes nerfs se détériore à la seconde. Mon père m'a appelé six fois de plus cette semaine – ce qui est inhabituel, même pour lui. Je n'ai toujours pas répondu, mais je m'interroge sur son urgence soudaine à me parler. Trois de ses dernières lettres tapissent le fond de ma poubelle, et je n'ai aucune envie de les ouvrir.

En plus de cette contrariété, Stella LeClaire est un défi pour ce qu'il me reste de sang-froid. Je dois lui reconnaître ce mérite, elle est plus coriace que je ne l'avais prévu. Chaque jour, elle arrive à l'heure en classe, et chaque jour, je trouve de nouvelles façons de l'humilier. Mercredi, j'ai chiffonné son pitoyable devoir en lui ordonnant de recommencer. Jeudi, j'ai affiché son devoir sur le tableau blanc comme exemple de ce qu'il ne fallait pas faire. Je lui ai donné des devoirs supplémentaires, je lui ai posé des questions impossibles et je l'ai mise au défi sans relâche. Et pourtant, elle n'a pas craqué. Elle reste aussi stoïque que le jour où elle est sortie du bureau de l'orientation, après que cette petite traîtresse a tenté de m'échapper.

En retenue, elle ne prend plus la peine de griffonner dans son journal. Elle fait ses devoirs en silence et s'en va. Elle ne parle que lorsqu'on lui adresse la parole et ne demande jamais à s'éclipser aux toilettes. Son perfectionnisme immuable me tape sur le système, ce qui doit se peindre sur mon visage lorsque je la regarde de l'autre côté de la salle de classe.

Cette semaine, j'ai pris le temps de creuser un peu plus, d'effectuer quelques recherches sur ses parents. Comme je le soupçonnais, Stella n'est pas issue d'une grande fortune et des privilèges typiques qui l'accompagnent. Son père s'est élevé au-dessus de sa condition et redouble d'efforts pour essayer de combler son épouse mannequin. Aujourd'hui, il perd sa vie à la gagner pendant qu'elle passe ses journées comme une grande bourgeoise, à Greenwich. Il est intéressant de noter que Stella a toujours eu d'excellentes notes, comme en attestent ses relevés. Quoi qu'il en soit, Brady LeClaire a dû faire jouer de nombreuses relations pour que Stella intègre l'Académie Loyola, ce qui explique sa volonté de bien faire. L'énorme nuage de pression qui plane au-dessus de sa tête doit être une motivation suffisante pour toute jeune femme en manque d'attention.

Mon enquête a rempli son objectif, mais elle n'a pas apaisé mon appétit croissant pour tout ce qui concerne Stella LeClaire. J'ai donc fait cette semaine quelque chose que je n'avais jamais fait auparavant. Je me suis faufilé dans sa résidence comme un adolescent soumis à ses hormones et j'ai pris son journal pour prendre connaissance de chaque page, du début à la fin. Toutes ses pensées les plus intimes. Ses dessins. Ses photos. Maintenant, je comprends ce qui fait vibrer Stella. Elle a le don de photographier les gens. Cette petite fouine a même pris des photos de moi, sur le terrain de foot. Quand je les ai trouvées sur son appareil, ma queue est devenue rigide comme de l'acier. Apparemment, elle m'a espionné. Cette petite perverse a zoomé sur mon visage et m'a pris en photo à mon insu. Elle a capté quelque chose en moi que je ne m'attendais pas à voir. Un rare moment de passion. La passion pour quelque chose, dans ce monde sans inspiration.

Sans penser aux conséquences, j'ai supprimé les photos sous le coup de la colère, puis pour ne rien arranger, j'ai arraché une page de son journal. La page où elle disait qu'elle me détestait. Elle se trouve toujours sur la table de ma cuisine. Je vais peut-être l'encadrer, ou bien la jeter. Je n'ai pas encore décidé.

En la regardant maintenant, j'aimerais oublier tout le projet. Cela devient trop compliqué et elle s'infiltre dans ma peau. Au début, je me disais que je faisais cela pour lui prouver quelque chose, mais maintenant, je me rends compte que je veux juste la punir. Cette envie ne fait qu'empirer quand je lui annonce qu'elle peut quitter la salle à la fin de l'heure de retenue et qu'elle sort sans même me regarder. Joshua l'attend dans le couloir. C'est un autre joueur de hockey, et de toute évidence, le jeune homme n'a pas appris des erreurs d'Ethan. Je l'écorche vif avec mon regard, mais il ne semble pas le remarquer, focalisé sur la poitrine de Stella.

— Eh, Cherrybomb, lance-t-il, sa fossette creusée par un sourire. Qu'est-ce qui se passe ?

— Salut, Josh.

Elle hisse son sac à dos sur ses épaules et répond avec nonchalance :

— Pas grand-chose. Un jour comme un autre, tu sais. Je vis pratiquement ici maintenant.

— C'est vrai, répond-il en riant. J'allais le dire, tu es toujours en colle.

Ils me regardent tous les deux pendant que je triture mes clés et ferme la porte lentement. Il ne veut pas de public pour ce qu'il va dire ensuite, mais je n'ai pas l'intention de partir sans avoir eu un aperçu de leur échange.

— Alors, euh, je me demandais...

Joshua change de position et fourre les mains dans ses poches.

— Tu as quelque chose de prévu ce week-end ? Je pensais que tu pourrais venir au match demain.

Stella hésite. Elle semble y réfléchir. Mon sang bouillonne quand j'imagine Joshua l'embrasser goulûment et la peloter sous les gradins, ce week-end. Avant que je puisse formuler une pensée cohérente, les mots ont franchi mes lèvres :

— Stella, j'aimerais vous parler un instant.

Elle se retourne et croise mon regard avec une

expression impassible. Nous n'avons pas parlé pendant toute sa semaine de retenue, et je sais qu'elle se demande ce que je pourrais bien lui vouloir maintenant. Moi-même, je me le demande tout en rouvrant la porte et lui faisant signe d'entrer.

— Attends une minute, dit-elle à Josh. Je reviens tout de suite.

Il hoche la tête et se balance sur ses talons, me regardant fermer la porte derrière nous. Stella m'attend de l'autre côté, les bras croisés, sur la défensive. Elle ne veut pas montrer sa vulnérabilité, mais je sais ce qu'elle attend de moi. Je le sais mieux qu'elle ne pourra jamais l'admettre elle-même.

Incapable de m'en empêcher, je réduis la distance qui nous sépare. Ma chaussure se heurte à sa Doc Marten rouge. Son souffle reste suspendu et elle me regarde, de ses grands yeux chauds couleur cognac qui trahissent sa sensibilité. Un certain inconvénient pour elle, surtout en présence d'un prédateur, mais je ne voudrais pas qu'il en soit autrement.

— Dites-lui non, ordonné-je.

— Quoi ?

Elle fronce les sourcils, mais elle sait qu'elle a posé une question stupide. Elle veut juste que je le répète.

— Retournez là-bas et dites non à Joshua. Vous ne sortirez pas avec lui ce week-end.

— Et pourquoi ça ?

Mon sexe tressaille et je dois croiser les bras pour ne pas m'aventurer plus près d'elle. Je n'ai qu'une envie, la saisir et la pousser à genoux pour lui enfoncer ma queue entre les lèvres et lui faire passer l'envie de remettre mes ordres en question.

— Parce que je l'ai dit, Stella. Et vous aimez m'obéir.

Elle garde le silence, son regard implacable. Aucun de nous ne bouge, mais je peux presque sentir le battement de son pouls dans ma propre gorge. J'aimerais la dévorer vivante, et en ce moment, elle s'en rend compte. Bien sûr, je ne l'admettrai jamais. Je n'admettrai jamais qu'elle me touche. Je veux juste lui faire savoir que je peux jouer avec elle aussi longtemps qu'il me plaira, un point c'est tout.

— D'accord, répond-elle en glissant sa lèvre rouge pulpeuse entre ses dents.

D'un point de vue logique, je sais que je devrais mettre fin à cette folie. Je ne peux pas franchir cette ligne. Mais cela me procure un tel plaisir de la voir se soumettre à moi. J'ai besoin qu'elle en ait conscience.

Je la contourne lentement, effleurant doucement ses cheveux sur le côté tout en me penchant pour lui chuchoter mon ordre à l'oreille. Son souffle reste suspendu et elle se penche instinctivement vers moi, les plis de sa jupe frôlant mon membre dur comme le roc. Je sais qu'elle le sent quand elle frissonne, et je sais que je dois m'arrêter là, mais mon cerveau est incapable de réfléchir alors que mes phalanges glissent le long de son bras. Elle en a la chair de poule.

— Dites : « oui, monsieur. »

— Oui, monsieur, souffle-t-elle.

— Dites : « Je ferai tout ce que vous voulez, Monsieur Carter. Tout ce que vous me demanderez. »

Elle déglutit, essayant toujours de me résister, mais finit par céder comme je ne doutais pas qu'elle le ferait.

— Je ferai tout ce que vous voulez, Monsieur Carter. Tout ce que vous me demanderez.

— Prouvez-le.

Je ferme les yeux et approche mon nez si près de la chair chaude de sa gorge que je peux presque la goûter.

— Comment ? demande-t-elle dans un halètement.

— Soyez créative, Stella.

L'attente impatiente de ce qu'elle pourrait faire est presque trop forte. Mais en la voyant se retourner et s'agenouiller devant moi, je reviens brusquement à la réalité. Ses yeux sont au niveau de ma queue engorgée, à quelques centimètres de son visage. Si près qu'elle peut sentir mon excitation. Il lui suffirait de baisser ma fermeture et je pourrais m'enfouir entre ses lèvres. Ces lèvres qui semblent conçues pour me sucer et crier mon nom.

Putain de merde.

— Je sais garder les secrets, Monsieur Carter, chuchote-t-elle. Et vous ?

— Stella.

Je me penche et fais glisser mon pouce sur sa bouche avant de prendre du recul pour la regarder.

— Vous devez partir maintenant.

Je me détourne d'elle, passant une main tremblante dans mes cheveux. Elle est si discrète que je ne l'entends même pas se lever. Je ne peux pas la regarder, mais elle doit être brisée. Elle doit être déboussolée, et à juste titre. Je ne serais pas étonné si elle allait directement au bureau de la vie scolaire et me dénonçait pour mon comportement pervers. Au lieu de le lui proposer, je lui donne une dernière instruction.

— N'oubliez pas ce que j'ai dit.

Envie d'en lire plus ? Merci de vous rendre sur www.greyeaglepublications.com/fr/ pour commander votre exemplaire dès aujourd'hui !

À PROPOS DE L'AUTEUR

C.M. Stunich se qualifie de bibliophile, avec un amour pour les thés exotiques et toute une collection de personnages qui vivent à temps plein dans l'étrange tourbillon de ses pensées. Certains trouveraient ça bizarre, mais Caitlin Morgan s'en fiche – d'autant plus qu'elle doit écrire ses biographies à la troisième personne. Oh, et la moitié des personnages dans sa tête sont des bad-boys torrides, au langage cru et aux mains talentueuses (entre autres). Si être bizarre, c'est passer du temps avec eux tous les jours, le choix de C.M. est vite fait.

Elle a horreur du pudding au tapioca, elle adore enchaîner les films d'horreur ringards et elle est l'esclave de nombreux chats. Quand elle ne passe pas l'aspirateur sur son canapé pour enlever les poils de chat, C.M. a le nez dans un livre ou les yeux rivés sur un écran d'ordinateur. Elle est l'auteure de plus de trente romans – romance, new adult, fantasy et young adult. N'hésitez pas à rejoindre sa folie. Il y a tout un tas de choses à y faire.

Oh, et Caitlin adore bavarder (non-stop), alors sentez-vous libre de lui envoyer des e-mails, des messages sur Facebook ou même des signaux de fumée. Elle a hâte d'avoir de vos nouvelles.

Harcelez-moi, s'il vous plaît !

www.facebook.com/groups/thebookishbatcave
www.instagram.com/cmstunich
www.cmstunich.com

Printed by Amazon Italia Logistica S,r.l.
Torrazza Piemonte (TO), Italy

32435769R00261